Marlis Stiebich

Die mitreisende Ehefrau

Mexiko 1978 – 1981

Einzigartige und authentische Erlebnisse einer DDR-Familie aus den Jahren 1978 – 1981 basierend auf Originaldokumenten von Tagebüchern und Briefen jener Zeit in Mexiko.

Originalausgabe

I.C.H. Verlag
www.ichverlag.de

I.C.H. Verlag

printed in Germany
Umschlaggestaltung: Welle

ISBN 978–3–942849–89-0

www.ichverlag.de

Über dieses Buch

Die Verhältnisse in der DDR der 70er und 80er Jahre ließen normalerweise keine Reisen in das westliche Ausland zu. Eine junge Familie bekam dennoch und unerwartet diese Chance durch die Berufung des Ehemannes, der als Außenhandelsmitarbeiter für das Unternehmen Carl Zeiss Jena in Mexiko arbeiten sollte. Vierzehn Tagebücher und unendlich viele Briefe, geschrieben von der Ehefrau, belegen diese Zeit des Aufbruchs in eine unbekannte Welt, um dort unter überaus speziellen Bedingungen den Alltag zu meistern. Diese unverfälschten Dokumente wurden von der ´Mitreisenden Ehefrau´, so lautete der Status in ihrem Reisepass, schriftlich festgehalten. Das Buch zeichnet den Lebensabschnitt der Ehefrau sowie den ihrer Familie leidenschaftlich und tiefgründig auf. Offenherzig schildert sie fremde Gegebenheiten und unbeschreibliche Erlebnisse, die sie mit ihren Erfahrungen aus dem eigenen Land vergleicht, und gerät dadurch in ein Spannungsfeld zwischen Traum, Hoffnung und der schonungslosen Realität. Doch immer wieder stellt sie sich die Frage nach dem: Warum wir? War es für diese Familie Glück, Zufall oder Schicksal, dass sie vier lange Jahre in Mexiko leben durfte? Wie ´überlebte´ man damals in dem sogenannten Entwicklungsland, ohne die Kommunikationsmittel der heutigen Generation? Unter welchen Bedingungen wurde diese junge Familie über den großen Teich geschickt? Woran konnten sie sich orientieren und wo blieb die Aufklärung über das neue Land und dessen Menschen? Diese Familiengeschichte erlebt der Leser detailliert beschrieben, mit unvorstellbaren Anekdoten bestückt, lustig, auch kritisch, aber immer authentisch.

Das Leben soll kein uns gegebener,
sondern ein von uns gemachter Roman sein.

Novalis

Für meine wunderbare Familie,
die mich mit großer Dankbarkeit erfüllt.

Vier Jahre später

Schon jetzt konnte ich mehr Einstimmung auf meinen ersten und wahrscheinlich auch letzten Stierkampf kaum noch ertragen. Aber alle Signale standen auf Grün. Unter unserer Tribüne war ein unüberhörbares Fauchen, verbunden mit schrecklichen Geräuschen zu vernehmen, als wenn ein Auto wiederholt gegen eine Holzwand krachte. Einer von diesen Stieren erlebte gerade seine letzte Station, bevor er in die Arena gelassen wurde um zu sterben. In dem Moment, als der Präsident mit seinem Tuch wedelte, öffnete sich das Tor und ein wie vom Wahnsinn getriebener Bulle stürmte aus seiner dunklen Box heraus. Wie grausam doch sein Anblick war. Genauso sein blutüberströmter Nacken, in dem Spieße mit bunten Fähnchen steckten, mit denen man ihn kurz vorher malträtiert hatte. Erst rannte er verwirrt durch die Kampfbahn, blieb dann plötzlich völlig orientierungslos in der Mitte der Arena stehen, schnaubte markerschütternd und stampfte abrupt mit seinen Füßen.

„Olé“, dröhnte es dabei aus allen Richtungen.

Ich beobachtete dieses Schreckensbild unter der vorgehaltenen Hand. Nur einen kleinen Spaltbreit öffnete ich meine Finger für diesen Anblick. Doch dann passierte Folgendes: Wie in Zeitlupe drehte der Stier seinen Kopf in meine Richtung. Für einen kurzen Moment schien es mir, als starrte er mich in seinem bemitleidenswerten Zustand an. Was wollen wir beide hier? Beabsichtigte er in diesem Augenblick, das von Angesicht zu Angesicht auszudrücken?

Aber zurück dahin, wo alles begann.

SUPERIOR
SUPERIOR
SUPERIOR
SUPERIOR

Aufbruch in ein außergewöhnliches Leben

Damit hatte ich nicht gerechnet, zumindest nicht so schnell. Alles begann mit jenem Moment der herbeigesehnten Schwangerschaft, die wiederum viel zu früh auf eine Fehlgeburt folgte. Aus medizinischer Sicht musste ich mir damit noch etwas Zeit lassen, mindestens zwei Jahre sollten vergangen sein, rieten mir damals die Ärzte. Dennoch, diesen unerwarteten aber erfreulichen Zustand spürte ich sofort. Immerzu schüttete er Glückshormone aus, nie enden wollend, die mir zeigten, wie froh ich darüber war. Gab es sie wirklich, die weibliche Intuition, die diese plötzliche Gewissheit zuließ? Ganz bestimmt. Bäume ausreißen, die Welt umarmen, solche Dinge hätte ich daraufhin sofort tun wollen. Zugleich konnte ich es kaum glauben, bereits viel früher als von meinem Arzt empfohlen auf Mutterglück zu hoffen. Es fühlte sich so gut an, dieses neue Leben in mir. Groß war die Freude darüber, unbeschreiblich groß. Allerdings kehrten damit auch die Bedenken und Ängste zurück, eine erneute Fehlgeburt zu erleiden. Diese schwer zu ertragende Vorstellung beherrschte mich gleich nach der freudigen Botschaft durch den behandelnden Arzt. Mit seinem medizinischen Rat legte er mir nahe, nicht noch einmal mit meinem Sport so zu übertreiben, der letztendlich Auslöser meines vorangegangenen Schicksals war. Vernünftig und achtsam sein, hieß es ab jetzt, und nicht wie vor einem Jahr davon überzeugt zu sein, dass das Basketballtraining mir nicht schaden könnte.

Mehr als zehn Jahre war ich bereits daran gewöhnt, für diesen Sport mitunter zweimal in der Woche zu trainieren. Damals ging es um wichtige Spiele, die eine besondere Vorbereitung erforderten. Natürlich machte es mir großen Spaß, mit der Mannschaft um den Sieg zu kämpfen. Basketball als Mannschaftssportart schweißt ein Team zusammen. Da gibt es kein Überlegen, ob man sich gerade gut oder eher kaputt fühlt. Wir verhielten uns wie die Musketiere: Einer für alle, alle für einen. Zugleich nahm ich mir eine meiner Mitspielerinnen zum Vorbild. Sie war ebenfalls in anderen Umständen, aber wesentlich robuster gebaut und spielte bis zum fünften Monat ihrer Schwangerschaft die bedeutenden Punktspiele voll und ganz mit. Deshalb bewunderte ich sie um ihre Courage und hatte keine Bedenken, ihr nachzueifern. Wenn ich damals auch nur geahnt hätte, wie hoch der Preis für meine Selbstüberschätzung sein würde, niemals käme ich auf die Idee, mich so zu verhalten. Allein die Natur bestimmt, wer derartige Belastungen schadlos übersteht. Ich war es jedenfalls nicht. Diese Einsicht kam leider viel zu spät. Eine Fehlgeburt wurde mir zum Verhängnis, unter der ich immens gelitten habe. Es gab und gibt keinen Grund auf dieser Welt, sich und das ungeborene Kind jemals in Gefahr zu bringen. Mit dieser Erkenntnis musste ich leben, auch wenn sie bis auf das Bitterste schmerzte. Meine Schlussfolgerung zog ich aus dieser Krise. Unter gar keinen Umständen wollte ich dieses Risiko nochmals eingehen.

Wer kann sich schon alltägliche Gefühlsschwankungen merken oder zuordnen, auch wenn sie noch so klein erscheinen? Man sollte sie zu Papier bringen, irgendwie abspeichern. Das muss ich genauestens aufschreiben, durchschoss es mich blitzartig.

Von diesem Zeitpunkt an begann ich, ohne zu zögern, nahezu zwingend, Tagebuch zu führen. Jede spürbare Veränderung, Emotionen, andere Empfindungen, Stimmungsschwankungen und sonstige Gedanken, im positiven wie auch im negativen Sinn, wurden darin ab sofort schriftlich festgehalten, um gegebenenfalls darauf reagieren zu können. Nichts anderes hatte mich dazu bewegt, meine Schwangerschaft zu dokumentieren. Alles haarklein zu protokollieren, wäre zu viel des Guten geworden, doch wollte ich mich auf das Wesentliche konzentrieren, um notfalls Einfluss auf Veränderungen nehmen zu können. Das Notieren wurde somit zu einer rituellen Handlung, tagein und tagaus. Weder mein Ehemann, Freundin oder enge Vertraute haben mich dahin gehend beeinflussen können. Es war das sogenannte Bauchgefühl, das mich spontan zum täglichen Schreiben bewegte. Und so begann ich meine Eintragungen in mein erstes Tagebuch mit dem Datum des 1. Januar 1977, niemals ahnend, dass noch weitere vierzehn Jahre der täglichen Lebensbeschreibungen folgen sollten und es unvorstellbar für mich war, auch nur einen einzigen Tag innezuhalten, oder zu pausieren. Das Bedürfnis zu schreiben, meine eigenen Gedanken und Gefühle in Worte zu fassen, das trieb mich an. Mit einer selbstverständlichen Leichtigkeit füllten sich die Seiten in diesen, meinen Tagebüchern. Sie wurden zu meinen besten Freunden, denen ich alles erzählte, Tag für Tag, Monat für Monat und Jahr für Jahr.

Unser Kind entwickelte sich laut ärztlichen Aussagen völlig normal, die üblichen Beschwerden gehörten dazu. Indessen veränderte ich mich unzweifelhaft, konnte sogar diese Zeit der äußerlichen und innerlichen Verwandlung genießen. Optisch gesehen ging es in Richtung Apfelform. Die mentale Umwandlung hielt ich jedoch im Tagebuch fest. Diese Aufzeichnungen waren nur für mich. So war bis dahin mein Plan.

In dieser für mich spannenden Phase emotionaler Gefühlsbewegungen kam mein Mann eines Tages mit einer bemerkenswerten Neuigkeit von seiner Arbeit nach Hause. Einer betrieblichen Ausschreibung folgend, wurden junge Familien gesucht, die vier Jahre im Ausland arbeiten und diese Firma repräsentieren konnten, durften oder auch sollten. Dazu gab es vorerst keine weiteren Einzelheiten, die eventuelle Hoffnungen weckten, lediglich ein Termin für die Abgabe der Bewerbungsunterlagen wurde ihm genannt. Zu diesem Zeitpunkt waren wir, mein Mann und ich, im damaligen Vorzeigekombinat VEB (Volkseigener Betrieb) Carl Zeiss Jena beschäftigt.

Die Hintergründe, die für eine Tätigkeit in einem anderen Land sprachen, waren zu dieser Zeit fast selbsterklärend. Die wirtschaftliche Anerkennung der damaligen DDR sollte durch die erhöhte Präsenz von angesehenen Unternehmen weltweit ausgedehnt werden. Im Klartext bedeutete es, eine permanente Devisenknappheit aufzubessern. In den siebziger Jahren gehörte die Firma Carl Zeiss Jena zu den angesehensten Betrieben der DDR, bereits mit internationaler Wertschätzung.

Und genau diese sollte nunmehr mit einer Exportoffensive ausgebaut werden.

Schon damals stellte sich uns nur eine einzige Frage: Wieso sollten wir uns für einen Auslandseinsatz bewerben, wenn wir dafür aus ganz bestimmten Gründen sicher nicht in Betracht kommen würden?

Warum dachten wir so?

Die geforderte ´reine Weste´ brachten wir nicht mit, weshalb es für uns unvorstellbar war, dass ausgerechnet wir für einen vierjährigen Arbeitseinsatz im Ausland ausgewählt werden sollten. Da gab es einmal die Oma in Kassel und zum anderen die Tante in Hamburg. Schon alleine diese familiären Verbindungen zur damaligen BRD konnten wir nicht totschweigen. Ganz abgesehen von weiteren verwandtschaftlichen Beziehungen, sowie uns sehr nahe stehenden Freunden, die ebenso im Westen lebten. Es waren exakt jene Westkontakte, die für bestimmte Leute, auch Stasi genannt, ein Dorn im Auge waren und die deswegen eine Genehmigung zu einem Auslandseinsatz von vornherein erschwerten. Man sah in diesen familiären Verbindungen eine Möglichkeit für diese Auserwählten, den nächsten Weg zu ihren Angehörigen zu finden. Genügend Beispiele gab es dafür, dass bei der ersten sich bietenden Gelegenheit diese Chance genutzt wurde. Wie ein Lauffeuer verbreitete sich eine solche Nachricht, wenn sich wieder einmal jemand aus den eigenen Reihen abgesetzt hatte.

Außerdem musste ich mir eingestehen, dass meine fehlende Parteizugehörigkeit nicht unbedingt förderlich für eine positive Entscheidung sein würde. In der Summe all dieser Fakten ergab sich eine für uns denkbar ungünstige Konstellation, einen Auslandseinsatz bewilligt zu bekommen. Trotzdem hielt uns nichts davon ab, unsere Bewerbung dafür einzureichen. Uns war absolut klar, dass wir durch die vorhandenen Hindernisse mit einer schnellen Ablehnung durch die Sicherheitsabteilung unseres Betriebes zu rechnen hatten. Doch wer nichts versucht, hat schon verloren, flüsterte uns eine innere Stimme zu.

Gesagt, getan. Ohne große Hoffnung auf eine positive Rückmeldung konzentrierten wir uns lieber auf unseren Familienzuwachs.

Da unsere Familie nun absehbar größer werden sollte, kauften wir uns über ´Beziehungen´, ohne die kaum jemand in der DDR existieren konnte, einen gebrauchten Skoda MB 1000. Dieses Auto war himbeerfarben lackiert, zum anderen hatte es eine lustige Bügelfalte, mittig über das Dach gezogen. Das war das Erkennungszeichen dieses Autotyps schlechthin. Es rollte uns von A nach B mit einem Badewannen-Sitzgefühl, tief und bequem.

Ein Auto, das war der ganze Stolz einer DDR-Familie. Und auch wenn es fast schrottreif war, es war immerhin noch ein fahrbares Auto. Für ein Neues musste man erst einmal eine Autobestellung in Auftrag geben. Tröstliche fünf Jahre Wartezeit wurden damals versprochen, was nur eine verbale Zusage darstellte. Um ein nagelneues Auto zugeteilt zu bekommen, kaufen konnte man es ja nicht nennen, harrte man mitunter fast zwanzig Jahre aus, bis diese Anschaffung fruchtete. Möglichst jung an Jahren und frühzeitig sollte man angefangen haben, eine Autobestellung auszulösen.

So auch mein Mann und sein Studienfreund, die nach dem Ende ihrer Studienzeit, es war zudem ihr erster Arbeitstag, auf diese clevere Idee kamen: „Wir beantragen ein Auto, einen Typ Wartburg mit Viertaktmotor“. Weder Witz noch Ironie waren dabei mit im Spiel. Sie hatten zwar noch keinen Pfennig verdient, doch mit dieser Autobestellung machten sie Ernst. Ich sehe heute noch den kleinen rosaroten Bestellzettel vor meinen Augen, der einen handgeschriebenen Nachtrag: *mit Viertaktmotor,* beinhaltete. Darauf legten die beiden großen Wert, obwohl ein Auto mit einem solchen Motor in der DDR noch nicht hergestellt wurde, zu dem Zeitpunkt nicht einmal bekannt war, ob er überhaupt jemals gebaut würde. In der Annahmestelle notierte man diesen Extrawunsch zusätzlich zur Standardausführung und es sollten exakt siebzehn Jahre vergehen, bis dieser Wartburg geliefert wurde. Natürlich mit einem Viertaktottomotor!

In der DDR musste man möglichst doppelt so alt werden, um in den Genuss all seiner Bestellungen zu kommen, hieß es im Volksmund. Auch wurde über diese Problematik oft gewitzelt mit ganz versteckter Ironie: „Nun muss man tatsächlich auf ein Auto nur noch vier Tage warten. Einen Tag der Anmeldung plus drei Parteitage.“ Wer mit dieser Realität nicht umgehen konnte, wurde spätestens durch derartige Witze eines Besseren belehrt.

Dennoch, wir waren mit unserer kleinen Welt vollauf zufrieden, lebten in einer akzeptablen Dreizimmerwohnung inmitten der Platte, in der hemmungslos gewerkelt wurde, um unsere Lebensqualität stets etwas zu verbessern. An Improvisationsmöglichkeiten dazu fehlte es nie und wir vermissten nichts, was uns noch glücklicher werden lassen konnte.

Trotz aller Bedenken hatten wir uns für diesen Auslandseinsatz beworben und den speziellen Antrag mit seinen üblichen bürokratischen Befragungen ordnungsgemäß ausgefüllt. Es wurde unsererseits auch nichts verschwiegen, weder die Oma noch die Tante aus dem Westen. Etliche Wochen waren seitdem ins Land gegangen, aber es passierte gar nichts. Keinerlei Informationen über die Bearbeitung unserer Formulare oder möglicher Details sickerten bis zu uns durch. Weit und breit gab es keine Spur irgendeines Hinweises, nicht einmal eine Rückfrage zu unserem Antrag erhielten wir. Das war`s, sagten wir uns.

Währenddessen erhielt mein Mann ein weiteres lukratives Angebot, das ihn gleichermaßen interessierte. In diesem Fall hätte er sein Hobby zum Beruf machen können, um eine Radsporttrainerlaufbahn in Gang zu setzen. Mit einer professionellen Ausbildung und den damit verbundenen Entwicklungschancen, die später vielleicht ebensolche Einsätze im Ausland wahr machen könnten, versuchte man ihn zu gewinnen. Eine baldige, sicherlich auch positive Entscheidung wurde von ihm dazu erwartet. Plötzlich ergab sich damit eine weitere Alternative für uns. Was konnten wir jetzt tun? Eine Entscheidung musste fallen. Die wichtigste Frage war, eine

Antwort auf unseren Antrag für einen Auslandseinsatz so schnell als möglich zu erhalten. Wer, wann, warum und wieso traf dabei die letzte Entscheidung? Wer nicht fragt, bekommt auch keine Antwort.

Somit war der Gang zu Zeiss der nächste Schritt. In der Vorahnung abgelehnt zu werden, nahmen die Dinge jedoch einen überraschend anderen Lauf. In einem Gespräch wurde meinem Mann zugesichert: „Das klappt, mit dem Auslandseinsatz. Und melde schon mal die andere Sache mit dem Sport ab.“

Was war damit konkret gemeint? Wieso dürfen wir überhaupt raus aus unserem Land? Wann können wir damit rechnen und wohin soll die Reise eigentlich gehen? Uns glühten die Köpfe, durchwachte Nächte mit heißen Diskussionen waren die Folge. Ich verstand die Welt nicht mehr, versuchte es zwar, kam allerdings auf kein anderes Ergebnis, es als ein großes Glück auf unserer Seite zu betrachten. Zufall oder doch Fügung des Schicksals? Wir hatten keine Erklärung. Ab dem Moment dieser Bestätigung war ein innerer Spannungszustand nicht mehr zu leugnen. Alles war dabei mit im Spiel: Neugierde, Vorfreude und auch Ungeduld.

In den darauffolgenden Tagen enträtselte sich zumindest eine der vielen Fragen, als es hieß: „Du gehst mit deiner Familie nach Australien“. Einfach so, friss Vogel oder stirb. Kommentar- und emotionslos wurde ihm das Land, indem wir vier Jahre lang arbeiten sollten, mitgeteilt.

Wir dagegen schwebten auf Wolke sieben und konnten es nicht glauben. Andere Kandidaten, die aus unserer Sicht eine viel ´sauberere Weste´ für einen Auslandsaufenthalt mitbrachten, erhielten dagegen eine Absage. Musste ich mir darüber Sorgen machen? Nein, überhaupt nicht. Ich sah diese Entscheidung eher als eine gute Mischung aus verdammt viel Glück mit großen Erwartungen in die Zukunft und die gab es plötzlich auf unserer Seite. Wir hatten uns für einen Auslandseinsatz entschieden und jetzt wollten wir diese Chance auch nutzen. Mit jener, für uns positiven Nachricht von Zeiss meldete mein Mann die Trainerlaufbahn ab und begann umgehend damit, sich voll und ganz auf Australien zu konzentrieren. Relativ zügig bekam er den Titel ´Auslandskader´. Damit war die erste Hürde genommen. Welch einer spannenden Zeit wir entgegensahen, war uns zu dem Augenblick überhaupt nicht richtig bewusst. Jetzt ging es Schlag auf Schlag weiter, so wie sich auch mein Bauch mehr und mehr wölbte.

Um dieses große DDR-Unternehmen im Ausland zu vertreten, sollte man all seine Produktionsbereiche kennengelernt haben. Vom Planetarium bis zur Mikrometerschraube verlangte es überdurchschnittliche Kenntnisse, um auf dem Außenmarkt bestehen zu können. Jetzt wurde organisiert, arrangiert und geschult. Ein Lehrgang löste den Nächsten ab. Täglich wuchs zu Hause der Stapel an Prospekten, der sich am Abend auch noch zur Gutenacht-Lektüre eignete. Es war damit nicht mehr zu übersehen, dass für uns ein neues Zeitalter angebrochen war. Immer seltener trafen sich unsere Blicke, in denen geschrieben stand: Aber warum ausgerechnet wir? Wir ließen diese Frage vorerst ruhen, sie interessierte uns nur noch unterschwellig. Vielleicht ergab sich irgendwann einmal eine Antwort darauf.

Mittendrin, in einem dieser Ausbildungskurse wurde mein Mann zu zwei Kollegen gebeten, die ihn mit einer überraschenden Neuigkeit konfrontierten. Freudestrahlend klopfte ihm einer von den beiden auf die Schulter und legte mit den Worten los: „Na, hier ist ja unser dritter Mann. Wann kommst du denn nach Mexiko?“

Zu gern wäre ich dabei gewesen, um sein Gesicht zu sehen, als die Herren ihm diese sensationelle Botschaft verkündeten. Bestimmt hatte es einige Momente gedauert, bis er seine Gesichtsöffnungen wieder auf Normalgröße reduzieren konnte. Ab jetzt drehten sich die Mühlen wieder anders herum. Unverständlich blieb für uns nur, wie diese Entscheidung für Mexiko zustande kam. In einer Zeit, in der die Sicherheit und Überwachung der Auslandskader, die für ein nichtsozialistisches Wirtschaftsgebiet (NSW) vorgesehen waren, über alles gestellt wurde, erfuhr man rein zufällig über Dritte, wohin die Reise nun wirklich gehen sollte. Wie konnte das sein? Nachzufragen, warum nun Mexiko und nicht mehr Australien auf dem Masterplan stand, erschien ihm überflüssig. Mexiko, das beschäftigte uns ab sofort permanent.

Für meinen Mann gingen die fachspezifischen Kurse weiter, als wäre alles beim Alten geblieben. Jede Abteilung wurde aufgesucht, um Wissen und neue Erkenntnisse anzuhäufen. Neu war nicht zuletzt auch die Sprache. Für uns wurde dafür ein mehrwöchiger Spanisch-Sprachkurs organisiert. Dabei trafen wir auf einen illustren Haufen junger Familien, die ebenso für Spanisch sprechende Länder auserwählt waren. Alle hatten nur das eine Ziel vor Augen: ′Wir kommen raus und können die Welt sehen′. Man sprach untereinander viel über die Hoffnung, dass letzterer Wunsch in Erfüllung gehen möge. Diese Perspektive hielt bei jedem Einzelnen die Spannung hoch. Uns erging es genauso.

Es wurde ein verdammt heißer Sommer. Der Monat August gab alles, was ihm an Sommersonnenhitze zur Verfügung stand. Ich sehnte den errechneten Entbindungstermin herbei, aber unser Kind war strikt der Meinung, dass es sich mit zwei Tagen Verspätung auch noch der Welt zeigen konnte.

Unerfahren und deswegen viel zu früh am Kreißsaal klingelnd, öffnete uns eine freundlich lächelnde Hebamme. *Schwester Waltraud* stand auf ihrem schneeweißen Arbeitskittel. Sie hatte gerade erst ihre Nachtschicht begonnen und nahm mich fortan unter ihre Fittiche. Spät, kurz vor Mitternacht waren wir dort gelandet und die Zeit der nahenden Geburt wollte nicht vergehen.

Was macht man denn so kurz vor dem schönsten Augenblick, den eine Mutter erleben darf? Man kreißt und kreißt und kreißt im Kreißsaal herum.

Schwester Waltraud verstand sich gut darin, mich durch angenehme Gespräche abzulenken, um nicht ständig in mich hinein zu horchen, denn was ich als erste Wehe interpretierte, war für sie noch lange kein Grund nervös zu werden. Sie konnte mir die Zeit bis zur Entbindung durch unsere Unterhaltung angenehm verkürzen. Somit erfuhr sie über unsere bevorstehenden vier Jahre in Mexiko. Mein Versprechen, ihr eine Karte aus diesem fremden Land zu schicken, habe ich eingehalten und nur einige Jahre später konnte ich mich dadurch bei Schwester Waltraud ein weiteres Mal in Erinnerung bringen.

Geburt unserer Tochter

Fast auf die Sekunde genau, es war mittags zwölf Uhr, hielt ich unsere Tochter in meinen Armen und konnte das Glück kaum begreifen. Sie war für mich das schönste Baby auf Erden, und selbst Schwester Waltraud gab kund: „Oh, die Kleine ist aber auch hübsch. Und wie soll sie denn heißen?"

In dieser Fülle an Glückseligkeit sprudelte es nur so aus mir heraus: „Anne! Sie soll Anne genannt werden."

Immer wieder wurde davon erzählt, dass es ein Wunder sei, ein Kind zu bekommen. Jetzt, mit der Kleinen in meinen Armen, konnte ich das nur noch bestätigen. Diesen Winzling hatte ich in der Frauenklinik als Wickelpaket zum Stillen bekommen. Sicher waren die vorbereitenden Kurse für den kleinen Erdenbürger sinnvoll und hilfreich gewesen, doch als wir unsere Anne daheim das erste Mal aus ihrer ′Verpackung′ holten, gab dieser Sprössling meinem Mann den Anlass zur Kontrolle, ob auch wirklich alles an ihr funktioniert. Jedes Körperteil wurde separat begutachtet, hin und her gedreht und mit wachsender Begeisterung sagte dieser junge Vater: „Du, das glaubst du nicht, die Gelenke kannst du richtig bewegen, selbst die kleinen Finger machen alles mit."

Was hatte er denn sonst gedacht. Mit großer Sorgfalt war er dabei, jeden Finger, auch die Zehen, eigentlich alle Gliedmaßen auf ihre Beweglichkeit zu kontrollieren. Ihm dabei zuzuschauen war für mich der größte Genuss.

Verwandte und Freunde waren längst über unseren Familienzuwachs informiert. Kaum aus der Klinik entlassen, rissen die Besuche nicht mehr ab. Ein jeder schien nach der

Begutachtung unserer Tochter zufrieden zu sein, wir bekamen fast immer den gleichen Wortlaut zu hören: „Na, die Kleine habt ihr aber gut hinbekommen."

Indessen kehrte unser Alltag allmählich wieder ein, obwohl er seitdem durch die Anne-Zeitrechnung bestimmt wurde. Auch stellten sich neue Fragen um den immer näher rückenden Auslandseinsatz in Mexiko. Wie musste ich mir die Hauptstadt vorstellen, in der wir arbeiten und leben sollten? Man hörte und las sehr wenig über Land und Leute. Wo werden wir wohnen? Gibt es Arbeit für mich? Ab wann, und wenn es so sein sollte, was wird mit unserer Anne? Wird sie gesund und glücklich dort aufwachsen können? Wie packt das der kleine Wurm überhaupt in dieser Höhe? Immerhin liegt die Hauptstadt 2.200 Meter hoch. Diese Tatsache gab mir Anlass genug, mich damit immer und immer wieder auseinanderzusetzen. Außerdem galt Mexiko zu dieser Zeit in der DDR als ein Entwicklungsland. Bei diesem Begriff stellte ich mir nicht nur das Gesundheitswesen rückschrittlich vor, alles Weitere wurde gleich mit infrage gestellt. Was isst man in Mexiko? Andere Länder, andere Sitten. Aber welche? Wie wird der Jahreszeitenwechsel sein? Brauchen wir Wintersachen? Und, und, und? Fragen über Fragen häuften sich an, auf die mir bisher niemand eine ausführliche Antwort geben konnte. Nur bruchstückhaft gab es hier und da mal eine Nachricht über das Land und seine Menschen. Jedoch das, was mich so brennend interessierte, blieb auf der Strecke.

Bald darauf verkündete mir mein Mann, dass ihm eine Dienstreise nach Mexiko zugesagt wurde. Meine Freude darüber war zu Beginn riesig, weil ich dadurch viele meiner Fragen endlich beantwortet bekäme. Andererseits wuchsen auch meine Bedenken täglich ein Stückchen mehr. Wie musste ich mir das vorstellen, wochenlang ohne jeglichen Kontakt zu ihm? Schnell einmal zu telefonieren, wäre heutzutage kein Problem, doch damals ohne Telefonanschluss? Wir hatten zwar immerhin schon einen Antrag dafür gestellt, aber noch lange keine Vorrichtung zum Telefonieren erhalten. Dieses Dilemma ließe sich in etwa mit der langjährigen Autovorbestellung vergleichen. Immerhin wartete man bis zur Installation eines Telefons nur vierzehn Jahre und somit ganze drei Jahre weniger als bis zur Auslieferung eines Autos. So war der Stand der Dinge damals. Es war im Grunde egal, welcher Weg einer Kommunikation der bessere wäre, es blieb ein schwieriger. Briefe oder Karten. Wie lange braucht die Post, bis eine Nachricht von dort nach hierher eintraf? Plötzlich war es da, das Gefühl, dieser Situation hilflos ausgeliefert zu sein. Solche Gedanken musste ich vorerst beiseiteschieben, sie nahmen zu viel Raum in mir ein.

Relativ zügig, ungefähr sechs Wochen nach der Geburt unserer Tochter, erhielt er das Visum für seine erste Dienstreise nach Mexiko.

Er allein, so schnell und was ist mit uns, wie soll das denn gehen? Sie war zurück, meine innere Stimme, die mir sagte, plötzlich einsam und verlassen zu sein. Aber jetzt müssen wir das irgendwie durchstehen, dieser Gedanke ergab für mich die einzige Alternative, auch wenn Freud und Leid so eng beieinander lagen.

Seine Reise rückte beständig näher, selbst dadurch konnte ich es immer noch nicht richtig begreifen, dass unsere kleine Familie in absehbarer Zeit mit Sack und Pack über den großen Teich fliegen würde. Schnell, viel zu schnell verstrich die Zeit, bis er sich auf diesen langen Weg in ein unbekanntes Land machen sollte. Somit hieß es erst einmal Abschied nehmen von meinem Mann, dem jungen Papa. Sein Abreisetag ging mir förmlich unter die Haut. Ich konnte nicht einschlafen. In einem Dämmerzustand verfing ich mich ständig in den Gedanken, wo er jetzt sein mochte und ob alles gut gegangen war. Mit dem Blick in die Sterne habe ich mich oft getröstet und mir gesagt, die da oben sieht er genauso wie ich, klar und deutlich. In den Nachthimmel zu schauen blieb lange Zeit die einzige Verbindung zu ihm, und es hatte sogar etwas Tröstliches. Acht lange Wochen sollte er vorerst in Mexiko bleiben. Er fehlte mir seit der Stunde unseres Abschieds. Jedoch, ich hatte unseren kleinen Schatz, der mich wunderbar in Beschlag nahm und mich von meiner schwermütigen Stimmung ablenken konnte.

Es genügte schon, in ihr strahlendes Gesicht zu schauen, sie friedlich schlafend zu beobachten oder wenn sie hellwach mit großen Augen ihre kleine Welt eroberte. Ob sie ihren Papi auch vermisste?

„Da müssen wir durch, wir haben es so gewollt", mit diesen Worten versuchte ich uns zu trösten.

Aber, warum bekam ich keine Information, ob er gut angekommen war? Niemand klingelte an unserer Tür, tagelang passierte nichts in dieser Richtung. Dieses Warten wurde mir zur Qual. Wie ich etwas später erfuhr war man im Betrieb längst auf dem Laufenden, auch darüber, dass er gut in Mexiko gelandet war. Wahrscheinlich wäre ich sofort informiert worden, wäre er nicht dort eingetroffen, wo er erwartet wurde. Ich unterstellte den Leuten, die mich darüber informieren sollten, ein Versehen, da ich für sie in der langen Reihe der Informationskette wahrscheinlich das letzte Glied war. Und so wartete ich und wartete und wartete wie verrückt, bis endlich nach fast zwei Wochen ein ausführlicher Brief eintraf, den er einem zurückgereisten Kollegen mitgeben konnte.

Alle Briefsendungen und Grußkarten von DDR-Bürgern, die im Ausland arbeiteten, wurden in der zuständigen Botschaft oder dem Handelsbüro abgegeben, gesammelt und ein auserwählter Kurier nahm diese Post in einem versiegelten Postsack auf seinem Heimflug mit. Als Kurier konnten Botschaftsangehörige auserkoren werden, aber auch Dienstreisende kamen dafür in Betracht. Wie wir später erfuhren, brachte der Status eines Kuriers einen erheblichen Vorteil mit sich. Man wurde bei der Einreise in die DDR kaum oder gar nicht kontrolliert. Langspielplatten, verbotene Bücher und andere Printmedien, selbst Modejournale ließen sich dadurch leichter in unser Land schmuggeln. Einmal mehr konnte man verstehen, warum als Kurier eingesetzt zu werden so sehr begehrt war. Es soll auch vorgekommen sein, dass Kuriere samt Postsack den Weg zur Flucht in den Westen nutzten. Dessen Postsack tauchte wohl fast immer wieder auf, doch der Kurier hatte inzwischen das Weite gesucht.

Ansichtskarten aus diesen Ländern zu verschicken, war unerwünscht. Den Postweg, wie wir ihn heutzutage kennen, konnte damals die Stasi nur bedingt kontrollieren. Einfach nur frankiert zur Post bringen, in den Kasten einwerfen, das durfte nicht sein, wurde trotzdem praktiziert. Warum Postkarten dennoch ihre Empfänger erreichten, war trotzdem sehr verwunderlich.

Fast gleichzeitig zu seinem lieben Brief, erhielt ich auf diesem Weg eine hübsche Ansichtskarte aus Mexiko-Stadt. Ich weiß nicht mehr, wie oft ich diese Zeilen gelesen habe und immer etwas Neues daraus entnehmen konnte. Alles klang gut, der lange Flug, die riesige Stadt, das Wetter und die freundliche Aufnahme durch seine Kollegen. Ich war mehr als beruhigt. Auch kann ich mich daran erinnern, dass ich meiner Anne diesen Brief mehrmals vorgelesen habe und sie mit großen Augen und zustimmenden Lauten ebenfalls ihre Begeisterung äußerte. Mit dem Wissen aus seinen Nachrichten steigerte sich meine Neugier auf dieses Land viel mehr, damit baute ich mir ab sofort meine kleinen Luftschlösser für unsere Zeit in Lateinamerika.

Damals war ich gerade einmal siebenundzwanzig Jahre alt, heute mit über sechzig ist mir diese Brisanz jener Lebensphase sehr bewusst. Diese in meinen Tagebüchern erfasste Vergangenheit atmet den Teil unseres Lebens, der dadurch immer größer und schöner wurde.

Weitere Briefe und auch Karten folgten in unregelmäßigen Abständen. Sie klangen fröhlich, optimistisch aber natürlich auch irgendwie fremd. Eine Zuordnung war noch nicht möglich. Man kann nun mal mit ein paar wenigen Sätzen nicht diese neuen Eindrücke beschreiben, zumal der Alltag doch anders abzulaufen schien. Mein Bild von Mexiko wurde durch diese geschriebenen Worte nicht wesentlich klarer. Fehlte das eigene Erleben? Alle Bemühungen, mehr über das Land zu erfahren, scheiterten an den marginalen Informationen durch unsere Medien. Deren Vertreter waren zu dieser Zeit gezwungen, Berichterstattungen über befreundete Länder wie Angola, Mosambik oder auch Nicaragua in den Fokus zu rücken. Mexiko gehörte nicht zu diesen Favoriten. So blieb mir die einzige Möglichkeit, mir aus den wenigen Zeilen der spärlichen Post mein Mexiko zurechtzuträumen. Darüber habe ich endlose Selbstgespräche mit unserem kleinen Liebling geführt. Einen geduldigeren Zuhörer hätte ich nie bekommen können, was ganz entscheidend für mein Wohlbefinden war. Da hört dir jemand zu, widerspricht nie und strahlt darüber hinaus auch noch verständnisvoll. Sie tat mir so gut, unsere Kleine. Aber ich sehnte das Ende seiner Dienstreise herbei. Acht Wochen der Trennung waren einfach zu lang für uns drei. Zwei ganze Monate hatte er unsere Tochter nun schon nicht gesehen, die sich in dieser Zeit immens verändert hatte. Ob er seine kleine Anne überhaupt wiedererkennen würde? Und was war mit uns in dieser Zeit passiert? Ständig kreisten Fragen in meinem Kopf herum. Dann war er endlich da, der Tag seiner Heimkehr. Auch wenn dieses Wort so altmodisch klingen mag, es traf ihn auf den Punkt.

Es war mir egal, dass in den ersten Dezembertagen noch dieses typische, graumausige Herbstwetter herrschte, für mich schien eine Extrasonne. Ich fuhr nach Berlin zu Freunden, um meinen lieben Mann, der auf dem Schönefelder Flughafen landen sollte, zu überraschen. Anne blieb währenddessen in den besten Händen meiner Schwiegereltern.

An den Aufenthalt in Berlin kann ich mich kaum noch erinnern. Auch wenn sich unsere Freunde allergrößte Mühe gaben, den Tag und die Nacht davor so kurzweilig wie möglich zu gestalten. Ich konnte weder essen noch schlafen. Meine Tagebuchaufzeichnungen gaben wenig Auskunft über diesen Zustand, wahrscheinlich war ich des Schreibens nicht mehr mächtig.

Mit einem Kloß im Hals stand ich am nächsten Tag auf dem Flughafen in Berlin-Schönefeld, dabei fortwährend auf die Anzeigetafel starrend. Sie zeigte sich besonders übersichtlich, bei diesen wenigen Starts und Landungen tagtäglich. Das mich umgebende Grau mit dem Spektrum sämtlicher Zwischengrautöne, das sich auf jeder Ebene und in allen Ecken des Flughafengebäudes abzeichnete, hielt mich nur deswegen in Bann, weil sich früher oder später endlich die Ausgangstür öffnen musste, um diesen, meinen Mann ´herauszugeben´. Äußerst seltsame Gerüche, die nicht unbedingt als der Duft der großen weiten Welt bezeichnet werden konnten, verstärkten meine Anspannung zusätzlich. Ich bewegte mich trotzdem keinen Zentimeter von diesem Fleck. Hunderte Sachen gingen mir in dieser Zeit durch den Kopf, aber alle drehten sich zum wiederholten Male um die eine freudige Tatsache, dass wir bald wieder eine vollständige Familie sein werden.

Das Flugzeug war gelandet, so vermittelte ein Flackerlicht auf der Anzeigetafel und ich hatte gefühlt bereits seit Stunden auf der gleichen Stelle gestanden. Ein überschaubares Gewimmel braun gebrannter Menschen zog an mir vorbei. Ihre Zahl wurde mit steigender Wartezeit immer übersichtlicher, bis nur noch vereinzelte Personen die Empfangshalle betraten.

Was war los, wo blieb er denn? Kaum zu Ende gedacht, stand er endlich als einer der Letzten, die von der Zollbehörde freigegeben wurden, mit sonnengebräuntem Gesicht und dem mir wohlbekannten Gewinnerlächeln vor mir. Die Umarmung hätte nicht inniger sein können. Alles war wieder gut. Immerhin brauchte es Minuten oder doch nur Sekunden, bis es aus uns heraussprudelte, was sich alles durch die Trennung aufgestaut hatte.

Während der Rückreise mit der Bahn nach Jena genossen wir unsere Zweisamkeit in einem leeren Abteil. Ich wurde das Gefühl nicht los, als ob jemand an diesem Glücksumstand gedreht hatte. Unsere ganze Vertrautheit kehrte wieder dahin zurück, wo wir sie vor acht Wochen liegen gelassen hatten. Gestik, Mimik, Geruch, alle mir an ihm lieb gewordenen Eigenschaften flammten wieder auf. Und wie braun gebrannt er von der mexikanischen Sonne war? Neben ihm kam mein käseweißes Antlitz einem Mauerblümchen gleich. Ich musste ihn immer wieder anschauen, berühren und unsere Lippen verstanden ihre eigene Sprache. Bis heute habe ich keine genussreichere Bahnreise erlebt.

Vorsorglich hatte ich die neuesten Fotos unserer kleinen Tochter mitgebracht, um ihn mit meinem ganzen Stolz auf die prachtvollen Veränderungen, die unser kleiner Schatz während seiner Abwesenheit genommen hatte, einzustimmen. Beim Betrachten der Bilder verstummte er für Sekunden und ein leichtes Entsetzen war ihm anzumerken. „Das soll meine Tochter sein? Was hat die denn für einen großen Kopf? Und wo sind ihre dichten schwarzen Haare geblieben?“

Jetzt war ich geschockt, hatte aber immer noch die besseren Argumente. „Kannst du dich erinnern? Als genau feststand, dass ich wieder schwanger werden durfte, habe ich dir versprochen, heute machen wir unser Kind und das wird schön! Und du wirst begeistert sein, deine Tochter in den Armen zu halten. Sie ist das schönste Kind sowieso und hat gar keinen großen Kopf!“

Zu Hause angekommen erfüllte sich genau diese Voraussage. Überglücklich stand ich abseits, um diesen ergreifenden Moment zwischen Vater und Tochter zu beobachten. Da stand nichts Fremdes zwischen ihnen, trotz wochenlanger Trennung, nur noch große strahlende Augen auf beiden Seiten.

Wie durch einen Nebelschleier verhangen, bemerkte ich erst daheim, mit wie viel Gepäck er zurückgekehrt war. Unmöglich erschien mir, das ganz allein bewältigt zu haben. In meinem Tagebuch lese ich dazu: *Ich werde den Eindruck nicht los, dass er für die nächsten fünf Weihnachtsfeste Geschenke und Souvenirs mitgebracht hat.* Dinge wurden dabei zutage gefördert, die aus meinen Augen nur schwerlich aus einem Entwicklungsland stammen konnten. Ich war wie gefangen in diesem Überfluss, auch an Emotionen, und der Abend war noch lange nicht vorbei, ganz zu schweigen von einer himmlischen Nacht. Wir hatten uns wieder.

Um uns herum stellte sich der gewohnte Alltag schnell wieder ein. Eltern, Geschwister und Freunde waren auf den neuesten Stand gebracht worden und niemand zweifelte mehr daran, dass dieses Land Mexiko in absehbarer Zeit für uns eine Bereicherung in jeder Hinsicht werden konnte. Gemeinsam dieses Land bereisen zu können, sich darauf einzulassen, mit allen nicht auszuschließenden Konsequenzen, das war es, was ich, wir gemeinsam unbedingt erleben wollten.

Das alte Jahr neigte sich dem Ende. Pläne für das Weihnachtsfest, sowie den Jahreswechsel wurden gemacht. Beides fand für uns in Masserberg, im Thüringer Wald, statt. Dort arbeiteten und lebten meine Schwiegereltern und für uns war dieser Luftkurort immer mit einem Urlaubsgefühl verbunden. Das galt zu jeder Zeit, ob im Sommer oder im Winter, wobei die Lage des Ortes in der kalten Jahreszeit einen besonderen Reiz ausübte. Selbst die Masserberger sprachen darüber, dass es von den zwölf Monaten eines Jahres ein dreiviertel Jahr lang den Winter mit viel Schnee und Eis gibt und es die restlichen drei Monate kalt sei. Wenn wir mit Langlaufski im feinsten Schnee unterwegs sein konnten, kam uns diese Aussage jedes mal albern vor. Natürlich feierten wir zusammen ein ganz besonderes Weihnachtsfest, jenes im Jahr 1977. Auf der einen Seite gab es den neuen kleinen Erdenbürger, in dessen großen Augen sich der weihnachtliche Lichterglanz widerspiegelte. Andererseits waren wir nicht sicher, ob der nächste Heiligabend vielleicht doch in Mexiko stattfinden würde.

Ein neues Jahr, das 1978er, hatte gerade begonnen. Im tief verschneiten Winterwald setzten wir genüsslich lange Spuren in den Schnee. Immer mit dabei die vielen wiederkehrenden Fragen. Wie wird der Winter dort im anderen Land sein? Gibt es überhaupt Schnee und wenn ja, wie bekommt man die Wohnung warm, wenn angeblich keine Heizung existierte? Abwarten und Tee trinken, alles auf sich zukommen lassen, war die beste Alternative, die es dazu geben konnte. Trotzdem, die Anspannung ließ uns nicht mehr los. Manchmal reichte mir schon ein kleines Augenzwinkern von ihm, um die gleiche Stimmungslage bestätigt zu bekommen.

Noch im Januar kamen die ersten konkreten Anweisungen, vom Außenhandelsbetrieb des VEB Carl Zeiss Jena, dem wir jetzt angehörten, für unsere geplanten vier Jahre in Mexiko. In erster Linie bedeutete es, für uns nachzuweisen, dass Körper und Geist diesen besonderen Anforderungen gewachsen waren. Optisch hätten wir unsere körperlich gute Verfassung sofort beweisen können, aber auch damals musste alles Hand und Fuß haben. Somit ging der ´Papierkrieg´ um uns und mit uns gerade erst richtig los.

Begonnen wurde mit einer ´Tropenuntersuchung´ für die Familie. Schon allein dieser Begriff ließ mich stutzig werden. Wo Bitteschön sind in Mexiko die Tropen? Ich wusste es nicht, wurde allerdings eines Besseren belehrt. Aufgrund der Höhenlage dieser Stadt nannten sie sich Kalttropen. Trotzdem bezweifelte ich sehr, dass sie der Grund für diese Ganzkörperuntersuchung war, sondern eher als eine Art Sicherheit verstanden werden sollte, um eventuell anfallende Arztkosten unentdeckter Krankheiten im Ausland zu vermeiden. Ich hatte zwar nie die Absicht, mich irgendwo freiwillig unter das Messer zu legen, doch den sich mir erklärenden Sachverhalt, für unser Land Devisen sparen zu müssen, fand ich einleuchtend. Und so begaben wir uns zu einer Vielzahl an Fachärzten mit einer ebensolchen Fülle an Arztterminen. Es war sehr wohl in Ordnung, mal richtig von Kopf bis Fuß durchgecheckt zu werden. Allerdings wurde in diesem Zusammenhang bekannt gegeben, dass es in dem jährlich festgelegten, obligatorischen DDR-Urlaub eine Wiederholung dieser Prozedur geben würde. Das war aber zum Glück noch ganz weit weg. Erst einmal bis nach Mexiko kommen, hieß es für uns, dann sehen wir weiter. Obwohl alles unter einem gewissen Zeitdruck vonstatten ging, hatten wir sämtliche Prüfungen der Tropenuntersuchung mit Bravour bestanden und bekamen damit das Prädikat tropentauglich! Aktenkundig, mit einem kleinen lustigen Stempel, verzierte er unsere Dokumente. Erfahrene Kollegen, die sich damit auskannten, raunten uns einmal mehr zu: „Wenn ihr diese Tropentauglichkeit in der Tasche habt, kann nichts mehr schief gehen.“ Ein Riesenschritt in die richtige Richtung war genommen.

Ohne Vorankündigung besuchte uns der damalige Leiter des Zeiss Büros aus Mexiko in unserer Wohnung. Seine überraschende Anwesenheit gab mir den Anlass, ihm mehr über die Bedingungen von Land und Leute aus der Nase ziehen zu wollen. Ich musste es wissen, wenn unser Alltag bald anders verlaufen sollte, als wir es bis dato kannten. Und was passierte? Es ließ sich ihm einfach nichts entlocken, was ich nicht schon durch meinen Mann erfahren hatte. War das etwa Absicht seinerseits, Taktik oder nur Gleichgültigkeit? Ich wurde nicht schlau aus seiner Teilnahmslosigkeit. Mein Bauchgefühl sagte mir, dass von ihm nicht viel Inspirierendes zu erwarten war und es bewahrheitete sich. Viele Entscheidungen, besonders jene mit den großen Fragezeichen, habe ich seitdem immer mit dem sogenannten Bauchgefühl getroffen. Nie hatte es mich getäuscht. So war ich instinktiv bei der Planung für unseren Auslandsaufenthalt gut beraten, genau darauf zu hören und danach zu handeln.

Plötzlich ging alles wieder einmal viel zu schnell. Zum Ende des Monats Januar kam mein Mann mit der Nachricht heim, dass der voraussichtliche Ausreisetag bereits am fünfzehnten Februar sein sollte. Einmal tief durchgeatmet standen auch schon die Umzugskisten riesigen Ausmaßes bei uns in der Wohnung. Sperrig und groß verstellten sie uns jeden Raum. Wenn wir nicht zu lange auf unsere persönlichen Dinge in Mexiko warten wollten, mussten wir diese umgehend bepacken. Für einen mehrjährigen Aufenthalt im Ausland bekam man eine möblierte Wohnung gestellt, eine Grundausrüstung, die Hardware eben. Alle privaten Dinge, auf die wir dort nicht verzichten wollten oder konnten, wanderten hinein in diese Seefrachtkisten, bis unser Hab und Gut ruhigen Gewissens verstaut war. Mein Bauchgefühl spielte dabei eine ganz entscheidende Rolle mit, zum Beispiel festzulegen, welche dieser einzupackenden eigenen kleinen Besitztümer im anderen Land für uns wichtig werden sollten. Es stellte sich später heraus, dass nichts Nutz- oder Sinnloses den großen Atlantik überquerte.

Ende Februar war längst passé, der vorausgesagte Ausreisetermin ebenfalls, der Frühling in Sichtweite und das nächste Reisedatum ließ immer noch auf sich warten. Ein Lebewohlsagen mussten wir trotzdem allmählich angehen. Die Trennung für ein ganzes Jahr, von Freunden, Verwandten, Arbeitskollegen und Sportkameraden, fiel uns nicht leicht. Sehr oft wird das Abschiednehmen wie ein kleines Sterben bezeichnet, doch in unserem Fall haben wir das ordentlich begossen. Feiern konnten wir schon immer gut, egal in welcher Runde und bei welchem Wetter. Dabei konnte schnell einmal eine komplette Festwoche zusammenkommen. Kein Wunder war es somit, dass die Zeit nur so dahinraste, immerhin hielt schon der kalendarische Frühling Einzug, der mit fast 30 Grad am Monatsende im März einen Tagebucheintrag wert war. Dieses Wetter musste unsere Anne derartig beflügelt haben, dass sie von jetzt auf gleich in eine andere Art der Fortbewegung umschaltete. Ihre ersten Kriechversuche sahen schon recht vielversprechend aus. Überhaupt entwickelte sie sich einfach prächtig. Es machte einfach nur Spaß, die täglichen Fortschritte unseres kleinen menschlichen Wunders studieren zu können. Sie, unsere sichtbar gewordene Liebe.

Auch unser zweiter Ausreisetermin wurde annulliert. Begründet wurde dies nicht. Warum auch? Und so warteten wir, geduldig wie die Schafe, auf den nächsten festgesetzten Zeitpunkt. Dieser, festgelegt auf den 5. Mai 1978, ließ uns bereits daran zweifeln, ob wir an diesem Tag nun wirklich auf und davon schweben sollten. Das wäre jetzt ganz sicher, wurde uns versprochen. Zu dieser präzisen Ansage erhielten wir die Nachricht über unsere Flugroute nach Mexiko. Die damals übliche Flugstrecke verlief von Berlin Schönefeld mit der Interflug, der Luftfahrtgesellschaft der DDR, über Kuba/Havanna und von dort mit der mexikanischen Fluglinie direkt nach Mexiko-Stadt. Überraschenderweise wurde uns eine abweichende Flugroute von ´ganz oben´, dem damaligen Generaldirektor, genehmigt. Nur ihm stand es zu, grünes Licht dafür zu geben. Wahrscheinlich trug unsere erst neun Monate alte Tochter zu dieser erfreulichen Entscheidung bei. Diese

Route führte uns von Berlin nach Amsterdam, weiter mit der KLM über Montreal und Houston als Zwischenlandungen bis zum endgültigen Zielort Mexiko-Stadt. Was hier und heute völlig normal klingt, stellte sich für uns damals als das absolute Nonplusultra heraus. Mein Zustand bei dieser Nachricht ließ sich in etwa so beschreiben: Ein hyperventilierendes, mit den akrobatischen Sprüngen eines Rumpelstilzchens lauthals gestikulierendes Frauenzimmer!

Diese Flugroutenabweichung setzte dem Ganzen die Krone auf und sollte zu einem meiner größten Erlebnisse werden. Warum passierten uns so unvorstellbare Dinge und wer verhalf uns zu diesen Entscheidungen? Ob wir jemals erfahren werden, warum uns das Glück hold war? Vielleicht war doch etwas daran, dass, wenn man sich etwas ganz sehr und fest wünscht, es plötzlich genauso eintritt? Wahrscheinlich war es der Wille zum Glücklichsein. Mit diesem Fazit beendete ich ein für alle mal meine Grübeleien über die Fügungen unseres Schicksals. Ein letzter Programmteil musste noch kurz vor Reiseantritt erfolgen. Zur Pflicht erklärt war das obligatorische Ausreisegespräch für meinen Mann und mich, das bei dem zuständigen Generaldirektor unseres Außenhandelsbetriebes geführt wurde. Dieser persönlichen Einladung folgend, gab es eine Unterhaltung, an die ich mich mit keinem Wort erinnern konnte. Was sollte sich dabei herausstellen, wem nützte es, oder holten wir uns dadurch nur die absolute Zustimmung ab, über das, was bereits lange entschieden war? Hatte uns dieses sechs Augen Gespräch überhaupt etwas gebracht?, habe ich mich im Nachhinein gefragt. Selbst in meinem Tagebuch gab es keinen Vermerk dazu. Es war alles gesagt und geregelt, wir wollten nun endlich los und neue Erkenntnisse gab es ebenfalls keine.

Schnell fort, bevor es sich noch jemand anders überlegt, dachten wir uns.

Doch da hatten wir die Rechnung ohne den Wirt gemacht. Abermals wurde der Abreisetag verschoben, aber auch nicht verkündet, wann die vierte Version folgen sollte.

Langeweile, für uns ein Fremdwort, vor allem durch unsere Anne, die wie beflügelt versuchte, sich auf ihre Beine zu stellen. In dieser Entwicklungsphase konnten wir sie zu keinen Moment mehr aus den Augen lassen. Außerdem waren wir als sportbegeisterte Familie immer ´am Ball geblieben´. Jede freie Minute wurde dazu nochmals genutzt; mein Radsportler auf der Straße und ich war als Korbjäger unterwegs.

Bis zuletzt wollten wir uns nicht vom himbeerfarbenen ´Bügelfaltenauto´ trennen. Gefühlsmäßig ging es unserem ´Straßenkreuzer´ nicht anders, aber die Ereignisse überschlugen sich wieder einmal mit rasantem Tempo. Der vierte und angeblich endgültig letzte Ausreisetermin zum 12. Mai 1978 wurde uns verkündet. Ein Autoverkauf zu jener Zeit, egal welchen Zustand der fahrbare Untersatz aufwies, war überhaupt kein Thema. Tröstend über den Verlust unseres treuen Gefährten war lediglich die Tatsache, dass wir in Mexiko ein neues Fahrzeug bekommen würden. Ein Westauto.

Zwei Tage vor dem ausschlaggebenden Datum waren alle Gepäckstücke reisefertig, die Seekisten schwammen schon seit geraumer Zeit in Richtung Veracruz, dem Zielhafen entgegen. Endlich gab kein Zurück mehr.

Für unsere Wohnung zahlten wir weiterhin die monatliche Miete. Pflanzen und weitere pflegeintensiven Sachen wurden entweder verschenkt oder kamen in die Obhut treu sorgender Hände. Einmal im Jahr wurden wir, ´die Auslandsleute´, wie wir genannt wurden, in den Heimaturlaub geschickt, ob man wollte oder auch nicht. Damit verblieb das uns vertraute Wohnungsinventar Staub geschützt verhüllt, bis wir für einige Wochen, in der Regel waren es sechs bis maximal acht, nicht nur nach Hause kamen, sondern kommen mussten. Das war fest verankert in unserem Vertrag und sollte uns wahrscheinlich gegen eventuell aufkeimende Heimatentfremdung schützen. Auf jeden Fall war es die beste Lösung, dass wir in dieser Zeit unser Zuhause auch wieder unser Eigen nennen durften. Aber ich wurde auch das bedrückende Gefühl nie los, dass da mal jemand während unserer Abwesenheit in der Wohnung war, um nach dem ´Unrechten´zu schauen.

Bestens gerüstet, mit allen wichtigen Dokumenten für unsere Familie, kam mein Mann von seinem letzten Arbeitstag vor der Abreise nach Hause. Sofort begutachteten wir unsere Reiseunterlagen auf deren Vollständigkeit und Korrektheit, die Tickets wurden hin und her gewendet, sogar daran geschnuppert, ebenso an den heiß begehrten Reisepässen, diesen kleinen grünen Heftchen mit DDR-Emblem im Prägedruck. Den Pass in meinen Händen haltend, versprach er mir, die große weite Welt zu sehen. Seite für Seite wurde kontrolliert. Und da war sie, die faustdicke Überraschung. Was war ich eigentlich? Unter welchem Status sollte ich die Reise antreten? In meinem Pass stand über meinem Namen eine Anrede, die ich so noch nie gehört oder irgendwo gelesen hatte. Es verschlug mir fast die Sprache, selbst mein Mann schüttelte darüber verwundert den Kopf. Ich fand mich in meiner neuen Amtsbezeichnung mit sofortiger Wirkung als *Mitreisende Ehefrau* rechtskräftig wieder. Mit solch einem Knalleffekt hatte ich wahrlich nicht gerechnet. Diese Titulierung fand ich zuerst einfallslos, dann befremdlich, zum Schluss war ich nur noch irritiert. Wer hatte sich denn so etwas ausgedacht? Wofür sollte das gut sein? Außerdem konnte ich mir überhaupt nicht vorstellen, dass es irgendein anderes Land bei der Einreise interessieren würde, unter welchem Status diese Person ein- oder ausreiste. Mit dieser ´Ehefrau´ konnte ich noch leben, aber das Attribut ´mitreisende´ hatte nicht nur etwas Verwirrendes, ich fand das Ganze nahezu unsinnig. Bis ich mich einigermaßen damit identifizieren konnte, brauchte es etliche Stunden. Erst später nahm ich es amüsiert zur Kenntnis. Womöglich war bei meinem Titel irgendwo ein S abhanden gekommen? Viel schöner hätte ich es gefunden, als ´mitreißende´ Ehefrau meinen Mann begleiten zu dürfen.

Unser Töchterchen stand lediglich mit ihrem Namen in meinem Pass. Verständlicherweise hätte sie ebenfalls einen Untertitel vertragen können, wie zum Beispiel ´mitreisende Tochter der mitreisenden Ehefrau´. Wiederholt schaute ich in den Pass, in der Hoffnung, dass ich mich geirrt hätte, doch dieser Titel blieb haften, ein Leben lang!

Anreise Mexiko-Stadt

Bekam ich überhaupt ein Auge zu, in der Nacht vor unserer Abreise? Eher nicht, wie sollte ich auch, viele Gedanken drehten sich im Kreis. Hast du an alles gedacht, nichts vergessen, besonders für unsere Kleine gesorgt, sämtliche Eventualitäten bedacht? All zehn Minuten kamen neue Fragen hinzu. Mein Herz schlug mit wachsender Stunde immer kräftiger. Wo war mein Puls, hatte ich überhaupt noch einen?

Gleich mehrere Wecker klingelten morgens um sechs Uhr. Das wäre eigentlich gar nicht nötig gewesen, mit einem wachen Auge auf sie fixiert verbrachten wir diese letzte Nacht vor unserer Abreise. Nur unsere Kleine schien völlig ausgeruht und strahlte uns entgegen, als wäre ein ganz normaler Tag angebrochen.

Etwa zwei Stunden später hielt ein Bus vor unserer Haustür, der uns zusammen mit zwei weiteren Familien zum Flughafen nach Berlin-Schönefeld bringen sollte. Organisiert wurde dieser Transport durch unseren Betrieb. Für die beiden anderen Familien arrangierte man den gleichen Ausreisetermin, eine durchaus logische und ökonomische Konsequenz, zumal wir einen gemeinsamen Abflug von Berlin nach Amsterdam bekamen. Dieser Bus war nach der endgültigen Beladung mit unserem Gepäck brechend vollgestopft, vor allem mit riesigen Koffern, die den schmalen Zwischengang im Bus gleich komplett blockierten. Zusätzlich versperrten zwei Kinderwagen, verschiedene Tragetaschen, diverses anderes Reisegepäck weitere Sitzplätze und die Tür. Von einer bequemen Fahrt der Hauptakteure, dem Busfahrer, drei Ehepaaren mit insgesamt fünf Kindern, davon drei im Babyalter, konnte keine Rede sein.

Hoffentlich geht das gut, dachte ich noch bei dem Anblick. Mir ist heute noch unerklärlich, wie dieses zum alten Eisen gehörende Gefährt über die Buckelpiste der damaligen Autobahn reibungslos und rechtzeitig den Flughafen erreichen konnte.

Das Eintreffen mit einer Punktlandung hätte eigentlich einen kräftigen Applaus verdient, denn so war noch genügend Zeit bis zur Abfertigung des Fluges nach Amsterdam geblieben. Schon während der Fahrt nach Berlin waren sich die Mütter darüber einig, dass unsere Säuglinge unbedingt nochmals versorgt werden müssten, bevor das Geschrei nach Hunger oder Durst einsetzen würde, von durchtränkten Windeln ganz zu schweigen. Und so richtig wusste niemand von uns, ob, wann und wo wir nochmals eine Gelegenheit dafür bekämen. So stürzten wir, kaum angekommen, in Richtung Toiletten. Wickelräume gab es damals noch nicht. Halb im Sitzen, halb im Stehen wurden die hungrigen Münder gestopft. Niemand von den kleinen Geistern rebellierte dagegen an, als ob sie damit vertraut waren, unter diesen besonderen Umständen eine Mahlzeit zu sich zu nehmen.

Als Kind bin ich einmal mit meinen Eltern und dem Bruder von Dresden bis nach Barth an die Ostsee geflogen. Die Erinnerung an diesen Flug war keine besonders Gute. In ein Flugzeug einsteigen zu müssen, dass mich schon durch seinen äußeren Zustand in eine Aversion versetzte, empfand ich als unheimlich. Ob es damals an irgendwelchen Turbulenzen oder am Alter des Flugzeuges gelegen hatte, weiß ich nicht mehr. Was ich jedoch nie vergessen konnte, war der Zustand meiner Mama, die vom Start bis zur Landung permanent in eine Brechtüte schaute und es mir bei ihrem Anblick gleich mit schlecht wurde.

Die Maschine, die uns nach Amsterdam bringen sollte, war aus meiner Sicht ein ähnlicher Typ, wie der unseres Familienausfluges an die Ostsee. Bei dieser Rückbesinnung wurde mir gleich wieder hundsmiserabel. Nach außen zeigte ich mich davon unbeeindruckt. Als uns beim Einstieg in das Flugzeug die besten Plätze zugewiesen wurden, hob sich meine Stimmungslage etwas. Noch mit dem Verstauen der Gepäckstücke beschäftigt, setzte auch schon der erste Höllenlärm ein. Die Turbopropeller gaben damit das Signal zum Abflug. Anne hatte sich mit ihrem vorgesehenen Platz gleich angefreundet, selbst der Start machte ihr scheinbar nichts aus. Ihre Mutter dagegen kämpfte mit den alten Erinnerungen, schluckte ein paar Mal, danach hatte sie sich ihrem Schicksal ergeben. Zweieinhalb Stunden Flugzeit bei strahlendem Sonnenschein über den Wolken gingen recht schnell vorüber, obwohl ein diplomatischer Umweg geflogen werden musste.

Heutzutage ist die Strecke in der Hälfte dieser Zeit locker zu schaffen. Die Interflug, so die damalige Fluggesellschaft der DDR, durfte Amsterdam nicht auf kürzestem Weg direkt anfliegen, da sie keine Überflugrechte für das bundesdeutsche Gebiet hatte. Demzufolge ging unsere Reise in einem großen Bogen von Berlin in Richtung Ostsee, weiter über dänische Landschaften, mit einem langen Weg über die Nordsee bis nach Amsterdam. Grafisch gesehen ergab diese Flugstrecke eine umgedrehte Parabel, die das Doppelte an heutiger Flugzeit verursachte, ganz zu schweigen von den höheren Unkosten, die sich daraus ergaben.

Keine Ahnung hatte ich damals von diesen Bedingungen. Dieser Schlenker um das andere Deutschland herum, der geflogen werden musste, machte mich erst in dem Moment stutzig, als auf der nächstbesten Landkarte die eigentliche Entfernung Berlin – Amsterdam zu sehen war. Wie sinnlos manche Entscheidungen durch politische Bedingungen getroffen wurden, verstand ich nicht. Oder wollte ich sie nicht verstehen?

In Amsterdam, Flughafen Schiphol, glücklich gelandet, durften wir keine Zeit verlieren. Unsere Maschine nach Mexiko-Stadt sollte schon eine halbe Stunde nach unserer Ankunft planmäßig starten. Die Formalitäten dazu wurden schnell abgewickelt und nach einem kurzen Abschied trennten sich unsere Familien. Eine flog weiter nach Bogota, die andere setzte ihre Reise nach Lima fort. Jeder von uns steckte irgendwie in einem Tunnel, dennoch strahlten wir uns mit der Erwartung auf das Zukünftige, auf das Neue an. Wir kannten uns bereits seit den Vorbereitungen für den Auslandseinsatz und natürlich durch den Spanisch-Intensivkurs. Später sollte sich daraus eine intensive Freundschaft ergeben, die auch auf spannende Parallelen unserer Familien durch die Aufenthalte im Ausland zurückzuführen war.

Wie ließe es sich beschreiben, was meine Augen damals sahen, die durch den vorgeschriebenen Sozialismus in Sachen Farben, Formen sowie der einheitlichen Gesamtarchitektur nicht unbedingt verwöhnt waren? Gab es in der DDR die Möglichkeit sich kreativ zu verwirklichen? Nicht wirklich. Das zeigte mir zumindest die Architektur des Flughafengebäudes von Amsterdam. Davon war ich überaus beeindruckt. Was ich jetzt wahrnahm, machte mich sprachlos und wütend zugleich. Sprachlos einerseits darüber, was ich bereits jetzt zu sehen bekam. Meine Vorstellungen wurden bei Weitem übertroffen. Zum anderen machte mich wütend, mit welchem Recht es DDR-Bürgern verwehrt wurde, ein Land wie die Niederlande sich jemals touristisch erschließen zu können. War es Glück oder Pech, dass wir keine Zeit zur näheren Betrachtung des gesamten Areals hatten? Ich war mir nicht sicher, was mir lieber gewesen wäre. Zu viel stürmte gerade auf mich, auf uns ein.

Den Zeitdruck, in den wir geraten waren, konnten wir mithilfe von Rolllaufbänder, die zu den Flugsteigen führten, etwas mindern. Gehwege, die sich mit mir in Bewegung setzten, ohne selbst einen Fuß vor den anderen bringen zu müssen, das fand ich total lustig, bis auf die Sturzgefahr am Ende des Laufbandes. Deren Nichtbeachtung wurde sofort bestraft, indem man über sein Ziel förmlich hinausschoss. Für Kinder wurde diese Art der Fortbewegung zu einem absoluten Spaßfaktor, mitunter sogar entgegen der Laufrichtung voranzukommen zu wollen. Trotz dieser unfreiwillig erzeugten ′Weltrekordlaufzeit′ konnten wir das schillernde Angebot der Shops, begleitet von einem wunderbaren, angenehm neuen Geruch, gerade noch erahnen. Hier war er also, der Duft der großen weiten Welt, der so ganz anders roch, als auf dem Flughafen in Berlin. Hochrot im Gesicht und ordentlich verschwitzt, nicht nur wegen der überwältigenden Eindrücke, erreichten wir mit Ach und Krach unseren Flugsteig. Die Boeing 747 der KLM verschluckte uns in ihrem unglaublichen Innenraum. Erst einmal Plätze einnehmen, für das große Staunen hatten wir immerhin noch einige Stunden Zeit. Wir überließen uns ganz den Flugbegleitern, die uns mit einem bis dahin für uns unbekannten, großartigen Service verwöhnten. Dabei war dieser Tag gewiss ein ganz normaler Arbeitstag für sie, nur für uns blieb er als etwas ganz Besonderes hängen. Ein Essen wechselte das nächste ab, Getränke wurden gereicht, die wir nicht einmal dem Namen nach kannten. Kopfhörer mussten wir zu dieser Zeit noch kaufen, um damit zwischen zwölf Programmen wählen zu können. Während eines Transatlantikfluges, wie dieser es war, wurde mindestens ein Film auf einer großen Leinwand übertragen. Wer wollte, hatte Zugang zu einer Bar über eine kleine Wendeltreppe in die obere Etage.

Anne quengelte inzwischen, obwohl sie ebenfalls bestens versorgt wurde. Für sie gab es ein eigenes Bettchen, das über uns an der Decke baumelte und sie damit den kompletten Überblick vom Innenraum genießen konnte. Mit viel zu vielen Spielsachen von der KLM versorgt, war sie trotzdem nicht mit sich zufrieden. Uns erging es ganz ähnlich. Irgendwann geht einfach nichts mehr hinein in Kopf oder Magen.

Die Türen waren bereits verschlossen, der nahende Abflug in diesen Minuten angekündigt. Wir starteten mit einer reichlichen Stunde Verspätung. Kann denn überhaupt solch ein großer Vogel fliegen und beinahe lautlos, wie ein kleiner Vogel? Ich konnte es nicht fassen. Noch hatte ich die dröhnenden Propellergeräusche aus dem Flugzeug nach Amsterdam in den Ohren, schon segelten wir relativ ruhig über ein Wolkenmeer hinweg. Die Überwältigung der Ereignisse und auch die Übermüdung hatten uns inzwischen voll im Griff. Jeder von uns hing seinen eigenen Gedanken hinterher und ließ zu, sich endlich fallen zu lassen.

Einige Flugstunden später landete unser ´Albatros´ in Montreal. Ein Transitvisum ermöglichte uns, kanadische Luft zu schnuppern. Auch hier war das atemberaubende Angebot der Shops nicht so ohne Weiteres zu verkraften. Welch ein Kontrastprogramm erlebten wir gerade? Gestern noch im Konsum Möhren kaufen, die immer verdreckt wie Schwarzwurzeln aussahen, und heute wählen zu dürfen zwischen schön, schöner, am schönsten! Es gab nichts, was es nicht gab, war mein Eindruck. Dieser Gegensatz beschämte mich geradezu, doch weg schauen oder ignorieren war auch nicht möglich. Das peinlichst saubere Flughafengebäude, welches für meine Begriffe zu dem größten Lampenladen mutierte, den ich bisher gesehen hatte, faszinierte ebenso. All das wurde mir plötzlich zu viel. Ich hätte mich auch mit viel weniger Prunk und Glanz zufrieden gegeben und begriff allmählich, was mich demnächst erwarten würde. Dieser gigantische Überfluss beschäftigte mich während des gesamten Weiterfluges und ich war mir nicht mehr sicher, ob ich bald einem Konsumrausch erliegen würde. Dieser aufkommenden Versuchung wollte ich erst einmal Widerstand leisten, das sagte mir mein Bauchgefühl einmal mehr. Noch waren es nur Gedanken. Ich saß im Flieger und grübelte bereits über Dinge, die noch gar nicht relevant sein konnten.

Nach einem vergleichsweise kurzen Flug folgte ein weiterer Zwischenstopp in Houston. Die Zahl der Fluggäste war plötzlich auf ein Drittel geschrumpft, was zur Folge hatte, dass wir uns über komplette Sitzreihen ausstrecken konnten. Seit vielen Stunden kamen wir aus der Sitzposition endlich in die Waagerechte und ohne Ankündigung verfielen wir sofort in einen Tiefschlaf. Fast hätten wir dadurch den Landeanflug auf Mexiko-Stadt verpasst. Mein Mann schickte mich schnurstracks zum Cockpit, von dem man mir eine Rundumsicht des Landeanflugs gestattete. Dieser Augenblick wurde zum größten Moment unserer Reise und ich werde diesen überwältigenden Anblick auf diese Stadt mein Leben lang nie vergessen. Aus der Vogelperspektive über die Schulter des Flugkapitäns auf diese Metropole zu schauen, genoss ich als etwas ganz Besonderes. Ein schier endloses Lichtermeer kam immer näher, unglaublich beeindruckend. Dennoch, wir flogen und flogen, kreisten zwar nur für einige Minuten über der Hauptstadt von Mexiko, doch fühlte es sich eher wie eine Stunde an. Ich konnte mich nicht sattsehen an diesem imposanten Bild. Unter dem Begriff Metropole hatte ich bis dahin nur eine hypothetische Vorstellung, die sich schlagartig änderte, als ich diese Stadt zu meinen Füßen liegen sah. Von oben betrachtet sah es danach aus, als würde Mexiko-Stadt grenzenlos ausgedehnt auf dem Hochplateau in 2.300 Meter Höhe liegen. Nahezu acht Millionen Menschen sollten hier leben, jetzt war es vorstellbar. Auf Augenhöhe mit dieser Millionenstadt musste ich mich emotional unter Kontrolle halten, um nicht vor lauter Glück loszuheulen. Beim Landeanflug raunte ich meinem Mann in sein Ohr: „Kneif mich mal, damit ich sicher bin, dass ich nicht träume." Und mein Bauchgefühl flüsterte hinterher: Hier wird sich unsere kleine Familie ganz bestimmt wohlfühlen.

Nach diesem langen, unvergesslichen Flug wurden wir noch dazu mit einer weichen Landung belohnt und vom Zoll zügig abgefertigt. Mit dem voll bestückten Gepäckwagen, auf dem unsere strahlende Anne thronte, betraten wir erstmals den Boden unseres Gastlandes. Das passierte zur frühen Abendstunde bei angenehm warmen Temperaturen, nur die fünf Stunden Zeitverschiebung forderten ihr Tribut, insbesondere an unserem Aussehen.

Plötzlich aber zog mich etwas in seinen Bann. Ein ganz bestimmtes Merkmal dieser Stadt manifestierte sich sofort in meinem Gedächtnis und blieb für immer mit ihr verbunden. Es war dieser einzigartige Geruch, der mir entgegen schlug. Niemals wieder habe ich ihn woanders so intensiv wahrnehmen können. Mexiko-Stadt, du riechst einzigartig! Ich wusste, dass ich diesen charakteristischen Duft zu identifizieren durchaus in der Lage wäre, auch noch Jahrzehnte später. Das Zusammentreffen von Klima, Lage und Umweltbelastung musste ihn zu dem gemacht haben, der mich immer mit dieser Stadt verbinden würde. Ich mochte ihn vom ersten Moment an. Nicht umsonst heißt es: Man muss sich riechen können! Und so blieb es, nicht nur für diesen Augenblick.

Empfangen wurden wir von einem Kollegen aus dem Zeiss Büro, der uns in aller Seelenruhe durch den dicken Verkehr in unser neues Heim brachte. Unsere Aufnahmefähigkeit hielt sich in Grenzen, da ging nichts mehr. Immer wieder fielen uns die Augen zu, dabei konnte dieser Kollege mit noch so viel Enthusiasmus über Land und Leute reden, wir wollten endlich nur noch ankommen. Erste Eindrücke unserer neuen Wohnung sammelten wir in einem Dämmerzustand, zwischen apathisch bis überdreht. Nur ein paar verschwommene Zeitlupenbilder blieben von den ersten Minuten des Eintreffens im Gedächtnis hängen. Beim Blick in das Schlafzimmer floss sämtliche Energie in die müden Stellen unseres Körpers, sodass wir uns völlig erschöpft in unseren Betten wiederfanden. Unseren kleinen Schatz mussten wir zu uns in die Mitte nehmen, sie war total erschöpft und ließ sich nur dadurch beruhigen. Noch auf der Herfahrt waren wir uns darüber einig, dass wir zuallererst einen kleinen Rundumblick durch die Wohnung machen wollten. Es interessierte uns jetzt nicht mehr wo, wie, was darin zu finden war. Eine weise Entscheidung, denn der nächste Tag machte alle Strapazen vergessen. Die Sonne begrüßte uns liebenswürdigerweise an unserem ersten Tag im neuen Land, einem Sonntag, der seinem Namen alle Ehre machte und nicht zutreffender für uns Neuankömmlinge ausfallen konnte.

Erste Schritte

Lichtdurchflutete Räume wirken durchaus immer etwas größer, heller sowieso, doch sprengte diese Raumdimension unserer Wohnung alle Erwartungen. Nicht umsonst sagen die Mexikaner zu ihrem Wohnzimmer ´la sala´ oder ´el salon´, und das war keinesfalls übertrieben. Riesig fand ich die Couchgarnitur, die locker unsere Stube in Jena voll ausgefüllt hätte. Noch gewaltiger wirkten Einbauschränke, die es in jedem Raum gab, sogar im ewig langen Flur. So viele Sachen hatten wir gar nicht im Gepäck, die in den eingebauten wuchtigen Schränken zu verstauen waren. Der Esstisch, für unsere Gewohnheit völlig überdimensioniert. An ihm sitzend wäre instinktiv Zurufen oder Winken angebracht gewesen. Ständig lag uns der Vergleich mit der kleinen heimatlichen Wohnung auf den Lippen. Auch die restlichen Räumlichkeiten fielen sehr üppig aus, einschließlich des Zimmers für unsere kleine Anne. An der Stirnseite des Wohnzimmers reichte eine Fensterfront, vom Boden bis unter die Decke und gab dadurch den weiten Blick in Richtung Südosten der Metropole frei.

Bei klarer Sicht sollte man eines der Wahrzeichen von Mexiko-Stadt, die beiden nebeneinanderliegenden Vulkane Popocatépetl und Iztaccíhuatl sehen können, so erzählte man uns.

Über diese zwei mehr als 5000 Meter hohen Berge berichtet die aztekische Sage, dass sich ein Söldner des Königs, namens Popocatépetl in die Prinzessin Iztaccíhuatl verliebte. Dieser zog in den Krieg und kehrte lange nicht zurück. In dem Glauben, er sei gefallen, nahm sich seine Geliebte das Leben. Als er jedoch von seinem siegreichen Feldzug heimkehrte, fand er sie nur noch tot vor. Dieser Überlieferung nach legte er ihren Leichnam in seiner Trauer auf einen Berg und wacht seitdem mit einer rauchenden Fackel an ihrer Seite. Im Volksmund wird der Vulkan Iztaccíhuatl auch Liegende Jungfrau genannt und die Silhouette zeichnet es glaubhaft nach. Man musste nicht lange hinschauen, um diese tragische Geschichte zu verstehen.

Sehr oft habe ich meinen Mann mit unserer Anne bäuchlings auf dem Teppich liegen sehen, beide durch dieses übergroße Fenster die Stadt und den Himmel beobachtend, meist auf der Suche nach Flugzeugen, die sich durch den täglichen Dunstschleier schoben. Irgendwann begannen sie zu zählen, wer wohl die meisten Flieger am Firmament entdecken konnte. Anne erlernte schon nach kurzer Zeit, dafür ihre Fingerchen zu benutzen. Sobald ihr Papa von seiner Arbeit nach Hause kam, zerrte sie ihn umgehend an das große Fenster, um Flugzeuge zu suchen.

Relativ schnell konnten wir uns mit unserem neuen Heim arrangieren. Ein paar vertraute Gegenstände, die wir aus unserem Gepäck zutage förderten, brachten uns einiges an gewohnter Atmosphäre wieder. Ja, es fühlte sich gut an, dieses allmähliche Ankommen.

Der erste Sonntag in Mexiko, im wahrsten Sinne des Wortes begrüßte er uns sonnig und ließ bis zum Abend nicht locker, seinen Titel zu verteidigen. Es zog uns förmlich nach draußen zu einem ausgedehnten Spaziergang durch unsere neue Wohngegend, die seit vielen Jahren zu den gehobeneren Vierteln der Stadt gehörte. Polanco, dieser Stadtteil, indem wir ab jetzt leben sollten, begeisterte uns auf Anhieb. Gepflegte Grünanlagen, saubere Straßen und Wege, herrliche Villen, kleine Parks, die zum Entspannen einluden, nette Boutiquen und eine vielfältige Gastronomie luden dazu ein, die Freizeit gern hier zu verbringen. Nichts wollten wir uns entgehen lassen, Unbekanntes entdecken, Neuigkeiten in uns aufnehmen, und so eilten wir durch unser Wohnviertel, als ob man uns am nächsten Tag schon wieder heimschicken wollte. Schauend und staunend verlief dieser Tag mit viel Enthusiasmus und Neugier, bis nichts mehr hinein ging in unsere Köpfe.

Zu Fuß unterwegs zu sein, wurde zu einer weiteren Herausforderung. Noch ohne fahrbaren Untersatz kamen etliche Kilometer zusammen, die bei der ungewohnten Höhenlage doppelte Anstrengung kosteten. Zusätzlich unterschätzten wir die mexikanische Sonne, die es eigentlich immer gut meint, aber zu gut für blasse Europäer. Selbst bei bedecktem Himmel konnte sie noch Schaden anrichten und das zeigte sich in kurzer Zeit durch eine verräterische 'Rothaut'. Im Laufe der Zeit hatten wir öfter damit Bekanntschaft machen müssen, leider viel zu oft.

War es diese Sonne, war es die Höhe oder der ganz normale Entwicklungsverlauf? Unser Kind stand plötzlich allein auf den eigenen Beinen. Die Knie durchgedrückt, schaute sie verwundert auf ihre Füßchen nieder, was ihr da gerade passierte. Kein Schritt folgte, nur stehen, staunen und fröhlich quietschen war die Fortsetzung. Das Wunder der Evolution nahm seinen Gang. Irgendwie passte auch das in diesen ersten Sonntag, den wir zwar ziemlich kaputt, aber dennoch glücklich und zufrieden beendeten.

War ich überhaupt auf diese totale Kehrtwende in meinem Leben vorbereitet? Ja, ich war und hatte mich schon lange im Inneren darauf eingestellt, merkte es allerdings erst viel später. Neugierig nahm ich alles in mich auf, was mir vor die Augen kam, in die Nase fuhr und um die Ohren schlug. Farbenfroh begegnete uns die Welt hier. Fremde Gerüche umgaben uns, die aufgesogen werden wollten. Fauna und Flora lieferten sich überall ein opulentes Duell, egal wohin man schaute. Sehr schnell wurde mir klar, dass wir viel Zeit brauchen werden, um auch nur einen Bruchteil von diesem schönen Land zu erfassen. Alle Vorgärten zeigten einen Blütenzauber exotischer Pflanzen. Nie zuvor hatte ich eine derartige Farbenpracht gesehen. Größtenteils überwucherten sie schon das Mauerwerk, das die meisten Grundstücke umgab, vielleicht auch um zu zeigen, dass die Natur stärker ist, als dieser verbaute Beton. Aus welchem Grund müssen diese hohen Wände überhaupt sein, die wie eine Festung wirken, habe ich mich gefragt. Je protziger eine Villa aussah, umso höher war ihre Mauer. Wer wohl dahinter wohnt, hat derjenige etwa Angst? Aber vor wem oder was? Wie auch immer, dafür gab es von mir keine Pluspunkte auf der Habenseite dieser sehr schönen Wohngegend. Mehrspurige Straßen durchzogen das Viertel, die von hohen

Palmen begrenzt wurden. Auto an Auto rollte auf diesen Straßen, ein Verkehr, den wir aus unserem Straßenbild nicht gewohnt waren. Freie Fahrt gab es nie, irgendwann stand man irgendwo in einem Stau, sogar auf den imposanten Magistralen, dicht gedrängt, bei stets laufendem Motor. Als Fußgänger konnte man zwar oft schneller zu seinem Ziel kommen, aber die Autos hatten trotzdem das Sagen. Wen wunderte es, dass ein tagtäglicher Stau auf Schritt und Tritt einkalkuliert werden musste. Gelassenheit war dabei kein Fremdwort und wurde förmlich zelebriert. Mann las Zeitung, Frau lackierte sich die Fingernägel, legte ein neues Make-up auf oder frisierte sich die Haare. Kein genervtes Hupen war zu hören, niemand schien es eilig zu haben, wenn eine unvorhergesehene Autoschlange die Fahrzeuge dazu zwang, notgedrungen Pausen einzulegen.

Auch unsere Anne wurde nicht müde, uns auf ihre Entdeckungen hinzuweisen. In alle Himmelsrichtungen zeigend, verfolgten wir ihre Fingersprache. Was gab es hier, da und dort auch alles zu sehen. Wenn Worte dafür fehlten, mussten Handbewegungen reichen. Wie ferngesteuert durchkreuzten wir unser neues Stadtviertel und nahmen uns kurzerhand auch noch den angrenzenden Chapultepec Park vor. Er ist bis heute die größte Grünanlage im Zentrum der Metropole und ein beliebtes Ausflugsziel ihrer Bewohner. Wegen seiner vier Quadratkilometer großen Fläche, einschließlich des dazugehörenden gleichnamigen Sees, wird er die grüne Lunge der Hauptstadt genannt. Über ihn schien sich eine Glocke der Entspannung gestülpt zu haben. Keinerlei Hast, Eile oder Hektik waren zu spüren, trotz der vielen Menschen, die allesamt genau hier das fanden, was sie suchten, Ruhe und Erholung.

Träumte, oder erträumte ich mir das alles nur? Inmitten dieser Menschenmenge hatte ich plötzlich das Gefühl, dass alle Augen auf uns gerichtet waren. Teils fragend, irgendwie neugierig, auch interessiert schien man uns zu beobachten, sodass wir ihren Blicken nicht ausweichen konnten, auch nicht wollten.

Schaut euch diese Blassnasen an, sie sind sicher das erste Mal hier, stand es in ihren Gesichtern geschrieben, stets mit einem aufmunternden Lächeln verbunden.

Manchmal winkte man uns fröhlich zu, wie alte Bekannte, die sich zufällig begegneten. Unsere Tochter erwiderte diese freundliche Geste mit wachsender Begeisterung.

Wann sind wir zum letzten Mal auf eine derartige Unbefangenheit gestoßen? Daheim kaum, leider, ich konnte mich jedenfalls nicht entsinnen. Mit welcher Offenheit uns die Mexikaner begegneten, das war kein Spiel, es war echt und aufrichtig. Schade eigentlich, dass wir in unserem eigenen Land das Gefühl dieser Unbekümmertheit im Alltag niemals so wie hier in Mexiko wahrnehmen konnten. Daheim fühlte man sich irgendwie immer unter Beobachtung.

Im Park begegneten wir alle zehn Meter irgendeinem Familienfest, anderen Feierlichkeiten oder man saß im Freundeskreis zusammen, einfach nur so. Selten waren es weniger als zehn Personen, die sich auf den Grünflächen ein geeignetes Plätzchen suchten, damit sie sich um ihre mitgebrachte Hauptattraktion, einen transportablen Grillofen, versammeln konnten. Ohne diesen schien niemand unterwegs zu sein. Unter freiem Himmel wurde das Essen traditionell inszeniert. Ungewöhnliche Gerüche stiegen dabei hoch und direkt in unsere Nasen. Überall dort, wo die feinen Rauchschwaden zu finden waren, schmorte auf dem Grill gerade eines der vielen landestypischen Gerichte. Sie verbreiteten diese verlockenden Düfte über die ausgedehnten Parkanlagen. Mein Mann hatte von seiner Dienstreise hierher oft davon geschwärmt und nicht übertrieben. Jetzt lief auch mir das Wasser im Munde zusammen. Maisfladen, Tortillas genannt, sind die Hauptnahrungsmittelgrundlage der Mexikaner. Ob gefüllt mit Fleisch, Gemüse oder auch nur mit etwas Salz bestreut, sie machen satt und glücklich. Je nachdem, wie sie zubereitet oder womit sie gefüllt werden, erhalten sie einen speziellen Namen. Es brauchte nicht lange, um zwischen Tacos, Tortillas oder Enchiladas unterscheiden zu können. Lecker waren sie allesamt.

Im Laufe der Jahrhunderte verschmolz die mexikanische Küche zu einem multikulturellen Erlebnis. Über viele Generationen wurde sie mit großer Aufmerksamkeit weitergegeben, um diese frühzeitliche Kultur Mexikos niemals zu vergessen. Wer von uns wusste schon, dass wir ihr Köstlichkeiten wie Schokolade, Tabak, Erdnüsse und sogar Vanille zu verdanken haben? Erst hier in Mexiko erfuhr ich davon.

Die ganze Welt edler Gerüche schien sich in diesem Park vereinigt zu haben. Wie eine Wand standen diese Düfte, um sich im nächsten Moment wieder mit anderen Aromen zu mischen, die von unzähligen Imbisswagen stammten. Marktschreierisch gab es bei ihnen all das, was den ´verwöhnten DDR-Gourmet-Magen´ viele Pfützchen auf die Zunge treiben ließ. Jeder dieser Händler wollte seine Ware an Mann, Frau oder Kind bringen. Fruchtiges, Saures, Scharfes, Salziges und Süßes forderten unsere verkümmerten Geschmacksknospen heraus. Ständig entdeckten wir neue, fremde Speisen, von denen ich am liebsten sofort eine Kostprobe versucht hätte. Wir wurden aber bereits von unseren Leuten gewarnt, erst einmal einen großen Bogen darum zu machen. Allmählich an die neue Kost gewöhnen, hieß ihre Empfehlung, um sich nicht die ´Rache Montezumas´ einzuhandeln. Obwohl sie wohl jeden einmal ereilt, musste uns das nicht gleich am ersten Wochenende passieren. Selbst in Reiseführern wurde davor gewarnt. Man erzählte uns die aus der Überlieferung bekannte Geschichte Montezumas. Er war der letzte Herrscher der Azteken, bevor die Spanier sein Land eroberten. Noch kurz vor seinem Tod soll er einen schrecklichen Fluch über sein Land gebracht haben. Er schwor denen Rache, die als weiße Eindringlinge sein Land betreten würden, indem sie unter schlimmsten Beschwerden, wie Bauchschmerzen und vor allem Durchfall furchtbar würden leiden müssen.

Gedanklich waren wir weit davon entfernt, uns als Eindringlinge zu betrachten, hatten dennoch Respekt davor. Wenn man sich an die einfachen Spielregeln hielt, konnte man sich aber vor der Rache Montezumas schützen und weitestgehend davon verschont bleiben. Hände waschen, Regel Nummer eins.

Keine mit Eisstücken gekühlten Getränke zu sich nehmen, Regel Nummer zwei. Salatblätter nicht verzehren, grundsätzlich nur als Dekoration betrachten, Regel Nummer drei. Da aus der Leitung entnommenes Wasser als größter Keimträger galt, putzten viele Leute sogar ihre Zähne mit dem Trinkwasser aus großen Ballonflaschen. Das hielten wir dann doch für arg übertrieben. Sollten dennoch erste Anzeichen der verdächtigen Bauchschmerzen aufkommen, so half angeblich in letzter Konsequenz nur noch der einheimische Agavenschnaps. Tequilla sollte pur getrunken werden und möglichst der Hochprozentige. Mindestens ein Jahr muss er in spezielle Eichenfässer zu dem heranreifen, was ihn erst dann als Anejo, der Alte, auszeichnet.

Doch nicht nur für den Gaumenschmaus war man im Park bestens vorbereitet. Eigentlich war es schon egal, welchen Weg wir einschlugen oder wohin wir schauten. Überall zeigte sich ein nicht enden wollendes Überangebot an den Dingen, die vor allem für Kinder gedacht und für sie gekauft wurden. Allerlei Nutzloses war darunter, doch unter dem Geschrei der quengelnden Kinder fand auch das seinen reißenden Absatz. Heliumluftballons, noch nie zuvor hatte ich so etwas glitzernd Buntes in der Luft baumeln gesehen. Hier schwebten sie massenhaft an Fäden zusammengebunden, wie Seifenblasen, die jeden Moment zu zerplatzen drohten. Logisch, dass alle Kinderaugen darauf gerichtet waren, so auch die von unserer Tochter. Beharrlich streckte sie ihre Hände in die Höhe, jedoch sich einen davon schnappen zu können war ein aussichtsloses Unterfangen. Ihr Papa bekam weiche Knie, kaufte dieses Kinderglück und wurde mit einem strahlenden Lächeln belohnt. Für uns drei hielt dieser Moment keine zwei Minuten an, plötzlich entglitt der pinkfarbene Glitzerballon ihren Fingern und entschwebte auf Nimmerwiedersehen. Wir schauten wie erstarrt hinter ihm her, bis er auf Stecknadelkopfgröße bei höchster Konzentration auf diesen Punkt aus unserem Blickfeld völlig verschwunden war. Fast hatte das etwas Beruhigendes, dieses Schaukeln in der Luft. Unsere erste Investition in etwas vermeintlich Sinnvolles für unser Kind hatte sich mit einem

Ruck in Luft aufgelöst. Weg war er, der Heliumballon, einfach fort, für immer und ewig. Dafür gab es auch keinen zweiten Ersatz, was vom Töchterchen widerstrebend akzeptiert wurde. Tröstlich für Anne über diesen Verlust war sicherlich die große Abwechslung, die sich ihr alle paar Meter in dem Chapultepec Park bot und der ihr entwichene Ballon schien schnell vergessen zu sein.

Nie wieder wollte sie nochmals einen Heliumballon haben, verfolgte dafür jedes Kind, wie es nach einem Kauf damit klar kam. Mehrfach konnten wir ähnliche Situationen beobachten, wenn sich mal wieder ein Ballon selbstständig machte und unsere Anne zeigte dann ihr verständnisvolles Schulterzucken.

Jeder, der im Park etwas anzubieten hatte, tat dies mit einer kaum überhörbaren Lautstärke und dadurch gab es ordentlich etwas auf die Ohren. Pfeifen, Rufen, Klingeln, Rasseln, egal womit der Geräuschpegel angehoben werden konnte, man versuchte alles, um seine Konkurrenten zu übertönen. Trotzdem fühlte es sich nicht aufdringlich an. Mann oder Frau waren dadurch einfach nur präsenter. Dieses Treiben, noch dazu bei strahlendem Sonnenschein, fand ich großartig. Darüber hinaus war in diesem Park fast alles machbar, wenn man sich sportlich betätigen wollte. An dem unaufhörlichen Gewusel von Joggern nahezu jeden Alters konnten wir unschwer erkennen, dass er dafür die besten Bedingungen bot. Breite Wege, dazwischen ab und zu ein Trimm-Dich-Pfad machten Lust auf körperliche Betätigung. Fußball wurde überall dort gespielt, wo man sich Raum verschaffen konnte und dabei gab es kein Erbarmen mit herumsitzenden Nichtstuern. Der Ball schlug manchmal sogar dort ein, wo es richtig heiß für ihn werden konnte, in ein Grillfest. Es störte sich dennoch niemand daran, wenn es mitunter sehr eng zuging. Alles war irgendwie in Bewegung, farbenfroh und gut gelaunt. Wir genossen dieses Getümmel sehr und konnten uns schon nach den ersten Stunden einen längeren Verbleib in diesem Land, an jenem Ort lebhaft ausmalen. Zufrieden strahlten wir uns an, schmiedeten Pläne und waren glücklich, hier zu sein.

Zurückgekehrt in unserer Wohnung gab es leider die erste böse Überraschung. Dass es uns so schnell erwischen konnte, damit hatten wir nicht gerechnet. Die Sonne, die sich durch ihre Korpuskularstrahlung mit einem satten Sonnenbrand auf unserer Haut sichtbar machte, vermieste uns den Abend etwas. Vor unserem ersten Ausflug wurden wir schon gewarnt, aber wer nicht hören will muss fühlen. Tückisch daran war, dass wir während des Tages gar nicht spürten, wie heftig uns die Sonne zugesetzt hatte. Jetzt half kein Jammern mehr, cremen und kühlen waren die einzigen Alternativen. Jegliche Umarmung vermied man automatisch. Splitternackt vor dem Spiegel stehend, zeigte sich das ganze Ausmaß der fleischfarbenen Verbrennungen. Mit schmerzverzerrtem Gesicht wurde umgezogen, in die Nachtwäsche geschlüpft, die sich auf der Haut wie Sandpapier anfühlte. War es wirklich so sonnig gewesen? Ja, es war, nur hatten wir es nicht so intensiv empfunden. Als Neuankömmlinge dachten wir indes nie permanent an die Höhenlage dieser Stadt und welche Auswirkung die starke UV-Strahlung trotz des diffusen Lichtes auf uns haben würde. Die Sonne, Quell der natürlichen Urkraft und wie wir sie zukünftig meiden sollten, darum kreisten meine Gedanken kurz vor dem Einschlummern. Trotz dieser Beschwerden, jede Drehung im Bett erinnerte schmerzhaft an den Sonnenbrand, waren wir gespannt auf den ersten Wochentag.

Als hätten wir unsere Anreise danach geplant, trafen wir an einem Pfingstwochenende ein. Dieses Fest feiern die Mexikaner nicht. Aber uns stand dieser gesetzliche Feiertag nach DDR-Regel auch im Ausland als freier Tag zu Verfügung. Geradezu perfekt, um weiter auszupacken, zu sortieren, zu organisieren, anzukommen, ein weiterer Tag zum Eingewöhnen. Für die Mexikaner war dieser Pfingstmontag ein ganz normaler Arbeitstag. Die Geschäfte waren geöffnet und unserer Kühlschrank ganz leer. Mit einer langen Liste über die notwendigen Besorgungen und die guten Wo-finde-ich-was-Hinweise von den Kollegen steuerten wir den nächstliegenden Supermarkt an. Ohne Vorräte, aber mit knurrenden Magen konnte auch hier der Alltag nicht bewältigt werden.

Unsere Wohnung lag diesbezüglich optimal, alle wichtigen Einkaufsquellen ließen sich problemlos zu Fuß erreichen. Nur zwei, drei Straßenecken weiter gab es einen Supermarkt, der seinem Namen Gigante alle Ehre machte. Meine Vorstellungen von Gigantismus wurden beim Anblick des Supermarktes komplett über den Haufen geworfen. Ich hatte nicht die geringste Ahnung von Größe, Dimension und dem gnadenlosen Überangebot. Wie naiv von mir, zumal mein Mann im Vorfeld erzählte, dass mir bei unserem ersten dortigen Einkauf der Mund offen stehen bleiben würde. Je näher wir kamen, umso kleinlauter wurde ich. Jetzt war noch mein Mann an meiner Seite, an dem ich mich festhielt. Wie aus einem Versteck löste ich mich, trat ganz langsam näher. Mein erster Überblick sagte mir, mindestens acht bis zehn unserer Kaufhallen passen in dieses Gigante hinein. Mit einer derartigen Supermarktdimension hatte ich nicht gerechnet. War ich überhaupt vorbereitet auf das, was man hierzulande Einkaufszentrum nannte?

Schwarzhaarige Mexikaner, soweit das Auge reichte, schoben sich an den meterhohen Regalen aneinander vorbei. Fast immer waren die Familienmitglieder im Schlepptau dabei, wenn sie ihre Besorgungen, aus meiner Sicht Jahreseinkäufe, tätigten. Oder was sollten mir die brechend vollen Einkaufswagen sonst sagen? Da stand ich nun, mittendrin in dem Gewimmel. Um mich herum drehte sich schon alles. Ich wollte nur noch eins: schnell wieder heil herauskommen, möglichst mit einer abgearbeiteten Einkaufsliste, aber was es da drinnen doch alles gab. Wer braucht denn das alles in allen Farben, Größen, Sorten, Schattierungen, fragte ich mich. Solch eine Qual der Wahl fand ich in diesem Moment sehr anstrengend. War es vielleicht doch leichter, in der DDR zu leben, wo wir bei einem überschaubaren Angebot entscheiden mussten, kaufe ich das oder kaufe ich es nicht? Was nutzte uns daheim eine Einkaufsliste? Angebot und Nachfrage waren ein Paar verschiedene Schuhe. Und hier im Gigante war alles da, auch Dinge ohne Sinn und Zweck, die kein Mensch brauchte und mit denen ich absolut nichts anfangen konnte, reiner Kommerz eben. Andererseits begeisterte mich die Übersichtlichkeit der sauber verpackten Waren. Mehrfach umhüllt lag alles Verderbliche in Behältnissen, für den Verbraucher gut deklariert. Es schien alles taufrisch zu sein, doch war von allem viel zu viel vorhanden. Wie angewurzelt stand ich da und fragte mich: Was passiert eigentlich mit dem gesamten Müll, der durch die Mehrfachverpackungen entsteht? Jeden Tag aufs Neue werden Unmengen davon weggeworfen. Wohin damit? Muss ich mir darüber eigentlich Gedanken machen?

Zu krass erlebte ich gerade die Unterschiede zwischen gestern und heute. Es war auch gut, dass wir nicht einfach drauflos kaufen konnten, wie es uns gefiel. Wir hatten einen überschaubaren Vorschuss erhalten und mussten zusehen, wie wir damit über die Runden kamen. Unser Konsumverhalten aus der Heimat konnten wir deswegen nicht gleich komplett an den viel zitierten Nagel hängen. In diesem Zusammenhang fiel mir eine Diskussion zwischen einer Mutter und ihrer Tochter ein, als es kurz vor unserer Ausreise mal wieder Orangen in der Kaufhalle gab. Ich hatte mich in die Zuteilungsschlange eingereiht, als hinter mir dieses kleine Mädchen ihre Mutti fragte: „Was ist denn das für eine lange Schlange?“

„Das sind die Leute, die sich hintereinander anstellen müssen, um Apfelsinen zu kaufen“, antwortete sie.

Und daraufhin wollte das Mädchen wissen: „Mutti, und was sind Apfelsinen?“

Zu selten gab es diese Importfrüchte, sodass mir ihre Frage damals berechtigt erschien. Das In-einer-Schlange-stehen-müssen war nicht in Sicht, nicht morgen, nicht übermorgen, auch nicht in der kommenden Woche und in der ganzen nächsten Zeit auch nicht. Ich hoffte es zumindest, da es hierzulande nicht danach aussah, irgendwelche Warenknappheit oder andere Versorgungslücken zu finden. Alles kaufen zu können, wonach wir uns gesehnt hatten, löste in mir eine Welle unbeschwerter Glücksgefühle aus. Nie mehr losrennen müssen, wenn die Mund-zu-Mund-Propaganda verkündete, dass es irgendwo wieder einmal eine Rarität zu erwerben gab. Schon allein diesen Zustand empfand ich als kolossale Erleichterung. Daheim konnte es einem mitunter passieren, dass man mit einem leeren Einkaufsbeutel vor der Kaufhalle stand und sinnierte: „War ich nun schon drinnen oder nicht?“

Das sollte hier zumindest nicht geschehen. Trotz dieser verlockenden Überangebote verriet uns der Blick in die Geldbörse nichts Gutes. Der Vorschuss würde weder hinten noch vorn reichen. Das sagten uns die realen Lebensmittelpreise. Nur noch das Nötigste vom Wichtigen wollten wir einkaufen, alles andere konnte warten. Allein der Gedanke an die Rückzahlung des Vorschusses ließ viele Wünsche unwichtiger werden, unsere Einkaufsliste wurde daraufhin nochmals gestrafft.

Schwierigkeiten machte uns eher die Dimension des Supermarktes. All das zu finden, was als Priorität von der Einkaufsliste abzuarbeiten war und das ganze System eines neuen Einkaufskonzeptes zu verstehen, dazu brauchte es eine gewisse Zeit. Endlich standen wir an einer der vielen Kassen, die jeweils versetzt hintereinander und nebeneinander ein für mich geordnetes Chaos ergaben. Unser Einkauf, jeder Artikel bereits hygienisch und sauber verpackt, in Folie eingeschweißt, wurde abschließend in viel zu viele Plastikbeutel nochmals verstaut. Und das sollte so weitergehen? Was und wohin sollte dieser unnötige Verpackungsmüll? Ich war irritiert, Mexiko schien offensichtlich kein Problem mit der Müllentsorgung zu haben. Im Gegensatz dazu wurde in der DDR vieles gesammelt und wiederverwendet. Papier, Flaschen, Schrott, all das konnte außerdem zu Geld gemacht werden. Über diesen Weg hatte sich mein Mann sein erstes Fahrrad zusammengespart und mir mit stolzgeschwellter Brust davon erzählt. Noch in Gedanken damit beschäftigt, schleppten wir unsere ersten Einkäufe nach Hause. Wie einfach es doch sein konnte, ohne Einkaufssorgen zu leben, vorausgesetzt, der Geldbeutel war ausreichend gefüllt. So oder so werden wir auf dem Boden der Tatsachen bleiben müssen, schlussfolgerte ich. Da beißt die Maus keinen Faden ab.

Kaum hatte ich über diese himmelweiten Unterschiede nachgedacht, die in diesen beiden Ländern herrschten, wurde ich plötzlich mit der anderen Seite Mexikos konfrontiert. Ich sah den ersten Bettler auf der Straße liegen. Es durchfuhr mich bei dessen jammervollen Anblick. Bloß nicht hinsehen, sagte mir mein Innerstes, aber meine Augen hefteten sich dennoch an ihm fest. Ich konnte nicht mehr wegschauen. Ein erschütternder Anblick bot sich mir von einer Kreatur, die weder laufen noch kriechen konnte und in viel zu große Lumpen gehüllt am Ausgang des Supermarktes lag. Das Alter war schwer zu schätzen, allein sein leerer Blick ins Nirgendwo sprach Bände. Keine fünf Meter weiter saß eine mitleiderregende Frau mit ihrem Kind an der Brust, stillend, eine Hand hielt sie zum Betteln weit nach vorn gestreckt, die andere Hand hielt sie schützend über ihr Baby. In diesem Moment schauten wir uns an. Resignation und Hoffnungslosigkeit zeigte mir ihr Angesicht. In ihrer starren Verzweiflung durchbohrte sie mich mit ihren fragenden Augen. Ich war wie gelähmt. Aber was konnte ich jetzt tun? Viele Mexikaner machten einen großen Bogen um dieses arme Wesen, jene, die mit diesem Alltagsgeschehen bereits vertraut schienen. Für mich dagegen waren diese erstmaligen Konfrontationen mit solch armen Menschen schwer auszuhalten. Obwohl ich durch meinen Mann auf eine derartige Situation vorbereitet wurde, spürte er meine Empfindung. Behutsam steuerte er mich zur anderen Straßenseite mit seinem gut gemeinten Rat: „Denke bitte bei solch einem Anblick immer daran: du allein kannst dieses Problem nicht klären“.

Und doch war dieser Moment kaum zu ertragen. Konnte man sich je daran gewöhnen, ohne ein schlechtes Gefühl in sich aufkeimen zu lassen? Vielleicht sah man dieses Elend irgendwann nicht mehr? Nein, das war für mich unvorstellbar. Und dennoch sollte dieser Anblick von nun an ein alltägliches Bild werden, mit dem sich jeder von uns auseinanderzusetzen hatte. Die bettelnden Kinder, Frauen und Männer, man traf sie überall. Vor den Supermärkten, in den Parks, an hoch frequentierten Straßen und Plätzen, zu jeder Tages- und Nachtzeit. Wohlstand und Not lagen hier so dicht beieinander, wie der unfassbare Überfluss auf der einen Seite und diese Armut auf der anderen Seite.

Auf dem Weg zurück zur Wohnung redeten wir nochmals ausgiebig darüber, das half mir, etwas Abstand zu gewinnen.

Woran das wohl lag? War es doch nur ein Verdrängen? Ich wollte und musste mich auf das Wesentliche konzentrieren, denn ab sofort hieß es, allein klarzukommen mit der Sprache, dem Leben vor Ort, den anderen Gewohnheiten und Lebensbedingungen.

Ich packe das, bin doch ein Steinbock, der fährt seine Hörner raus und kämpft sich durch. Mit diesen Gedanken fiel es mir etwas leichter, das gerade Erlebte auf einen Sockel zu heben, hoch genug, damit man es immer im Blick haben sollte.

„Weitere Begegnungen dieser Art werden nicht ausbleiben“, erklärte mir mein Mann nochmals.

„Vielleicht schaffe ich es bald, diese Not jedes einzelnen Bettlers nicht selbst regeln zu wollen“, versprach ich ihm.

Der nächste Tag war auch der erste Arbeitstag für meinen Mann. Ein Knistern lag in der Luft, Aufregung schwang mit. Oder bildete ich mir das bloß ein? Irgendwie seltsam wirkte er in seinem neuen Anzug auf mich, doch in dieser Erscheinung hätte ich ihm wahrscheinlich auch alles abgekauft. Selbst unsere Tochter zog ihre Augenbrauen bedenklich zusammen und demonstrierte damit ihre Verwunderung. Mir blieb nichts anderes übrig, als mich jetzt in meinem Job als mitreisende Ehefrau zu bewähren. Dazu wollte ich möglichst entspannt den beginnenden Alltag für uns drei meistern. Noch gab es ausreichende Beschäftigung im Haushalt, der Wohnung, alles hatte noch nicht Hand und Fuß. Viel Zeit brauchte unsere Kleine, die in den letzten Tagen und Wochen einfach zu kurz kam, nur irgendwie mitgeschleift wurde. Das musste sich schleunigst ändern. Trotz alledem, ich genoss das Hier und Jetzt, obwohl ich mich ständig in den Arm kniff, um sicherzustellen, dass ich nicht träumte. Es ist die Realität, wir sind in Mexiko.

Am darauf folgenden Tag wurden wir ganz offiziell sämtlichen Botschaftsmitgliedern und Mitarbeitern unserer Handelsvertretung vorgestellt. Wie auf einem Präsentierteller wurden wir serviert. Sicherlich gab es ein ganz natürliches Interesse der ´alten Hasen´ an der frisch eingetroffenen und unerfahrenen jungen Familie. Immerhin waren wir zu diesem

Zeitpunkt gerade einmal achtundzwanzig Jahre alt, mit dem jüngsten Baby im Gepäck. Vermutlich lieferten wir damit genügend Gesprächsstoff für die Familien, deren Hände wir gerade geschüttelt hatten. Sie fühlte sich gut an, die Herzlichkeit der ersten Begegnung mit den noch fremden Menschen aus derselben deutschen Heimat, die sich jetzt im fernen Mexiko gegenübertraten. Wenn wir einen guten Eindruck abgaben, so hatten wir den sicher auch unserer Tochter zu verdanken, die freudestrahlend jedes Tätscheln und Nicken ebenso erwiderte. Schnell legte sie jegliche Scheu ab, dieser kleine sonnige Mittelpunkt im Getümmel der Begrüßungszeremonie und verhalf uns zu einem glänzenden Einstieg. Darauf folgte ein obligatorisches Gespräch mit dem Botschafter und im Anschluss daran eine etwas persönlichere Unterhaltung mit unserem Handelsrat.

Doch gerade diese Begegnung entschied über mein weiteres Tun in diesem Land.

Nach einer kurzen gegenseitigen Vorstellung schlug er mir unvermittelt vor, die Ferienbetreuung aller Kinder der zur Botschaft gehörenden Schule und des Kindergartens für etwa zwei Monate zu übernehmen, um daran anschließend als Sekretärin eines Außenhandelsunternehmens zu arbeiten. Schnell sollte ich mich entscheiden. Warum eigentlich, wir sind doch gerade erst angekommen? Diese Frage brannte mir zwar auf der Zunge, aber irgendetwas ließ mich verstummen. Eine pädagogische Arbeit, von der ich überhaupt keine Ahnung hatte, kam für mich nur im äußersten Notfall in Betracht. War das jetzt schon ein Notfall? Ich konnte noch gar keinen klaren Gedanken fassen, da prasselte es schon weiter auf mich ein. Es gäbe eine kurze Einweisung in diesen neuen Arbeitsplatz, mehr brauche es nicht. Das kann jeder, vernahm ich das Gesagte zwischen den Zeilen. So einfach in etwa sollte ich mir diesen Job vorstellen. Niemand von den anderen ´mitreisenden Ehefrauen´ stand für diese Urlaubsvertretung zur Verfügung, das war der Fakt. Deswegen stand wohl im Gesicht meines Gegenüber geschrieben: Was gibt es denn da noch lange zu grübeln?

Allerdings, einige Überlegungen waren mir für diese Entscheidung extrem wichtig. Und ich hatte Fragen über Fragen. Wie viele Kinder gibt es in diesem Betreuungszeitraum, welche Altersunterschiede haben sie, wer trägt die Verantwortung, falls etwas passiert, welche Ansprüche kommen auf mich zu, was wird mit unserer Tochter in dieser Zeit geschehen und, und, und? Aber als mir der Handelsrat in Aussicht stellte, dass im direkten Anschluss an diese Ferien- und Kinderbetreuung die einmalige Chance auf einen Job als Sekretärin bestünde und er nicht wüsste, ob in den für uns geplanten vier Jahren Aufenthalt in Mexiko nochmals eine Arbeit in der Handelsvertretung angeboten werden könne, sagte ich spontan zu. Trotz der offenen Fragen hatte ich ja keine Alternative, aber mit der Aussicht auf eine nachfolgende Tätigkeit, die mich interessierte, konnte ich mich mit dieser Urlaubsvertretung von ein paar Wochen mehr oder weniger arrangieren. Friss Vogel, oder stirb. Was hätte ich sonst tun sollen? Widersprechen, gleich zu Beginn unserer ersten Tage in Mexiko? Ich bekam nur diese eine Chance. Ein zustimmendes Nicken von mir und die mündliche Übereinkunft wurde besiegelt. Die Kuh war vom Eis, zumindest für den Handelsrat. Doch bei mir blieb das Gefühl, zu schnell zugestimmt zu haben. Ich fühlte mich überrumpelt.

Von meinem Mann hatte ich schon lange vorher dazu erfahren, dass, einen Job als Sachbearbeiterin zu ergattern, schwierig werden könnte und zudem nur in einem anderen Außenhandelsunternehmen möglich war, indem der Ehepartner nicht arbeitete. Im Klartext hieß das, niemals beide zusammen im Unternehmen Zeiss tätig zu sein. Diesem ungeschriebenen Gesetz musste man Folge leisten, ob man wollte oder auch nicht. Welchen Grund konnte es geben, dass eine solche Entscheidung getroffen werden musste? Ich habe es nie nachvollziehen können.

Jetzt gab es kein Zurück mehr. Ich hatte mich zu diesem Überbrückungsjob der Kinderbetreuung durchgerungen, obwohl mich das schlechte Gewissen plagte. Zum einen musste ich froh darüber sein, relativ schnell Geld zu verdienen, das wir für unseren Unterhalt dringend gebrauchen konnten. Der andere Grund ließ mich eher zweifeln, da die notwendige Eingewöhnungszeit für unsere Kleine, die ich in aller Ruhe mit ihr erleben wollte, viel zu schnell vorbei sein sollte. Als Voraussetzung für meine baldige Einstellung brauchten wir fortan eine Muchacha, die Dienstmädchen, Tagesmutter und Haushaltshilfe in einer Person darstellte. Das war zwar für mexikanische Verhältnisse eine völlig normale Angelegenheit in Familien der gehobeneren Mittelschicht, aber doch nicht für eine ′mitreisende Ehefrau′, die sich als Endzwanzigerin aus der DDR nicht einmal gedanklich mit Hausangestellten oder gar Dienerschaft auseinanderzusetzen wusste. Jemanden anweisen und dann noch auf Spanisch? Die nächste Frage lautete, woher eine Muchacha nehmen?

Panik beschlich mich. Das ging mir alles viel zu schnell, jeden Tag sollte ich ein neues Buch mit sieben Siegeln aufschlagen. Was jedoch kurze Zeit nach meiner Entscheidung folgte, lief ab wie in einem Film. Wie Superman persönlich stand plötzlich ein Kollege meines Mannes genau im richtigen Augenblick vor mir, der mir mit weit geöffneten Armen seine Muchacha anbieten wollte, alldieweil dessen Tochter von der privaten Betreuung in den zur Botschaft gehörenden Kindergarten wechseln konnte, da sie das entsprechende Eintrittsalter von drei Jahren gerade erreicht hatte. Damit bestand für uns die Gelegenheit, diese Mexikanerin sofort weiter bei uns zu beschäftigen. Beschwörend klärte er uns über die Vorzüge dieser Frau auf. Sie sei kein junges Ding mehr, aber eine in der Kinderbetreuung erfahrene achtunddreißigjährige Frau, zudem sauber, bescheiden und vertrauenswürdig. Schon seit vielen Jahren wurde sie immer wieder von einer Familie zur nächsten weiterempfohlen und anscheinend fühlte sie sich selbst schon wie inventarisiert in dieser kleinen DDR-Gemeinschaft.

Mehr als einen Kopf kleiner, mit zierlicher Figur, großen schwarzen Augen, die fröhlich strahlend auf Anne gerichtet waren, so stand sie alsbald in unserer Haustür. Mit einem zarten Händedruck stellte sie sich vor und mein Bauch sagte mir einmal mehr, alles wird gut. Sie sei Petra und würde sich sehr freuen, wenn sie bei uns arbeiten dürfte. Bei diesem Gespräch brauchte es unsererseits keine lange Überlegung, sich für sie zu entscheiden. Auch von unseren Leuten hörten wir nur Positives: „Ach, ihr übernehmt die Petra, das ist eine ganz Liebe, sie erledigt alles, was du möchtest, ohne Frage!“

Mit diesem Vertrauensvorschuss waren meine Bedenken erst einmal vom Tisch. Anne war es inzwischen gewöhnt, ständig neue Gesichter vor sich zu haben, herumgereicht zu werden und es schien ihr nichts auszumachen, als Petra plötzlich in ihr Leben trat. Im Gegenteil, in ihrer Umgebung taute sie immer mehr auf. Ich fühlte es und sah es ihr an, auch sie hatte Petra schnell akzeptiert. Die zwei verstanden sich seit dem ersten Augenblick. So wurde der nahtlose Wechsel der Muchacha Petra zu uns perfekt gemacht. Dazu war schlichtweg nur ein Händedruck ausreichend. Es existierte kein Arbeitsvertrag, weitere schriftliche Vereinbarungen mussten auch nicht abgeschlossen werden. Nur ein einziges Mal versetzte sie uns in Erstaunen, als wir ihren Geburtstag erfahren wollten. Als Antwort bekamen wir zwar Tag und Monat genannt, ihr Geburtsjahr schien ihr allerdings abhandengekommen sein, sie wusste es angeblich nicht. Somit wurde sie während unserer Zeit jedes Jahr aufs Neue achtunddreißig Jahre alt. Aber war das wirklich so wichtig, wenn der Rest stimmte?

Inzwischen waren auch endlich unsere lang ersehnten Seekisten eingetroffen. Beim Auspacken der Inhalte war es wie beim Verteilen der Geschenke zum Weihnachtsfest, nur um einige Dimensionen umfangreicher und die Geschenke waren ja eigentlich längst bekannt. Ein kleines Stück Heimat belebte unsere übergroßen Wänden, hatten wir uns doch extra acht Lichtdrucke von Jenaer Stadtansichten des 18. Jahrhunderts als Bilder fertigen lassen. Diese Drucke hinterließen ein schönes Heimatgefühl, wann immer man sie betrachtete.

Woran lag es wohl, dass ich mich mit dieser Stadt so stark identifizieren konnte, obwohl ich erst 1971 zum Studium nach Jena kam? Nie zuvor habe ich mir Gedanken darum gemacht, allein durch die Distanz zur Heimat verfing sich mein Unterbewusstsein in alten Erinnerungen.

Aufgewachsen bin ich in einer provinziellen Lausitzer Kleinstadt, wohlbehütet durch die Oma, liebevoll umsorgt durch die Eltern, die es uns, meinem großen Bruder und mir, an nichts fehlen ließen, außer dass sie durch ihren Handwerksbetrieb nicht viel Zeit für uns Kinder hatten.

Mit dem Beginn meines Studiums erlebte ich ein für mich neues Gefühl der Eigenständigkeit. An Jena, gelegen im wunderschönen Saaletal, gleich zehnmal größer als mein Provinzort, verlor ich mein Herz und nicht nur einmal. Es blieb auch an der Seite des Mannes, der mich in nur acht Monaten seit unserem Kennenlernen vom Fleck weg heiratete. Schicksal nennt man es wohl, zur richtigen Zeit am rechten Ort zu sein.

War es das, was mich an Jena so fesselte?, ging es mir beim Auspacken der Seekisten durch den Kopf. Genau, so war es und ist bis heute gleich geblieben. Die Gedanken an diese Stadt waren wie meine Tagebücher, stets griffbereit und damit jederzeit abrufbar. Gern hing ich diesen Erinnerungen nach.

Mittlerweile hatten wir alles ausgepackt und verstaut. Einen letzten Blick kopfüber in die nunmehr leeren Seefrachtkisten musste ich unserem Töchterchen noch zugestehen. Fachkundig, dass nichts vergessen wurde, gab sie diese nach ihrer Überprüfung frei.

Nach den ersten Tagen in unserer neuen Umgebung wurde es höchste Zeit, all das bisher Erlebte in die entsprechende Briefform zu bringen. Daheim wartete man mit Sicherheit schon sehr auf ein Lebenszeichen von uns. Außerdem sollte ein Kurier diese Post schon in den nächsten Tagen mit auf den Weg nehmen. So entstand automatisch der Druck, mit der gesamten Schreiberei rechtzeitig fertig zu werden, und es kam einiges zusammen. Familie und Freunde, jeder sollte mit ein paar Zeilen bedacht werden. Nach dem Briefe schreiben fühlten sich hatte meine Finger doppelt so lang und dreimal schwerer an. Mit meiner Euphorie über unsere ersten Eindrücke in Mexiko konnte ich schlecht hinter dem Berg halten. All das wurde haarklein zu Papier gebracht. Diese Stimmung, meine Gefühlswelt, auch manches kleine Detail wurde aus dem Bauch heraus den Lieben daheim in diesen Zeilen mitgeliefert. Ein paar lange Abende wurden dafür geopfert, die es allemal wert waren.

Der auserwählte Kurier war ein Mitarbeiter aus unserer Handelsvertretung, der seinen Heimaturlaub antreten wollte. Hatte er auch getan, nur in eine andere Richtung. Wie sich schnell herausstellte und was einem Lauffeuer gleich die Runde machte, ließ er sich mit dem ihm zur Verfügung gestellten Auto nicht wie geplant zum Flughafen bringen, sondern direkt bis vor die Botschaft der Bundesrepublik Deutschland fahren. Der war einfach abgehauen, auf Nimmerwiedersehen. Republikflüchtig, sozusagen. Ich konnte es zuerst nicht fassen. Was hatte ihn bloß dazu bewegt? Als ich ihm bei der Begrüßungszeremonie in der Handelsvertretung begegnete, war er mir sehr sympathisch. Mit einer offenen, fröhlichen Art begrüßte er uns. Und nun das? Wie kann man sich so täuschen? Es war sicherlich keine Kurzschlussreaktion, das war eine lang geplante Flucht in die westliche Welt. Alle waren plötzlich wie sensibilisiert und versuchten, selbst eine Antwort darauf zu finden. Doch immer mehr Fragen tauchten auf. Vielleicht hatte man ihm ein entsprechendes Angebot von anderer Seite gemacht, dass ihm so reizvoll erschien, die DDR hinter sich zu lassen, Menschen zu enttäuschen, Risiken einzugehen, vieles auf eine unsichere Karte zu setzen. Eine andere Antwort darauf konnte ich zu dieser Zeit nicht finden. Im kleinsten Kreis wurde noch lange darüber diskutiert, nur wurde von übergeordneter Stelle dieses Thema bewusst totgeschwiegen. Warum eigentlich? Ich verstand die Welt nicht mehr. Mit dieser Hiobsbotschaft kam die Sorge um meine Briefe. Aber das Versöhnliche an der Geschichte war, dass er den Postsack mit der Kurierpost noch unserem Fahrer aus der Botschaft in die Hand gedrückt hatte, der ihn auch korrekt zurückbrachte. Meine Briefe waren also nicht verloren, nur mit einer kleinen Verspätung traten auch sie ihre Reise in die vorgegebene Richtung an. Trotzdem stimmte mich das Ganze irgendwie traurig.

Das Olympiastadion und andere Besonderheiten dieser Stadt

Was war das doch für eine turbulente Woche, diese erste Woche in Mexiko. Konnte man da schon von einem Alltag sprechen? Man konnte, denn die Wochentage verliefen in genau jenem Rhythmus, den unsere Tochter vorgab. Auch sie schien hier angekommen zu sein. Zwischen den Mahlzeiten erschlossen wir uns immer mehr unsere neue Umgebung. Auf Schritt und Tritt mutiger werdend, wurden die Kreise weiter, die Entfernung zu unserer Wohnung größer, die nächste Straßenecke noch ein Stückchen interessanter. Als ob sie es allmählich leid war, im Kinderwagen durch die Gegend manövriert zu werden, probierte sich die Kleine mit ihren ersten tapsigen Gehversuchen an meiner Hand. Wie entfesselt ging das von einem Tag auf den anderen ein gutes Stückchen besser und völlig problemlos, quasi aus dem Nichts. Hatten wir uns soweit bereits angepasst an das andere Klima, die Höhe und die große Zeitverschiebung? Es konnte eigentlich nur daran gelegen haben. Stolz berichtete ich meinem Mann täglich über ihren Fortbewegungsdrang und sie strahlte glücklich dazu. Dieses bisher ungewohnte Höhentraining brachte es wohl mit sich, dass sich ihre Erfolge innerhalb der kurzen Zeit so positiv auswirkten. In diesem Zusammenhang erinnerte ich mich an die herausragenden Rekorde, die hier zu den Olympischen Spielen 1968 erreicht wurden. Nach und nach sickerte damals auch in unseren Medien durch, dass diese Bestleistungen auf die besonderen Bedingungen der Höhenlage von Mexiko-Stadt zurückzuführen sein sollten.

Mit diesen Olympischen Spielen von 1968 wurde die Initialzündung gegeben, erste systematische Methoden zu entwickeln, um diese Höhenluft leistungssteigernd für Athleten zu nutzen. Damals setzte ein Festival der Rekorde ein, was sich so nie mehr wiederholen sollte.

Als Teenager verfolgte ich alles, was dort passierte mit besonderem Interesse. Meine damalige engste Schulfreundin gehörte als Mitglied der Nationalmannschaft der Turnerinnen zum Aufgebot der DDR-Olympiateilnehmer, mit der sie die Bronzemedaille im Mannschaftswettkampf gewann. Schon durch sie erfuhr ich damals authentisch und zeitnah von der klimatisch bedingten Besonderheit, die diese Lage der Stadt mit sich brachte. Die größte Sensation jedoch vermeldete zu dieser Zeit die Leichtathletik. Der Weitspringer Robert ´Bob´ Beamon hatte einen Weltrekord aufgestellt, der die Vorstellungskraft der Experten ebenso übertraf, wie die Kapazität der Weitsprunganlage im Olympiastadion. Die damalige Messtechnik reichte nicht aus, um diesen weiten Satz von 8,90 Meter zu bestimmen. Mit einem ausziehbaren Handmaßband ermittelten die Kampfrichter dreimal hintereinander die Entfernung, vom Absprung bis zur Landung, bevor sie sich trauten, die unglaubliche Weite zu verkünden. In seinem ersten Versuch setzte er diesen Sprung in das 21. Jahrhundert, wie Pressemitteilungen lauteten. Dazu gab es ein paar einfache Erklärungen. Die erste davon war, dass Bob Beamon den Absprungbalken millimetergenau getroffen hatte, somit nichts an Weite verschenkte. Technische Neuheiten spielten bei diesem Riesensatz ebenso eine enorme Rolle. Niemals zuvor gab es bei Olympischen Spielen einen Belag wie Tartan, der sich bei allen Lauf- und Sprungdisziplinen mit neuen Bestleistungen auswirkte. Außerdem beflügelte der in 2200 Meter Höhe geringere Luftwiderstand die Sportler dermaßen, als ob sie einen kleinen Turbo gezündet hätten, der sie, vergleichsweise wie durch Rückenwind beschleunigt, ein bis zwei Meter pro Sekunde schneller werden ließ.

Konnte sich diese Höhenluft nicht auch bei unserer Anne bemerkbar gemacht haben? Ich zweifelte keinen Moment mehr daran. Ab jetzt war nichts mehr zu hoch, zu weit oder zu lang für sie, und im Vollbesitz meiner fünf Sinne hatte ich seit dem ersten Tag ihres aufrechten Ganges einen von ihnen besonders in Benutzung. Ich musste mich einmal mehr auf meinen Hörsinn verlassen. Sollte es im Raum still werden, konnte allemal

Gefahr in Verzug sein. Ein neues Kapitel in ihrer Entwicklung war aufgeschlagen.

Schnell vergingen die Tage, viel zu schnell, dabei hatte ich alle Zeit der Welt, so glaubte ich. Lange Abende, die ich oft allein verbrachte, da mein Mann häufig außerhalb von Mexiko-Stadt zu tun hatte, nutzte ich auch, um mit der spanischen Sprache besser voranzukommen. Gelegenheiten dazu gab es tagtäglich genügend. Außerdem hatte ich den Anspruch, in entscheidenden Situationen richtig reagieren zu wollen und zu können. Ohne ein lebensnotwendiges Vokabular kam man im Ernstfall wahrscheinlich nicht weit. Sprachkurs hin und Sprachkurs her, in einem fremden Land sollte man sich irgendwann einmal trauen und den Mund aufmachen, ging es mir pausenlos durch den Kopf. Kleine erste Kontakte zum Hausmeister oder unserer baldigen Muchacha, die ich hin und wieder traf, halfen mitunter schon weiter und schafften etwas mehr Selbstvertrauen. Es war der berühmte Schlüssel, der fast jede Tür öffnete. Ich wurde mutiger mit jeder sprachlichen Annäherung, jeder Versuch war es wert, ihn zu unternehmen. Wenig Verständnis für fremde Worte zeigte mir der Gesichtsausdruck unserer Tochter, wenn sie wieder einmal meine sprachlichen Versuche erdulden musste. Aber das Blatt sollte sich bald wenden.

Die Wochenenden verliefen gut geplant, fast strukturiert. Unbedingt wollten wir möglichst viel von dem Land und seinen Menschen kennenlernen, gab es doch mehr als genug zu entdecken. Es wurde uns schon bewusst, dass die geplanten Jahre wohl kaum dafür ausreichen würden, um wenigstens einen groben Überblick zu erhalten. Aber wo wäre es sinnvoll, unsere Entdeckungstour zu starten?

Wie wohl alle Neuankömmlinge nahmen wir uns erst einmal das Zentrum von Mexiko-Stadt vor. Auf jeden Fall musste ich diese Eindrücke im Tagebuch festhalten. Viele Worte wollten in einem viel zu kleinen Büchlein festgehalten werden. Das ging allerdings nicht, mein Tagebuch aus dem Jahr 1978 hatte das Format DIN-A7 und in ein solches ´Bonsai-Maß´

bekam ich keine vernünftige Beschreibung hinein. Schnell wurde ein größeres Tagebuch besorgt, damit kein Erlebnis verloren gehen konnte. Das hieß aber auch, mehr Zeit zu investieren, die ich trotzdem niemals bereute. Lange suchte ich nach aussagekräftigen Worten, um diese Stadt treffend beschreiben zu können, so wie ich sie erlebte. Am 28. Mai 1978 formulierte ich dazu Folgendes: *Eine derartige City, Millionenstadt und Metropole zugleich, kann man mit ein paar wenigen Worten nicht zusammenfassend erklären. Für mich sind die ersten Eindrücke erschlagend, manchmal bedrückend, auf irgendeine Weise berauschend und unermesslich beeindruckend. Zum einen gelangt man am Rand des Zentrums über ein Labyrinth von Straßen, die wie auf einem Schachbrett quadratisch angeordnet sind, in abgewirtschaftete und zum Teil verlassene Wohnviertel. Sie hinterlassen einen traurigen Eindruck über die Wohnverhältnisse, verschönern nichts, machen nur sprachlos, weil man Derartiges nicht vermutet. Zum anderen glänzt im Stadtkern plötzlich alles im Luxus. Mächtige Bankgebäude stehen wie an einer Perlenschnur aufgefädelt. Hotel reiht sich an Hotel und die Konkurrenz der Restaurants untereinander ist riesig. Alle sind gut besucht, kaum ein leeres Plätzchen sehe ich im vorbeifahren. Noch beeindruckender finde ich die Anzahl der Gold- und Silbergeschäfte, die sich in den quadratisch angelegten Verkaufsstraßen zu einem gesamten Viertel miteinander verbinden. So viel Gold und Silber auf einem Haufen hatte ich nie zuvor gesehen. Lederwaren, Mode, Uhren, Optik und vieles mehr lassen sich ebenso in diesen speziellen Vierteln finden. Die Suche nach etwas Bestimmten wird durch diese Aufteilung leicht verständlich. Dazwischen gibt es die unzähligen kleinen Einzelhändler, die mit ihren mobilen Ständen nach Lücken suchen, in der großen Hoffnung, dass sich ihre Konkurrenz noch nicht eingefunden hat, um eben an diesem Platz mehr veräußern zu können. Dadurch herrscht ein unaufhörliches Gewusel auf den Straßen und an Plätzen. Man muss auch das gesehen haben, um alle Seiten dieser Metropole zu begreifen. Wie viele Wochen oder vielleicht Monate wird man brauchen, bis man das Zentrum kennengelernt hat? Alles erscheint mir plötzlich zu groß, zu teuer, zu viel von allem und trotzdem fasziniert es mich.*

Meine Beschreibung von einst erstaunt mich heute immer noch und bestätigt einmal mehr, dass wir mit weit aufgerissenen Augen unter allen Umständen alles in uns aufnehmen wollten, was uns sonst verwehrt geblieben wäre. Es war auch kein Wunder, wie sehr uns das Erlebte aufwühlte, wollte doch das DDR-System nahezu jedem mündigen Bewohner seines Landes unterbinden, sich die Welt nach eigenem Ermessen erschließen zu können. Und so saugten wir alles Neue und Interessante in uns auf, wie ein Schwamm, ganz nach der Maxime: Aufsaugen, alles aufsaugen, da geht noch was!

Wie bunt war doch diese Stadt, dieses Land. Starke Farben umgaben uns überall, jederzeit, und nie wurde ich müde, sie in ihrer vollen Kraft zu erfassen. Schreiendes Rot, sattes Grün, blendendes Gelb und kräftiges Blau, Farben, die eine besondere Ausstrahlung haben, so kontrastreich und voller Lebensfreude. Wann immer von den typischen Farben Mexikos die Rede sein sollte, sie waren es und werden es immer sein, stark und positiv. Ich traf auf sie überall, selbst da, wo ich nie damit gerechnet hatte. Häuserwände in Purpur, Ocker, Blutrot oder Indigoblau, wie auch das Haus der Künstlerin Frida Kahlo. Diese großartige Malerin wurde für mich zum Inbegriff für Farbenpracht, die sich in ihren Bildern, sogar in ihrer eigenwilligen Art sich zu kleiden widerspiegelte. Sie trug mit Stolz und Vorliebe die Mode ihrer indigenen Vorfahren, die schon damals durch ihre krasse Farbgestaltung auffielen. Nuancen, wie ich sie normalerweise nicht zusammengestellt hätte, harmonierten überraschend gut miteinander. Die Geschichte Mexikos lehrte mir das tagtäglich neu. Bunt, bunter, am buntesten vertrug sich bestens miteinander. Mut zur Farbe, dazu wurde mir hier vor Ort der Grundstein gelegt.

Mexiko-Stadt schien jeden Tag aufs Neue in ein besonderes Licht getaucht zu sein. Je nach Tageszeit, Sonnenstand und Wetterlage veränderten sich diese eindrucksvollen Cholorierungen in ein wiederkehrendes Schauspiel der Natur. Morgens versucht die Sonne die eher kühlen Färbungen allmählich weich zu zeichnen, bis sie es zur Mittagszeit geschafft hat, mit ihrem Farbenspiel fast schmerzhaft zu blenden. Das ist dann auch die Zeit, in der die Mexikaner auf die schattige Straßenseite wechseln. Dabei tragen sie stolz ihren Sombrero, den besten Schutz vor der gleißenden Sonne. Gegen Nachmittag taucht sie alles in ein warmes gelbes Licht, und wenn sie später hinter den Bergen verschwindet, verlängern sich die Töne zu einer nahezu blutrot flammenden Illustration. Wie habe ich diesen Anblick doch geliebt.

Wieso hatte uns eigentlich niemand auf eventuelle Höhenanpassungsprobleme vor unserer Ankunft in Mexiko hingewiesen? Zwei ganze Wochen verbrachten wir bereits im Land, als ich bemerkte, wie sich ein langsam schleichendes allgemeines Unwohlsein bei mir einstellte. Sehr oft begann es mit einem quälenden Kopfschmerz zu den Abendstunden, der mitunter in Übelkeit umschlug. Derartige Beschwerden kannte ich bis dahin nicht. Sollte das wahrlich mit dem Höhenklima zusammenhängen? Annes Missstimmungen zur gleichen Zeit schob ich auf die sich durchkämpfenden Backenzähne, bei meinem Mann dagegen zeigten sich wahrscheinlich deswegen keinerlei Symptome, weil ihm durch den permanenten Arbeitsstress keine Zeit für derartige Beobachtungen: Wie reagiert mein Körper auf die Höhe, blieb. Was war zu tun? Alle Befragten meinten dazu: „Einfach abwarten und Tee trinken, das gibt sich wieder, an diese Höhe muss der Körper sich erst gewöhnen.“ In drei bis vier Wochen sollten sich Neuankömmlinge akklimatisiert haben, hieß es dazu.

Und was macht der permanente Smog mit uns, der wie unter einer Käseglocke festgehalten wurde. Keine andere Metropole ist für ihre Luftverschmutzung so bekannt geworden, wie Mexiko Stadt, die auf einem abflusslosen Becken vor etwa 700 Jahren errichtet wurde und auf drei Seiten von Bergen umgeben ist. Da kann kein gutes Lüftchen durchkommen, nie und nimmer, war meine Meinung. Diese Gedanken beschäftigten mich immer wieder, wenn ich gegen Kopfschmerzattacken kämpfte. Abgesehen davon bekamen wir ohne Vorankündigung den nahtlosen Übergang der Trockenzeit in die Regenzeit zu spüren. Es regnete jeden Tag, meist am Nachmittag, dann aber kurz und heftig. Wie schnell sich dadurch die dünne Luft abkühlte, war ebenso gewöhnungsbedürftig. In unserer Wohnung, die ohne Heizung ausgestattet war, spürten wir diesen Umschlag der Witterungsverhältnisse sehr deutlich. Zwar stand am Ende des ewig langen Flures ein kleiner Gasofen, der jedoch meinen ganzen Respekt verdiente. Nur wenn mein Mann daheim war, flackerte ab und an eine kleine Flamme in ihm. Von Heizen war dabei noch lange keine Rede. Allein traute ich mir niemals zu, diesen in Betrieb zu nehmen, zu suspekt erschien er mir.

Wie sehr sehnte ich mich in diesen Tagen nach der Zentralheizung unserer Plattenbauwohnung. Nie hatte ich darüber nachgedacht, wie einfach es doch war, die Heizung auf oder zuzudrehen, wann immer es wichtig wurde. Hier kroch die Kälte durch alle Ritzen, unsere Sachen fühlten sich klamm an, es fröstelte uns immerzu. Spaziergänge ohne Regenbekleidung konnten zum klatschnassen Ausflug werden, was uns ein paar Mal passierte.

Inzwischen wagten wir uns nicht mehr weit nach draußen. Im Nu konnte das Wetter umschlagen, so suchten wir lieber unsere Nähe, freuten uns auf Berührungen, Körperkontakt, Sex. Es war Kuschelzeit. Ganz nah beieinander liegend, eng umschlungen, wärmten wir erst unsere Tochter, die wir dann fest schlafend in ihr eigenes Bettchen brachten. Animiert durch diese Aufwärmphase ließen wir uns oft fallen, hingebungsvoll genossen wir unsere Zweisamkeit, wie niemals zuvor. Die Regenzeit war für uns wie eine seltene, aber schöne Krankheit, bei der immer gleich zwei das Bett hüten müssen, oder man nennt es einfach nur Liebe. Immerhin ist sie von allen Krankheiten noch die gesündeste. Und er ging gut, der Sex, in der Höhenlage dieser Stadt. Wir entdeckten uns neu in einer wonnigen Abhängigkeit, die uns nährte und auf die Abende freuen ließ. Wir wurden es nicht satt, diese beglückenden Momente nächtelang aufeinander zu verbringen, bis ich mich eines Tages damit konfrontiert sah, im Ausland womöglich doch noch schwanger zu werden. Diese ungewisse Aussicht brachte mich aus der Balance.

Natürlich wollten wir noch ein zweites Kind haben, sehr gern sogar. Längere Gespräche darüber gab es zwischen uns bereits vor der Abreise. Auch kam die Frage auf, womit wir rechnen müssten, wenn genau das einträfe? Doch damals hieß es aus dem Munde meines Mannes: „Was soll passieren? Du nimmst doch die Pille."

Zweifellos war ich für diesen Augenblick beruhigt, aber meine Gedanken ließen mich trotzdem nicht mehr los. Ich wollte für den Fall der Fälle mehr erfahren.

Bei diesem delikaten Thema machte mein Mann stets einen großen Bogen um eine Diskussion. Für ihn stand fest: „Die Antibabypille einzunehmen macht Sinn. Denn damit ist das zweite Kind gut planbar, damit brauchen uns nicht jetzt schon den Kopf zu zerbrechen."

Den Zeitpunkt selbst festlegen zu können, wann der beste Augenblick war, sich für ein weiteres Kind zu entscheiden, diese medizinische Errungenschaft hatte etwas sehr Beruhigendes. Dass es im Ausland und noch dazu als DDR-Bürger nicht einfach werden würde, ein Kind zu entbinden, erschloss sich uns von selbst. Auch sickerten einige wenige Beispiele anderer Familien bis zu uns durch, die sich in diese Situation, ob gewollt oder auch ungewollt, gebracht hatten. In keinem dieser Fälle war es eine gute Konstellation und stellte die werdenden Eltern vor ungeahnte, vor allem bürokratische Probleme. Ich beruhigte mich nach ewigen Debatten mit der Aussicht, dass wir uns diesen Kinderwunsch nach unserem Auslandseinsatz erfüllen würden. Aber das Schicksal hatte es später anders mit uns vor.

Es war in einer von diesen Kuschelnächten, als wir plötzlich mitten im Liebesakt unterbrochen wurden. Erst ganz leise, dann immer näher kommend, ertönte eine uns unbekannte Musik durch unsere wegen der hohen Smogbelastung fast immer geschlossenen Fenster. Das klang letztendlich so, als ob neben unserem Bett eine Kapelle von mindestens zehn Musikern stand, die alles aus sich herausholte, um gerade uns damit beeindrucken zu wollen. Gegen zwei Uhr nachts begann dieses Ständchen in unserer Straße und dauerte in etwa eine halbe Stunde. Wie wir später erfuhren, gibt es in Mexiko eine Tradition, dass jemand mit dieser Mariachimusik unangekündigt überrascht wurde. Meist betrifft es Männer, die eine Mariachigruppe zum Haus ihrer Geliebten bestellen, um ihr mitten in der Nacht ein Ständchen spielen zu lassen. Anlässe dafür gibt es bekanntlich ständig welche. Obwohl wir in unserem Tun gestört wurden, blieb dieser erster Kontakt mit der Musik der Mariachi bei uns haften, so als ob sie extra für uns spielen würden. Wir ließen sie gern gewähren. Schade, dass wir sie nicht sehen konnten, der Blick zu dieser Straßenseite blieb uns verwehrt.

Nur ein paar Tage später wurde unser Bild über diese typisch mexikanische Folkloremusik der Mariachis klarer. Sie verkörpert eine überaus lebendige Musiktradition, die sich im Klang durch die ungewöhnliche Zusammenstellung ihrer Musikinstrumente auszeichnet. Auf jeden Fall spielen sie ihre Lieder immer mit Trompeten, Violinen und Gitarren, nur die Region, aus der sie stammen, macht mitunter einen Unterschied aus. Zwischen sieben und vierzehn Musiker lassen es dabei lauthals krachen. Mit einer unüberhörbaren Lautstärke passiert das, doch davon nicht genug, so wechselt sich auch noch der mehrstimmige Gesang häufig mit einer Solostimme ab. Ein fantastisches Spektakel, dem man sich nicht entziehen kann. Auch optisch ist die Tracht der Musiker ein reiner Augenschmaus. Dabei fällt der erste Blick fast immer auf die beiden wichtigsten Erkennungszeichen: spitze Cowboystiefel und ein breitkrempiger Sombrero sind ihre Merkmale. Der ganze Mariachi steckt in einem sehr oft viel zu engen Anzug, fast immer schwarz. Allerdings verschönert diese Farbe nicht deren meist zu üppige Körperform. Ihre Bekleidung ist von Kopf bis Fuß mit Silberbeschlägen und prachtvoll gestickte Bordüren reich verziert. Wenn man sie als sehenswerte Prachtexemplare bezeichnen könnte, so träfe das auf jeden einzelnen Künstler einer Mariachigruppe zu. Auffallend ist nicht nur ihre Musik, gerade die optische Darbietung hält dem Zuhörer und Betrachter vieles aus der lebendigen Volkskultur bereit.

Man traf sie überall in der Stadt, besonders an den Stellen, wo die Touristenattraktionen zu finden waren, in Restaurants, Parks, und fast kein Tag verging, ohne die Musik der Mariachis aus irgendeiner Entfernung gehört zu haben. Ihre Musik konnte jeden sofort in Stimmung versetzten, ob Jung oder Alt, doch war diese permanente Lautstärke nicht jedermanns Sache. Alle in ihrer Nähe stattfindenden Gespräche mussten sich der Musik zwangsläufig unterordnen, ob man es wollte oder nicht. Wer sich nur zum Reden in deren Nähe aufhielt, dafür hatten die Musiker ein besonderes Gespür und sie verschafften sich ihre Aufmerksamkeit, indem sie nicht nur den Geräuschpegel, sondern auch die Intensität ihrer Musik derart steigerten, dass man nur eine Konsequenz daraus ziehen konnte, zu gehen oder zuzuhören.

Wir dagegen blieben gern und genossen es möglichst lange, so lauthals und lebensfroh vereinnahmt zu werden. Den wichtigsten Platz in der Stadt, der den Mariachikapellen schon seit Jahrzehnten vorbehalten ist, mussten wir nicht suchen, nur unserem Gehör folgen. Nirgendwo geht es lauter und schriller zu als auf dem Garibaldiplatz. Er ist nicht nur traditioneller Mittelpunkt der mexikanischen Folkloremusik für die Einheimischen, die ohne Frage ihre Musik lieben. Unter allen

Umständen sollte jeder Tourist mindestens einmal an gleicher Stelle gewesen sein. Schon dadurch erklärt sich dieses schier endlose Getümmel wie von selbst.

Plötzlich, ohne Vorankündigung meldeten sich bei mir wieder einmal mehr diese Kopfschmerzen, Herzrasen, Beklommenheit. Aber warum? Was war das, was in mir rebellierte? Ich suchte nach einer Antwort. Eine für mich plausible Erklärung fand ich rückblickend in der Vielzahl der überwältigenden Erlebnisse, Erfahrungen und Eindrücke, die seit unserem Eintreffen in Mexiko auf uns einstürmten. Es ging mir alles viel zu schnell. Dieses Tempo. Was ist ein Tag, was eine Woche? Und wir leben hier immerhin schon seit einem Monat. Es fühlte sich noch viel dramatischer an, so, als wären wir bereits eine viel längere Zeit in diesem Land unterwegs. Mexiko, was machst du mit mir und aus mir? Kam ich überhaupt noch hinterher? Wo ist die Stopptaste, um mal in Ruhe über das Erlebte nachzudenken? Ich fand sie nicht.

Inzwischen gab es erste Antworten auf meine Briefe. Ein Kurier war eingetroffen. Wir wussten auch, dass diese Nachrichten überhaupt nicht aktuell sein konnten, ob hier oder dort, aber sie blieben die einzige Verbindung nach Hause und brachten damit eine Gefühlswelle in Gang, der wir uns gern hingaben. Zudem wurde die Jenaer Tageszeitung und das Neue Deutschland in der gleichen Verzögerung mitgeliefert, fast schon wie gebündelt, als hätte man die Altpapiersammlung nach Mexiko-Stadt verlegt. Abbestellen durften wir sie nicht, diese sogenannten Pflichtzeitungen, damit der rote Faden der sozialistischen Idee gar nicht erst verloren ginge. Auf deren Titelseiten prangerten immer wiederkehrende Parolen: *Alles zum Wohle des Volkes, Neue Initiativen für hohen Leistungszuwachs zum Wohlstand der sozialistischen Bevölkerung, Unser Arbeitsplatz – Kampfplatz für den Frieden* und so weiter. Beim Lesen kräuselten sich mir die Nackenhaare. So ein Krampf und nichts als leere Worte. Gleich mit der ersten Losung konnte ich mich maßlos über das *Alles* aufregen. Was ist das denn *Alles zum Wohle des Volkes*? Diese Phrasen auf den Titelseiten der Zeitungen lösten bei mir automatisches Desinteresse und ein noch schnelleres Umblättern aus, betäubten letztendlich meinen Glauben an einen DDR-Staat, in dem es sich angeblich gut leben ließe. Selbst die Lokalseite der Jenaer Tageszeitung wurde für uns uninteressant, Aktualität sah eben anders aus. Für die Todesanzeigen waren wir noch zu jung, einzig und allein blieb der Sportteil unsere Leidenschaft, ihn lasen wir grundsätzlich und gern, trotz dieser wochenlangen Verzögerung.

Der deutsche Buchladen

Ganz allmählich, kaum spürbar, wurden wir in der großen Mannschaft der Handelsvertretung und der Botschaft als die Neuen akzeptiert. Wir erhielten somit Insiderwissen, das sich für uns als sehr nützlich herausstellen sollte und uns den Alltag erträglicher machte. Wo kann man gut einkaufen und die Preise verhandeln? Wo finde ich was auf kurzen Wegen?

Und, es gab auch recht bald dienliche Hinweise für die nicht erwünschten Dinge, die gerade deswegen in den Fokus rückten, so auch in unseren. Alles Untersagte gewinnt automatisch an Attraktion, muss selbst entdeckt werden, um nichts zu verpassen oder wenigstens mitreden zu können. Wir folgten diesem Urinstinkt, den wohl ein jeder von uns in sich trägt, festgesetzte Anweisungen erst einmal zu ignorieren. Am reizvollsten erschien uns dabei jene Weisung, die Deutsche Bücherei nicht aufsuchen zu dürfen, ein Buchlädchen, das sich im deutschen Viertel der Stadt befand. Eigentlich hätte man dort niemanden von uns treffen dürfen, doch genau hier kreuzten sich die Wege unserer Leute. Sogar diejenigen, die man normalerweise nicht erwartet hätte, schauten betreten in eine andere Richtung. Wir bildeten dabei keine Ausnahme, so blieb mit jedem Besuch etwas Anrüchiges und zu gleich Reizvolles haften, wie bei einem offenen Geheimnis. Viele unserer aus den Seekisten zutage geförderten und noch immer ungelesenen Bücher verblieben in einer verstaubten Schrankecke, um Jahre später, noch immer ungelesen, genauso wieder die Heimreise anzutreten.

Die DDR-Literatur in den 70ern unterlag sehr stark dem Liberalisierungsprogramm der damaligen Regierung, das traf für die gesamte Kunst- und Literaturszene zu. Solange der Sozialismus in den schönsten Farben dargestellt wurde, war für den jeweiligen Künstler, ob Schriftsteller oder Musiker, die Welt in Ordnung. Wer sich allerdings dagegen auflehnte oder seinen eigenen Weg verfolgte, wurde mit Auftrittsverbot bestraft, wie im Fall von Wolf Biermann. Sein Leidensweg endete nach vielen Jahren mit der Ausweisung aus der DDR.

Umso mehr freuten wir uns darüber, dass es in einem so weit entfernten Land ein deutsches Viertel mit dieser Bücherei gab, wo keine Leserwünsche offen blieben.

Beim Betreten dieses kleinen Buchladens spürte ich ein Herzrasen, erhöhten Pulsschlag, Schweißausbruch, alles zusammen, und der Blick zu meinem Mann verriet mir, dass es ihm nicht anders erging. Wie hypnotisiert betrachteten wir die übersichtlichen Bücherabteilungen, bestens katalogisiert, die fatalerweise in viel zu enge Regale gestopft waren, mitunter stapelweise herumlagen. Trotzdem, das zu sehen, war absolutes Neuland für uns. Bücher über Bücher, Hefte, Broschüren, Zeitschriften für alle und jeden Alters. Ein besonderer Duft erfüllte den Raum, es roch irgendwie anders als in den Buchhandlungen daheim. Woran lag es wohl, dass Schriftwerke derartig anziehend wirken konnten, etwa an diesem Duft?

Zuhause zählten gute Bücher zu einer sogenannten ´Bückware´. Die einzelnen Buchhandlungen bekamen ihre Kontingente zugewiesen und waren dadurch sehr eingeschränkt, diese der breiten Öffentlichkeit zur Verfügung zu stellen. Warum eigentlich? Gab es einen Papiermangel oder wollte man staatlicherseits den Markt für diese ´Bückware´ bewusst einengen? Es führte unweigerlich dazu, dass Leser gleich nach der Vorankündigung einer Neuerscheinung dieses Buch beim Buchhändler ihres Vertrauens zurücklegen ließen. Damit kamen die begehrten Titel oftmals gar nicht erst in die Regale, sondern wanderten unter den Ladentisch und harrten dort ihrer Abholung. So entwickelte sich unter den Büchernarren der Ausspruch: Ich gehe meine Bückware abholen, Wobei dieser Begriff im Laufe der Zeit für alle anderen Mangelprodukte ebenso genannt wurde, eigentlich immer dort, wo sich gerade Menschenschlangen bildeten, um etwa nichts zu kaufen, sondern zugeteilt zu bekommen.

Ganz anders erging es uns in dieser deutschen Buchhandlung. Etliche Bücher hätten wir am liebsten sofort gekauft, doch war unsere finanzielle Situation nach einem Monat in diesem Land sehr angespannt. Mit jeweils nur einem Buch bewaffnet verließen wir, nach stundenlangem Stöbern, dieses Geschäft mit einem vielversprechenden: „Hasta luego", bis bald. Wie ausgehungert stürzten wir uns auf eine Literatur, die uns zu dieser Zeit besonders anzog und aktuell war. Noch heute spüre ich diese Aufregung in mir, wenn es darum ging, sich für ein Buch entscheiden zu müssen. Einmal im Monat leisteten wir uns den Weg zur Deutschen Bücherei, immer dann, wenn unsere Lohntüte aufgefüllt wurde.

Die Regenzeit kam uns mehr denn je entgegen, wie einer Punktlandung gleich hatten wir sie zur Lesezeit erklärt. Besser konnten diese beiden Begriffe nicht miteinander harmonieren.

Die schwimmenden Gärten von Xochimilco

Die konzentrierteste Form von unserem bisher beschriebenen und erlebten Mexiko fanden wir bei einem Wochenendausflug zu der einzigartigen Sehenswürdigkeit und Touristenattraktion zugleich, den schwimmenden Gärten von Xochimilco. Alles, was dieses Land so unvergesslich werden ließ, schien sich dort versammelt zu haben. Unbeachtet von dem enormen Besucherstrom sogen wir jedes Detail in uns auf, kosteten, befühlten oder hörten all das, was uns überwältigte. Nahezu unbeschreiblich war diese geballte Mischung aus Farben und Gerüchen, zusammen gewürfelt mit der klangvollen Mariachimusik, die uns aus allen Himmelsrichtungen beschallte.

Aus der indianischen Sprache überliefert, soll der Name Xochimilco der Ort der wachsenden Blumen bedeuten. Nach unseren ersten Eindrücken fanden wir ihn als durchaus vortrefflich beschrieben. Ewig lange Kanäle formten sich zu einem botanischen Labyrinth, ließen ihn durch diese Besonderheit weltbekannt werden. Schon ab dem 14. Jahrhundert wurden die schwimmenden Gärten angelegt, um die Bewohner der Hauptstadt mit Obst, Gemüse und im Besonderen mit Blumen zu versorgen. Diese auf dem Texcoco-See geschaffenen künstlichen Anbauflächen wurden so zu äußerst fruchtbaren Inseln, welche mit dem lagunenartigen Netzwerk durchzogen waren. Zu jener Zeit entstand das bis heute funktionierende komplexe Kanalsystem, auf dem blumengeschmückte Kähne mit einer langen Stange durch die flachen Wasserwege gestakt wurden. Fast wie in meiner Heimatregion, dem Spreewald, durchfuhr es mich. Nein, eigentlich gab es keinen Vergleich dazu, ausgenommen war dabei die Fortbewegungsart der Boote.

Besonders an den Wochenenden oder Feiertagen war und ist Xochimilco für alle Besucher eine der Attraktionen, die ihresgleichen sucht. Wenn mehr als einhundert Boote unentwegt umher wuselten, nahm dieses Treiben eine Form der Bewegung an, die im Tierreich nur mit den Ameisen verglichen werden konnte. Mitunter passte nicht einmal ein Blatt Papier zwischen die vorbeigleitenden Kähne. Die mit Einheimischen und Touristen besetzten Boote hätten schon genügt, um ein Vorankommen zu behindern, doch das wäre zu einfach gewesen. Hinzu gesellten sich nämlich noch die Spezies der mobilen Händler, die mit ihren voll bepackten Warenkähnen alles aber auch alles anpriesen, um eine Fahrt unvergessen zu machen. Der schwimmende Markt von Xochimilco zählt zu den schrillsten, lautesten und doch zu den schönsten Märkten der Welt. Vielleicht war ausgerechnet diese Unübersichtlichkeit genau der Kick, der diesen Ort so unvergesslich werden ließ.

Natürlich mussten wir unbedingt auch mit einem dieser ganz besonderen Wasserfahrzeuge unterwegs sein und Annele durfte entscheiden, welches dieser bunten Boote wir besteigen sollten. Das Kriterium ihrer Auswahl blieb uns allerdings ein Rätsel. Ab dem Zeitpunkt, als wir in diesem Boot Platz nahmen, ging es uns nicht darum, so schnell als möglich von A nach B zu kommen, viel wichtiger war es, mitten in dem Tohuwabohu zu sein und es auch genießen zu können. Den Händlern und Betreibern der Boote war es dagegen wichtig, jedermann gut zu unterhalten, egal mit welchen Angeboten oder Mitteln. Es ging los. Die Boote mit den Mariachis zogen, wie an einer Perlenschnur aufgefädelt, ihre Runden. Dicht bei dicht auf den Booten stehend, warben sie lauthals um Zuhörerschaft, in der Hoffnung, sich irgendwann für einen kleinen Obolus an einem der Touristenboote längsseits festzumachen, um sie weiterhin musikalisch zu begleiten. Es erschien mir, dass es für sie ein Kampf oder auch Krampf war, bis sie ihr Ständchen einmal oder mehrmals am Tag an den Mann bringen durften. Mit viel Glück wurden einige wenige der Mariachiboote für eine gesamte Fahrtzeit gemietet. Mit unserer finanziellen Situation war das undenkbar. Da aber jede zwei bis fünf Meter ein solches Boot unseren Weg kreuzte, lag diese Musik ständig in der Luft und erreichte uns somit gratis. Herrlich, wir genossen diese Stimmung in der gemächlichen Fortbewegung durch das Boot und dem Tun und Lassen um uns herum. Erstmals hatten wir uns so richtig unter das Volk gemischt, merkten aber recht schnell, dass die eigentliche Aufmerksamkeit wieder einmal unserer Tochter galt. Strahlend große Augen, blonde Haare, helle Haut, so ein zartes und heiteres Wesen hatten die in aller Regel dunkelhäutigen und schwarzhaarigen Mexikaner wahrscheinlich noch nicht oft zu sehen bekommen. Kaum wurde sie von ihnen entdeckt, passierte immer etwas, womit sie sich bei unserer Tochter Eindruck verschaffen wollten. Sie unternahmen alle möglichen Späßchen, um sie anzusprechen, zuzuzwinkern, zu berühren, dabei möglichst über ihren Kopf zu streicheln, als ob sie Glück bringen könnte. Sie hielt diese Zärtlichkeiten gut aus, sonnte sich in ihnen. Gleichaltrige Kinder fanden unsere Tochter wohl ebenso anziehend, aber alle Bemühungen, sie zu drücken oder gar zu küssen, wurde ihr später doch zu turbulent. Heftiges Kopfschütteln brauchte keine Übersetzung, das verstand man weltweit. Ihr Protest funktionierte.

Für den nächsten Sonntag stand ein Besuch im Zoo auf unserem Plan. Wir vermuteten jedoch nicht, dass Mexikaner es liebten, mit ihren großen Familien diesen, ihren einzigen freien Tag der Woche, ebenso dafür zu nutzen. Vor lauter Menschen sahen wir kaum Tiere in ihren Gehegen.

In diesem Gedränge und Geschiebe galt unsere einzige Sorge unserem kurz zuvor erstandenen Sportkinderwagen Made in GDR von der Firma Zekiwa, der größten Kinderwagenfabrik Europas zu dieser Zeit. Diesen kauften wir einer unserer Botschaftsfamilie ab, allerdings war er schon in einem ramponierten Zustand. Immerhin war diese Anschaffung mindestens zehnmal günstiger, als ein Neuer, den wir mit Sicherheit nur noch ein paar wenige Wochen benötigen würden. Die kleine Tochter jener Familie war dem Wagen mehr als entwachsen. Wie ein Kreis mit Haaren, rundlich und dick, schleppte sie wahrscheinlich doppelt so viel Gewicht mit sich herum als unsere Anne. Aber was dieses Mädchen wahrhaftig in ihrer Kinderwagenzeit mit dem Gefährt angestellt hatte, blieb im Verborgenen. Fahrtüchtigkeit sah irgendwie anders aus. An allen Ecken und Kanten klapperte das Vehikel, rostete und quietschte vor sich hin. Nur ein solches Leichtgewicht, wie unsere Tochter es war, verkraftete er gerade noch, bis wir ihn nach kurzer Nutzung für schrottreif erklären mussten. Optisch war der Wagen wahrlich keine Attraktion mehr und noch nie gewesen, wenn man ihn mit mexikanischen Verhältnisse messen würde. Doch gerade deswegen fielen wir mit unserem Kuriosum aus dem Rahmen und ernteten oft fragende Blicke, einmal mehr unter der Menschenmenge, die sich gerade mit uns im Zoologischen Garten von Mexiko aufhielt. Ohne lange darüber nachzudenken, sahen wir zu, dass wir unbeschadet aus diesem Kessel von Mensch und Tier rauskamen, und vertagten unsere Idee des Zoobesuches auf einen späteren Zeitpunkt.

Unsere Muchacha Petra

Immer öfter bekamen wir Besuch von der Muchacha Petra, die schon bald als weiteres Familienmitglied zu uns gehören sollte. Es war so zwischen uns abgesprochen, auch, dass sie zu den unterschiedlichsten Tageszeiten eintraf. Anne sollte sich dadurch gleich etwas besser an sie gewöhnen. Abgesehen von den ganz normalen und einleuchtenden Verständigungsschwierigkeiten sah es zwischen den beiden ganz gut aus. Auch zwischen uns stimmte die Chemie. Petra sprach allerdings kein Wort Deutsch, obwohl sie bereits seit vielen Jahren in unseren deutschsprachigen Familien tätig war. Ich dagegen hielt mich mit meinem eher mangelhaften Spanisch über Wasser, fand es allerdings ganz hilfreich, durch ihre Anwesenheit meine Spanischkenntnisse verbessern zu können. Bei unseren ersten Begegnungen holperte ich mich noch von Wort zu Wort, doch schon bald sollte es besser werden.

Ihr erster Arbeitstag in unseren vier Wänden nahte. Zu diesem Zeitpunkt wusste ich noch nicht einmal, was ihr Job als Kindermädchen und Haushaltshilfe in einer Person beinhaltete. Dazu existierte keinerlei vertragliche Regelung, nichts Schriftliches, lediglich eine mündliche Vereinbarung. Durch die vorausgegangene Weitervermittlung war das so gang und gäbe. Sie kam und begann ihre Arbeit. Von keiner Seite erhielt ich einen Hinweis über den Umgang mit Kindermädchen oder Haushaltshilfen, auch traute ich mich nicht, das zu hinterfragen. Es war mir unangenehm, eine zehn Jahre ältere Person anzuweisen. Konnte ich so einfach mein Gewissen verschonen, mir die Antwort auf meine Frage damit zu geben: Sie wird schon wissen, was sie zu tun hat?

Aber Petra kannte ihre Arbeit bestens, sie lief wie ein Uhrwerk, lautlos, zielgerichtet und pünktlich, was für Mexikaner normalerweise eine große Herausforderung darstellte. Alle Arbeiten, die im Haushalt anfielen, einschließlich der Kinderbetreuung, erledigte sie mit gleichbleibender Freundlichkeit. Sie blieb täglich in unserer Wohnung, bis wir sie betraten, oder ging erst dann, wenn für sie klar war, dass es für sie nichts weiter zu tun gab.

Ihre eigene Bleibe, Wohnung konnte man das nicht nennen, war in unserem Haus auf dem Dach. Zusammen mit anderen Muchachas hauste sie in einer für das Leben unwürdigen Kammer. Dort hatten alle Muchachas des Hauses ihre eigenes kleines Refugium. Ihre wenigen Habseligkeiten waren in der etwa sechs Quadratmeter großen Behausung untergebracht. Eine Liege füllte den kleinen Raum bis zu zwei Drittel aus. Mit einem winzigen Tischchen und einem ebensolchen Holzschrank war die verbleibende Fläche vollständig ausgeschöpft. Einziger Komfort, wenn man bei diesen Zuständen überhaupt davon sprechen konnte, war das Bad und eine Toilette für immerhin acht Frauen. Diese Dachkammern erinnerten mich eher an Käfige. Wellblech zum Schutz vor Regen, ohne Heizung und die mit dünnen Trennwänden voneinander abgegrenzte Räume waren wie in einem Kaninchenstall zusätzlich vergittert. Ein erschütternder Anblick bot sich uns, als sie uns eines Tages ihre Behausung zeigte, doch für Petra hingegen war das der einzige Ort, wohin sie sich zurückziehen konnte. Das tat sie erst dann, wenn wir sie nicht mehr benötigten oder an ihren freien Wochenenden, die sie für ihre eigenen Träume nutzte. Auf meine Frage nach einem Hobby, erntete ich lediglich ein Schulterzucken. Nie haben wir davon erfahren, welche Sehnsüchte oder Ideen sie hatte, um entspannt in die Zukunft schauen zu können.

Wir gewöhnten uns recht schnell aneinander, auch an diese neue Situation, die wir durch ihre Arbeit bei uns mit vielen Annehmlichkeiten verbunden sahen. Egal zu welcher Zeit und

Stunde, seitdem Petra bei uns war, blitzte es in allen Ecken, nichts lag unordentlich herum, die Wäsche lag rein und immer frisch gebügelt parat und aus der Küche stiegen unbekannte, verführerische Düfte. Petra wurde zu einer absoluten Bereicherung für unsere Familie. Auch wenn sie es vielleicht nicht einmal beabsichtigte, doch erleichterte sie es uns kolossal, die für uns ungewohnten Lebensverhältnisse zu meistern. In diesem Zusammenhang fanden wir es enorm wichtig, dass wir uns stets auf Augenhöhe begegneten und sie sich in unserer Familie wohlfühlen möge. Wenn Wünsche in Erfüllung gehen könnten, hier war es der Fall.

Viel später wurde uns klar, dass unser Aufenthalt in Mexiko ohne sie um viele Erfahrungen ärmer ausgefallen wäre. Mit einem breiten Lächeln auf beiden Seiten kamen wir uns immer näher.

Sie rückten näher, die geplanten zehn Wochen Aushilfe zur Feriengestaltung für alle Kinder der Familien, die entweder schon im Urlaub waren oder ihn noch vor sich hatten. Irgendwie absurd erschien mir der Zustand dennoch, unsere Tochter in fremde Hände geben zu müssen, um die anderen, mir bis dahin unbekannten Kinder zu betreuen. Diese Zeit vor mir zu sehen, machte mich traurig. Im Brief an die Eltern schrieb ich Folgendes: *Ich weiß, ich spinne vielleicht, aber ich könnte heulen, wenn ich meine Kleine bald los bin. Den ganzen Tag ist unser Schatz mit der fremden Frau in unserer Wohnung zusammen und abends haben wir leider auch nicht mehr viel Zeit für sie.*

Im Vorfeld litt ich sehr darunter, malte mir schreckliche Bilder aus, mein Innerstes wehrte sich voll dagegen. Dieses Kommen und Gehen von Höhen und Tiefen setzte ein großes Maß an Emotionen in Gang, auf die ich mich nicht ausreichend vorbereitet hatte. Vielleicht ging ich etwas zu naiv damit um. Es war doch nur vorübergehend, sagte ich mir, hatte aber auch nicht den Mut, meine Bedenken anzusprechen. Wo oder bei wem konnte ich mein Gewissen erleichtern? Noch waren wir mit keiner Familie so vertraut, dass ich es wagte, irgendjemanden mein Herz auszuschütten.

Eine kurze Einweisung der Erzieherin, die ihren Urlaub am nächsten Tag antrat, indem sie mir kurz erklärte, wo etwas zu finden sei und wie ich die unterschiedlichen Altersgruppen miteinander beschäftigen könnte, das war alles. Aber es genügte nicht. Zu spät merkte ich das, als die dafür Verantwortlichen bereits abgereist waren. Auch hier stellte sich die Frage neu: Wer hätte mir im Ernstfall weiter helfen können? Und eine Blöße wollte ich mir auch nicht geben. Innerlich tröstete ich mich mit den Gedanken: Was soll schon passieren? Irgendwie bringe ich die Zeit über die Runden und danach winkt mir eine Arbeit als Sekretärin.

Die Phase meines ersten Jobs im Ausland hatte begonnen, aber damit geriet der eben erst lieb gewonnene Alltagstrott auch gleich wieder aus den Fugen. Zeitnah wollte ich möglichst alles unter einen Hut bekommen, doch schon bald musste ich die ersten Abstriche machen. Festzuhalten, wie unser Leben im fremden Land verläuft, durch das Schreiben der Tagebücher und Briefe, schon dafür musste ich mir neue Freiräume schaffen. Bisher hatte ich dazu Annes Mittagsschlaf genutzt, ab sofort verlagerte ich meine Lieblingsbeschäftigung auf die Abende und Wochenenden.

Mein Mann war seit seinem ersten Arbeitstag voll eingespannt, damit auch viel unterwegs, meist mit dem Flieger quer durch das Land. Schnell konnte demzufolge eine gesamte Woche vergehen, in der wir uns mitunter nur ein paar Stunden sehen konnten. Unter unserem Familienleben hatte ich mir auch etwas anderes vorgestellt. Nahte endlich ein gemeinsames Wochenende, wurde ihm mitunter der durch seine Reisen im Land verpasste Botschaftsdienst nachträglich ´aufgebrummt´. Jedem Mitarbeiter der Botschaft und auch der Handelsvertretung teilte man diesen Dienst nach einem Plan zu. Manchmal hatte ich das Gefühl, dass er zu oft dafür eingesetzt wurde. Ob es dafür überhaupt ein System gab, wer von unseren Männern und in welchem Rhythmus für diese Nachtwache eingesetzt wurde, wagte ich zu bezweifeln. Immer wieder aufs Neue bedrückte mich diese Situation sehr. Ich brauchte ihn, gerade jetzt, konnte ihm aber auch nicht noch mit meinem Kleinkram in den Ohren liegen. Oder doch? Er dagegen befand sich scheinbar wie in einem Tunnel seiner Tätigkeit, bemerkte meine Gemütsbewegungen offensichtlich in keinster Weise. Als ′mitreisende Ehefrau′ war ich nun einmal das kleinste Rad am Wagen. Wogegen hätte ich mich auch auflehnen sollen? Wir hatten es doch so gewollt.

Botschaftsdienst hieß klipp und klar, Wache zu halten, und zwar in dem Gebäude der DDR-Botschaft, nach Arbeitsschluss, für eine Nacht bis zum nächsten Morgen. Die Überwachung erfolgte per Monitor und heißem Draht, falls irgendwann etwas passieren sollte. Für diesen verantwortungsvollen Posten gab es einen speziellen Raum mit einem ′Schlafplatz′. Das Essen brachte sich jeder von zu Hause mit. Vierundzwanzig Stunden Augen auf und durch, hieß es dabei.

Bis auf die Zeit der Nachtwache durfte man den Diensthabenden besuchen. Doch die Botschaft hatte für mich zwei Gesichter, schon deshalb mochte ich dieses Gebäude nie. Selbst unsere Anne klammerte sich an mir fest, wenn wir ihren Papi für ein paar Stunden besuchen wollten. Fühlte sie es etwa ebenso? Gefüllt mit Menschen, die dort arbeiteten, lebte das Haus auf angenehme Weise mit einer ganz eigenen Ausstrahlung. Alle internen Veranstaltungen, Festlichkeiten und Versammlungen wurden im Botschaftsgebäude durchgeführt und zu diesen Anlässen empfand ich die Atmosphäre stets anregend, wohltuend und gut. Ständig war in diesen Räumlichkeiten etwas los, man lernte neue Leute kennen, Empfänge wurden gegeben, Delegationen empfangen, es wurde gelacht, gefeiert und getanzt. Und immer dann fühlte ich mich dazugehörend. Mit grundsätzlich anderen Gefühlen erlebte ich dieses Haus, wenn mein Mann seinen Botschaftsdienst verrichten musste. Die Stimmung kippte jedes Mal mit dem Betreten des Gebäudes, obwohl wir alles nutzen durften, was außerhalb der privaten Räume zugänglich war. Selbst in einem kleinen Pool, inmitten des Gartens, hätten wir baden können. Doch das Haus veränderte sich zu den Botschaftsdiensten. Es lebte nicht mehr. Kaum ein Laut war zu hören, nur unsere eigenen Stimmen. So ganz ohne Geräusche, kein Klappern von Geschirr, kein Lachen der Leute, die hier arbeiteten, nur Stille. Jetzt wirkten die Räume abweisend, dunkel das Mobiliar, kühl die Umgebung darin, irgendwie unfreundlich, fast unheimlich. Dabei mochte ich die Inneneinrichtung der derben Möbel im Kolonialstil, die in allen Etagen zu finden waren. Selbst bei strahlendem Sonnenschein und Aufenthalt im gepflegten Garten blieben wir zwei nie länger als gerade nötig bei meinem Mann.

In der ersten Woche meiner neuen Tätigkeit als Erzieherin auf Zeit nahm ich unsere Tochter einige Male an den Vormittagen mit in den Kindergarten. Keinen Meter wich sie von meiner Seite, und sobald ich ihr den Rücken kehrte, begann das Geschrei. Anfangs kümmerten sich alle Kinder noch sehr um sie, aber selbst das wurde ihr einfach zu viel. Nach einem solchen Vormittag war sie jedes Mal total fertig und geschafft, sodass es besser war, sie ab der zweiten Woche bei unserer Muchacha Petra zu lassen.

Hin- und hergerissen zwischen dem Muttergefühl, sie weggeben zu müssen und der Verantwortung den anderen Kindern gegenüber, kam ich kaum noch zur Ruhe. Nachts wälzte ich mich im Schlaf umher und wachte oft wie gerädert wieder auf. Zum Glück für uns alle, funktionierte das Miteinander zwischen Anne und Petra auf Anhieb sehr gut, dafür litt ich umso mehr. Mit einem Augenzwinkern verriet mir eine Kollegin folgenden Spruch: „Kinder machen Spaß, man muss nur genug davon haben.“

Und jetzt hatte ich genug, um die ich mich kümmern musste. Jeder einzelne dieser Tage war in Nullkommanichts an mir vorbeigezogen. Von früh acht Uhr bis Nachmittag sechzehn Uhr hatte ich im Durchschnitt bis zu zehn Kinder zu hüten, die versorgt werden wollten, mit denen ich spielen sollte. Obendrein musste ich aufpassen, dass nichts passierte. Für mich bedeutete es, alle Arbeitsaufgaben, die normalerweise in einer Kindertagesstätte anfallen, zu erfüllen. Immer wieder einmal fand ich es leichtsinnig, geradezu unverantwortlich, dass ich diese Vertretung in erster Linie allein, noch dazu als unerfahrene junge Mutter übernehmen musste. Dabei war ich doch eigentlich nur eine ´mitreisende Ehefrau´, oder? Fühlte sich so etwa eine ganz persönliche Krise an? Erste Zweifel kamen hoch, ob ich diesen Anforderungen gerecht werden konnte. Aber, welche Vorstellungen von unserem Leben in Mexiko hatte ich eigentlich? Wahrscheinlich zu wenige. Alles basierte auf dem unerwarteten Glücksumstand, dass wir ausgewählt wurden und nach Mexiko kamen. Das wird schon irgendwie, mit diesen Gedanken hatte ich spekuliert. Aber so einfach wurde es nicht.

Alle für uns wichtigen Gebäude lagen wie auf einem Kreuz in alle vier Himmelsrichtungen, dicht beieinander und jeweils nur fünf Minuten Fußweg voneinander entfernt. Dazu gehörte in erster Linie die Botschaft im Osten, die Handelsvertretung im Norden, Schule und Kindergarten im Westen und unser Wohnhaus im Süden, eine geniale Konstellation. Keine langen Wege, viel Zeitersparnis und das in einer der besten Wohngegenden überhaupt. Leider war gerade das Haus für die Kinderbetreuung viel zu klein, zu eng, zu dunkel, eigentlich dafür ungeeignet. Die Schulkinder hatten in der oberen Etage ihren eigenen Raum, Parterre spielten die Kindergartenkinder. Für alle zusammen ergaben sich daraus die denkbar schlechtesten Bedingungen. In dem Bereich, wo die Kindergartenkinder spielten, durfte man nicht laut sein, das störte den Schulunterricht. Der winzig kleine Garten mit Sandkasten und Klettergerüst bot den einzigen Auslauf nach draußen, war aber wiederum von hohen Mauern umgeben, wie jedes andere Haus in dieser Gegend. Kaum ein grüner Halm gedieh hier. Wie sollte er auch, wenn zwischen Hauswand und Mauer mitunter nur ein bis maximal zwei Meter Platz vorhanden war und die Sonne somit fast nur Schatten produzieren konnte. Die Kleinen schienen dennoch nichts zu vermissen, aber den größeren Kindern wurde ständig der Drang ins Freie genommen.

Bis zur vierten Klasse konnten die Schulkinder im Ausland unterrichtet werden, und oft zeigte sich, dass bei einigen der angestaute Frust über mangelnde Bewegung kaum Freiräume zuließ und die unvermeidliche emotionale Enge ein gewisses Aggressionspotenzial freisetzte. Schnell hatten ein paar Schulkinder herausgefunden, womit sie mich auf die Palme bringen konnten.

Unkonzentriert, auch oft überreizt, passierte es eines Tages kurz vor der Mittagsruhe, als sie das Fass zum überlaufen brachten. Alle sollten sich zum Schlaf hinlegen, aber niemand hörte auf meine Worte. Es war an einem dieser heißen Tage, als die Mittagssonne ihre Glut über uns ausbreitete. Der Ruheraum war sehr aufgeheizt und ich wollte in diesem Augenblick die Fenster öffnen, die sich nur nach außen entriegeln ließen. Einer der Fensterflügel klemmte, und in meiner Rage über die tobenden Kinder verpasste ich dabei den Rahmen, durchstieß mit der rechten Hand die Fensterscheibe, blieb darin stecken und die Scherben zerschnitten mir die Hand, haarscharf an der Pulsader vorbei. Schlagartig kehrte Ruhe ein, das fließende Blut ließ alle Kinder verstummen. Die klaffende Wunde musste von einem Arzt vernäht werden, seitdem habe ich eine sichtbare Erinnerung an meine Zeit in Mexiko.

Später, ich arbeitete bereits als Sekretärin, traf ich diese Kinder täglich wieder und ihr fröhliches Winken oder Rufen zeigte mir, dass wir wahrscheinlich doch keine so unangenehme Zeit miteinander verbracht hatten. Einer von diesen schönen Augenblicken mit ihnen war es wert, im Tagebuch festgehalten zu werden: *Ich sitze im Schlafraum des Kindergartens. Vor mir liegen meine acht kleinen Wüstlinge, krampfhaft die Augen zudrückend, um schlafend zu wirken. Es ist schon ein putziger Anblick, wie sie mich zwinkernd überlisten wollen.*

Immerhin wurde dieser, mein erster Job in Mexiko mit zahlreichen Erfahrungen gespickt, die ich im Nachhinein nicht ausgesprochen als sinnlos empfand.

Inzwischen bekam mein Mann sein Dienstauto, das wir auch privat nutzen durften. Seitdem nahmen wir uns fest vor, jedes freie Wochenende einen anderen Ort in und um Mexiko-Stadt aufzusuchen. Schon im Umkreis von etwa einhundert bis maximal dreihundert Kilometer Entfernung gab es so unendlich viel zu entdecken.

Was wir gesehen haben, kann uns niemand mehr nehmen, wurde dabei unsere Parole. So konnten wir vieles ab sofort in die Tat umsetzen und erleben, noch dazu mit einem Gefährt, dass man schon eher als einen Personenkraftwagen bezeichnen konnte. Trabbis oder Wartburgs werden wir noch lange genug fahren müssen, wurde zur mentalen Entschuldigung an unsere Autoindustrie. So genossen wir vom Start weg diesen Qualitätssprung im neuen Auto, egal, ob es ein kurzer Weg war oder eine längere Strecke vor uns lag. Mehrtägige Touren mit vielen Fahrkilometern mussten wir aus Sicherheitsgründen stets zusammen mit einer anderen Familie unternehmen. Mit großer Ernsthaftigkeit wurde es uns seitens der Botschaft nahegelegt. Wir verstanden die Wirkung wie ein ungeschriebenes Gesetz. Die Erlebnisse teilen zu können und sich die Erfahrungen der anderen zunutze zu machen, fanden wir eher vorteilhaft. Daraus ergab sich, dass wir speziell mit einer Familie eine tiefe Freundschaft entwickeln konnten, die bis heute eng verwurzelt besteht.

Die Pyramiden von Teotihuacán

Es gab kein langes Überlegen, wohin unsere erste Reise gehen sollte. Jeder, der sich in Mexiko aufhält, sollte mindestens einmal die Pyramidenstadt von Teotihuacán gesehen haben. Unsere eigenen Leute der Botschaft und Handelsvertretung, alle waren sie natürlich längst schon an diesem Ort gewesen. Nun wollten wir endlich mitreden können. Kein Wunder war es demnach, dass die erste Ausfahrt mit dem neuen Auto ein ganz klares Ziel hatte: die Pyramiden von Teotihuacán.

Bei einer Entfernung von ungefähr fünfzig Kilometer in Richtung Nordosten lag also keine weite Reise vor uns. Umso größer waren die Eindrücke über das Gesehene, welche die Erzählungen und Beschreibungen unserer Kollegen weit in den Schatten stellte. Dort gewesen zu sein, ermöglichte uns einen ersten kleinen Eindruck von den übermenschlichen Leistungen, eine ab dem dritten Jahrhundert errichtete Großmacht entstehen zu lassen. Zurück blieben allerdings auch die vielen Rätsel um den Niedergang, der zu ihrer Zeit mit Abstand größten Stadt auf dem amerikanischen Kontinent.

Teotihuacán, ist eine Bezeichnung der Azteken und bedeutet: Der Ort, wo man zu Gott wird.

Kein Volk hatte damals einen größeren Einfluss auf die übrige Siedlungslandschaft und Kultur Mittelamerikas, als die Azteken. Die einstigen Bewohner von Teotihuacán hinterließen monumentale Bauwerke, unübertroffen dabei die Sonnenpyramide. In einiger Entfernung wurde eine etwas kleinere, die Mondpyramide erbaut. Beide sind durch eine 1.700 Meter lange Prachtstraße miteinander verbunden. Die Stadt, die hier vor 1500 Jahren stand, soll in etwa so groß gewesen sein wie das antike Rom mit etwa 200.000 Einwohner. Die Azteken fanden diesen Ort bei ihrer Ankunft im 13. Jahrhundert menschenleer vor und glaubten wohl fest daran, dass sich hier die Götter trafen, um dem Kosmos neue Kräfte zu verleihen. Demzufolge schufen die Azteken den Namen für diese von Menschen verlassene Stadt: Teotihuacán. Ihre Ruinen werden auch heute noch als ein ewiges Mysterium betrachtet.[1]

Man fährt von Teotihuacán nicht wieder fort, ohne die Pyramiden erklommen zu haben. Nahezu alle Mexikaner, ob jung oder alt, leben nach der Gepflogenheit, mindestens einmal in ihrem Leben diese Pyramiden besteigen zu müssen. Sehr hohe, kräftezehrende Stufen mussten bezwungen werden, die kein normaler Mensch auf Anhieb schaffte. Schnaufend und schwitzend von dieser Anstrengung blieb mir kurz vor dem Gipfel nicht erspart, mich auf allen Vieren über die letzten paar Stufen hinaufzuschleppen. Höhenangst war dabei kein guter Begleiter, diese Gedanken kamen mir reichlich spät. Eine volle Konzentration war bei jedem Besucher der Kultstätte gefragt, die man unbedingt brauchte, um die Unregelmäßigkeiten der nicht nur sehr hohen, noch dazu schmalen Stufen in der dünnen Luft von 2.300 Meter Höhe zu bewältigen. Zwischen fünfzig und achtzig Zentimeter Höhe schätzte ich damals den Abstand von einer Ebene zur nächsten ein, und irgendwie musste dieser überwunden werden, auch wenn manch einer eine abenteuerliche Art der Besteigung an den Tag legte. Von diesen Stufen zählt man 248 bei der Sonnenpyramide. Im Vergleich dazu hat

1Quelle: Wikipedia Mai 2011; Spiegel online 5.11.2006

die Mondpyramide ´nur´ 111. Für meinen Mann war das Erklimmen besonders anstrengend. Er schleppte seine Tochter im Tragegestell auf seinem Rücken nach oben, die es Füße baumelnd indessen ganz vergnüglich fand.

Hatte man die Plattform der Pyramiden endlich erreicht, wurde man mit einem beeindruckenden Ausblick über die gesamte Anlage der einstigen Stadt belohnt. Dort oben angekommen konnte man die umfangreiche Ausdehnung von Teotihuacán in seiner wahren Dimension erfassen. Ja, es hatte sich unbedingt gelohnt, beide Pyramiden bestiegen zu haben. Dieser gigantische Blick über eine längst versunkene Stadt, entschädigte uns für die vorangegangenen Strapazen. Davon berichtet auch ein kleiner Eintrag in meinem Tagebuch: *Man kann eigentlich gar nicht viel darüber berichten, man muss es gesehen und erlebt haben. Dort oben stehend, scheint man dem Himmel wahrhaftig ein ganzes Stück näher gekommen zu sein.*

Noch zweimal sollten wir uns im Laufe der kommenden Jahre dort hinauf wälzen, doch der Eindruck wurde nie ein anderer.

Erster Geburtstag, unbekannte Traditionen

Der erste Geburtstag unserer Tochter nahte. Schwer nachvollziehbar erschienen mir die zurückliegenden zwölf Monate, wenn über diese rasend schnell vergangene Zeit nachgedacht wurde. Wie bedeutungsvoll doch ihr erstes Lebensjahr verstrichen war, und auch darüber unterhielten wir uns, wie wir das Jahr bisher als Familie erlebten. Sie wuchs anders auf in diesem fremden Land, als es daheim der Fall gewesen wäre. Wie wird es sie beeinflussen oder gar prägen? Mit Sicherheit macht das Leben hier in Mexiko etwas mit ihr. Aber wollten oder konnten wir daran etwas verändern? Einmal mehr fand ich mich darin bestätigt, die vielen Details ihrer Entwicklung seit der Geburt im Tagebuch festzuhalten. Für mich konnte es nichts Schöneres geben, als jederzeit einen Zugriff, sowohl auf ihr wie auch unser Leben zu bekommen. Und mein Bauch meldete sich mit einer ganz anderen Überlegung: Wer weiß das schon, ob man derartige Aufzeichnungen vielleicht einmal dringend brauchen würde, als Nachweis sozusagen?

Dennoch, diese niedergeschriebenen Erinnerungen ließen dieses eine Jahr wie gefühlte drei Jahre erscheinen und machten sie zu dem, dass diese erlebnisreichen Tage zusammengefasst wie im Flug verstrichen waren. Zumindest fühlte es sich so an, immer wenn ich in meinen Annalen nachschlug.

Unsere Anne wurde auf ihren großen ersten Tag vorbereitet. Allerdings zeigte sie recht wenig Interesse bei meiner Erklärung, was sich dahinter verbirgt und wie wir den Geburtstag mit ihr und den Kindergartenkindern feiern wollten.

Neben ein paar kleinen Geschenken von uns, die sich auf dem Geburtstagstischchen befanden, erhielt sie von unserer Muchacha eine kleine Puppe. Erst damit schien der Knoten geplatzt zu sein, denn irgendwie verriet uns der Blick der jetzt Einjährigen, dass heute alles etwas anders verlief. Mit dieser überraschenden Geste von Petra, Anne etwas zu schenken, kam die Geburtstagsstimmung erst recht in Schwung und ein breites Grinsen verschwand nicht mehr aus ihrem strahlenden Gesicht. Außerdem verspürte ich täglich mehr, dass Petra unser Kind in ihr Herz geschlossen hatte, leider auch mit der Erkenntnis, dass sie ihr fast jeden Willen zugestand. Aber war es nicht viel besser so, als sich Sorgen um den weiteren Werdegang unserer Tochter und der Beziehung zwischen den beiden zu machen? Es lief wunderbar und das war gut so.

Bekannte Traditionen aus der Heimat wurden auch im Ausland fortgeführt und so fand die eigentliche Geburtstagsfeier am Nachmittag im Kindergarten statt. Plötzlich spielte es keine Rolle mehr, was Anne dachte und fühlte, sie wurde gefeiert, war der absolute Mittelpunkt. Allerdings fand sie das nicht unbedingt immer lustig, staunte aber zurecht über die quirlige Masse, die unentwegt um sie bemüht war.

Alle Vorbereitungen für ein gelungenes Fest hatten länger gedauert, als die gesamte Feier danach. Eine lange Tafel, hübsch dekoriert mit Luftballon, Girlanden und Laternen blieb nur für ein paar Minuten in diesem Zustand. Kurz bevor der festlich gedeckte Tisch zum Schlachtfeld umgewandelt wurde, thronte die Geburtstagstorte mittig darauf. Dort hinein wurde ihr erstes Kerzenlicht positioniert. Irgendwie hatten wir es alle zusammen geschafft, dass dieses Lebenslicht von unserem Geburtstagskind, zwischen den mit lautem Geschrei umherspringenden Kindern, doch noch ausgepustet werden konnte. Anne erhielt von jedem Kind einen kleinen Nelkenstrauß, dazu viele gut gemeinte Ratschläge, kindgerecht formuliert. Dazwischen wurden von den Geburtstagsgästen immer wieder neue Ideen geboren, welche Kinderspiele man noch ausprobieren könnte. Hauptsache toben bis der Arzt kommt, wollte mir dieses Tohuwabohu zeigen.

Anne ließ im Grunde alles über sich ergehen und schien erleichtert zu sein, als wir nach dem großen Aufräumen endlich wieder in unsere gewohnte Stille heimkehrten. Jetzt hieß es, Geschenke auspacken, betrachten, untersuchen und testen. Die vielen Nelkensträuße mussten noch versorgt werden, also war das meine Aufgabe.

Wieso gab es eigentlich immer und überall diese Nelken?, ging es mir dabei durch den Kopf. Diese Blumen mochte ich noch nie. Es gab sie einzig und allein zu ganz bestimmten feierlichen Anlässen in der DDR, sehr oft sogar unterjährig und unabhängig davon. Wenn es schon einmal frische Blumen zu kaufen gab, dann waren es mit Sicherheit eben diese Nelken. Zum Arbeitertag, dem 1. Mai, und dem Internationalen Frauentag gab es die typischen Gelegenheiten sie geschenkt zu bekommen oder selbst zu verschenken. Sollten sie in ihrer Hochphase wider Erwarten doch einmal vergriffen gewesen sein, so konnte man sie immerhin noch als Kunstblume, wie eine Anstecknadel erstehen. Eigentlich konnte ich mich in dem Moment nur noch an Nelken oder Alpenveilchen erinnern, die man als Schnittblumen kaufen konnte, ohne sich an eine Warteschlange vor dem Blumengeschäft anstellen zu müssen. Bückware wie Freesien, Tulpen oder Hyazinthen, die mit den ersten Frühlingsstrahlen den Kleingärtner aufleben ließen, dafür musste man schon wieder irgendwelche Beziehungen spielen lassen. Jemandem, egal zu welchem Anlass einen

Blumenstrauß mitbringen zu wollen, erforderte nicht nur eine gewisse lange Planung und Vorbereitung, es brauchte vor allem diese guten Beziehungen. So waren nun einmal die Zeiten in der DDR, mit denen man tagein und tagaus klarkommen musste. Und nun lebten wir in Mexiko, wo es wahrhaftig andere Blumen gab, als diese Nelken. Chrysanthemen waren hier zum Beispiel der absolute Renner. Möglichst weiße oder helle Blütenfarben sollten es sein, die dann wunschgemäß eingefärbt werden konnten. So liebten es die Mexikaner. Blau stand dabei ganz weit oben auf der Rangfolge ihrer Farbwahl. Schnell wurden die Blüten über Kopf mit der entsprechenden Farbe besprüht oder kurzerhand in einen Farbeimer getaucht, schon waren sie verkaufsfertig. Eine zweifarbige Gestaltung war schon die gewisse Steigerung, aber auch möglich. Oder wollte man lieber doch noch einmal die Farbe wechseln? Alles kein Problem. Angeblich sollten sie dadurch länger frisch bleiben, hieß es von den Blumenexperten. Überzeugt war ich jedenfalls ganz und gar nicht davon. Das Einfärben der Blüten je nach gewünschter Farbe war eher eine Enttäuschung, als dass ich mich darüber freuen konnte. Natur bleibt doch Natur. Botanisch gesehen war das die reinste Vorspiegelung falscher Tatsachen. Mexiko ist so reichhaltig in seiner Flora, allein in den Regenwäldern soll es mehr als 800 verschiedene Orchideenarten geben, und die Blüten von Jasmin und Magnolie wussten schon die Azteken zu schätzen.

Es geht doch, hörte ich mich innerlich sagen, als ich bei nächster Gelegenheit das ´Tatsachenlexikon´ im Deutschen Buchladen nach der mexikanischen Flora befragt hatte, und legte für mich fest, niemals mehr freiwillig einen Nelkenstrauß zu kaufen. Allerdings verschenkte man hierzulande auch keinen Kaktus. Zu viele Missverständnisse rankten sich um ihn. In Mexiko würde man damit wahrscheinlich einen Fauxpas begehen, da er als das Wahrzeichen des Landes wahrgenommen wird und außerdem in der Nationalflagge zu finden ist.

Weltmeisterschaft der Ringer in Mexiko-Stadt

Ganz allmählich sickerte eine interessante Nachricht bis zu uns durch, die normalerweise auf jeder Liste der bevorstehenden Ereignisse stand, zumal es sich um eine sportliche handelte. Für uns war es die Sensationsmeldung, als wir erfuhren, dass die Ringer-Weltmeisterschaft demnächst in der Olympia-Wettkampfhalle stattfinden sollte.

Ringen? Wie geht das denn? Eigentlich war das gar nicht unsere Sportart, mit der wir uns irgendwann einmal auseinandergesetzt hatten. Aber ausgerechnet mein Mann bekam die Aufgabe zugeteilt, diesen unseren Athleten die Stadt zu zeigen, sie dadurch etwas von ihren bevorstehenden Wettkämpfen abzulenken. Nichts leichter als das. Unser Sportlerherz schlug höher, da auch Ringer aus Jena dabei waren und wir damit die Gelegenheit bekamen, tiefer gehende Einblicke in eine für uns fremde Sportart zu bekommen. Wir fanden es spannend, einmal hinter die Kulissen schauen zu können, Landsleute zu treffen und letztendlich waren wir neugierig auf sie.

Offenherzig und unkompliziert, wie man es von Sportlern nicht anders erwartete, lernten wir sie kennen. Normalerweise kann man ziemlich leicht eine Sportart dem jeweiligen Athleten zuordnen. Bei den Ringern war das allerdings nicht auf den ersten Blick erkennbar. Größe und Gewicht jedes einzelnen differierte dabei dermaßen, dass schnell klar wurde, sie würden in unterschiedlichen Gewichtsklassen um die Medaillen ringen. Vom Fliegengewicht bis zum Schwergewicht trat eine komplette Mannschaft an, nur wenige Länder wie die USA und die UdSSR konnten dabei mithalten. Trotz alledem war das Erkennungsmerkmal eines Ringers deutlich zu sehen. Es gibt eine Stelle an ihrem Körper, der sie als Ringer entlarvt und wodurch sich ihre Sportart feststellen lässt. Alle hatten sogenannte Blumenkohlohren, wie grausam das zwar klingen mag, aber so sahen sie auch aus, die deformierten Ringerohren. Ob während des Trainings oder zum Wettkampf, stets sind die Ohren wohl ihre sensibelste Stelle. Sogar in der Aufwärmphase rubbelt der

Trainer ihre Ohren auf Wettkampftemperatur. Seitdem schaue ich im Zweifelsfalle dem jeweiligen Sportler stets zuerst auf seine Ohren, um dessen Sportart einzugrenzen oder auszuschließen.

Aufregend und spannend war dieses Neuland Ringen für uns, das seinen absoluten Höhepunkt zu den Endkämpfen um die Edelmetalle fand. Mit wahren Begeisterungsstürmen, lauten Schlachtrufen und wehenden Fahnen waren wir, neun Familien der Botschaft, mit ganzem Herzen dabei. Passiv, wir sollten während eines Kampfes immer passiv rufen, wenn es danach aussah, als würde unser Ringer benachteiligt werden. Und es sah eigentlich immer danach aus. Unsere Rufe gipfelten in einem unüberhörbaren Geschrei, bis irgendwann unsere Stimmen vollkommen versagten. Nach Beendigung dieser Wettkämpfe begann ein regelrechtes Fest im Innenraum der Arena und das mit Recht. Die Athleten erkämpften sich alle drei Edelmetalle. Zuerst gab es zwei frisch gebackene Weltmeister, einer von ihnen war sogar aus Jena, einen Silbermedaillengewinner und außerdem noch ein Gewinner der Bronzemedaille. Sie rannten im Freudentaumel hin und her, feierten sich selbst, und wir mit ihnen. Es war grandios. Passiv spielte sich dort gar nichts mehr ab, nur noch aktiv. Zum feierlichen Festakt, als einen krönenden Abschluss dieser Ringer-Weltmeisterschaft, lud der Botschafter zu Ehren der Medaillengewinner in seine Residenz ein. Für uns gab es noch einmal die Gelegenheit, sich mit einzelnen Athleten auszutauschen. Mit einigen von ihnen gaben wir uns das Versprechen, sich beim nächsten Heimatbesuch wiederzusehen, so schieden wir recht vertraut auseinander.

Frauengymnastik. Unter meiner Anleitung fand diese einmal in der Woche statt, mit großem Zuspruch, der motivierend genug war, dass mein eigener Hunger nach Bewegung langsam aber stetig gestillt werden konnte. Mit dieser Aktion hatte ich mich selbst unweigerlich in einen ehrenamtlichen Nebenjob hineingeschubst, der sich Kultur- und Sportbeauftragter nannte. Ich verstand zwar darunter, endlich einmal wieder richtig schwitzen zu können, mehr als den täglich gewohnten Fußweg morgens und abends, jene fünfhundert Meter in die jeweilige Himmelsrichtung zur Wohnung, zu schlendern. Doch versteckte sich hinter diesem freiwilligen Gymnastikabend noch eine Bandbreite an internen Veranstaltungen, die vom Fasching bis zum Silvesterabend durch die Kulturkommission, organisiert werden sollten. Langsam schleichend wurde diese freiwillige Beschäftigung allerdings immer mehr. Bevor ich den Umfang dieser Kulturarbeit richtig begriffen hatte, steckte ich schon mittendrin. Auch wenn es in eine zeitaufwendige Nebenarbeit ausarten sollte, aber solch ein Vertrauen für diese breit gefächerte Position zu bekommen, ehrte mich ungemein. ´Kultur ist schnell gemacht, aber wer macht das dann alles wieder weg?´, so wollte ich mich jedenfalls nicht verstanden wissen.

Alles ging derzeitig für uns in die richtige Richtung. Mein letzter Tag im Kindergarten wurde mit einer Prämie honoriert, die mir wohl sagen sollte, dass meine Zeit in der Kinderbetreuung wahrscheinlich nicht so schlecht gelaufen war. Anne erlernte in der Zwischenzeit, wie es ist, ohne Hilfestellung einen Fuß vor den anderen zu setzen und das täglich um ein paar Meter weiter. Ihr Sprachschatz begann mit dem Wort heiß unmissverständlich, klar und deutlich, so wie sie unsere Warnung hörte, wann immer sie unserer einzigen Heizquelle, dem kleinen Gasofen im Flur, näher kam. Ab dem Moment war für sie alles heiß, und erst etwas später folgten die von uns ersehnten Begriffe von Mama und Papa.

Mein erster Arbeitstag als Sekretärin in einem technisch-kommerziellen Büro der Handelsvertretung fühlte sich sehr gut an. Hier war mein Platz, das spürte ich gleich. Kaum, dass ich dort ´den Motor anschmeißen´ wollte, kam eine unerwartete Überraschung auf uns zu, mit der wir zu dieser Zeit nie und nimmer rechneten.

Unerwarteter erster Heimflug via Amsterdam

Mit nahezu exakter Punktlandung nach nur drei Monaten, die seit unserer Landung in Mexiko vergangen waren, erfuhren wir gewissermaßen am Rande des Geschehens, dass wir noch im alten Jahr nach Hause fliegen werden.

Sollten, konnten, durften oder mussten wir? Perplex über diese Order, stellten wir uns diese Frage natürlich sofort mit gemischten Gefühlen. Heraus kam, dass mein Mann die stets mit Jahresbeginn stattfindende sogenannte Ländertagung in Jena wahrnehmen sollte. War das nun eine erfreuliche Nachricht oder eher eine geschickte Täuschung, um uns doch wieder in unser Heimatland zu befördern? Es fühlte sich jedenfalls tendenziell wie eine Hiobsbotschaft an. Eigentlich waren wir noch in der Aufwärmphase, um dieses geniale Land zu erobern. Und schon sollte es wieder nach Hause gehen? Jene Nachricht kam so aus dem Nichts, dass sie uns ungewöhnlich erschien. Was steckte dahinter? Wir konnten es uns einfach nicht erklären, zumal eine solche Entscheidung die lange vorher abgestimmte Urlaubsplanung für einige Familien der gesamten Botschaft, so auch unsere, gehörig durcheinanderwirbeln würde.

Für mich bedeutete es einen zusätzlichen Aufwand, den man erst einmal organisieren musste, um nicht das ganze System, in dem wir lebten und arbeiteten, aus den Fugen zu hebeln. Wenn unsere Heimreise allerdings genauso ablaufen sollte, wie auf der Hinreise, konnte noch viel dazwischen passieren. Wir blieben gespannt wie ein Flitzebogen.

Der Beschluss, dass unsere Familie die Reise in die Heimat sobald schon wieder antreten sollte, kam im Oktober aus Jena. „Ihr fahrt!“, lautete die Weisung und jede weitere Diskussion darüber erübrigte sich damit.

Normalerweise stünde uns eine Heimreise erst im Sommer des darauffolgenden Jahres zu. Fliegen wir dann etwa zweimal innerhalb eines Jahres nach Hause, wollte ich in diesem Zusammenhang wissen? Wenn das zuträfe, so hatte es eine derartige Regelung noch nie gegeben. Vielleicht dürfen wir gar nicht mehr nach Mexiko zurück? Viele Fragen ergaben sich aus diesem Zusammenhang, doch niemand gab uns eine Antwort darauf. Meine Vermutung, wie es zu dieser Situation kommen konnte, wurde zwar nie bestätigt, dennoch schlussfolgerte ich, dass der amtierende Chef meines Mannes von Zeiss in Mexiko wahrscheinlich nicht in die Kälte der DDR reisen wollte, um eine Ländertagung abzusitzen. Aus einem warmen Land in die Tücken des Winters zu fliegen, mag nicht jeder, und wer am längeren Hebel saß, konnte dies für sich besser managen. In der Position meines Mannes musste man gehorchen, sich dem Ganzen unterordnen. Aber diese Situation ließ auch zu, dass die aufkeimende Freude auf den nahenden Urlaub und das Wiedersehen all der Lieben zu Hause nicht mehr zu bremsen war. Wie schnell sich doch ein Blatt wenden konnte.

Mitte November sollte es schon Richtung Heimat losgehen. Bis dahin verflog die Zeit wie zusätzlich beschleunigt. Ein paar wichtige Sehenswürdigkeiten des Landes hatten wir noch vor Reiseantritt unbedingt auf unserer Rechnung, woran wir gern einen Haken machen wollten, ohne Gefahr zu laufen, diese vielleicht verpasst zu haben. Wer gab uns denn die Garantie, nochmals mexikanischen Boden zu betreten? Niemand! Es schlummerte, dieses Mäntelchen der Verschwiegenheit und endete oft im Schulterzucken. Man nahm es hin und machte das Beste daraus, so auch wir. Die wenigen Wochenenden, die uns bis zur Abreise blieben, wollten wir dazu nutzen, um wenigstens einmal den Inhalt des Satzes zu spüren: Der Berg ruft!

Popocatepetl wird, sehr schnell ausgesprochen, zu einem Zungenbrecher, aber von den Einheimischen liebevoll auch nur Popo genannt und ist der zweithöchste Vulkan Mexikos mit 5426 Meter Höhe. Diesem Berg, den wir nur sehr selten bei klarem Wetter von unserem Wohnzimmer aus sehen konnten, wollten wir endlich ein Stück näher kommen, ihm sozusagen auf die Pelle rücken. Nur etwa siebzig Kilometer von unserer Wohnung entfernt, müsste das doch noch zu bewältigen sein.

Diese mehrstündige Anfahrt wurde recht anstrengend, wir hatten dabei immer das Gefühl, diesem Berg nur unwesentlich näher gekommen zu sein, trotz der geringen Distanz von ungefähr siebzig Kilometer. Letzten Endes schafften wir auch das. Doch gleich mit unserer Ankunft am Fuße des Popocatepetl zogen heftige dunkle Wolken auf. Bei dieser Wetterlage wurde es unmöglich, an einen kleinen Aufstieg zu denken. Einhundert Meter steil bergan hätten mir bei der Ausgangshöhe sicherlich schon ausgereicht. War ich etwa froh darum, dass nichts daraus wurde? Wir bekamen keine Chance auf eine freie Sicht bis zum Gipfel. So hieß es für uns leider, unverrichteter Dinge wieder umzukehren.

Er spielt mit uns, ging es mir während der Rückfahrt durch den Kopf. So leicht lassen wir uns allerdings nicht abschütteln, du Berg du. Eine innere Stimme redete mir gut zu, mit ihm etwas Geduld zu haben, die damit gleichermaßen die Hoffnung auf ein Wiedersehen schürte. Klar, wir kommen noch einmal zu dir, zwinkerte ich ihm während der langen Heimfahrt durch die Rückscheibe noch einmal zu.

Es waren nur noch sechs Wochenenden bis zum Abflug. Jedes davon war durchorganisiert, um möglichst viele der Sehenswürdigkeiten abarbeiten zu können, die wir unbedingt erleben wollten. Was wir gesehen haben, kann uns niemand mehr nehmen, daran hielten wir nach wie vor fest. Doch genau das Gegenteil trat ein. Zuerst begann es langsam schleichend, wurde innerhalb kürzester Zeit immer heftiger, überfiel dabei nicht nur unsere Familie, setzte obendrein die gesamte Handelsvertretung außer Kraft und dabei war es nur ein Schnupfen. Leider genauso, wie ihn Christian Morgenstern schon 1908 beschrieb.

Der Schnupfen

Ein Schnupfen hockt auf der Terrasse, auf dass er sich ein Opfer fasse und stürzt alsbald mit großem Grimm auf einen Menschen namens Schrimm. Paul Schrimm erwidert prompt: Pitschü! und hat ihn drauf bis Montag früh.

Trotz dieser Erkältung schleppten wir uns mit halber Kraft zu einer der Touristenattraktionen, die auf unserer Liste ganz weit oben stand. Tula, ein Ort, der das kulturelle Zentrum der Tolteken im zehnten und zwölften Jahrhundert gewesen sein soll.

Nach dem Untergang des Aztekenreiches in Zentralmexiko, stieg Tula durch jene Tolteken zur vorherrschenden Macht auf. Eine Blütezeit brach an. Tula wurde das führende Zentrum der Obsidianverarbeitung. Obsidian, ein dunkelgrünes bis tiefschwarzes vulkanisches Gesteinsglas, welches größtenteils dafür verarbeitet wurde, um Götterfiguren daraus zu fertigen.

Ein willkommeneres Erinnerungsstück aus Mexiko gab es für uns nicht, seit wir diesen Stein das erste Mal gesehen, auch berührt hatten. Schwer im Gewicht, warm in der Hand, kompliziert in der Verarbeitung, teuer obendrein, dennoch ging etwas Magisches von ihm aus. Als Naturstein oder Schmuckstück, hier und jetzt gab es kein zurück mehr. Tlaloc, der Regengott, er musste es sein. Ganz schwarz mit einem winzig kleinen Goldschimmer, fand er in uns seine neuen Besitzer. Natürlich wollte unsere Anne auch eine dieser schweren Obsidianfiguren in ihren Händen halten, hielt sie ja auch, aber nicht lange, dann lag das gute Stück in mehrere Teile zerschmettert auf dem Boden. Das kleine Kunstobjekt war zu schwer für sie, deshalb entglitt es ungesehen ihren Fingern. Erschrocken über dieses Missgeschick rollten hemmungslos Tränen über ihr Gesicht. Selbst der Händler wurde bei diesem Anblick sentimental, versuchte Anne zu beruhigen und schenkte ihr einen kleinen Anhänger aus Obsidian. Dennoch, ihr Papa griff ohne Zögern in seine Geldbörse, erledigte den Schaden mit einer großzügigen Geste und auch die Tränen unserer Tochter versiegten schnell wieder.

Tula hatte aber noch weit mehr zu bieten als Figuren aus Obsidian, Holz oder Ton. Wie eine Offenbarung wirkte dieser Ort mit seinen Pyramiden, Säulenhallen und Ballspielplätzen auf uns, auch wenn nichts davon in dem ruhmreichen Originalzustand erhalten geblieben war. Die teilweise gut rekonstruierten Relikte aus der Zeit vor mehr als tausend Jahren bewunderten wir ehrfürchtig. Niemals zuvor hatten wir je etwas Vergleichbares zu sehen bekommen. Tula erlebt zu haben, machte nachdenklich über eine unvorstellbare Schaffenskraft der Menschen, die sich mit ihrer Baukunst ein Denkmal gesetzt hatten. Dieser Anziehungspunkt musste unbedingt auf ein paar Fotos verewigt werden. Damit fiel es uns leichter, Tula als abgehakt von unserer Liste zu streichen.

Auch war es schon sehr lange ein großer Herzenswunsch von uns, wenigstens nur einen kleinen Schritt in das Olympiastadion von 1968 setzen zu dürfen. Nichts wurde daraus, noch nicht. Es gab keinen offiziellen Zugang. Nicht eine sportliche Veranstaltung, für die wir sehr gern ein paar Pesos gezahlt hätten, wurde in dieser Zeit avisiert. Sollte das Olympiastadion für uns abgehakt sein? Nie im Leben. Schon der Gedanke daran, verursachte fast Schmerzen.

„Ich muss da hinein, unbedingt."

Fast stoisch wollte ich darauf bestehen. Denn es gab einen triftigen Grund, der mich beschäftigte, seitdem wir in Mexiko lebten. Es ging dabei um meine beste Schulfreundin. Gemeinsam wurden wir eingeschult, acht Jahre später feierten wir zusammen unsere Jugendweihe. Nur ihretwegen wollte ich wenigstens ein einziges Mal in dieses Stadion. Das Turnen hatte uns beide jahrelang zusammengeschweißt. Bei einer Sichtung in der Schule gab man mir keinerlei Chancen, gute Erfolge im Turnen zu erreichen. Ich würde angeblich zu groß für diesen Sport werden, hieß die Erklärung. Frustriert, hilflos und entsetzt über diese Behauptung, wechselte ich kurzerhand zum Basketball. Dort nahm man mich mit meiner Körpergröße, sehr gern sogar. Die Freundin dagegen verfolgte ihren Weg im Turnen, zeigte bald lohnende Erfolge. Sie wurde ein wertvolles Mitglied in der Frauennationalmannschaft und errang mit ihnen die Bronzemedaille in der Mannschaftswertung beim Turnen zu den Olympischen Spielen 1968 in Mexiko. Obwohl wir uns aus den Augen verloren hatten: ich wollte ihr ein einziges Mal, dort an dieser Stelle, nah sein.

Wenn wir damals geahnt hätten, dass wir einige Monate später inmitten unserer Topathleten der Leichtathletik in dieser

Arena stehen sollten, wäre dieser Gedanke, einen Haken daran machen zu müssen, völlig überflüssig gewesen. Manchmal können Träume wahr werden! Wo schon der Glaube an etwas Berge versetzen konnte, wollte ich auf keinen Fall klein beigeben.

Zu guter Letzt, bevor es für uns in Richtung Heimat ging, besuchten wir kurz entschlossen den Safaripark Africam in Puebla, wo man exotische Wildtiere in freier Umgebung unmittelbar erleben konnte. Fast zwei Stunden lang schob sich unser Auto durch dieses riesengroße Freigelände. Schritt fahren, hieß dabei die Richtgeschwindigkeit. Wir durften das Auto während des Besuches niemals verlassen und in der Nähe der Raubtiere mussten die Fenster geschlossen bleiben. Als wir die bis zu zwei Meter großen Kätzchen in der brütend heißen Sonne liegen sahen, ging auch der letzte Spalt der Autoscheiben wie von allein zu. Doch, wir waren beeindruckt. Nur die Kinderaugen unserer Tochter schauten eher ängstlich und etwas verschüchtert in diese Richtung.

Viel Zeit bis zu unserer Heimreise blieb nicht mehr. Der Flug war bereits gebucht, und zwar mit einem zweitägigen Aufenthalt in Amsterdam. Wir waren dabei gut beraten, auf den Hinweis unserer Leute zu hören, den Abflug auf einen Sonntag festzulegen, da der Anschlussflug nach Berlin ´leider´ erst zwei Tage später möglich war. Daraufhin übernahm die holländische Fluggesellschaft KLM beide Übernachtungen. Das war unser Ziel und das hatten wir geschafft.

Viele kleinere und größere Geschenke für unsere Familien, Verwandten und Freunde, die von uns mit einem landestypischen Mitbringsel bedacht werden sollten, mussten noch besorgt werden. Fast jeder Flohmarkt wurde dabei auf den Kopf gestellt. Wir suchten, fanden, verhandelten, wägten ab, verhandelten erneut, und bis ein Kauf getätigt wurde, gehörte in der Regel die amüsante Prozedur des Feilschens zu jeder Investition dazu. Ohne die wäre es in diesem Land wohl nie zu einem Geschäft gekommen.

Der größte dieser Märkte, im Herzen der Stadt, öffnete nur sonntags. Doch dort fand sich alles, vom ausgefallenen

Souvenir bis zu den Dingen, die ein Mensch nicht wirklich benötigte. Mir war das alles ziemlich egal, ich konnte auf so einem Markt zur Hochform auflaufen, bis mir mein Mann die dunkelrote Karte zeigte. Unsere Liste der Mitbringsel wuchs permanent, die ich nahezu pedantisch aktualisierte. Ausschließen wollte ich damit nur, dass bei einem der hoffentlich nächsten Urlaubsreisen nichts doppelt verschenkt werden würde.

Inzwischen bekam man zu Hause immer weniger für sein schwer verdientes Geld. Fast überall musste man sich in ewig lange Schlangen einreihen, um die Dinge des täglichen Bedarfs zu erstehen oder aus dem kleinen Einkauf möglichst viel herausholen. Die Hochkonjunktur der Improvisationstalente hatte gerade erst begonnen. Eigentlich gab es kaum noch etwas auf dem normalen Weg, klang es aus den Briefen, die uns erreichten. Es lief wohl ganz nach dem Motto: Was nicht da ist, braucht auch niemand.

Unglaubliches und viel, doch nie genügend, hatten wir in vier Koffer und fünf Taschen verstaut. Das Füllhorn brachte Raritäten zutage, auch Kleinigkeiten, die man in der DDR zu dieser Zeit nicht zu kaufen bekam. Jede Ecke unseres Reisegepäcks stopften wir voll mit diesen Kostbarkeiten, sogar Reinigungsschwämme, Eiswürfelbehälter oder Sportsocken in verschiedener Ausführung, all das fehlte daheim und noch vieles mehr. Hinzu kamen landestypische Andenken, ob aus Leder, Tuch, Holz oder Ton, die wir heute immer noch wohlbehalten in der Obhut derer finden, für die sie bestimmt waren. Auch die allerletzten Kleinigkeiten verschwanden nunmehr in jenes Reisegepäck, dessen Ausmaß für nur vier Hände gewissermaßen ungeeignet war, es hätten derer mindestens acht davon gebraucht, um das ganze Konvolut transportieren zu können. Wie das trotzdem gelang, blieb schwer nachvollziehbar.

Wie ein Segen erschien mir der Haushaltstag, der ein bezahlter, arbeitsfreier Tag war, an dem man sich um die Hausarbeit, Familienangelegenheiten oder die Dinge kümmern sollte, die stets etwas zu kurz kamen, ohne auch nur einen Tag Urlaub nehmen zu müssen. Dieser wurde jeder berufstätigen Frau einmal im Monat gewährt. Was in der DDR festgelegt war, galt auch für uns in Mexiko. Dieser zusätzliche freie Tag half mir ordentlich dabei, alles zur rechten Zeit für unsere Heimreise in den Griff zu bekommen, außerdem gehörte er zu der beliebtesten Annehmlichkeit, die einem Ehrentag gleichkam, allerdings dafür kaum genutzt wurde. Zumindest war es bei mir oft der Fall. Immerhin gestand ich mir den Missbrauch ein, diesen Tag nicht so zu nutzen, wie er seinem Titel entsprach.

Letzter Samstag vor dem Abflug. Es war schon ein ungeschriebenes Gesetz, dass mit den Zurückbleibenden auf die sogenannten Düsen angestoßen werden musste. Dieser Umtrunk mit viel Alkohol, der eine jahrelange Tradition hatte, rechtfertigte sich dadurch, dass so das Flugzeug gut starten, ohne Turbulenzen fliegen und noch besser landen werde. So ist es und so war es mit dem Aberglauben, darauf zu vertrauen, wovon man eigentlich weiß, dass es nicht existiert. Jeder Heimreisende setzte auf diese Tradition, weil denen nie etwas passiert war, die sich an diese Regel hielten, hieß es. Kein Flugzeugunglück dadurch? Niemals. Lediglich ein paar wenige Umsteiger soll es gegeben haben, die für sich einen anderen Flughafen auserkoren hatten, um ganz bewusst nie mehr in Berlin-Schönefeld landen zu müssen.

Unsere Premiere in der Gastgeberrolle, mit dem Düsenumtrunk für einen lustigen Abend zu sorgen, klappte hervorragend. Zugleich stiegen wir in der Gunst der erfahrenen Schicksalsgenossen, und so besiegelten wir diesen Aberglauben mit sehr viel Tequila, dem mexikanischen Nationalgetränk, aus der Agave gewonnen.

Mit reichlichen Umdrehungen in einer Flasche konnte der hochprozentige Schnapps zu einem entsprechenden ´Absturzbeschleuniger´ werden. Gewöhnungsbedürftig im Geschmack war er obendrein. Sein Geruch eher beißend, der erste Schluck schmeckte muffig, wie abgestandenes Wasser, aber dann verlor er nie an stimulierender Schärfe bis zum Abgang. Für einen derartigen Umtrunk sollte man grundsätzlich einen guten Tag erwischt haben. In unserem Fall ging alles glatt.

Vom Tequila sprach man auch, wenn sich bei Erwachsenen Personen erste Erkältungserscheinungen zeigten. Da sollte gar nicht lange herumgedoktort werden, ein großer Schluck aus der Flasche tötet alle Bakterien ab und ersetzt somit jede Medizin. Seit diesem Hinweis und aus der eigenen Erfahrung, das probate Mittel gegen Grippesymptome gefunden zu haben, steht ein guter Tequila immer parat.

Kuriositäten einer Heimreise

Der Wecker klingelte bereits um sechs Uhr bei Tagesanbruch. Wie unnötig von ihm, denn unser Unterbewusstsein ließ uns jeden Ton besonders wahrnehmen und war auf diesen Alarm längst eingestellt. Jeder von uns hatte die vergangene Nacht im Dämmerzustand verbracht. Selbst unsere Anne war auf das Thema ´Wiedersehen mit ihren Omas und Opas´ längst eingespielt.

Eine gute Stunde später wurden wir mit diesen vier Koffern und fünf Taschen zum Flughafen kutschiert. Zitternd bewegten wir uns zur Abfertigung. Mit diesem Übergewicht waren wir auf eine gehörige Nachzahlung eingestellt, aber das Bodenpersonal signalisierte uns froh gestimmt: „Gepäcklimit nicht überschritten, wir wünschen einen guten Flug.“

Mit dieser Ansage hatten wir überhaupt nicht gerechnet, sie überraschte uns regelrecht. Dabei fiel uns nicht nur ein großer Stein vom Herzen, das war gleich ein ganzer Koffer voll. Ruhig fliegend, ohne Turbulenzen, so wie es zum Auf die Düsen trinken vorausgesagt wurde, dafür mit zwei willkommenen Zwischenstopps in Houston und Montreal, wurde der Überflug ein weiteres Mal zum Erlebnis. Meine Vorstellungskraft über das Fliegen an sich, und wie man ein Flugzeug mit so vielen Menschen an Bord überhaupt in die Luft bekam, wurde auch nicht besser, je länger ich mir darüber den Kopf zerbrach. Ich blieb fasziniert, doch an Schlaf, wenigstens ein kurzer knackiger hätte ausgereicht, war wieder nicht zu denken. Niemand von uns Dreien fand die Ruhe dafür, jeder war mit seinen eigenen Aufregungen beschäftigt.

Erst spät am Abend landeten wir in Amsterdam-Schiphol. Schlagartig war die Übermüdung wie von Geisterhand weggeschoben. Sie lauerte nämlich nur, wartend auf die nächste Gelegenheit, die sich alsbald zeigen sollte. Für die eine Übernachtung und den nächsten Tag in Amsterdam waren wir bloß mit einem kleinen Extrakoffer bewaffnet. Unser restliches Gepäck wurde für den Weiterflug nach Berlin bereits abgefertigt.

Zügig ging es vom Flughafen mit einem Taxi zum besten Hotel am Platz. Die Fahrt bis dahin war sehr kurzweilig. An uns vorbei flogen kleine Häuschen mit Vorgärten und in fast jedem Fenster brannte ein winziges Licht, wie für uns zur Begrüßung angezündet. Der Anblick bot uns etwas Geborgenes und brachte etwas Ruhe in unsere Nervosität. Der Heimat bereits ein ganzes Stück näher gekommen zu sein, war jetzt schon spürbar. In den Gedanken versunken, stand das Taxi plötzlich, die Autotüren wurden in dem Moment aufgerissen und ein roter Teppich lag ausgebreitet vor uns. Was passierte hier, träumte ich etwa? Nein, wir sahen uns mit einer wahren Realität konfrontiert, nur kannten wir diese Version noch nicht. Unser kleiner Koffer verschwand darauf in den Händen eines livrierten Portiers, dann schob uns eine magische Kraft durch die Drehtür in das Innere des Grand Hotel Krasnapolsky. Wie verzaubert standen wir in der Empfangshalle dieses in Prunk und Glanz eingehüllten über einhundert Jahre alten Hauses und konnten nicht begreifen, was wir sahen und wie uns geschah.

Ja, wir kommen aus der DDR, und da kennen wir solch einen Luxus nicht, wollte ich jedem zurufen, der unsere erstaunten Blicke mit verfolgte.

Es glitzerte aber auch aus jeder Ecke, mal vom Marmorboden, den Edelhölzern, goldenen Lampen, bis hin zu den glänzend schweren Stoffen der Fenstervorhänge, die im gleichen Design wie die üppigen Polstermöbel gestaltet waren. Überall verspiegelte Wände. Oder sah ich schon doppelt? Mehr Luxus konnte ich in dem Moment nicht verkraften. Durch die

Zeitverschiebung und Übermüdung klappten die schweren Augenlider schon beim Anblick der übergroßen kuscheligen Betten in unserem Hotelzimmer wie automatisch zu. Tiefschlaf, erholsam und gut, mehr war nicht drin an jenem Abend.

Gut ausgeschlafen kehrten am Morgen des nächsten Tages unsere Lebensgeister zurück. Es begann mit einem Rekeln, wohligem Geschmatze, Dehnen. Nochmals gähnen, strecken und eigentlich gar nicht wissen, was los ist. Die Novembersonne blinzelte durch die schweren Vorhänge, als wollte sie uns zurufen: Aufstehen, es ist viel zu schade, um noch länger im Bett zu bleiben!

Unsere Anne hatte all die Belastungen und Strapazen bestens überstanden. Zu viele Sorgen hatten wir uns anfänglich um sie gemacht. Jetzt schien auch sie bereit zu sein, für das Abenteuer Amsterdam.

Morgens sollte man frühstücken wie ein Kaiser, dieses Sprichwort fand in dem eleganten Wintergarten des Hotels seine absolute Bestätigung. Unter Palmen sitzend, von der Außenwelt geschützt durch ein riesiges Glasdach, fühlten wir uns nach dem opulenten Frühstück, wie der Kaiser höchstpersönlich. Nicht umsonst wurde das Hotel mit seinem noblen Wintergarten zum Kulturdenkmal erhoben. Zu seiner Zeit war die Verwendung von Schmiedeeisen im Verbund mit Glas einzigartig.

Viele gute Ratschläge, wie die Stadt zu erobern sei, bekamen wir noch in Mexiko von allen Seiten. Auf dem Plan ganz weit oben stand eine Grachtenrundfahrt, die wir bei herrlichem Sonnenschein auch unternahmen. Dem Zauber dieser Stadt konnten wir uns nicht mehr entziehen, alles sah so sauber aus, wie geleckt, anheimelnd und liebenswert.

„Und danach sollen wir wieder zurück in dieses Einheitsgrau?“, habe ich mich hörbar geäußert.

Mehr als ein Schulterzucken kam nicht zurück. Dieses Fragezeichen schwebte wie ein Damoklesschwert über uns und blieb dort hängen, jahrelang.

Nach der fast zweistündigen Fahrt mit einem dieser typischen Grachtenboote stolperten wir weiter über das altehrwürdige Amsterdamer Pflaster. Anne schlief bereits wieder in ihrem Tragegestell, mit dem sie sich ohne Einwände transportieren ließ. Sie liebte es, wie ein siamesischer Zwilling an der Brust ihres Vaters zu kleben, auch zum Schutz vor der Kälte. Die Sonne und die ungewohnt frostigen Temperaturen, irgendwie vertrugen sich die beiden, ohne dass uns der Klimawechsel von Lateinamerika nach Europa besonders schwer fiel. Selbst das mieseste Unwetter hätte mich davon nicht abhalten können, mich spontan in diese Stadt zu verlieben.

Damals war nicht abzusehen, dass wir ihr später noch des öfteren einen Besuch abstatten sollten. Wie Schmetterlinge im Bauch, so fühlte es sich an, aber es blieb keine Zeit für eine längere Liebeserklärung. Wir mussten uns beeilen. Noch schnell eine kurze Stadtbesichtigung erleben und schon ging es zügig zurück zum Flughafen Neben den typischen Holland-Souvenirs im Delfter Blau, gekauft für die Ewigkeit, fuhr leider auch eine gehörige Portion Wehmut mit. Haben wir das alles nur geträumt? Unsere Blicke trafen sich immer wieder. Schwermütig und schweigsam verlief diese Fahrt. Ob wir Amsterdam noch einmal wiedersehen werden? Dieses Schicksal lag nicht in unserer Macht.

Am Terminal rechtzeitig angekommen, verlief die Abfertigung für unseren Weiterflug bis nach Berlin-Schönefeld mehr als schleppend. Dabei betrachteten uns mindestens acht Augenpaare sehr skeptisch. Erst nach schier endloser Bemusterung durch das niederländische Bodenpersonal, sagte man uns, dass mit einer Verspätung des Starts unserer Maschine zu rechnen sei. Eine Antwort auf ein warum oder wieso bekamen wir nicht, was uns die Situation durchaus erklärt hätte. Dieses Szenario verstanden wir in sofern nicht, da Berlin von der KLM nur ein- oder zweimal in der Woche angeflogen wurde. Woher sollte also die Verspätung kommen? Sonderbar war diese Situation, sehr sogar. Was war denn bloß los? Wollte man uns das eben Erlebte etwa vermiesen? Eine Art von Hilflosigkeit stieg auf, mit einer Intensität, die unsere Stimmung zum Kippen brachte. Fragende Blicke kamen auch von unserer Tochter, die mit einem Schulterzucken von meinem Mann beantwortet wurden.

In der Zwischenzeit gesellten sich zwei Kollegen unseres Betriebes hinzu, die aus Argentinien kommend, auch weiter nach Berlin fliegen wollten. Mit einer unerwarteten Freude über diese Begegnung, erhellte sich unsere Stimmung schlagartig wieder. Immerhin trafen wir jetzt auf Verbündete.

Tatsächlich bemüßigten sich die Damen des Check-in-Schalters nach weiteren zähen Minuten, uns allesamt darüber aufzuklären, dass das Flugzeug einen kleinen Defekt hätte, wir dennoch damit rechnen könnten, dass der Flug bald stattfinden werde. Zack, das hatte gesessen, beruhigte uns andererseits etwas.

Mein leises Gemurmel: „Ich steige in kein defektes Flugzeug ein“, war trotzdem nicht zu überhören.

Es half aber nichts. Nach gefühlten Stunden des Wartens gab es vom Bodenpersonal die weitere Hiobsbotschaft, dass in Berlin wegen Nebel nicht gelandet werden könne.

Irgendetwas stimmt doch hier nicht, ging es mir durch den Kopf.

Unsere kleine Gruppe der nach Ost-Berlin fliegenden wuchs zwischenzeitlich auf stattliche sieben Passagiere an, die ebenso wie wir, mit kritischen Blicken vom Personal der KLM bedacht wurden. Was war denn nur los? Unmut machte sich breit. Die angegebene Abflugzeit nach Berlin leuchtete schon dunkelrot von der Anzeigetafel der zu startenden Maschine.

Plötzlich ging es doch noch für uns weiter. Wir wurden schnellstens abgefertigt und beeilten uns, den Flugsteig zu finden. Das hätten wir uns denken können, dass dieser im letzten Winkel des Flughafens lag. Wer möchte denn schon freiwillig von Amsterdam nach Ost-Berlin fliegen? Nur diejenigen, die müssen, und das sind pro Woche nicht viele.

„Also ab auf das Abstellgleis“, hörte ich mich sagen.

Kaum waren wir dort abgehetzt eingetroffen, begrüßten uns umgehend zwei Herren von der KLM, die ungeschönt verkündeten, dass unser Flug nach Berlin annulliert sei. An ihrer Körperhaltung konnte man unschwer erkennen, dass sie nicht bereit sein würden, weitere Fragen zuzulassen. Aber warum? Mit dem Blick in unsere kümmerliche Runde wurde uns schnell klar, dass sich für die KLM der Flug nach Berlin-Schönefeld als ein glattes Verlustgeschäft darstellen musste und die Begründungen für diese Annullierung reine Ausreden waren. Darum brauchte es keine extra Erklärung. Doch wie sollte es jetzt weitergehen? Die gute Nachricht war, dass man uns drei Möglichkeiten zur Weiterreise anbieten konnte.

„Irgendwie geht es ja immer weiter, damals, wie heute“, beruhigte uns jemand von den übrig gebliebenen Leidensgenossen.

Und, wie jetzt? Ein direkter Anschlussflug entweder nach Prag, Kopenhagen oder Berlin-Tegel stand dabei zur Auswahl. Berlin-Tegel fiel für uns aus der Wahl heraus, wussten wir doch, dass die Entscheidung, dort zu landen, einer Republikflucht gleichkam, die ungeahnte Konsequenzen für uns, unsere Familien und Freunde nach sich ziehen würde. West-Berlin war schlichtweg das rote Tuch für unsere DDR-Behörden. Selbst auf die Gefahr hin, dass wir nicht wieder nach Mexiko zurückkehren sollten, waren wir auf keinem Fall bereit, ein solches Risiko einzugehen. Leider hatten die beiden anderen Kollegen schlechte Erfahrungen mit Reisen über Prag gesammelt.

„Dort kommen immer die Koffer weg“, hieß es.

Somit blieb nur noch Kopenhagen übrig. Wie bei den vier Musketieren gab es nur eine Meinung: Einer für alle, alle für einen. Es stand bis dahin auch keine andere Version zur Verfügung, irgendwie nach Hause zu kommen. Oder doch? Vorerst hielt uns das Schicksal Dänemark bereit. Warum auch nicht?

Ich fand diese Alternative zunächst ganz spannend. Angeblich sollten wir nach der Landung in Kopenhagen sofort den Weiterflug nach Berlin-Schönefeld schaffen können. Es roch demzufolge schon nach einem versöhnlichen Ende. Bald darauf starteten wir, hoben ab zum Flug nach Kopenhagen, doch, just als wir auf dänischem Boden aufsetzten, schob sich der Anschlussflieger nach Berlin auf der Startbahn in die Position, um in den Himmel aufzusteigen. Wer auch immer dabei unsere erstaunten Gesichter beobachtete, hat sich bestimmt gefragt: Was glotzen die denn so blöd dem Flugzeug hinterher?

Und es ging weiter mit dem Dilemma, denn unsere Koffer kamen nicht mit, blieben in Amsterdam stehen, versehentlich, hieß es. Aber, sie würden mit dem nächsten Flieger nach Berlin nachgeschickt werden, versprach uns die SAS-Fluggesellschaft Dänemarks. Es sollte also abenteuerlich weitergehen. Die nächste Hiobsbotschaft lautete: Nur zweimal in der Woche wurde Berlin-Schönefeld von Kopenhagen angeflogen, was in unserer Situation drei weitere Tage Aufenthalt in Dänemark bedeutet hätte. Wer sollte das eigentlich bezahlen? Das zu entscheiden lag weit außerhalb unseres Kompetenzbereiches. Aber, es geht ja immer irgendwie ein Stückchen weiter, daran klammerten wir uns. Und schon kam jemand auf die gute Idee den Kollegen aus Jena, der in Kopenhagen arbeitete, über unsere vertrackte Situation zu verständigen.

Ein Anruf genügte, schon kam uns dieser Kollege in Kopenhagen zu Hilfe geeilt und versuchte, die Wogen zu glätten. Er holte uns alle sechs plus unsere Anne umgehend vom Flughafen ab und steckte uns kurzerhand in ein Hotel, um uns dort für ein paar Stunden von den bisherigen Strapazen erholen zu können. Sein Plan B war, dass wir mit dem einzigen Nachtzug von Kopenhagen bis Gedser-Fährhafen fahren sollten, um von dort mit der Fähre nach Rostock Warnemünde in die DDR einzureisen. Jetzt gab es für uns keine weitere Alternative mehr, auch keinen Plan C. Ohne Geld, ohne Gepäck mussten wir uns dem Schicksal fügen. Ein weiteres spannendes Unterfangen nahm damit seinen Lauf. Inzwischen war es uns sogar egal, dass wir ohne unser Gepäck durch dieses Land reisten, zu erschöpft waren wir inzwischen. Irgendwie werden es die Koffer und Taschen schon bis Berlin geschafft haben, trösteten wir uns trotz dieser Misere.

Nachts um zehn Uhr brachte uns der Kollege schlussendlich zu dem Zug, der uns dann zwei Stunden lang durch das Ländchen rollte. Leider blieben alle Eindrücke davon mit auf der Strecke. Nachts sind nun einmal alle Katzen grau. Mit dem Zug ging es direkt auf die Fähre, wo wir bei leichtem Wellengang in den erneuten Schlaf geschaukelt wurden. Das gleichmäßige Klatschen der Wellen an die Bordwand und ein seichtes Schlingern der Fähre wirkten wie eine Gute-Nacht-Geschichte auf jeden von uns.

Nächste Ankunft war Rostock-Warnemünde Fährhafen mit direkter Weiterfahrt bis Berlin. Inzwischen waren wir zu Hause schon seit zwei Tagen überfällig.

„Wenn unsere Abwesenheit vor allem in der Firma keine Wellen macht, ich weiß ja nicht!“, musste ich meine Bemerkung noch loswerden.

„Das kleine Stück von Berlin bis Jena schaffen wir noch locker, und dann klärt sich alles“, war die Antwort meines Ehemannes.

Woher er diese Ruhe und Gelassenheit nahm, blieb mir ein Rätsel. Das mit dem kleinen Stück von Berlin bis nach Jena sollte sich allerdings äußerst schwierig gestalten.

Berlin, Hauptstadt der DDR, morgens um halb acht, sie begegnete uns mit einer einzigen Tristesse. Vom öden Novemberwetter angefangen, dem fehlenden Gepäck, mürrischen Beamten, die nur wussten, was und wie etwas nicht geht, bis zu dem echten Problem, dass wir um diese Zeit an jenem Ort nichts Essbares bekommen konnten. Die ganzen Umstände zerrten ohnehin an unsere Nerven und nun meldete sich auch noch der Magen, der seit zig Stunden nichts mehr zu tun bekommen hatte. Dass wir so bald schon wieder auf Nahrungssuche sein sollten, damit war nicht zu rechnen. Oder doch? Wir waren schließlich wieder in der DDR.

Das laute Rattern beim Öffnen eines Kiosks am Bahnhof ließ ein Ende der knurrenden Mägen vermuten. Lauwarme Bockwurst am Morgen ist auch nicht das, was der Franzose Bouillon nennt, die Wirkung aber entsprechend. Mir wurde übel für den Rest des Tages, nur unser Wunderkind, die das Kuriosum einer Reise mit Bravour bewältigt hatte, war mit sich und einer kleinen Rolle Keks vollauf zufrieden.

Es war schon später Nachmittag als wir mit zitternden Knien durch die tagelange Aufregung einer kuriosen Reise, dazu durstig und hungrig, endlich in Jena ankamen. Mein Schwiegervater öffnete unsere Wohnungstür, schaute über uns suchenden Blickes hinweg, ohne Begrüßung oder ein fröhliches Hallo, und wollte nur von uns wissen: „Wo habt Ihr denn die Mutter gelassen?“ Diese war nach Vaters Aussage nicht davon abzubringen, uns entgegen zu reisen, um uns schon in Berlin in die Arme nehmen zu können. Und so stand sie seit drei Tagen vergebens in Berlin auf dem Flughafen Schönefeld in der frohen Erwartung, dass irgendein Flugzeug ihre kleine Sippe ausspucken würde.

Bis wir diesen Erklärungsnotstand abgearbeitet hatten, brauchte es aber eine gewisse Zeit. Das ständige Kopfschütteln vom Schwiegervater, der unser Reiseabenteuer der letzten Tage nicht so richtig begreifen wollte, wurde von unserer Anne indessen argwöhnisch beäugt. Noch wusste sie nichts mit dem Onkel anzufangen, der ihr Opa war. Aufklärung darüber, was der Mutter in dieser Zeit passierte, brachte der Abend, indem sie immer an uns glaubend, trotz alledem die Zelte in Berlin abgebrochen hatte und uns am späten Abend frohen Herzens in die Arme schließen konnte. Eine Odyssee wider Willen fand ein glückliches Ende. Wer hätte denn von uns allen auch damit gerechnet, dass wir mit dem Schiff in der Heimat ankommen werden? Dieses Ereignis wurde zum Dreh- und Angelpunkt in familiärer, fröhlicher Runde. Auch unsere Anne taute langsam auf, ging bereitwillig auf ihre Oma und den Opa zu, als wäre in den zurückliegenden Monaten nichts passiert.

Nach all den Aufregungen der letzten Tage und Stunden, blieb dennoch nicht viel Zeit, diese Wiedersehensfreude ausgiebig zu feiern. Wichtig für uns war, in den eigenen Betten endlich zur Ruhe kommen zu können, einen größeren Wunsch hatten wir vorläufig nicht. Aber da machte uns die Kleine einen gehörigen Strich durch die Rechnung. Sie war durch die Zeitverschiebung zur nachtschlafenden Stunde topfit, stand in ihrem Bettchen, brabbelte permanent auf uns ein und ließ fast eine Woche lang die Nacht zum Tag werden. Irgendwann war der Biorhythmus bei uns Dreien schließlich wieder hergestellt und der gewöhnungsbedürftige DDR-Alltag kam gemütlich ins Rollen.

Die Besucherwelle riss nie ab. Wer nicht zu uns kam, den besuchten wir. Ein ewiges Feiern setzte ein und uns gehörig zu. Wie wir diese Zeit ohne Schaden zu nehmen überstehen konnten, ist mir heute immer noch ein Rätsel. Kaum ein Tag verging ohne Alkohol, es gab immerzu und überall etwas zu feiern. Selbst von den dienstlichen Verpflichtungen, die mein Mann sofort nach unserem Eintreffen über sich ergehen lassen musste, brachte er manchmal eine untrügliche Fahne mit nach Hause. Ihn überhaupt im Betrieb wieder zu sehen, darüber schien man nicht nur dort sehr froh zu sein. Uns war zu Ohren gekommen, dass zeitweilig ein Gerücht die Runde gemacht haben soll, wir wären abgehauen. Genauso hatte ich mir diese Kunde vorgestellt, die sich wie ein Lauffeuer verbreitete. Wahrscheinlich wären meine Gedanken keine anderen gewesen, in einem solchen Fall wie unserer missglückten Heimreise. Mit unserem Eintreffen entspannte sich die Situation glücklicherweise und selbst dem größten Zweifler ward der Wind aus den Segeln genommen.

Eigentlich machte niemand freiwillig im tristen Monat November Urlaub, zumindest nicht in unserer Region, wo zu dieser Jahreszeit Grautöne, Nässe und Kälte das Thema beherrschten. Es lag auf der Hand, bei diesem Wetter sollte man sich nur noch zuprosten können, und so zog bei uns der Besucherstrom bis in den Dezember hinein nie ab. Normalität war etwas anderes.

Heim zu kehren, zur Familie und den Freunden, war gut und richtig, das spürten wir deutlich. Gemeinsames Erleben, zu teilen, zu geben bekam eine neue Dimension an Achtung, Liebe und Vertrauen. Für meinen Vater war es zum Beispiel das Größte, wenn er uns seine ′Rennpappe′ den Trabbi zur Verfügung stellen konnte, obwohl er dann selbst alle seine Wege in dieser Zeit zu Fuß erledigen musste. So wollte er es, ohne Wenn und Aber. Kaum, dass wir deutschen Boden betreten hatten, durften wir auf seinen Trabant Kombi zurückgreifen. Auffallend an diesem PKW war seine Farbkombination aus schillerndem Kobaltblau mit einem himmelblauen Dach, der wir so kein zweites Mal begegneten. Eine Eigenkreation, die den Trabbi zwar ungemein aufwertete. Doch identifizierte man uns damit recht schnell, sogar die Polizei während einer Kontrolle. Wer uns kannte und das Auto auf den Straßen sah, wusste gleich, dass wir mal wieder in der Heimat sind. Ohne dieses Gefährt wäre vieles nicht machbar gewesen.

Für meinen Mann stellte die erste Fahrt mit diesem Trabbi eine absolute Herausforderung dar. Kaum eingestiegen und losgefahren, kräuselten sich bei ihm die Nackenhaare.

Zwischen beiden Männern entbrannte eine heftige Diskussion: „Vater, der muss in die Werkstatt, er zieht nicht richtig und mit den Bremsen scheint auch etwas nicht zu stimmen.“

Papa dagegen: „Den hab ich extra wegen euch noch mal zur Durchsicht gebracht, da ist alles in Ordnung. Ich hab es sogar schriftlich, und der Werkstattleiter hat mir noch zugerufen, der läuft wie eine Henne.“

Wir wollten es nicht glauben, aber den Trabant im Allgemeinen und auch im Besonderen gab es nun einmal nur so, im Klang seiner Geräusche, wir hatten es nur vergessen.

Der Katastrophenwinter von 1978/79

Anfang Dezember erlebten wir einen Wetterumsturz der besonderen Kategorie. Minusgrade im zweistelligen Bereich, Glatteis mit vorangegangenen Sturmböen und in dieser Situation wollten wir in den Thüringer Wald zu den Schwiegereltern fahren. Der Asphaltpickel, wie der Trabant auch scherzhaft genannt wurde, sollte das für und mit uns erledigen. Nicht umsonst stand in seiner Betriebsanleitung geschrieben: *Der Typ Trabant ist in seiner Klasse ein schnittiges, elegantes und temperamentvolles Fahrzeug.* Aber die Wetterlage versprach, dramatisch zu werden.

Gleich zu Beginn unserer Fahrt sprang diese Rennpappe schon einmal nicht an, dabei gab es während der Mittagszeit nicht gar so frostige Temperaturen. Irgendwann hatte dieses Auto doch ein Einsehen und wir konnten uns leicht schlitternd nach vorn bewegen. Das ging leider nur bis zur nächsten kleinen Panne gut, die uns zwar eine Stunde Zeit kostete, dennoch waren wir unserem Ziel schon ein ganzes Stück näher gekommen. Der Thüringer Wald hat nun einmal die Eigenschaft eine Bergwelt zu sein, wo man unweigerlich in die Höhe fahren muss. Bei Glatteis dorthin unterwegs sein zu wollen, konnte diese Fahrt nur in einem wahren Fiasko enden. In einer Senke, relativ nah am Zielort Masserberg, wo die Eltern wohnten, ging nichts mehr, weder vor noch zurück. Die Fahrbahn war spiegelglatt, somit saßen wir in einer Falle. Wir waren festgefahren bei Eiseskälte und hohen Schneemassen. Es war inzwischen dunkel geworden, nur der Schnee zeichnete unsere Umgebung etwas heller ab. Fast fünf Stunden waren wir bereits unterwegs, für eine Strecke, die bei normalen Witterungsbedingungen in eineinhalb Stunden bewältigt werden konnte. Kein Mensch war weit und breit zu sehen, nur tief verschneiter Wald und Dunkelheit, die uns umgab. Abzuwarten, ob irgendwann ein Auto hier entlang fährt, um uns eventuell abzuschleppen, war nicht nur zwecklos, sondern auch leichtsinnig zugleich, speziell zu dieser späten Stunde. Aber was hätten wir tun können, um aus dieser Misere herauszukommen? Wir mussten schnellstens handeln, dabei sahen wir nur eine einzige Chance, Hilfe zu holen.

Nur wenige Kilometer vor Masserberg, war uns dieses Missgeschick passiert, aber mit jeder weiteren Minute verschlechterte sich unsere Situation. Nicht weit entfernt, etwa zwei, drei Kilometer nur, gab es einen Gasthof, der hoffentlich einen Telefonanschluss haben würde. Mit dieser Idee, von dort Hilfe holen zu können, schob uns mein Mann kurz entschlossen von der Straße weg, ein kleines Stück in eine Lichtung hinein, hüllte uns in alles Wärmende, was im Auto zu finden war und machte sich zu Fuß auf den schwierigen Weg inmitten des Thüringer Waldes. Alles Jammern und Flehen meinerseits nützte nun auch nichts mehr.

In Tränen aufgelöst betrachtete ich unser friedlich schlummerndes Kind, bis sie aus ihrem stundenlangen Tiefschlaf erwachte. Meinem Mutterinstinkt entströmte plötzlich die Kraft von drei Bären, zwar nur äußerlich, doch reichte sie aus, um unserer Tochter eine heile Welt vorzuspielen. Hunger und Durst kündigten sich nicht nur bei ihr an. Und wo überhaupt ihr Papa sei, wollte sie auch noch von mir wissen. Wie auf Befehl zeigte sich in dem Moment der glitzernde Vollmond, breitete seinen glasklaren Sternenhimmel über uns aus und tauchte die Dunkelheit in eine blassblaue Schneelandschaft, in der jede einzelne Schneeflocke wie ein kleiner Diamant funkelte. Diese Szenerie war atemberaubend, auch für das Annekind, das staunend dieses Ereignis beobachtete. Für etliche Augenblicke war ich abgelenkt, starrte fasziniert in den Wald und vergaß für jenen Moment unsere verzwickte Situation. Immer wieder einmal fielen kleine Schneehäufchen von den Bäumen, mit einem typischen Geräusch verbunden, als ob irgendwelche Tiere leisen Schrittes näher kamen. Um uns herum klang es immer wieder so. Vielleicht wurden wir schon umzingelt? Ich bekam dabei Todesängste, konnte sie meiner Anne aber nicht zeigen. Minuten wurden zu Stunden, die Kälte kroch durch jede Ritze, weder den Durst noch ihren Hunger konnte ich bei unserer Kleinen stillen, nur etwas beruhigend auf sie einwirken, das war alles.

Plötzlich, nach gut zwei Stunden der Hilflosigkeit, sahen wir Autolichter, die im Schneckentempo hangabwärts immer näher kamen. War das die Rettung? Es schien so, denn die Lichthupe signalisierte, dass dieses Auto auf der Suche war und nur wir beide konnten damit gemeint sein. Ohne jeden Zweifel behaftet, sprang ich in Decken gehüllt zur Straße, um uns bemerkbar zu machen. Die Kälte verschlug mir dabei den Atem und ließ die Zähne augenblicklich noch schneller aufeinander klappern.

In diesem ewigen Weiß wird man uns nicht gleich finden, schoss es mir durch den Kopf, und obendrein weinte Anne auch noch, als ich mich von ihr entfernte. Alles wird gut. Diesem Gedanken folgend, rannte ich wie von einer Tarantel gestochen dem näherkommenden Auto entgegen. Ich geriet in Panik und überlegte obendrein: Was passiert, wenn es nicht unsere Retter sind, sie mich nicht mitbekommen haben oder vielleicht selbst in Not geraten waren? Aber, Gott sei Dank, Hilfe war endlich eingetroffen. Mit dieser Erlösung fiel jegliche Anspannung bei mir ab, wandelte sich allerdings in einen heftigen Weinkrampf um, der am Ende noch etwas befreiendes hatte.

Bis alle wichtigen Dinge aus unserem Trabbi in dem Bergungsauto verstaut waren, bekam ich mich zum Glück auch wieder in den Griff. Wie hatte es mein Mann bloß geschafft, doch noch Hilfe zu holen?

Er war diese paar Kilometer bis zu dem Gasthof gestapft, der glücklicherweise einen Telefonanschluss vor kurzer Zeit erhalten hatte, und konnte somit seine Eltern erreichen.

Es wurde allerhöchste Zeit aus dieser kritischen Lage befreit zu werden, ich wollte mir außerdem nicht noch mehr ausmalen müssen, wie lange wir beide dieses ganze Dilemma frierend, hungernd und durstend ausgehalten hätten.

Ursprünglich hielt ich nicht viel von der deutsch sowjetischen Freundschaft, kurz DSF genannt, die an den Schulen für meinen Geschmack zu intensiv zelebriert wurde oder auch werden musste. Aber im Moment unserer Rettung sah ich die Dinge anders. Ein Auto namens Moskwitsch, das sogenannte Eisenschwein des sowjetischen Bruderlandes, brachte uns dank seiner Robustheit und Pferdestärken in Sicherheit. Uns zur Hilfe kamen Freunde der Eltern, die dieses Auto, mit Schneeketten bereift, besaßen und uns damit nach kurzer Fahrt zu unserem Ziel brachten. In der Summe waren wir fast sieben Stunden unterwegs gewesen.

Alle Aufregungen aus der abenteuerlichen Fahrt legten sich blitzartig bei unserer Ankunft in den wohlig warmen Räumen. Aromatischer Tee dampfte schon in den Tassen, das Badewasser war bereits eingelassen und strahlende Kerzen verströmten ein behagliches Licht. Niemand von uns hatte Schaden genommen, doch die Diskussionen um unsere chaotische Fahrt entfachten sich immer wieder neu, bis uns die Müdigkeit übermannte. Unsere Kleine schlief derweil lange tief und fest. In ihrem Gesicht zuckte es immer einmal. Ob sie gerade von den funkelnden Sternen oder glitzernden Schneekristallen träumte?

Doch es war noch nicht genug damit. Der Wintereinbruch zum Jahreswechsel von 1978 auf 1979 zeigte sich von seiner schlimmsten Seite. Er wurde zum heftigsten Katastrophenwinter, der ganz Europa im Griff hatte, und wir steckten mittendrin.

Unsere Silvesterparty, so war der Plan, wollten wir bei Freunden in Jena feiern. Tochter Anne dagegen sollte unter der Obhut ihrer Großeltern in Masserberg verbleiben, außerdem wäre sie nicht so schnell wieder mit uns gen Jena gereist, da genügte ihr ein Blick aus dem Fenster, der ihr die verschneite eisige Landschaft zeigte. An diese weiße Pracht konnten wir sie nur allmählich heranführen. Bei ihrem ersten Kontakt damit, brachte sie obendrein ihr Lieblingswort heiß hervor, also brauchte sie ein spezielles Einfühlungsvermögen mit Aufklärungsbedarf von uns. Bei Oma und Opa fühlte sie sich umsorgt, sehr wohl und wir konnten uns am Silvestermittag somit beruhigt auf den Weg machen.

Eigentlich fühlten wir uns gut beraten, mit dem guten alten Wartburg meines Schwiegervaters zu fahren, denn er versprach uns ein besseres Durchhaltevermögen, als nochmals in den Trabant zu steigen. Allerdings scheiterte unsere vorgesehene Spritztour schon am Ortsausgangsschild nach nur wenigen Hundert Metern. Blitzeis, Schneesturm, das ganze Programm einer gefährlichen Wetterlage zwang uns dazu, sofort wieder umzukehren. Nein, nochmals riskieren, irgendwo erneut stecken zu bleiben, so unvernünftig wollten wir nicht sein. Demzufolge ließen wir die Siylvesterparty sausen, kehrten um und nicht nur zur Freude unserer Anne. Es wurde ein besinnlicher Jahresausklang bei Kerzenschein mit den Eltern, denn ein stundenlanger Stromausfall ließ jedes Haus im Dämmerlicht erscheinen. Überall flackerten Kerzenlichter, nur der weiße Schnee funkelte im Widerschein durch das Fensterglas. Mit dem zwölften Gongschlag, der das neue Jahr einläutete, holten wir unsere Tochter aus ihrem Bettchen, die große Augen machte, als sie mit uns feiern durfte.

Was uns das neue Jahr wohl bringen mag? Fit und fröhlich bleiben, der Rest wird irgendwie, versprachen wir uns.

Aber, es begann gleich mit weiteren Hiobsbotschaften über diesen katastrophalen Wintereinbruch, der Land und Leute lahm legte. Bei diesen Nachrichten konnten wir uns glücklich schätzen, bisher einer Katastrophe entgangen zu sein, und unseren kleinen ´Ausrutscher´ auf der Fahrt nach Masserberg mussten wir nicht dazu zählen.

Das neue Jahr begann, wie sollte es anders sein, mit wichtigen Terminen in Jena, die mein Mann wahrnehmen musste, auch um zu erfahren, wie es mit uns weitergehen sollte. Außerdem stand die Jahreshauptversammlung unseres Unternehmens auf dem Programm. Sie war der eigentliche Grund, weshalb wir von Mexiko nach Hause beordert wurden. Ein unentschuldigtes Fehlen käme einer Abmahnung gleich. Also, machten wir uns wieder auf den Weg.

An und für sich waren wir auf so ziemlich alles eingestellt, nur nicht auf diesen furchtbaren Winter, der uns fahrtechnisch nochmals alles abverlangte, um einigermaßen vom Thüringer Wald bis nach Jena zu kommen. Den Trabbi konnten wir nicht in Masserberg stehen lassen. Einerseits benötigten wir ihn noch eine gewisse Zeit dringend in Jena, andererseits ließe er sich von dort aus müheloser durch meinen Vater in seinen Heimathafen bringen. Aber ich weigerte mich vehement, bei dieser Wetterlage nochmals in diesen Trabant einzusteigen und entfachte somit eine heftige Diskussion um eine Fahrt nach Jena, die ich ohne Schrecken erleben wollte. Ein Glücksumstand kam uns im rechten Augenblick zu Hilfe. Wir beide, Mutter und Kind, wurden in einem Krankenwagen vom Typ B1000 transportiert. Dieser Kleintransporter stellte die mobile Verbindung zwischen der Augenklinik in Jena und der Augenheilstätte in Masserberg dar. Regelmäßig wurden Patienten von dieser Kureinrichtung zur Augendiagnostik in die Klinik nach Jena gefahren. Damit versprach ich mir eine bessere, sichere und wärmere Heimfahrt. Außerdem hatte sich dieser B1000 seit vielen Jahren schon bewährt und das bei jedem Wetter. Seine Spezialität sollten die Winterfahrten bei Schneechaos sein, und so setzte ich größtes Vertrauen in diesen Krankenwagen, der uns gut und sicher unten im Saaletal abliefern würde. Und welch eine Wonne, seine Heizung funktionierte hervorragend.

Die Entscheidung war gefallen, mein Mann musste mit diesem Trabant und ohne uns losziehen. Doch die Außentemperaturen im zweistelligen Minusbereich forderten ein weiteres Tribut der Leistungsfähigkeit eines Autos wie diesem. Das Schloss der Fahrertür war eingefroren, blieb es auch, und zwar solange, bis ein erfolgreiches Auftauen in klassischer Manier mit kochend heißem Wasser gelang. Allerdings nur für den kleinen Moment, als mein Mann in das Auto einstieg. Sofort danach war der Schließmechanismus wieder zu Eis erstarrt, seine Tür blieb einen Spaltbreit offen stehen, ließ sich nicht vollständig verschließen und das beim besten Willen nicht. Mit einigen kraftvollen Versuchen, die Fahrertür hundertprozentig abzudichten, wurde das Problem eher schlimmer. Der Trabbi ächzte und schepperte in nie gehörten Tönen, es klang wie ein schmerzerfülltes Geschrei, aber es half alles nichts. Die Zeit lief uns auch noch davon, eine schnelle Entscheidung musste her. Kurzerhand beschloss mein Mann, dass er die Fahrt nach Jena lieber mit einer heruntergelassenen Autoscheibe machen wollte, als gar nicht anzureisen. Welch komisches Bild er abgab, als er im Zeitlupentempo von uns zog, wollte er nicht wahrhaben. Auch nicht die Sorgen, die wir uns um ihn machten. Sein linker Arm, mit wärmenden Kissen gepolstert, hing aus dem Fahrerfenster, um diese blöde Tür festzuhalten, damit sie ihm während der Fahrt nicht aus den Angeln fiel.

Es ging alles gut. In unserer Wohnung erwartete ihn bereits ein belebendes Bad, dabei erzählte er mir, dass er einige Wiederbelebungspausen für seine linke Körperhälfte während dieser Fahrt einlegen musste, da die Heizung bei diesen arktischen Temperaturen nur noch auf stur gestellt hatte. Irgendwie grenzte es schon an ein Wunder, dass er diese Tour schadlos überstand, ohne die geringste Spur einer Erfrierung.

Dieser Stress wäre im Nachhinein nicht einmal nötig gewesen. Viele der aus dem Ausland anreisenden Kollegen wurden Opfer des Jahrhundertwinters. Entweder sie blieben mit dem Zug irgendwo auf halber Strecke liegen oder steckten anderorts im Auto fest. Flüge aus Europa wurden ersatzlos gestrichen, so war das Chaos perfekt. Die geplante Jahreshauptversammlung konnte aus diesen Gründen nicht stattfinden und wurde glattweg auf den Zeitpunkt der Leipziger Frühjahresmesse vertagt.

Trotz dieser Wetterkapriolen ging die Arbeit bei Zeiss für ihn weiter. Der nächste Tag sollte Klarheit für uns bringen. Mein Herz klopfte, als ich ihn in dem gewohnten Rhythmus seiner Schritte die Treppe emporkommen hörte. Es war schon spät am Nachmittag, seit Stunden wartete ich gespannt auf ihn und die Nachricht, wie es mit uns als Familie weitergehen sollte. Er sagte eine ganze Zeit gar nichts, schaute mich nur an und stellte dann selbst die Fragen, die mir auf der Zunge lagen. „Was meinst Du, wie es für uns ausgegangen ist?“

Schulter zucken, mehr konnte er von mir dazu nicht erwarten.

Dann kam seine Ansage. „Es gibt eine gute und eine weniger gute Nachricht. Welche willst du zuerst hören?“

„Was mit uns wird, natürlich“, kam prompt von mir zurück.

Im Gegenzug betrachtete er mich mit diesem Blick, der so gar nichts vermuten ließ. So fühlte es sich also an, wenn man auf die Folter gespannt wird. Selbst seine Körperhaltung verriet mir nichts. Dafür hätte ich ihn würgen mögen.

Endlich, mir reichten schon die ersten zwei Worte. „Wir fliegen ... in etwa vierzehn Tagen“, war die gute Nachricht.

Die zunächst weniger gute hieß, dass wir wahrscheinlich über Kuba fliegen werden, mit zwei Übernachtungen in Havanna. Flüge über Kuba nach Mexiko waren bekannt dafür, dass sie zeitintensiver durch den längeren Aufenthalt waren, demzufolge nicht so angenehm, wie ein Direktflug. Auch den Klimawechsel fand ich vor allem zu krass. Aber dort in Havanna arbeitete eine ganz liebe Familie aus unserem Betrieb. Die kümmern sich um uns drei, hieß es. Ich war zunächst einfach nur glücklich. Schon allein der Gedanke an Wärme, Sonne und Mexiko wiederzusehen, ließ mich erstrahlen. Nichts wie weg von diesem weißen Zeug was sich Schnee nennt. Dieser Winter war einfach zu heftig für alle und alles.

Unsere Anne beobachtete mich die ganze Zeit, wie ich freudig umherhüpfte und versuchte mir nachzueifern. Es sah goldig aus, wie sie mit ihren kleinen Füßen auf- und niederhopste und sich mit mir freute.

Bei Zeiss gab es nur noch dieses eine Thema um den Jahrhundertwinter, bestätigte er mir mit den Worten: „Stell dir vor, die Jahreshauptversammlung wurde wegen dieser Wetterkatastrophe abgeblasen. Fast die Hälfte unserer Schicksalsgenossen konnten nicht anreisen, saßen irgendwo auf dieser Welt fest."

„Na, da hat ja unser Urlaub ganz viel Sinn gemacht, von den Unkosten ganz zu schweigen", war mein Kommentar darauf.

Das musste uns einfach egal sein. Und so war es letztendlich auch. Für uns war es doch wunderbar gelaufen. Wer bekam denn von den vielen Leidensgefährten da draußen in der weiten Welt schon einmal die Chance geboten, halbjährlich in die Ferien zu fliegen? Nur wir, oder? In unserem gemeinsamen Leben passierten doch immer wieder die merkwürdigsten Dinge. War das Fügung oder eher Schicksal? Im Fall der Fälle war das egal, es ging wieder los und das war gut so.

Diese zwei kurzen Wochen, um alles wieder geregelt zu bekommen, stellten zum wiederholten Mal eine Herausforderung dar. Zu dem Zeitpunkt war ich sogar noch der Meinung, etwas routinierter klarzukommen. Doch weit gefehlt. Angefangen von der leidigen Tropenuntersuchung bis zum Kofferpacken, raste ich nur noch hin und her. In genau jener Hetzerei verflogen die uns zur Verfügung stehenden Tage. Abschied zu nehmen von Familie und Freunden, fiel uns nicht ganz so schwer, wie vor noch einem halben Jahr.

„Wir sind mit Sicherheit in sechs Monaten wieder hier." Dieser Satz zeigte Wirkung auch auf unserer Seite.

Ich liebte diese Zeremonie, wenn sich alle nochmals mit uns und um uns herum versammelten. Reste aufessen, Reste austrinken zelebrierten wir, bis keine Reste mehr zu finden waren. Das untrügliche Zeichen war damit gesetzt, dass es nun wirklich losgehen musste. Wir waren soweit, nur unsere Anne noch nicht. Sie spürte den Aufbruch. Für sie war die Welt bei Oma und Opa völlig in Ordnung. Warum mussten wir denn schon wieder wegfliegen, schien sie uns mit ihren großen Augen zu fragen. Ihren stillen Protest äußerte sie, indem sie sich in ein virtuelles Schneckenhaus zurückzog. Es tat weh, sie so zu sehen. Mit guten Worten war es bei ihr auch nicht getan. Dafür reichte das Verständnis in diesem zarten Alter noch nicht aus, um ihr unsere Lebenssituation klar zu machen. Für sie wurde dieser Weggang richtig schwer.

Rückflug nach Mexico mit Aufenthalt in Havanna

Die Reise nach Berlin, der Flug nach Havanna mit Zwischenstopp in Gander Neufundland, alles verlief ohne Zwischenfälle. Verwundert nahmen wir dies zur Kenntnis, dabei waren wir doch durch unsere kampferprobten letzten Wochen auf weiter folgende Unregelmäßigkeiten eingestellt. Es ging uns gut, auch Anne strahlte wieder, die durch nette Stewardessen mit allerlei Aufmerksamkeiten während des langen Fluges besonders umsorgt wurde, als hätten sie ihren Abschiedskummer gespürt.

Ankunft in Havanna. Wir hatten keine Vorstellung, was und wer uns dort erwartete. Nach der Landung musste die erste schwierige Hürde genommen werden. Wir standen fest in einer Endlosschlange zwischen all denen, die mit uns das Flugzeug verlassen hatten und jetzt zur Einreise nach Kuba abgefertigt werden wollten. Jeder für sich versuchte irgendwie die Zeit totzuschlagen, die wie wir geduldig ausharren mussten, da wir uns im Fünf-Minuten-Takt eine ganze Fußlänge weiter nach vorn bewegten. Warum eigentlich? Niemand hatte damit gerechnet, dass der kubanische Bürokratismus irgendwelche Regularien vorgab, die mit derartigen Wartezeiten verbunden waren. Ihm ausgeliefert zu sein, fühlte sich in etwa so an, als ob dieser riesige Beamtenapparat von Detailverliebten verwaltet wurde. Dieser zu bewältigende Papierkrieg hinterließ bei mir den Eindruck, dass die Kunst, das Mögliche unmöglich zu machen, genau hier erfunden wurde. Warum sollte ich mir noch mehr Gedanken darüber machen und wer konnte daran etwas ändern? Niemand. Schon allein wegen der Müdigkeit durch die Zeitverschiebung verfielen alle Sinnesorgane allmählich in den Standby-Modus.

Irgendwann, gefühlte Stunden später, hatten wir alle Einreisekriterien erfolgreich bestanden und durften das karibische Land erstmals betreten. Die feuchtwarme Luft, die uns entgegen schlug, fühlte sich auf der Haut wunderbar an, machte die Poren weit und sog diese Feuchtigkeit auf, wie ein Schwamm. Wie einbalsamiert nach all der Trockenheit und Kälte der letzten Wintertage steuerten wir unseren übervollen Gepäckwagen direkt in die Arme der Familie, die uns bereits geduldig erwartete. Dieser einladenden Herzenswärme konnten wir uns zu keiner Stunde unseres Beisammenseins entziehen, das so zu einer Energiequelle für die kommenden Tage im Land der ungebrochenen Lebensfreude wurde. Auch die Kubaner begegneten uns überall mit einem breiten Grinsen, egal, in welches Gesicht wir schauten, und ich hatte dabei immer das Gefühl, dass darin eine ehrliche Fröhlichkeit abzulesen war. Woher nehmen diese Kubaner ihre Lebensfreude? Ich versuchte, selbst eine Antwort darauf zu finden.

Seit der Kubakrise befand sich dieses Land in einer permanenten Stagnation. Der marode Zustand war nicht zu übersehen. An jedem Haus, jeder Straße, allen Autos, überall wohin man schaute, war der jahrelange Verfall sichtbar geworden. Einstürzende Hauswände waren behelfsmäßig abgesichert, Putz lag auf den Straßen, brüchige Fenster und kaputte Fassaden sah man weit und breit. Viele Leute schienen in Geschäften und offenen Garagen zu wohnen, die seit ewiger Zeit nicht mehr betrieben wurden. Auf den Straßen fuhren alte amerikanische Autos, hergestellt in den sechziger Jahren, die sich meist ohne Tankdeckel durch die Gegend bewegten. Seit dieser Krise gab es keinerlei Ersatzteile für diese Autos, man half gern mit einem alten Lappen, trotzdem schwappte in jeder Kurve das Benzin heraus und hinterließ eine Spur, die das Straßenbild Havannas kennzeichnete. Der Asphalt war über die

Jahrzehnte mit Öl verschmiert, fast schwarz getränkt, infolgedessen schillerte und glänzte das altehrwürdige Straßenpflaster wie eine fette Speckschwarte in der Sonne. Diese Insel schwamm in einem Meer von wirtschaftlichen Schwierigkeiten und das Ufer war noch weit entfernt. Schlimmer konnte es kaum noch werden, oder doch?

Etliche Flugstunden von unserer Heimat entfernt, fand ich die Situation in unserem eigenen Land nicht mehr so bedrückend, nachdem ich die Notlage Kubas zu Gesicht bekam. Welchen Anlass konnte es aber geben, dass die Kubaner vierundzwanzig Stunden am Tag Fröhlichkeit und gute Laune ausstrahlten? Ansteckend wie ein Virus, bekamen wir ihre Lebensfreude zu spüren. Wie passt das zusammen? Unstrittig dürfte sein, dass man es auch an den klimatischen Bedingungen der Karibik festmachen konnte. Durch die fast ganzjährige tropische Witterung wurde den Einheimischen das Leben zum Glück erleichtert, da sie immer in luftiger Bekleidung umherlaufen konnten, tags, nachts und das zu jeder Jahreszeit. Musik, Rum und Zigarren, in dieser Dreierkombination, dem Aushängeschild dieses karibischen Landes, lieben es die Zuckerinselbewohner zu feiern und zu tanzen. Musik war und ist eines der wichtigsten Bestandteile ihrer Existenz, aus der sich pure Lebensfreude entfaltet und die jeden ansteckt, der ihr zu nahe kommt. Wir waren noch lange perplex über diese Offenherzigkeit, da vergaß man rasch das ganze Drumherum. Für mich stand eines felsenfest, die Kubaner sind gar nicht arm, sie sind im Herzen reich, das macht den Unterschied aus.

Blitzschnell vergingen die beiden Tage. Schöne Stunden mit lieben Menschen verbracht zu haben, neue Eindrücke und Erkenntnisse mitzunehmen, damit traten wir das vorerst letzte Stück unserer Reise an, auch mit der Hoffnung verbunden, sehr gern nach Kuba wiederzukehren.

Glücklich gelandet waren wir wieder in Mexiko. Und wieder passierte es mir: Einmal tief durchgeatmet. Mexiko-City, es ist dein Geruch, der mich mit dir verbindet, habe ich sofort bei unserer Ankunft gedacht und mich einmal mehr nah gefühlt. Mehr brauchte ich nicht zu unserem Glück in diesem Moment. Das Gefühl, nie fort gewesen zu sein, war schon ein großes. Lag es etwa daran, dass es infrage gestellt war, ob wir jemals wieder diesen Kontinent betreten würden? Ja, wir sind wieder hier, in Mexiko, rief es aus meinem Inneren heraus.

Von jetzt auf gleich steckten wir im Alltagsgeschehen wieder drin, das es immer gab, egal, wo man sich zur Stunde auf dieser Welt gerade befand, und das sich einstellte, ohne lange darüber nachdenken zu müssen. Es brauchte wenig Zeit, um in den altgewohnten Trott zu verfallen, in einem Land, das für uns immer wieder neu erobert werden wollte. Wir genossen es auf unsere Weise. Vertrautes wurde aufgefrischt, nicht nur um zu sehen, ob sich während unserer Abwesenheit irgendetwas Wichtiges ereignet hatte. Ich war neugierig auf eventuelle Veränderungen im Wohnviertel, Neuigkeiten aus der Botschaft und überhaupt gespannt auf alles. Viel war es nicht, was seitdem passierte. In unserem Umfeld entstand eine neue Boutique, ein schickes Restaurant war bereits eröffnet worden und die Gerüchteküche innerhalb der Botschaft braute uns schnell alle neuesten Nachrichten zusammen.

Höhentraining der DDR-Athleten in Mexiko-Stadt

Eine dieser Meldungen ließ uns plötzlich hellwach werden. Wir hörten von einem unterzeichneten Vertrag zwischen dem Sportbund der DDR und Mexiko, der jedes Sportlerherz höher schlagen ließ. Es handelte sich dabei um ein bilaterales Abkommen zwischen unseren beiden Ländern. Darin wurde vereinbart, dass es unseren Top-Athleten aus den verschiedensten Sportarten ermöglich werden sollte, ein individuelles Höhentraining in Mexiko zu absolvieren. Immerhin standen die Olympischen Sommerspiele für das kommende Jahr in Moskau auf dem Programm, wo einmal mehr bewiesen werden sollte, wozu dieses kleine Land DDR im sportlichen Wettstreit in der Lage war. Weltweit um Anerkennung zu kämpfen, und zwar auf höchstem Niveau. Mit einem mehrwöchigen Höhentraining versprach man sich weitaus bessere Ergebnisse, als sie bisher erzielt wurden, zumal sich die Chancen für jeden einzelnen Athleten dadurch erhöhten, einmal ganz weit oben auf dem Treppchen für die Medaillenplätze zu stehen.

Seit den Olympischen Sommerspielen 1968 in Mexiko sind wahrscheinlich alle Sportfunktionäre dieser Welt besonders hellhörig geblieben, immer dann, wenn das Thema der Höhenlage dieser Stadt in der Kombination mit Training, Sport, den Leistungen und den daraus resultierenden Rekorden diskutiert wurde. Siebzehn Weltrekorde stellte damals einzig und allein die Leichtathletik auf. Ein neues Sportzeitalter war eingeläutet worden. Für die DDR ging es hier und heute eigentlich nur darum, diesen Status der weltweiten Anerkennung mit dem Sport zu untermauern und das internationale Ansehen auszubauen. Im Umkehrschluss bedeutete es aber auch, nicht nur dem großen Bruderland Sowjetunion zu beweisen, dass die DDR neben den Großmächten USA und Sowjetunion einen beständigen dritten Platz im ewigen Medaillenspiegel aller Olympischen Sommerspiele behaupten konnte.

Wir waren also sehr gespannt darauf, wann, welche, wie viele und woher die Athleten zum Höhentraining anreisten. Kaum, dass diese Nachricht die Runde machte, wurde sie hochaktuell. Ab sofort roch es ganz stark nach absoluter Sportprominenz. Die Möglichkeit, sie aus nächster Nähe kennenzulernen, faszinierte uns.

Den Auftakt dazu gaben die Sportgrößen der Wurf- und Stoßelite. Alle Weltklasseathleten, die sich im Speerwurf, Kugelstoß, Diskus und Hammerwurf schon mit vielen Medaillen aus Edelmetall einen großen Namen machen konnten, reisten an. Zu dieser Zeit kam kaum ein Sportler einer anderen Nation an ihnen vorbei. Wir waren neugierig, nicht nur weil der Sport im Allgemeinen für uns beide schon immer eine Leidenschaft und eine Art Ventil in diversen Lebenssituationen darstellte, sondern weil auch einige Athleten aus unserer Stadt Jena angereist waren. Diese vor Ort zu erleben, wurde somit im doppelten Sinn spannend.

Ein Haufen gut gelaunter Optimisten traf kurz darauf in Mexiko-Stadt ein. Schnell bekamen wir Kontakt, durften sogar beim Training zuschauen. Es war so einfach, mit ihnen klarzukommen, egal ob es im Stadion, zum Training, direkt an der Wurfbahn oder bei einem geselligen Treffen in der Botschaft war. Geerdet, dieses Attribut passte zu ihnen, wie die Faust auf das Auge. Von denen würde niemand in einer Kuckucksuhr nach Eiern suchen. Trotzdem ging mir eine Sache nicht aus dem Kopf: Hatten sie nicht die gleiche Motivation, wie wir? Das Ziel, einmal aus unserem Land raus zu kommen und etwas anderes von der großen weiten Welt sehen, um nicht total zu verkümmern in dieser unfreien kleinen DDR, in der die persönliche Meinung im Verborgenen bleiben musste?

Sie waren privilegierte Sportler mit staatlichen Pflichten, die als Diplomaten im Trainingsanzug zitiert wurden. Wir konnten ihre Situation auch ohne Worte gut verstehen. Doch angesprochen wurde dieses Thema nie, von keiner Seite. Zu sehr befürchtete jeder von uns eventuelle Einschnitte in seiner persönlichen Laufbahn, falls kritische Ansichten zu offen ausdiskutiert wurden. Beispiele gab es dazu genügende. Und wem konnte man schon trauen? Nur wir uns selbst. Doch in einigen Familien klappte nicht einmal das.

Knapp zwei Wochen hielten sich die Werfer unter mexikanischer Sonne auf. Kurz vor deren Abreise sickerte die Nachricht durch, dass es nicht lange dauern würde, bis weitere Athleten in Mexiko anreisten, um in der Höhe zu trainieren. Aus unserer Stadt Jena, mit dem guten Ruf eine Hochburg der Leichtathletik zu sein, rechneten wir fest mit weiterer Sportprominenz, die wir wahrscheinlich nie persönlich in Jena kennenlernen würden. Aber hier in Mexiko, so kurios es klingen mag, wird uns das offensichtlich gelingen.

„Immer her mit ihnen“, jubelten wir dazu.

Bei diesen ungewöhnlich warmen Temperaturen seit unserem Eintreffen – mittags kletterte das Thermometer schon auf 25 Grad – traten die heftigen Wintertage in der Heimat schnell in den Hintergrund. Was war ich zudem froh, mich der vielen Kleidungsstücke entledigen zu können, die das Zwiebelschalenprinzip der kalten Jahreszeit mit sich brachte.

Licht, Luft und Sonne strafft die Haut, nach dieser Theorie lebte es sich deutlich beschwingter und wir wieder auf.

Unsere Kleine nahm derweil ihr Zimmer, Petra, uns und ihre gesamte Umgebung in Beschlag, so als wären wir nie fort gewesen. Sie versuchte sich sogar an ihren ersten spanischen Worten, wenn unsere Muchacha mit ihr sprach. Ihre anfängliche Scheu war wie weggeblasen, ließ selbst unseren Alltag sorgenfreier werden.

Schweres Erdbeben

Alles schien wie immer. Fatalerweise konnte sich in dieser Stadt, in diesem Land von einem Augenblick auf den nächsten die ganze Welt um uns herum verändern. So passierte es uns, genauso. Anfangs dachte ich in diesen merkwürdigen Sekunden, oder waren es sogar Minuten, noch darüber nach, wieso mir plötzlich schwindlig wurde. Allerdings passten einige unangenehme Nebengeräusche so gar nicht in das Bild meiner vermuteten Kreislaufstörung. Aber was war los mit mir? Bis ich diesen Irrtum zum ersten Mal als ein Erdbeben verspürte, brauchte es einen weiteren Moment. Zum Davonlaufen war nicht etwa dieses unangenehme Gefühl, betrunken zu sein, sondern eher dieser grollende Lärm, der durch Mark und Bein ging und sich gar nicht gut anfühlte.

Was war das denn? Nur ein Erdstoß oder schon ein Beben? Wie lange wird es noch dauern? Wird es noch stärker werden?

All diese Fragen blieben für jeden Menschen, ob Einheimische, Touristen oder uns, in diesen wenigen Augenblicken unbeantwortet. Auf ein Erdbeben, egal in welcher Stärke und aus welcher Distanz es heranrollte, konnte man sich nicht vorbereiten. Jeder musste in diesen Minuten die Entscheidung für sich selbst treffen, die er für richtig hielt. Sollte ich je eine Liste unschöner Lebenserfahrungen aufstellen, auf die man definitiv verzichten konnte, würde das Erdbebenereignis ganz weit oben stehen. Dieses unbeschreibliche Gefühl, sich nicht sicher zu sein, ob man dem Boden unter seinen Füßen noch trauen konnte und den Begriff Erdbeben schlagartig mehr als nur ein

Wort verstehen musste, erlebte ich unter extremster Anspannung. Jeder einzelne Muskel, alle Sinnesorgane kämpften gegen diese lauernde Gefahr an. Obwohl wir von dieser Bedrohung wussten, blieb die eigene tatsächliche Wahrnehmung als das angsteinflößendste Ereignis in meinem, unserem Unterbewusstsein haften, für ewig und alle Zeiten.

Mexiko gilt als erdbebengefährdete Region und wir wussten das. Doch auf eine derartige Naturkatastrophe konnte man sich nie und nimmer vorbereiten.

Schon recht früh ließ man per Dekret nur Gebäude konstruieren, die einsturzsicher gebaut wurden. Besonders bei Hochhäusern, wie auch unserem, sollte das nächste Gebäude nicht direkt anschließen, sondern mit einem gewissen Abstand voneinander errichtet werden, um den Einsturz ganzer Häuserzeilen zu vermeiden. Unmittelbar durch die Entfernung zwischen beiden Hauswänden bekam man das Ausmaß eines Bebens in erster Linie zu spüren. Diese markanten Geräusche ließen jedes Gefühl erstarren, wenn ab einer gewissen Erdbebenstärke die Häuser in Schwingung gerieten und dabei sich dadurch die Wände aneinander rieben. Jeder neue Erdstoß ließ die Amplitude scheinbar steigen, Hauswände prallten zusammen, abgeschürfte Steine rieselten zu Boden, es krachte und knirschte ohrenbetäubend, mal stärker, mal schwächer. In dem ganzen Chaos kamen immer wieder die gleichen Fragen auf: Wie lange hält es noch an? Wird es stärker? War es das? Was muss ich jetzt tun? Wo befinden sich in unserer Wohnung die stützenden Wände, an die man sich stellen sollte? Blitzschnell musste man darauf selbst eine Antwort finden, um vernünftig reagieren zu können. Wer allerdings in eine Art Schockstarre verfiel, hatte wohl ganz schlechte Karten.

Laut Pressemeldungen erlebten wir gerade eine sehr intensive Erdbebenzeit und die Erde zeigte sich in den vergangenen Wochen mehrmals mit kleineren Vorbeben. Allesamt waren wir bereits vorgewarnt, dennoch stieg bei derartigen Ankündigungen auf ein zu erwartendes größeres Beben die Anspannung umso mehr. Wenn tagsüber die Erde vermeintlich bebte, rannten wir alle in den kleinen Garten, der zum Haus der

Handelsvertretung gehörte, um das Wasser in dem nierenförmig gebauten Pool zu beobachten. Am übergeschwappten Nass oder am Wellengang ließ es sich vortrefflich diskutieren, um welche Stärke es sich diesmal gehandelt haben könnte. Mitunter wurden Wetten darüber abgeschlossen, wer der Meldung über die stattgefundene Intensität auf der Richterskala am nächsten kam. Ich fand das überhaupt nicht lustig, hielt mich lieber raus aus solchen Diskussionen, ohne eine Prognose abgeben zu müssen. Adrenalin floss schon genug durch meine Adern.

Am vierzehnten März morgens gegen fünf Uhr geschah es dann. Ungeheuerliche Schwankungen rissen uns aus dem Schlaf, die Türen stießen sich wie von selbst auf und zu. Alles wackelte, mitunter ruckartig und heftig. Geschirr klapperte in den Schränken, Gardinen bewegten sich im Zeitlupentempo hin und her. Bei einem kurzen Blick durch das große Wohnzimmerfenster sahen wir kreuz und quer unheilvolle Blitze aufleuchten.

„Was um Gottes willen passiert da?"

Durch das starke Erdbeben rissen die Stromleitungen und kollidierten miteinander, erfuhren wir später. Klar, auch diese Kabel schwangen mit. Es brannte irgendwo in der Nähe, vermutlich durch geborstene Gasleitungen oder die vielen Kurzschlüsse in den Hochspannungsleitungen. Sirenen ertönten aus allen Richtungen. Ich war der Meinung, dass ich es hören konnte, wie die Hauswände zusammenstießen. Permanent rieselten Betonteile und Steinklumpen zu Boden. Dieses Chaos setzte sich im eigenen Körper fort, von den Haarspitzen angefangen bis zu den Füßen. Das Unterbewusstsein arbeitete bei den ersten Schwankungen und Bewegungen schon im Schlaf, da wir schlagartig aus unseren Betten sprangen.

Mein Mann schrie mir gerade noch zu: „Anne. Und nichts wie raus hier!"

Ein ungesteuerter Automatismus verhalf uns sofort zu reagieren, um uns so, wie wir eben noch in unseren Betten lagen, auf die Straße zu retten. Mit uns rannten die anderen

Hausbewohner ebenso los, um schnellstmöglich nach draußen bis auf die Straße zu kommen. Das Treppenhaus glich einem Ameisenhaufen, alle liefen so rasch sie konnten in die gleiche Richtung. Unter freiem Himmel würde sich diese Katastrophe nicht mehr ganz so bedrohlich anfühlen, dachten wir.

Meist nur mit der Nachtwäsche bekleidet, traf man sich unmittelbar vor dem Haus auf der Straße wieder. Ein paar wenige trugen lebensnotwendige Habseligkeiten bei sich. So weit konnten wir in diesen Momenten nicht einmal denken, und ein jeder von uns, der auf der Straße angekommen war, hielt den Blick immer nach oben gerichtet. Hoffentlich halten die Wände, stand in jedes Gesicht geschrieben. Kaum jemand sprach.

Das ganze Drama dauerte nur ein paar Minuten, für ein Erdbeben schon eine lange Zeit, doch für uns eine Ewigkeit. Ich konnte mich nicht mehr daran erinnern, wie lange wir mit den anderen auf der Straße weiter ausharrten. Unsere Anne bekam von all dieser Aufregung nicht viel mit, sie schlief in den Armen ihres Papas einfach weiter. Welch ein Segen war es für uns, bei einer solchen Situation in ihr friedlich schlafendes Gesicht schauen zu können. Es folgten unmittelbar einige Nachbeben, die in der Stärke schon deutlich schwächer wirkten. Das letzte spürbare kam gegen sechs Uhr am Morgen.

Langsam kehrten alle wieder in ihre Wohnungen zurück, aber an Schlaf war nicht mehr zu denken. Ein paar kleinere Risse in der Decke und an den Wänden fielen uns auf. Oder gab es die schon vor diesem Erdbeben? Geschirr lag durcheinander, etliche Teile davon waren kaputt gegangen, kleinere Möbelstücke standen nicht mehr an ihrem Platz, doch zum Glück waren wir heil davon gekommen.

Der gesamte nächste Tag rangte sich um das stattgefundene Erdbeben und jeder hatte etwas darüber zu berichten. Unsere Muchacha gesellte sich leichenblass aus ihrer Dachkammer zu uns, wirkte ganz verstört und erzählte uns, was sie aus den Radionachrichten entnehmen konnte. Das Beben hatte eine Stärke von 7,7 der nach oben offenen Richterskala und sein Epizentrum lag in der Nähe von Acapulco, knapp 500 Kilometer von uns entfernt. Ihre Familie wohnte sehr nah am Epizentrum, in dieser Region. Selbstverständlich war sie in großer Sorge um ihre Lieben dort. Alle Beteiligten erlebten eine sehr bedrückende Situation, weil man einfach nicht helfen konnte und noch zu wenig über das Beben bekannt war, in dieser kurzen Zeit danach. Die Berichterstattungen über das Fernsehen und Radio lieferten kurze Zeit später Horrorgeschichten am laufenden Band. Nur wenige Stunden später erfuhr unsere Muchacha aus einem Telefonat, dass ihren Familienangehörigen nichts passiert sei. In Mexiko-Stadt dagegen waren von insgesamt zehn größeren Gebäuden, die allesamt zur Universität gehörten, immerhin sechs völlig zusammengestürzt. Niemand wollte sich im Nachhinein vorstellen, was passiert wäre, wenn diese Katastrophe drei Stunden später bei vollem Lehrbetrieb eingetreten wäre. Es hätte Tausende Tote und Verletzte geben können. Studierende, Professoren und Mitarbeiter brachten es schon zu unserer Zeit auf über 300.000 Menschen. Von erheblichen Baumängeln, Schlamperei und Pfuscherei bei den Arbeiten am Bau der Universität las man danach in der Zeitung. Auch andere Medien ließen nicht locker, dieses Thema zu bearbeiten. Es gab, Gott sei Dank, insgesamt nur wenige Opfer zu beklagen, ein Glücksfall bei dieser Stärke.

Inzwischen suchte man nach den Verantwortlichen, die bei dem Bau, der durch das schwere Erdbeben zerstörten Universitätsgebäude, entsprechende Gesetzesvorlagen für erdbebensichere Bauanordnungen unbeachtet ließen. Nach wochenlangen Recherchen verlor sich die Suche nach diesen Verantwortlichen, wie die sprichwörtliche Stecknadel im Heuhaufen.

Ein Erdbeben dieser Stärke würde normalerweise in jeder anderen Gegend zu erheblicheren materiellen Schäden und auch Todesopfern führen. Da aber Mexiko-Stadt auf dem weichen Untergrund eines ursprünglich abflusslosen Beckens steht, gibt es nicht dieses harte Rütteln wie anderenorts.

Wir spürten diese Stöße wie ein Trunkenbold im Rauschzustand. Anfangs schwankend, später taumelnd, dann durch die Zimmer stolpernd. Aber selbst dieser Zustand war unerträglich, so aus dem Nichts kommend. Über eine Woche lang hielten uns die täglichen Nachbeben unter Anspannung, dabei rollten sie mitunter bei einer Stärke zwischen vier und sechs der Richterskala heran. Keinen einzigen Moment wollte ich mich daran gewöhnen, nicht jetzt und auch nicht irgendwann. Mein Aufatmen war nicht zu überhören, als die Erdbebenzeit endlich vorüber war.

Internationaler Frauentag in Mauna Loa

Es wackelte nicht mehr, die Erde hatte sich beruhigt, umgehend beherrschten andere Themen die Tagesordnung. Aktuell sollte der 8. März, der Internationale Frauentag nachgefeiert werden, der wegen der gesamten Erdbebenproblematik, verschoben werden musste. Mit der Frage: Wie und wo wird in diesem Jahr dieser besondere Tag gefeiert?, stand wieder einmal eine Festivität im Vordergrund und ließ die Sorgen der vergangenen Tage vergessen.

Kurz vor dem festgelegten Datum sickerte zu uns durch, dass die Frauen diesen Tag in einer ganz besonderen Lokalität erleben sollten. Die Gewerkschaftsgruppe ließ sich angeblich und eigens für die im Ausland beschäftigten Frauen stets etwas ganz besonderes einfallen, erzählte man mir. Hoffentlich gibt es keinen dieser leidigen Nelkensträuße, die normalerweise zu diesem Anlass jeder Frau überreicht wurde, wünschte ich mir in diesem Zusammenhang. Vielleicht bahnt sich ja ein neues Ereignis an, auf das man gespannt sein sollte?

Und so kam es dann auch. Der Abend des besagten Tages sollte in einem Restaurant, einem besonderen, gefeiert werden. Nur zu dieser Begebenheit konnte ich den Spieß einmal herumdrehen und von meinem Mann als ´mitreisenden Ehemann´ sprechen, der sich bereit erklärt hatte, mich als meinen ganz persönlichen Chauffeur bis zu jener Lokalität zu fahren. Neu war sogar, dass alle Ehemänner mit von der Partie sein durften. Sie mussten zwar ihren Anteil an der Bewirtung im Restaurant selbst tragen, aber das tat der guten Stimmung keinen Abbruch. Für uns Frauen gab es einen finanziellen Zuschuss, den die Gewerkschaft übernahm, hieß es im Vorfeld dazu.

Herausgeputzt und in Schale geworfen, wie zu einem besonderen Staatsempfang, fuhren wir zu dem Restaurant mit dem hinreißenden Namen Mauna Loa. Bereits aus einer guten Entfernung sahen wir vor uns ein imposantes Gebäude, das in einem ganz besonderen Licht erstrahlte. Indirekte Beleuchtung mal von unten, mal von oben. Für mich war das zwar die reinste Energieverschwendung für den Moment, aber trotzdem erging es mir wie den anderen: Münder öffneten sich vor Erstaunen, Augen erstrahlten bei dem Anblick. Dieses Haus ließ einiges vermuten, was uns in Erstaunen versetzen konnte und wir wurden nicht enttäuscht.

Hoffentlich wird der gewerkschaftliche Zuschuss für diesen Abend angemessen sein. Mit diesem Gedanken schien ich nicht allein zu sein, als ich in die sprachlosen Gesichter unserer Leute schaute. In dieser freudigen Erregung gaben wir uns allesamt wie verzaubert einer Lokalität hin, die nur als surreal wahrgenommen werden konnte. Ab dem Moment unseres Eintreffens bis zur gemeinsamen Abreise kamen wir aus dem Staunen nicht mehr heraus. Schon mit dem Eingangsportal begann die Begeisterung. Wir wurden eingewiesen und fuhren mit unserem Auto über eine breite Holzbrücke, die sich mit der Pforte verband. Junge Mexikaner im feinsten Zwirn rissen unsere Autotüren auf, um uns herzlichst zu empfangen. Dort angekommen wurde der Blick auf einen kleinen See freigegeben, der von exotischen Pflanzen umsäumt war. Inmitten dieser Pracht konnte man mindestens zwei Dutzend rosafarbene Flamingos bewundern, die sich wie schwerelos bewegten und durch herabhängende, riesige Glaskugeln dezent beleuchtet wurden.

Ob denen das wirklich so großartig gefällt, bei dieser Nachtbeleuchtung zu leben? Trotz meiner Gedanken ließ mich dieses Bild aus der vielleicht nur vorgespielten harmonischen Ruhe für einige Minuten dort verweilen, bis die Neugier auf das Innere des Anwesens überwog. Früchte aller Art, in riesengroßen Körben verteilt und zum sofortigen Verzehr bestimmt, standen in einem klitzekleinen Vorraum bereit. Aus zwei simplen Gründen konnten wir diesen Raum nicht umgehen. Einmal, so lecker präsentiert sollte dieses Obst bestimmt nicht nur zur Dekoration gedacht sein. Trotz großem Appetit und mit einem Pfützchen auf der Zunge traute sich niemand von uns, dieses fruchtige Kunstwerk einzureißen. Andererseits kamen wir nur durch diesen Raum weiter voran. Die Entdeckerfreude war dabei unser bester Begleiter.

Nächster Raum, neue Überraschung, die zu einer unnachahmlichen Garderobe führte. Eine kleine Strandhütte, als wäre sie vom Meer direkt hierher gespült worden, stellte diese eine Umkleidekabine dar. Man hatte sie nur spärlich mit Schilf bedeckt, aber immerhin wurde sie von uns als Garderobe wahrgenommen. Ich fand diese Idee einfach genial. Zu einem einzigartigen Kleiderständer umgebaut, musste man es als Gesamtkunstwerk betrachten. Aber wer nutzte diesen Raum? Keiner von uns musste sich irgendwelcher Sachen entledigen. Wir befanden uns aber auch nicht mehr in der Winterzeit, in der sich die Mexikaner vermummten, als wollten sie zum Nordpol.

Ohne weitere Umwege gelangte man kurzerhand in den Speisesaal riesigen Ausmaßes. Bambus in jeder Form und Größe dominierte als eigentliches Baumaterial wie überall im gesamten Gebäude, nicht nur in dem größten Raum, indem wir uns gerade befanden. Wieder einmal gab es eine Menge zu bestaunen, zu viel, um jeden Eindruck wahrnehmen zu können und auf sich wirken zu lassen. Jeder Schubser, Hinweis oder auch Fingerzeig machte deutlich, wie sehr wir alle, selbst unsere Männer, vom Ort des Geschehens fasziniert waren. Viele der weiteren Details, die in diesem Areal ihren endgültigen Platz fanden, musste man ausschließlich aus der Natur zusammengesucht haben. Schilf, Lianen, Rattan, Bambus, Gräser und viele, viele Pflanzen ließen diesen Raum so einzigartig erscheinen. Es grünte und blühte in jeder Ecke, dabei machten sich leicht modrige Gerüche breit, die mit ziemlicher Sicherheit durch die hohe Luftfeuchtigkeit entstanden waren. Sie störten aber nicht im Geringsten, wir empfanden sie eher wie ein Muss zu diesem raffinierten Flair. Die mit Lederriemen verknoteten, armdicken Bambusstangen hielten den Hauptteil der Konstruktion im Saal zusammen. Schön anzusehen, wäre zu wenig für einen Urteilsspruch. Außergewöhnlich und exotisch traf es viel besser.

Irgendjemand rief: „Robinson Crusoe, wo bist du?“

Mit ein wenig Einbildungskraft konnte man sich ohne Weiteres in seine Welt hinein versetzt fühlen. Wehte manchmal sogar eine feine Meeresbrise durch das Haar?

Waren diese Empfindungen eigentlich wichtig? Wenn ja, wem waren sie wichtig und warum? Dahinter musste mehr stecken, als ein reines Geschäftsinteresse. Hier war mit Sicherheit ein Künstler am Werk gewesen, der sich verwirklichen wollte. Alles bisher Gesehene mutete aus fernen Ländern stammend an, was mit einer gewissen Absicht eindrucksvoll in Szene gesetzt war, aber immer perfekt. Wer sich hier einen Namen machen wollte, war auf jeden Fall sehr detailverliebt. Nichts sah so aus, als wäre man gedankenlos an die Ausschmückung des gesamten Ganzen herangegangen. Schnell mal nur etwas aufgehängt, abgelegt oder hingestellt, danach sah es bei Weitem nicht aus, ganz im Gegenteil. Die Innenausgestaltung, bestens bestückt mit unzähligen Kostbarkeiten, die aus der Südsee stammen mussten. Mauna Loa, so klangvoll der Name des Restaurants schon war, so deutete alles darauf hin, dass auf jeden Fall die Echtheit gewahrt bleiben sollte. Man sah sie überall und immerzu, nahezu vollkommen.

Als schmückendes Beiwerk vieler Dekorationen kamen Schildkrötenpanzer der verschiedenen Arten und Größen ins Spiel. Ebenso fand ich nie vorher gesehene kleinere bis kindskopfgroße Muscheln, Seesterne, Unikate aus Treibholz, einfach alles, was im Meer zu finden war oder es dem Suchenden freigab. Dazu passte die natürliche Beleuchtung der brennenden Bambusfackeln ideal. Auch die gut verteilten Leuchtkugeln schafften es, eine besondere Atmosphäre herbeizuzaubern.

Wir Frauen sind ja im Grunde genommen sehr neugierig. Am liebsten wären sämtliche Weiberlein auch noch auf alle Viere abgetaucht, damit möglichst kein Detail bei diesem

Schummerlicht übersehen werden konnte. „Schau mal dort!“, oder: „Guck mal hier!“, hörte man uns rufen.

Aufregend, alles bisher war aufregend, und noch immer hielt das Bauwerk weitere Entdeckungen für uns bereit. Dieser große Saal teilte sich weiterhin in drei Ebenen auf, die jeweils durch erhöhte Plattformen miteinander verbunden waren. In der ersten Ebene hatte das Restaurant seinen Platz gefunden, indem es mehr oder weniger rustikal zuging. Derbe Holztische und Stühle wirkten zwar wie aus einem Biergarten zusammengestellt, doch passten sie ohne Weiteres in das große ganze Arrangement. Wahllos verteilt flackerten Kerzen in kleinen Tonschalen. Wohin ich mich auch wendete, auf künstliches Licht hatte man hier ganz und gar verzichtet. Ein jeder musste sich auf seine Art und Weise angesprochen fühlen. Wohlbehagen wurde auf jeden Fall suggeriert.

Die anschließende Bar auf der zweiten Ebene hielt sich an einen absolut maritimen Stil, vom Inventar angefangen bis zum Barkeeper. Ich hatte noch nichts getrunken, meinte aber schon jetzt doppelt zu sehen bei der riesigen Anzahl von Schnapsflaschen, die über der gesamten Barfläche schön aufgereiht standen. Waren es zig verschiedene Sorten oder eher Hunderte?

Davon etwas eingeschüchtert, weil ich lediglich sehr wenige nur mir bekannte Alkoholika wiedererkannte, verzog ich mich mit den anderen zur dritten Ebene. Wie wunderbar, dort gab es eine Tanzfläche, so groß, dass sogar zwei Musikgruppen darauf Platz gefunden hatten. Beide wechselten sich mit ihrem Musikstil perfekt ab. Mal gab es karibische Klänge für unsere Ohren, die andere Band heizte uns mit moderner Musik ordentlich ein. Doch nicht genug des Ganzen. Immer dann, wenn die Musik der Südseeinseln erklang, schwangen sich spärlich bekleidete Tänzerinnen auf das Parkett. In verführerischen Bewegungen wiegten sich ihre Hüften wie von selbst, als wären sie von Batterien gesteuert. Kurze, knappe Schilfröckchen raschelten bei jeder Drehung und die etwas spärlich bedeckten Busen zogen alle Männeraugen auf sich. Etwas Erotisches flammte durch sie und diese Musik mit.

Wenn man sich nur einmal kurz umschaute, spürte man den sichtbaren Genuss unserer ´mitreisenden Ehemänner´, aus deren Gesichtern abzulesen war, dass der Internationale Frauentag unter diesem Gesichtspunkt völlig neu betrachtet werden müsste und aus Sicht der Frauen nicht missverstanden werden sollte.

Wasserfallartige Geräusche lenkten mich davon ab, mir weitere Gedanken über unsere außergewöhnliche Veranstaltung zu machen. Was rauscht hier eigentlich? Allen schien die gleiche Frage in dem Moment auf der Zunge zu liegen. Und siehe da, eine gewaltige Fensterfläche begrenzte die Ebene, auf der getanzt werden konnte. Dahinter stürzte sich doch tatsächlich ein Wasserfall mit ordentlichem Getöse von einem Felsen hinab, um in einem seichten Bachlauf fort zu plätschern. In ihm tummelten sich einige Flamingos, deren Füße davon sanft umspült wurden. Diese Inszenierung ging mir fast zu weit. Wer verträgt schon so viel Spektakel auf einem Haufen? Trotzdem, ich wollte auf gar keinen Fall schnell weg von hier, und zum Glück war dieses Schauspiel noch lange nicht zu Ende.

Über eine knorrige alte Holztreppe gelangte man in einen verdunkelten Raum, der sich bis unter die Deckenbalken hin vollgestopft zeigte. Ein in die Jahre gekommenes ehrwürdiges altes Schiff, vielleicht hatte es sogar einen geschichtlichen Hintergrund, vermutete man auf gar keinen Fall. Aber genau das füllte diesen Extraraum komplett aus. War es etwa eine von diesen mittelalterlichen Karavellen, die schon zu ihrer Zeit auf den Weltmeeren unterwegs waren? Die Schiffsbohlen knarrten, eine frische Meeresbrise umhüllte uns, man konnte die salzige Luft fast schon schmecken. Schaukelte das Schiff etwa auch noch, als würde es auf den Wellen unterwegs sein?

„Kneif mich“, forderte ich meinen Mann auf, „damit ich weiß, dass ich nicht träume!“

Anderen erging es ähnlich, doch nicht jedem stand diese Sprachlosigkeit gut. Mit weit aufgerissenen Augen bestaunte ein jeder das Innere dieses skurrilen Raumes. Alle drängten sich irgendwie auf dieses alte Schiff und gaben ihrer Verblüffung freien Lauf. Immer mit den gleichen Sprüchen, die schon seit Beginn unserer Eroberung dieser ungewöhnlichen Lokalität zu hören waren. So nach und nach begriffen wir dieses Anwesen als ein Gesamtkunstwerk. Sichtbare Körperöffnungen blieben immer wieder vor Erstaunen aufgesperrt. Plötzlich befanden wir uns also auf einem sehr, sehr alten Schiff mit einem Oberdeck als Tanzfläche, dem Zwischendeck für eine kleine Band und rundherum standen kuriose Sitzgelegenheiten. In die quer zur Reling aufgespannten Hängematten wollte sich dennoch niemand hineinschwingen. Irgendwie machten sie keinen vertrauenerweckenden Eindruck, vielleicht sollten sie auch nur Dekorationszwecken dienen.

Plötzlich, ein Aufruf.

„Steuerfrauen vor!“, hieß es vom Bug.

Mindestens dreißig Köpfe drehten ruckartig den Hals in die Richtung des Krakeelers, der wie ein Kapitän das Steuerrad mit fast einem Meter Durchmesser zu drehen versuchte. Was ganz schwer aussah, gelang ihm problemlos. Von dem Moment an wollte jeder einmal Schiffskapitän spielen. Das Kind im Manne stand auf der Brücke und suchte mit dem Steuer in der Hand nach neuen Seewegen.

„Verblüffend, einfach verblüffend“, hörte man den einzigen Muschelschubser unter uns Anwesenden sagen.

Dieser Ostseeküstenbewohner konnte sich sogar noch steigern, riss uns mit in seiner Begeisterung für das, was er mit seinen Augen sah.

„Das glaubt mir zu Hause kein Mensch. Dieses Schiff hier ist echt schon mal auf dem Meer gefahren, nichts daran wurde imitiert. Ich bin beeindruckt, kann es einfach nicht begreifen, denn maritimer geht es auch auf hoher See nicht zu.“

Mit Sicherheit wurden wir seit einiger Zeit von der Besatzung des Schiffes beobachtet. Ich erahnte schon, was sie über uns dachten. Vielleicht, dass dieser lustige Verein sich wie eine Horde schlecht erzogener Kinder benahm, die man außerdem kaum bändigen konnte. Sanft wurden wir durch sie aufgefordert, unsere Plätze im Restaurant einzunehmen. Seit unserer Ankunft war schon mehr als eine Stunde vergangen, und während unserer Mauna Loa-Inspektion hatte niemand auf die Uhr geschaut. Warum auch?

Nochmals kamen wir an dem Wasserfall vorbei. Allerdings wurden wir über eine weitere Treppe zum Speisesaal gebracht, wo der Urwüchsigkeit des Hauses die Krone aufgesetzt wurde. Wir hatten uns schon gewundert, woher dieses affenartige Geschrei kommen sollte, das wir während des Rundganges hörten und doch nicht richtig zuordnen konnten. Kein Wunder war es daher, als wir auf ein Affengehege trafen, das mit allerlei Getier in nächster Nähe stand. Darin tobten auch Rhesusaffen, die mit ihrem Gebrüll auf sich aufmerksam machten. Man mag sich inzwischen einiges vorstellen, nur das nicht. Diese Eindrücke waren irgendwie unfassbar.

Noch mit dem Kopf schüttelnd oder heftig diskutierend suchte sich jeder ein Plätzchen, wodurch endlich ein wenig Ruhe einkehrte. Irgendwie schienen wir alle im Zustand eines Wachkomas angekommen zu sein, so fasziniert waren wir. Das Haus war erobert, die Rätsel der exotischen Geräuschkulisse aufgeschlüsselt, endlich konnten wir zum eigentlichen Tagesordnungspunkt übergehen, dem Essen. Hungrig genug war inzwischen jeder von uns. Unter ständigem Getuschel nahmen wir uns vor, dass jeder etwas anderes bestellt, um möglichst von allen kulinarischen Speisen und Getränken zu kosten. Wie ein Lauffeuer ging diese Idee von Tisch zu Tisch. Von karibisch gekleideten Kellnern regelrecht umzingelt, musste zuerst der Durst gelöscht werden. Schon wieder gab es neue Überraschungen. Woher sollten wir wissen, dass man alle verzehrbaren Köstlichkeiten, wie die Natur sie geschaffen hatte, in der gleichen Form wieder zu sich nehmen konnte. Drinks wurden in der Ananasfrucht oder in der geköpften Kokosnuss serviert. Hauptgerichte brachte man auf gefalteten Bananenblättern an die Tische. Immer wurde das jeweilige Gericht mit einer Hibiskusblüte verziert. Muschelschalen dienten als flache Teller. In Bambus oder auf Holzschalen reichte man uns Desserts. So natürlich kann es also auch zugehen. Aber auch das war neu für uns.

Dann endlich, das Essen wurde serviert. Und es gab alles, was das Herz begehrte. Fisch und Fleisch waren für unsere Gaumen durch einen gewagten großen Griff in die Gewürzkiste entsprechend ungewöhnlich zubereitet worden. Mindestens drei Sinnesorgane hatten sich damit auseinanderzusetzen. Ein regelrechter Diskussionsabend entwickelte sich daraus.

Nach dem üppigen Mahl, ein jeder war dem Platzen nahe, wurde noch ein Teller gereicht, obwohl niemand von uns etwas bestellt hatte. Auch alle Nachbartische bekamen das Gleiche serviert. Heiß, dampfend kam es daher und sah aus wie ein zusammengerollter Eierkuchen. Für jeden Gast gab es nur einen einzigen, immer nach dem Dessert. Aber was da auf dem Teller lag, roch nicht unbedingt nach Eierkuchen. Niemand wollte und konnte mehr so richtig etwas essen. An den anderen Tischen wurde bereits getuschelt und abgewartet, was wohl andere Gäste mit diesen Dingern anfangen würden. Kritisch beäugten wir uns, wie mit diesem gelblich grauen Fladen umgegangen wird. Sich dabei in Geduld zu üben war unser absolutes Glück. Wir sahen zu, wie am übernächsten Tisch das Besteck gewetzt wurde und derjenige damit kläglich scheiterte. Das Messer wollte einfach nicht durch den mutmaßlichen Eierkuchen, der sich als warmes, seifiges und dampfendes Gästehandtuch entpuppte. Mexikanische Gäste, die am anderen Ende des Raumes saßen, zeigten uns freudestrahlend, was man damit machen musste, allerdings auf gar keinen Fall, diesen versuchen zu essen. Nach dem opulenten Mahl durfte man Gesicht und Hände reinigen. Ein ansteckendes Gejohle war die Folge. Immer wieder fiel der Satz: „Stell dir mal vor, wir hätten da hineingebissen." Welch ein Spaß zur späten Stunde, der uns noch tagelang amüsierte.

Nach unserem Mauna Loa-Besuch hatten wir einmal mehr Grund dazu, das minderwertige Betriebsessen aus der Botschaft anzuzweifeln. Wer dort zu Mittag speiste, musste sich fortan die Frage gefallen lassen: „Haben dir die Eierkuchen nicht geschmeckt?"

Immer mehr auch unserer Freunde gingen dazu über, selbst zu kochen. Man sparte Geld, konnte seinen Speiseplan selbst festlegen und wusste, was in den Töpfen köchelte, hieß es. Unsere Muchacha holte noch immer täglich das Essen für uns von der Botschaftsküche ab, für sich selbst kochte sie allerdings täglich frisch ihre traditionellen mexikanischen Speisen. Obwohl ihre eigenen Landsleute die Mahlzeiten in der Botschaft zubereiteten, hatte sie von diesem Essen schon lange die Nase voll. Selbst unsere Anne verweigerte sich immer öfter und nahm sogar etwas ab. So konnte es nicht weitergehen. Kurzerhand sprachen wir das Thema mit Petra durch, die sich davon begeistert anbot, endlich für uns landestypisch kochen zu dürfen. Keine Bitte nach einer Gehaltserhöhung, trotz des täglichen Mehraufwandes, den es ab sofort für sie gab, machte es noch leichter dem zuzustimmen. Den einzigen Wunsch ihrerseits, die wöchentliche Einkaufsliste mitentscheiden zu können, akzeptierten wir gern. Schon lange waren wir begierig, mitunter neidisch auf die wohligen Gerüche, die täglich aus unserer Küche um unsere Nasen wehten. Von jetzt auf gleich stand der mexikanischen Kochkunst von Petra nichts mehr im Weg, mit einer totalen Begeisterung auf beiden Seiten.

Für mich wurde damit der Grundstein gelegt, dass die mexikanischen Gerichte eine kolossale Bereicherung sein können, die es zu erlernen galt. Es gab in Mexiko zu der Zeit keine klare Regionalküche. Im Norden herrschte der spanische Einfluss vor, während sich im Süden die Indio-Küche behauptete. Wir wählten den goldenen Mittelweg und ich hätte keinen besseren Lehrmeister als unsere Muchacha bekommen können.

Dramatisch begann allerdings meine erste Unterrichtsstunde, in der ich bei ihr Reis kochen lernte. Nach einigen Versuchen, meist mit nur einer Testperson, entweder Muchacha Petra oder mein Mann, ging es langsam aufwärts. Es machte immer mehr Spaß unter ihrer Regie zu lernen und erste Erfolge wurden so zu einer Bereicherung für uns. Alle wurden satt, Petra strahlte, ein verschmierter Mund vom Kind war Lob genug und mein Mann nannte relativ schnell die Rangliste seiner Lieblingsgerichte. Unwiderruflich endete hier meine Ära, den Reis aus fertigen Kochbeuteln zu garen. Aus dieser

Zeit und bis heute ist es undenkbar, zum Beispiel eine Geflügelbrühe ohne Zitronenspritzer zu servieren. Solche und andere Tricks, die mir Petra beibrachte, verlernte ich nie.

Unvorstellbar für meinen Mann war der Gedanke daran, jemals wieder in seinem Leben ein Gericht mit Leber essen zu müssen, egal in welcher Verarbeitungsweise diese oder eine andere Innerei auf den Tisch kam. Meine großen Liebe wollte ich kurz nach unserem Kennenlernen mit meiner Kochkunst verzaubern, die weder auf Erfahrung basierte und gleichzeitig in den Kinderschuhen stecken geblieben war. Es sollte ein Überraschungsmenü werden. Wurde es auch, das erste und einzige Leberessen bis dahin. Stillschweigend schob sich mein Liebster den ersten Bissen in den Mund. Es sollte auch kein zweiter folgen, da ihm augenblicklich eine für den Rest der Woche schmerzhafte Ekelblase an der Lippe wuchs. Und dann, fünf Jahre später, trat Petra mit ihrer Kochkunst auf den Plan, die ihre krossgebratenen Leberstückchen in noch warme Tortillas einwickelte, diese sogleich durch eine pikante Petersilien-Zwiebel-Chili-Zitronensoße zog, um danach die mit der Marinade triefenden Maisfladen genüsslich in den Mund zu schieben. So änderten sich die Zeiten.

Tortillas holte Petra stets frisch dampfend in ein Küchentuch gewickelt vom Tortillabäcker gleich um die Ecke. Eigentlich rochen sie nach feuchter Pappe und die Farbe stimmte auch noch dazu. Aber von Petra gefüllt mit allen essbaren Leckerbissen aus Gemüse oder Fleisch waren sie eine Wucht. Selbst unsere Kleine, als schlechter Esser auf die Welt gekommen, verlangte nach Tortillas. Am liebsten direkt aus dem Küchentuch warm in ihre Hand gelegt, etwas Salz darauf gestreut, rollten ihre kleinen Fingerchen den Fladen zusammen. Unverfälscht und trocken, wie er gerade gekauft wurde, tat sie so, als wäre es das Größte was gerade über ihre Zunge wanderte. Jeden Mittag freuten wir uns während des kurzen Weges von der Handelsvertretung zur Wohnung auf das von unserer Muchacha zubereitete Mittagessen. Das war eine der besten Entscheidungen, die wir damals treffen konnten, insbesondere um dem miserablen Botschaftsessen zu entkommen.

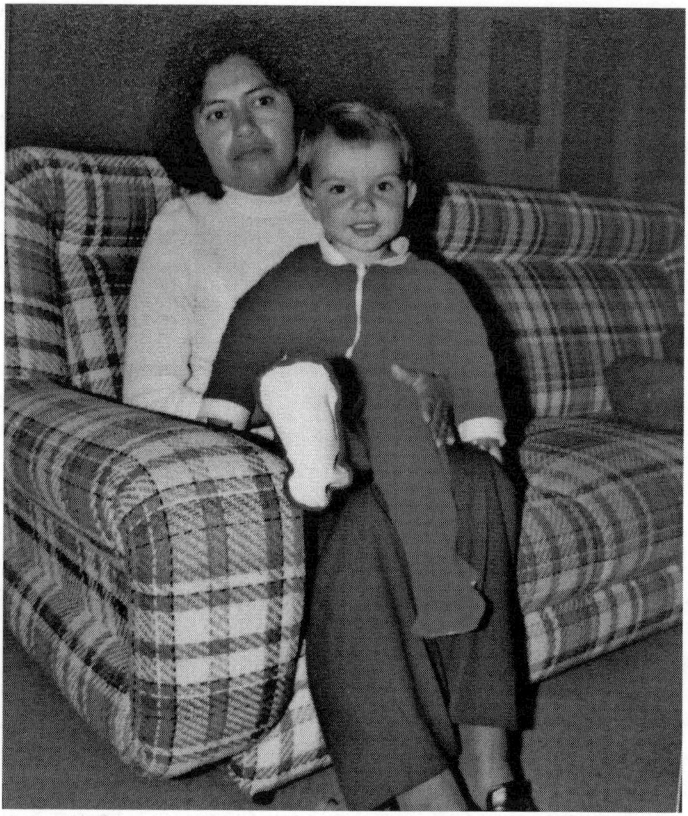

Der immer wiederkehrende Wochenrhythmus wurde lediglich durch gut geplante freie Wochenenden verschönert, die uns leider nicht unbegrenzt zur Verfügung standen. Montags war meist ein Sitzungsabend anberaumt, fast jeder von uns gehörte irgendeiner Kommission an. Der Dienstag war dem Sport vorbehalten. Bei leicht steigender Mitgliederzahl kam zu dem Gymnastikabend auch noch Yoga hinzu. Um dieses Training wenigstens laienhaft weitergeben zu können, brauchte ich weitere Freizeit, um mich damit auseinanderzusetzen. Außerdem nahm ich aus freien Stücken an einem Nähkurs und Spanisch-Lehrgang teil, die beide jeden Donnerstag, wöchentlich wechselnd, stattfanden. Beide Kurse zu belegen hatte ich mit der Hoffnung verbunden, große Schritte nach vorn machen zu können, dazuzulernen, etwas für mich zu tun. Mit der Schneiderei bin ich zumindest kläglich gescheitert. Aber es war eine neue Erfahrung wert. Dazwischen blieb wenig Raum für den ganz normalen Wahnsinn einer mitreisenden Ehefrau. Kein Wunder war es demzufolge, dass zwei Monate im Eiltempo verstrichen waren und bereits das nächste große Ereignis seine Schatten vorauswarf.

Kurioses Fest zum 1. Mai

Mein 1. Mai im Ausland, so könnte die Überschrift besser lauten. Alles und jedermann wurde irgendwie mobilisiert, um den bevorstehenden Internationalen Tag der Arbeit auch international zu begehen. Für alle Mitarbeiter der Botschaft und Handelsvertretung bedeutete es im Detail, dass die sozialistischen Länder diesen Tag zusammen feierten, den 1. Mai als internationalen Kampftag der Arbeiterbewegung, wie er präzise genannt wurde, und das gemeinschaftlich, solidarisch sozusagen.

Sämtliche Auslandsvertretungen der sozialistischen Länder in Mexiko, wie jene aus der Sowjetunion, Polen, Ungarn, der Tschechoslowakei, Bulgarien, Rumänien und der DDR waren aufgefordert, zu diesem Ehrentag ein landestypisches Essen mit den dazugehörenden individuellen Getränken zur Verfügung zu stellen. Hochprozentiges und möglichst viel davon schien bei allen Ländern die Hauptnahrungsquelle zu sein. Mit dem großen Bruderland, der Sowjetunion, welches zahlenmäßig auch die stärkste Mannschaft einer Botschaft im Ausland stellte, hatten wir überhaupt das große Los gezogen. Bei denen hieß es immerzu: sto Gramm auf die Gegenwart und sto Gramm auf die Zukunft. Und natürlich: Druschba auf die Freundschaft. Jedes Glas Wodka musste grundsätzlich immer und ganz geleert werden. Da blieb kein Auge trocken, es sei denn, man machte einen großen Bogen um den behelfsmäßigen Bretterverschlag, den die Sowjets gezimmert hatten und von dem aus Süßes, Saures, Deftiges und Alkoholisches ausgeschenkt wurde.

Stattgefunden hatte diese Feier in Pedregal, einem ausgedehnten schönen Waldgebiet am südlichen Stadtrand gelegen. Leider war durch die Trockenheit der letzten Wochen der Park sehr verschmutzt, damit grau in grau und extrem staubig. Aber wen störte das schon? Dessen ungeachtet manövrierten sich Hunderte Erwachsene mit ihren Kindern der verschiedenen Nationen durch die Menschenmassen, bis zu den jeweiligen landestypischen Ständen, um hier zu kosten oder dort einen zu heben. Der mentale Austausch blieb dabei irgendwie auf der Strecke, oder war dem Alkohol geschuldet. Völker verständigend ging es mit Händen und Füßen weiter, um nicht auch noch ins Spanische abdriften zu müssen. Unter dem Strich betrachtet ging es ganz schön hoch her. Die Kinder tollten mehr oder weniger in dem Dreck herum, waren durch den Staub und Schmutz indessen kaum voneinander zu unterscheiden oder wiederzuerkennen. Ein unbeschwerter Tag für alle Kinder dieser Nationen, inklusive einiger verirrter Mexikaner, dürfte es auf jeden Fall gewesen sein. Sie spielten und redeten miteinander, jeder in seiner Sprache, aber sie verstanden sich, irgendwie. Sämtliche Barrieren und Verständigungsschwierigkeiten waren durch ihre Zeichensprache wie weggefegt. Gestik und Mimik reichten völlig aus. Alle Kleinen dieser teilnehmenden Länder tobten herum, als gäbe es kein Morgen. Es war sozusagen ein interkulturelles Lernen hautnah umgesetzt.

Sonnenschein und hohe Temperaturen sorgten postwendend dafür, dass der Alkohol seine Wirkung nicht verlor – und bei einigen sogar das Bewusstsein. Einen von denen fand man sturzbetrunken und nicht ansprechbar unter einem Baum liegend, als sich diese Veranstaltung am späten Nachmittag aufzulösen begann. Wer ihn dort in diesem Zustand aufgegriffen hatte, blieb unklar. Aber man legte ihn direkt vor unserer Botschaft ab. Sternhagelvoll war er seiner Muttersprache nicht mehr fähig, trotzdem hatte man ihn als DDR-Bürger identifiziert und somit zuordnen können. In seiner verstaubten Jackentasche fand sich ein relativ frisches Exemplar der Zeitung Neues Deutschland. War es Absicht oder scharfsinnig von dem Dienstreisenden, wenigstens daran gedacht zu haben? Wer ihn gefunden hatte und mit welchen Konsequenzen er rechnen musste, hielt sich im Verborgenen, trotzdem blieb diese Story um den Dienstreisenden immer mit der 1. Mai Feierlichkeit in unserer Erinnerung.

Top-Athleten aus Jena zum Höhentraining

Und es gab noch eine weitere Besonderheit, die wir mit dem Tag der Arbeit auch noch Jahrzehnte später in Verbindung brachten. Weitere Athleten kamen zum Höhentraining in Mexiko an. Angekündigt waren sie uns schon lange vorher, doch landeten sie ausgerechnet zeitgleich in die teilweise chaotischen Zustände des Festes zum 1. Mai, und zwar mitten hinein in dieses heillose Durcheinander. Damit bekamen sie die besten Eindrücke vom Geschehen vor Ort auch gleich kostenlos mitgeliefert. Irgendwie war mir das peinlich.

„Na, das passt ja ausgezeichnet“, war meine ironische Bemerkung bei unserer ersten Begegnung mit ihnen.

Und in seinem angetrunkenen Zustand bemerkte mein Mann zu unser aller Erstaunen: „Schau dir das an, die Sprinter kommen fast alle aus Jena.“

Tatsächlich bestand diese Mannschaft der Leichtathleten aus der Elite von Kurzstreckenläufern und Hürdensprintern samt dem jeweils dazugehörenden Trainerstab.

Unsere Sportlerherzen schlugen gleich viel höher als wir uns zum ersten Mal die Hände reichten. Gegenüberzustehen den Größten des Sports wie Marlies Göhr, Bärbel Wöckel, Ingrid Auerswald, um nur einige Namen zu nennen, war für uns der absolute Wahnsinn, und ein kräftiger Händedruck sprach wohl für die Sympathie auf beiden Seiten. Wenngleich wir uns in einem gewissen Erklärungsnotstand befanden, gaben sie uns mit einem Augenzwinkern zu verstehen, ein solches Gelage durchaus zu kennen.

„Wie bitte? Lebten die etwa nicht asketisch? Oder sind es auch nur Menschen, wie du und ich, die allem entsagen können außer der Entsagung?“, flüsterte ich meinem Mann zu.

Der nächsten Eingebung folgend, verabredeten wir uns kurzerhand und freuten uns schon darauf, noch genügend Zeit zu bekommen, um uns näher kennenzulernen.

Zweifellos hatten wir mit den Auswirkungen eines solchen Tages zu tun, wie dem des 1. Mai. Völlig geschafft landeten wir in der Abenddämmerung endlich wieder in unserer Wohnung. Im Nachhinein wurde es einer dieser Tage, den wir lieber aus dem Kalender gestrichen hätten. Sinnlos zugedröhnt, verschwitzt und dreckig stellte sich schon die Frage nach dem Warum. Aber so waren nun einmal die Festlegungen, denen man sich nicht verweigern durfte, nämlich einer Pflichtveranstaltung, wie diese es war, die in einem totalen Besäufnis endete.

Eine gute Woche später gab es ein erneutes Treffen mit unseren Athleten. Wir besuchten sie an ihrer Trainingsstätte in dem Olympiastadion, in dem die Olympischen Spiele 1968 stattgefunden hatten. Durch sie bekamen wir einen freien Zugang mitten hinein in diese fantastische Arena. Unser Wunsch ging dadurch endlich in Erfüllung, man musste nur immer fest daran glauben. Mit diesen Gedanken betrat ich das Stadion fast ehrfürchtig. Nach einer kurzen Begrüßung, immerhin steckten sie noch voll im Training, genossen wir es einfach nur, hier sein zu können. So schaut es also aus, jenes Olympiastadion, im Innern und wir mittendrin, zentraler ging es nicht mehr. Einmal um die eigene Achse drehen und jetzt wirken lassen, alles, bis mir fast schwindlig wurde. Arme weit ausstrecken und wieder und immer wieder drehen, aufpassen auf das Gleichgewicht und das mir möglichst nichts entgeht, war meine Devise. Bei jeder Drehung nahm ich die hohen Zuschauerränge wahr, als ob sie immer näher kämen, um sich nach unten zu mir verneigen zu wollen. Ich war einfach nur glücklich.

Es musste sein. So schnell uns die Füße trugen liefen wir an die legendäre Weitsprunganlage, in die Bob Beamon seinen aufsehenerregenden Satz von 8,90 Meter hineingelegt hatte, diesen sensationellen ´Sprung ins nächste Jahrtausend´ wie Pressemitteilungen daraufhin bekannt gaben. Damals hat alles für ihn gepasst.

Er trifft den Balken haargenau und segelt fast bis an das Ende der Sprunggrube, solche und ähnliche Sprüche müsste es dazu von der Reportertribüne gegeben haben.

Unglaublich, ein absoluter Wahnsinn, wäre wahrscheinlich meine Kurzfassung zu diesem exorbitanten Sprung geworden.

Wie hypnotisiert verharrten wir an dieser Weitsprunganlage, bis uns das Tun unserer Tochter wieder auf den Boden der Tatsache zurückholte. Eine Art von Gänseblümchen wuchs unter der mexikanischen Sonne, zwar etwas spärlich aber immerhin, um den Bereich dieser Sprunganlage herum. Sie verzauberten unsere Anne in der Weise, dass sie an jedem einzelnen Pflänzchen riechen musste, und sie tat daraufhin so, als würde deren Duft jedes Mal einen Nieser mit einem geräuschvollen Hatschi auslösen. Wo hatte sie sich denn diese Nummer abgeschaut? Wir sahen uns beide an und sie genoss es, im Mittelpunkt zu stehen. Jedes einzelne der sehr übersichtlich wachsenden zarten Blümchen wurde dann auch noch sorgfältig herausgezupft, um sie mir freudestrahlend als Gesamtkunstwerk zu schenken. Alle Augen waren auf unsere Tochter gerichtet. Einen wonnigeren Anblick an diesem berühmten Fleckchen Erde hätte sie dabei nicht abgeben können.

Es war in dem Moment wiederum schwer vorstellbar, dass ein Mensch zu dieser Zeit in der Lage war, jene 8,90 Meter weit springen zu können. Man analysierte seinen Sprung damals mehrfach, recherchierte rauf und runter, aber dieses Ergebnis war nicht mehr anzuzweifeln. Unmittelbar im ersten Versuch des olympischen Ausscheidungswettkampfes gelang ihm dieser Riesensatz. Bob Beamon sprang mit leichtem Rückenwind, bei gutem Sommerwetter und in der akklimatisierten Höhe von mehr als 2200 Meter. Wie musste man sich das ganz konkret vorstellen?

Wir standen ehrfürchtig an dem Fleckchen Erde, wo diese Sportgeschichte geschrieben wurde. Wir schauten uns an. Der kurze Blick reichte aus, beide hatten wir die gleiche Idee. An Ort und Stelle wollten wir ganz genau wissen, wie diese 8,90 Meter auf uns wirkten. Dass er diese unfassbare Leistung vollbringen konnte, wurde nur noch rätselhafter, nachdem wir in etwa Schritt für Schritt die Strecke an der Weitsprunganlage ermittelt hatten. Unfassbar musste es für alle Beteiligten gewesen sein, angefangen von den Athleten, die sich mit ihm im Wettkampf befanden, den Trainern, den Zuschauern im Stadion, bis zu den Medien. Bei so viel Respekt vor dieser Leistung verharrten wir noch einige Minuten an der Weitsprunganlage. Tief beeindruckt angesichts dieses Augenblickes an jener historischen Stätte überwältigte uns ein Gefühl von Hochachtung.

Mehr oder weniger befremdlich wirkte dagegen das fast menschenleere Stadion auf uns. Hier und da hörte man den Trainer, wie er seine Sprinter anfeuerte, ansonsten gab es eine fast gespenstische Ruhe. Eigentlich sollte man die absolute Stille als das allerschönste Geräusch empfinden. Aber doch nicht in dieser Arena, in der normalerweise über 70.000 Zuschauer Platz finden können. Akustisch konnte man sich gerade noch vorstellen, wenn euphorische Jubelschreie von Tausenden Zuschauern dieses Stadion in eine ganz besondere Stimmung verwandelte. Zu gern wäre ich nur ein einziges Mal inmitten dieser Menschenmassen gewesen, um einen solchen Enthusiasmus zu erleben. Dabei konnten wir mehr als zufrieden sein, da wir normalerweise diese Arena ohne Sondergenehmigung nie hätten betreten dürfen. Und jetzt standen wir immerhin überglücklich inmitten unserer Sprinter.

In dieser großartigen Wettkampfstätte kamen wir uns wie ein verloren wirkendes Häufchen Menschen vor, das sich an dem imposanten Schauplatz des Olympiastadions freundschaftlich, auch irgendwie vertraut begegnete, als würden wir uns schon eine Ewigkeit kennen. Während der kurzen Trainingspausen wurde geschwatzt und viel gelacht. Nie im Leben wären wir uns in Jena über den Weg gelaufen. Aber dass es ausgerechnet in Mexiko passieren sollte, fanden wir allesamt unglaublich lustig. Musste man das als eine Fügung des Schicksals werten?

Zweifelsfrei kristallisierte sich schnell heraus, dass es für unsere Athleten zwischen ihrer Unterkunft und der Trainingsstätte kaum einen Platz für andere Dinge gab. Schlafen, essen, trainieren, dieser Rhythmus beherrschte ihren Tag. Es war ihr Job, hart zu trainieren, um Höchstleistungen abliefern zu können. Damit wurde nicht nur das Privileg, in die weite Welt reisen zu können, verdient, auch die negativen Seiten des Sportes mussten dabei in Kauf genommen werden: So zu funktionieren, wie der Staat es von ihnen verlangte. Aus ihrer Sicht gab es keine Probleme, da man daran sowieso nichts ändern konnte. Grundsätzlich durften sie nur das tun, was sie tun mussten. Den Staatsauftrag erfüllen, um dadurch das begehrte Edelmetall zu gewinnen. Und niemand regte sich mehr darüber auf, welche Entbehrungen in diesem Zusammenhang mitunter ertragen werden mussten. Damit ist man groß geworden, sogar im doppelten Sinn.

Kurze Wege zwischen dem Stadion und ihrer Unterkunft gab es nicht. Dadurch wurde die freie Zeit, die sie zur Verfügung hatten noch mehr beschnitten, und in ihrer finanziellen

Situation konnten sie sich keine großen Sprünge leisten. Automatisch scheiterten sie an den ganz normalen touristischen Gepflogenheiten, die jeden interessierten, der sich in einer unbekannten Stadt in einem fremden Land aufhielt. Wie können wir von A nach B kommen? Darum drehte sich ihr hauptsächlichstes Thema. Um einen kleinen Stadtbummel zu unternehmen, scheiterten sie mitunter an der Sprachbarriere oder an ihren finanziellen Engpässen. Wie sollte es ihnen gelingen, eine Kleinigkeit von einem schmalen Geldbeutel kaufen zu können, oder sich eventuell kulturelle Glanzpunkte setzen? Zum einen reichte das Geld nicht, weder hinten noch vorn, und zum anderen fehlte es oft an der Freizeit, um die straff organisierten Trainingspläne einhalten zu können. Selbst an den Wochenenden mussten sie an ihrer Kondition arbeiten. Diese Kriterien unter einen Hut zu bringen war alles andere als einfach.

Für uns gab es kein langes Überlegen. Dem kleinen Jenaer Trupp wurde kurzerhand all das arrangiert, was ihren Wünschen und unseren Möglichkeiten genügte. Dabei schwang eine gehörige Portion Stolz mit hinein, ihnen ´unser´ Mexiko so zu präsentieren, wie wir es selbst gern erlebten. Überall dort, wo es uns aus Sicherheitsgründen untersagt wurde, bestimmte Regionen, Plätze oder Märkte zu meiden, sind wir mit ihnen hingefahren. Der Schwarzmarkt gehörte beispielsweise zu dem Fleck in dieser Metropole, der ganz weit oben stand in einer langen Liste der Orte, von denen wir uns fernhalten sollten. Wir wollten dort hin und genau deswegen, weil ein Verbot prinzipiell eine ganz raffinierte Methode ist, erst einmal die Lust daran zu wecken.

Ein unwiderstehlicher Zauber haftete an dem Schwarzmarkt. Wir wussten davon und kannten ihn bereits aus eigenem Erleben. In seinem unübersichtlichen Areal wurde alles mögliche hin- und hergeschmuggelt, chaotisch und ohne erkennbares Konzept. Natürlich war es dort nie ungefährlich, außerdem spekulierten die Mexikaner sehr oft damit, dass sich hinter Menschen mit heller Haut und blonden Haaren Amerikaner mit viel Geld vermuten ließen. Sie wurden Gringos genannt. Wenn sie sich abfällig über Amerikaner äußern wollten, nutzten sie diese Bezeichnung. Allein das Aussehen konnte über Leib und Leben entscheiden, zumindest lauerte in fast jeder Ecke die Gefahr, dort bestohlen oder gar überfallen zu werden. Aber, sahen wir so aus, als ob es bei uns etwas zu holen gäbe?

Eine Art Nachtjackenviertel erwartete uns, in dem es stickig warm war, selbst an einem regnerisch kühlen Tag wie diesem. Abgesehen davon empfand ich die gesamte Gegend unglaublich schmutzig und es roch nach sämtlichen Ausscheidungssekreten, ob von Tier oder Mensch. Dafür bekam man auf diesem Schwarzmarkt einfach alles, was das Herz begehrte, und das für relativ wenig Geld. Wer sich dabei auch noch auf das Handeln verstand, konnte zusätzlich ein paar Pesos sparen, außerdem gehörte Handeln hier zum guten Ton.

Gut gelaunt und erwartungsvoll hatten wir unser Ziel also erreicht.

Am Schwarzmarkt angekommen, stimmten wir uns nochmals untereinander ab. Unbedingt mussten wir ihnen einige Tipps und Instruktionen für einen etwaigen Ernstfall geben, den wir uns nie und nimmer ausmalen wollten. Falls dieser wider Erwarten doch eintreten sollte, verabredeten wir uns zu einer gewissen Stunde am Ausgangspunkt zurück. Ab dem Moment lag dieses waghalsige Unternehmen in unserer Verantwortung. Am liebsten wollten wir sie nicht einen Augenblick aus den Augen verlieren. Doch war es aus unserer Sicht ungefährlicher, in Zweiergruppen unterwegs zu sein. Und so zogen sie los in das Abenteuer Schmuggelmarkt. Ein jeder von unseren Athleten war mit seiner kleinen Wunschliste bewaffnet, die sie sich gönnen und abarbeiten wollten. Jung, unbeschwert und mit einer Art Gottvertrauen behaftet, machten sie sich aus dem Staub. Zu unserem großen Glück kamen sie pünktlich und voller Freude zum vereinbarten Treffpunkt zurück. Bloß nicht zurückdenken, was wäre gewesen wenn. Mit Sicherheit hätte es ein Aus für uns bedeuten können. Aber als sie voller Stolz ihre erstandenen Kostbarkeiten zeigten, rückte das einkalkulierte Risiko in die weite Ferne.

Natürlich brachte uns die Anwesenheit der Leichtathleten zugleich ein gutes Stück Heimatgefühl in unsere vier Wände. Intuitiv tat dieses Beisammensein jedem von uns gut. Viele gemeinsame Stunden verbanden uns viel mehr, als wir zu diesem Zeitpunkt ahnten. Und dennoch war es einmal mehr verwunderlich, dass man diese jungen Menschen, uns miteinbezogen, die wir nur vier bis acht Jahre älter waren, relativ unvorbereitet in Länder mit einer völlig anderen Gesellschaftsordnung delegierte. Unser Leben wurde bis dahin durch den real existierenden Sozialismus mit seinem befremdlichen Konsumverhalten bestimmt. Ständig war man zu Hause auf der Suche nach irgendetwas, das sich dann Mangelware nannte, weil man es gerade wegen einer permanenten Ermangelung weit und breit nicht bekam. Mitunter haperte es schon an den ganz normalen Grundbedürfnissen des Lebens. Selbst ein weiches Toilettenpapier wurde zum Luxusobjekt, wenn man dadurch auf das handelsübliche ´Sandpapier´ verzichten konnte. Warum das so war? Wenn man unter diesen Bedingungen großgezogen wurde, hineingewachsen ist, dann gab es keine Erklärung dafür. Es war so und wurde genauso akzeptiert. Ärger und Unverständnis darüber spielten zwar die Hauptrolle, doch die Rolle zum Mut für Veränderung blieb in diesem Film unbesetzt.

Alle Bereiche des täglichen Lebens waren betroffen. Immer und überall musste man einen Einkaufsbeutel parat haben, nur für den Fall, dass man sich in eine Schlange einreihen müsste, die sich vor einem Geschäft gebildet hatte. Dabei war es völlig egal, was dort gerade angeboten wurde und ob man es gebrauchen könnte, oder auch nicht. Schon der letzte Vordermann konnte sagen, weshalb er in dieser Reihe stand. Man stellte sich sogar auf bloßem Verdacht an eine solche Warteschlange, um Vorratskäufe anzuschaffen, deren Besitz eventuell irgendwann oder von irgendjemandem notwendig werden könnte. Natürlich wurden auch diese Dinge gekauft, die weder essenziell wichtig noch in absehbarer Zeit vonnöten waren. Genau diese Sachen benötigte man zum Tauschen, Handeln oder sonst dergleichen mehr. Möglicherweise, früher oder später, war man stolz darauf, sich im Schnitt eine Stunde lang in eine Warteschlange eingereiht zu haben. Die besagte Rarität wurde plötzlich gebraucht. Wichtig war, dass man für den Fall der Fälle in einen Tauschhandel eingreifen konnte. Diese eben erworbenen Schätze wurden in den vorwiegend mit Blumen bedruckten Dederonbeuteln sorgsam nach Hause geschleppt. Dort deponiert und gehütet wie ein wertvolles Schmuckstück. Das kam erst dann wieder ans Tageslicht, wenn es einen neuen Besitzer gefunden hatte. Der Stress, sich immer irgendwo anstellen zu müssen hörte nie auf und begann jeden Tag aufs Neue.

Unser Nachbar daheim, ein Doktor der Ökonomie, hatte zum Konsum in der DDR seine eigene Philosophie entwickelt und erzählte sie uns eines Tages: „Ich stelle mich immer an eine Schlange an, egal was es gerade gibt, und frage dann nur noch, wie viel man mir heute zuteilt.“

Irgendwie bitter schmeckte die Vorstellung durchaus, in dieser Zuteilungsgesellschaft leben zu müssen, ohne die geringste Aussicht auf eine Besserung der Gesamtsituation. Eine einzige Ausnahme gab es dennoch. Nur eine sichtbar Schwangere bekam das Sonderrecht, dass sie sich in die Spitze einer Warteschlange hineinschmuggeln durfte, ohne Tumulte aus dem hinteren Bereich befürchten zu müssen. Die ersten Monate einer Schwangerschaft, in denen man sich oft sehr schlecht fühlte, zählten nicht zu dem Vorteil. Der Bauch musste schon gut und gewölbt zu sehen sein. Notfalls konnte man noch mit dem Schwangerenausweis hin- und herwedeln, bis auch der letzte Zweifler ein Einsehen hatte.

Einmal mehr war es geradezu verständlich, dass neben dieser Chance, raus aus der DDR zu kommen, um die ´andere Welt´ zu sehen, diese nahtlos gleichzog mit der Möglichkeit Sachen kaufen zu können, die es daheim wahrscheinlich in einhundert Jahren immer noch nicht geben würde. Für diese beiden Kriterien wurden mitunter alle Kräfte mobilisiert, egal wie hoch der Preis für dieses Unterfangen war. Zusätzliches Training bei den Athleten um die Norm für eine Teilnahme an internationalen Wettkämpfen zu schaffen oder das Verschweigen der eigenen Westverwandtschaft, wie in unserem

Fall, den Handelsleuten. Diese gesamte Spannbreite war vorstellbar, wurde auch so praktiziert, und wenn man das geschafft hatte, wurden diejenigen sehr oft als privilegiert betrachtet. Welch eine Farce, wer das glaubte, denn die Welt da draußen war mitunter eine ganz andere als erhofft.

Ankunft der Radsport-Elite

Kaum hatten die Leichtathleten ihren Rückflug angetreten, landeten die Bahnradsportler mit dem gleichen Arbeitsauftrag zum Höhentraining in Mexiko-Stadt, und zweifellos zur besonderen Freude meines Mannes. In der Mannschaft mit dabei, reiste ein Jenenser an, den er als Übungsleiter in seinem ehemaligen Radsportteam trainierte. Eine gelungene Überraschung erlebten die beiden, die sich seit einigen Jahren aus den Augen verloren hatten. Zwei Wochen sollten sie bleiben, um die Bedingungen für weitere Trainingseinheiten in dieser Höhe zu testen. Von ganz oben, auf höchster politischer Ebene, wurde dafür alles getan, um die entsprechenden Leistungen zu den bevorstehenden nächsten Olympischen Spiele im darauffolgenden Jahr in Moskau abrufen zu können. Nur ein einziges Ergebnis wurde dafür akzeptiert, und zwar mit dem begehrten Edelmetall heimzukehren.

Sie trainierten gerade auf der berühmten Holzradrennbahn, wo Eddy Merckx 1972 den Stundenweltrekord auflegte, der erst nach fast dreißig Jahren überboten werden konnte. Mit verklärtem Blick stand mein Mann an der Strecke und wurde nicht müde, sich die unaufhaltsam drehenden Räder zu betrachten. Mir war ganz schwindlig beim Zuschauen, vor allem durch die Kopfbewegungen, die meine Halswirbelsäule mitmachen musste, um die sich abstrampelnden Jungs im Oval verfolgen zu können. Natürlich waren auch ein paar Sportjournalisten der hiesigen und internationalen Presse vor Ort, immerhin wurde es für sie zu einem besonderen Ereignis, gleich drei amtierende Weltmeister des Bahnradsportes anzutreffen. Das allein sorgte für einigen Wirbel in den Sportnachrichten.

Bis zur Veröffentlichung eines Artikels über das Training dieser prominenten Radsportler mussten allerdings erst noch sprachliche Barrieren für ein Interview mit ihnen überwunden werden. Die offizielle Fachsprache des Weltradsportverbandes ist seit dessen Gründung Französisch, doch damit hatten selbst die mitgereisten Trainer und Funktionäre mitunter Probleme, sich in ihren eigenen Reihen zu verständigen.

Selbstverständlich sollte das Interview in der hiesigen Landessprache, in Spanisch, geführt werden, was für den ersten Augenblick undurchführbar schien. Mit Französisch kam man schon an die Grenzen, aber in Spanisch Rede und Antwort zu geben, hätte in eine Katastrophe führen können. Diese Herausforderung, dem Interviewpartner dolmetschend beizustehen, wurde kurzerhand meinem Mann übertragen. Und nichts Besseres hätte ihm passieren können. Allen Beteiligten wurde geholfen, die Kuh war vom Eis genommen. Zur Krönung des Ganzen setzte man unsere Tochter als kleines Highlight auf das Rad zu Lothar Thoms, der exakt zu den Olympischen Spielen in Moskau die Goldmedaille im 1000-Meter–Zeitfahren erkämpfte. Dieses Interview mit dem Foto, wo unsere Anne stolz auf dem Rennrad von Lothar Thoms thronte, tauchte wenige Tage später in der bekannten mexikanischen Sportzeitung *Ovaciones* auf.

página 19

THOMS, es amante de los chiquitines. Aquí posa con una pequeña, hija de un empleado de la embajada de Alemania, en México.

LEYENDO OVACIONES. Un ligero descanso y opinaron sobre el artículo de esta casa editorial, en donde se explicaba que ellos son los mejores del mundo. Sus rivales, únicamente Polonia, la Unión Soviética y en menor grado, Italia.

Keine Frage war es für meinen Mann, dass er genügend Zeit finden wollte, um mit ihnen ein paar gemeinsame Stunden zu erleben oder ihnen diverse Wünsche erfüllen zu können, wenn es wiederholt darum ging, etwas von Land und Leuten kennenzulernen. Allerdings ähnelten sich ihre Bedürfnisse nach günstigen und ausgefallenen Einkaufsmöglichkeiten, so wie bei den Leichtathleten. Immer wieder stand der Wunsch nach den Dingen, sich das im Ausland kaufen zu können, was man in der DDR nicht bekam, ganz weit oben. Besonders fand ich ihre Idee, die einen großen Unterschied zu den Leichtathleten ausmachte, indem sie cleverer sein wollten, um an ein paar zusätzliche Pesos heranzukommen, damit die Zahl der Mitbringsel für die Lieben daheim vergrößert werden konnte. Ihr Plan war gar nicht so schlecht, ging aber nicht auf. Mit neuen Rennradreifen der DDR-Marke Kowalit bewaffnet, die sie aus ihrem umfangreichen Ersatzteillager konfisziert hatten, wollten sie diese gewinnbringend umsetzen. Und darin lag genau die Krux an der Geschichte. Niemand von den regionalen Fahrradgeschäften wollte und brauchte diese Reifen. Noch in dem Glauben bestärkt, dass in dem uns als ein Entwicklungsland vermitteltes Mexiko der Radsport noch in den Kinderschuhen steckte, wurden die Gesichter nach dem dritten Radladenbesuch immer länger. In diesen Spezialläden hingen haufenweise Reifen aller Hersteller, und das breite Grinsen oder ungläubige Kopfschütteln bei der Anfrage, ob man neue Reifen aufkaufe, verhinderten weitere Aktionen dieser Art bei diesen Fachhändlern. Selbst die Aussage über die Reifenmarke Kowalit mit dem Slogan 'Der Favorit fährt Kowalit' stimmte die Ladenbesitzer nicht unbedingt fröhlicher. Meinem Mann, der sich als Dolmetscher vor diesen Karren sperren ließ, fiel ein großer Stein vom Herzen, als die Jungs nach dem dritten Fehlversuch endlich einsichtig wurden und diese Initiative abbrachen. Einigermaßen tröstend für sie wurden wohl die gemeinsam verbrachten Stunden in unserer Wohnung. Ihre Versuche, über einen Reifenverkauf ein paar Pesos mehr zu erhalten, wurden am runden Tisch nochmals diskutiert und nur einen Moment später konnten alle schon wieder darüber lachen.

Viel zu gern hätte mein Mann weitere Zeit mit ihnen verbracht. Allerdings steckte er in einer angespannten beruflichen Phase, die alles von ihm und uns abverlangte. Klar war uns immer, dass er viel unterwegs sein wird und damit das Beisammensein mit der Familie gut geplant sein sollte. Der Tag hätte achtundvierzig Stunden haben können, sie wären nicht ausreichend gewesen. Hinzu kamen die für ihn immer öfter tagelangen Reisen durch das Land, ob per Auto oder mit dem Flugzeug. Diese Touren erstreckten sich oft auch schnell einmal über eine ganze Woche. Jedem kleinsten Auftrag wurde hinterhergehechelt, als wäre er sein letzter. Dieser ehrgeizig betriebene Aufwand stand leider in keinem Verhältnis zu einem größeren Erfolg. Seine durch diese Dienstreisen verschobenen Botschaftsdienste mussten nachgeholt werden, sodass weitere Wochenenden für uns ohne ihn stattfanden. Mitunter sahen wir uns tagelang nicht. Kommen und Gehen fanden zu unsäglichen Zeiten statt.

Passend zu unseren Schwierigkeiten, den Alltag familienfreundlicher zu gestalten, bahnten sich auch bei mir berufsmäßige Veränderungen an. Erstens wurde mir nahe gelegt, die Urlaubsvertretung im Empfang der Handelsvertretung zu übernehmen. Zweitens wurde das Büro, in dem ich als Sekretärin angestellt war, unwiederbringlich geschlossen. Die Aussicht in einem anderen Wirkungsbereich in gleicher Funktion zu arbeiten, würde sich erst nach unserem Heimaturlaub ergeben, erfuhr ich so nebenbei. Drittens sollte ich den Vorsitz der Kulturkommission innerhalb der Botschaft übernehmen. Dieses Anliegen wurde in einer Gewerkschaftsversammlung vorgeschlagen und mit Sicherheit basierte die Idee auf meinem Engagement, unsere viel zu oft und zu lang herumsitzenden Mitarbeiter allwöchentlich mit etwas Bewegung zu konfrontieren. Sport treiben, konnte man dazu beim besten Willen nicht sagen, aber man tat etwas für sich. Die Teilnehmerzahl kroch dabei langsam aber stetig nach oben, also musste es denen irgendwie Spaß gemacht haben. Zum einen war ich sehr überrascht, das Vertrauen für die anspruchsvolle Funktion der Kulturarbeit ausgesprochen zu bekommen, und zum anderen freute es mich sehr, wenn Kreativität gefragt war. Ob ich diese Anforderungen überhaupt erfüllen konnte, stand dabei auf einem anderen Blatt Papier. Ohne lange darüber nachdenken zu müssen, habe ich erst einmal zugesagt. Das bedeutete andererseits aber auch, noch weniger Zeit für die Familie zu haben. Wollte ich das? Wie wollten wir füreinander da sein, wenn sich kein Platz dafür erobern ließ? Außerdem hatte ich nur eine schwache Vorstellung von der Arbeit einer Kulturkommission. ′Kultur ist bekanntlich schnell gemacht, aber wer macht das dann alles wieder weg?′ Ich musste mir darüber im Klaren werden und das brauchte abermals etwas Zeit.

Momentan waren schon genug Belastungen in unserer kleinen Familie zu verkraften, so begann auch noch die Regenzeit. Man konnte fast die Uhr danach stellen. Einmal am Tag regnete es mehr oder minder heftig. Eine kühle Feuchtigkeit kroch überall hin und ohne Heizung fühlte sich der Tag, die Nacht, die Haut und die Sachen in der sie steckte nur noch kalt und klamm an. Erkältungen waren vorprogrammiert. Wir litten zunehmend. Auch darunter, dass mein Mann und ′Lieblingspapa′ der Anne nur noch zu unchristlichen Zeiten anzutreffen war. Vor allem unserer Tochter konnte man nichts mehr recht machen. Bei jedem bisschen flossen Tränen. Wenn jemand an der Haustür klingelte, kam sie wie ein Wirbelwind um die Ecke geschossen, sprang wie ein Gummiball vor Freude und rief: „Papa?“

Ihre Enttäuschung, wenn er nicht vor der Tür stand, war riesengroß, und von Neuem rollten die Tränen. Oft reagierte sie auf dem Teppich liegend, um wieder am Daumen zu nuckeln, bis der Schlaf sie übermannte. Längst hatte sie das Daumenlutschen eingestellt, aber ihre Sehnsucht nach ihm zerriss sie förmlich.

Zunehmend kämpfte ich mit gesundheitlichen Problemen, die laut ärztlicher Auskunft auf die Höhenlage der Stadt zurückzuführen waren. Stress, Depression und Burnout-Syndrom kannte zu dieser Zeit niemand, doch spielte mindestens eine von diesen drei Symptomen schon damals eine gewisse Rolle, die meinen schlechter werdenden Gesundheitszustand betraf.

Weitere Hiobsbotschaften ließen unsere Sorgen größer werden. Als nächstes verlangte die Muchacha eines Tages mehr Geld für ihre Arbeit. Schon lange hatten wir mit dieser Forderung gerechnet. Was eher wie ein Geständnis aus ihrem Mund klang, schien ihr ganz viel Kraft gekostet zu haben. Sie zitterte dabei am ganzen Körper. Es war ihr sichtlich unangenehm, ihre finanzielle Notlage bei uns ansprechen zu müssen, doch der rapide Preisverfall im Land zwang sie dazu. Fast unter Tränen gab sie uns zu verstehen, dass sie ohne eine Anhebung ihrer monatlichen Entlohnung ansonsten gehen müsse, um eventuell in einem anderen Haushalt mehr Geld verdienen zu können. Ihre Situation war uns mehr als verständlich, allerdings kämpften wir auch gerade täglich neu um jeden Peso, den wir dreimal umdrehten bis wir ihn ausgaben. Ohne eine Warenkorberhöhung konnten wir ihre Forderung nicht stemmen. Was sollten wir ihr sagen? Manchmal wussten wir selbst nicht, wie wir den Monat über die Runden bringen konnten. Eine neue Warenkorbberechnung stand zwar in Aussicht, aber erfahrungsgemäß kalkulierte niemand von uns mit einer wesentlich höheren Vergütung, die die schon längst entstandenen Differenzen ausgeglichen hätte. Jene inflationäre Entwicklung, wie wir sie gerade erlebten, würde man selbst durch eine Warenkorberhöhung nicht abfangen können, hieß es allgemein. Jetzt stießen wir an unsere Grenzen, familiär, finanziell und psychisch. Die Reihenfolge der Probleme spielte dabei eine Nebenrolle. Fragen, die wir uns dazu stellten, beschäftigten uns nächtelang. War es das, was wir wollten? Welche Belastungen konnten wir familiär noch verkraften? Wie lange halten wir das überhaupt durch? Und was macht es mit uns?

Meine Gedanken verfingen sich oft in der Erinnerung an die Sorglosigkeit im DDR-Alltag zu leben, wo alles geregelt war, wenn es um diese sozialen Belange ging. Trotz dieser DDR typischen Mangelwirtschaft, in der wir zu Hause lebten, hatte es nie Existenznöte und so viele traurige Diskussionen darum gegeben. Dort erlebte ich anders frei zu sein, frei von diesen Ängsten, nicht zu wissen, ob am Ende des Monats das Geld für Milch, Butter oder Brot reichen würde. Erst mit diesen finanziellen Problemen bekam der Begriff der mitreisenden Ehefrau eine mir völlig neue Bedeutung. Ich konnte doch nicht so tun, als ginge es mich nichts an. Aber was und wie sollte ich etwas ändern können?

Mit dieser Regenzeit begann indessen auch die Urlaubszeit. Das Kalenderblatt zeigte bereits den Monat Juni. Auch wir durften unseren Urlaub planen, und schon allein dadurch war ein kleines Licht am Ende des Tunnels zu sehen. Die Abstimmung unter den Kollegen und im Betrieb kam einer Punktlandung gleich, allen wurde recht getan. Koffer packen in acht Wochen, hieß das für uns. Exakt nur sieben Monate nach unseren ersten Ferien in der Heimat sollte es wieder in die Lüfte gehen.

Waren tatsächlich schon sieben Monate in das Land gegangen seit unseren ersten Ferien in der Heimat? Ich konnte es kaum fassen, schon deswegen, weil es für uns bedeutete, diesen Sorgen den Rücken kehren zu können, sich für etliche Wochen auf und davon zu machen. Es klang erst einmal einfach, nur unseren regulären Urlaub anzutreten. Der Zeitpunkt passte hervorragend. Nur müssten wir unsere Bedingungen für diese Heimreise bis dahin verbessern, waren so meine Gedanken. Aber wie weit konnten wir Einfluss darauf nehmen, ohne die wichtigen Anweisungen und Regularien umgehen zu müssen? Derartige Fragen tauchten immer wieder auf, die entweder nach dem Zufallsprinzip positiv geklärt werden konnten, oder man versuchte sein Glück, ohne viele Fragen stellen zu müssen. Es kam mal wieder alles anders und von relaxed angehen blieb keine Spur.

Bis zum Start in den Urlaub musste ich das Büro aufgelöst haben, indem ich gerade einmal ein halbes Jahr gearbeitet hatte. Der Chef war schon mit dem ´auf die Düsen trinken´ beschäftigt und nahm wochenlang Abschied von seinen Geschäftspartnern. Für ihn und seine Familie war definitiv Schluss, die endgültige Heimreise stand unmittelbar bevor. Somit blieb die Schließung des Büros mir überlassen, einen Nachfolger gab es nicht. Einmal auf die Löschtaste drücken, es wäre zu schön gewesen. Tonnenweise konnte ich die Ordner zum Reißwolf schleppen, um Blatt für Blatt tagelang die zu Papier gebrachten Werke, Anbahnungen, Verträge, Anfragen, Wichtiges und auch Unwichtiges der letzten fünf Jahre bis zur Unkenntlichkeit zerstückeln zu lassen. Selbst der Reißwolf fühlte sich am dritten Tag damit überfordert und bettelte um eine Auszeit. Zwei Zimmer mit mehreren Aktenschränken wurden so entrümpelt, vernichtet, entstaubt und einiges verschenkt. Normal ist das nicht, dachte ich dabei, dass ein Mensch so viel Schriftliches in diesen paar Jahren produzieren konnte. Vielleicht war er gezwungen, sich selber beim Wort zu nehmen. Egal, ein netter Chef ging. Wie wird der Neue sein?

Als Urlaubsvertretung im Empfang unserer Handelsvertretung musste ich den Hans Dampf in allen Gassen spielen. Ich war mutterseelenallein den kommenden und gehenden Mexikanern und unseren eigenen Leuten ausgeliefert. Man hätte hier sechs Arme, zwei Köpfe und extra noch ein Riesenhirn für die spanische Sprache haben müssen. Trotzdem, diesem kurzzeitigen Stressposten hatte ich eine riesige Schule zu verdanken. So viel in kürzester Zeit zu lernen, Erfahrungen zu sammeln, nahm ich als Glücksfall auf. Fast ein bisschen traurig gab ich diesen Job als Urlaubsvertretung wieder an die Hauptverantwortliche ab, die gut erholt aus den Ferien zurückgekehrt war.

Wenn mir vorher jemand gesagt hätte, was mit der Funktion als Vorsitzende der Kulturkommission in Verbindung zu bringen war, wäre ich wahrscheinlich nicht so schnell bereit gewesen, diesen Job zu übernehmen. Aber ich hatte zugesagt und sollte in dieser Rolle eine Gruppe von Menschen steuern, die sich zusammensetzten, um sich auseinanderzusetzen. Der kulturelle Jahresplan verlangte Reformen, die man sich wohl von einem so jungen Feger wie mir erwartete. Neue Besen kehren gut. Somit konnte ich nach unserem Urlaub beweisen, dass das auch so sein könnte. Ideen gab es genügend, um reguläre Feierlichkeiten wie Weihnachtsfeier, Silvester, Fasching und so weiter munter aufzufrischen. Allerdings sollten meine Pläne nach unserem Urlaub von angereisten Staats- und Regierungsdelegationen durchkreuzt werden. In deren ständiger Begleitung reisten sie mit ihren Ehefrauen an, die eine kulturelle Bespaßung durch die Kommission offenbar erwünschten. Mit ihnen auf Augenhöhe zu kommen, ließ die Wortbedeutung der mitreisenden Ehefrau ein weiteres Mal durch die gewonnenen Erkenntnisse in das Bewusstsein rücken.

Dienstreise nach Acapulco

Doch zuvor hieß es andere Koffer zu packen. Nicht etwa für unseren großen Urlaub. Nein, ein internationaler Kongress für Neurochirurgie in Acapulco war es wohl wert, dass dort ein Operationsmikroskop von unserem Unternehmen ausgestellt werden sollte. Dies mit einem kleinen Messestand, zudem meinem Mann als Kundenbetreuer und der damit verbundenen Hoffnung auf ein lukratives Geschäft. Unter anderem war es die erste Dienstreise, die er mit seinen beiden Mädels machen durfte. Zumindest erschien es uns als eine einmalige und kostengünstige Gelegenheit, gemeinsam nach Acapulco zu kommen. Wer weiß, ob wir dieses faszinierende Urlaubsdomizil unter unseren Umständen überhaupt noch einmal kennenlernen könnten, obwohl es in der langen Liste unserer Reisewünsche ganz weit oben stand. Festgelegt war, wir würden mit dem Auto fahren und hätten nur die Kosten für unser Essen zu tragen, die Hotelkosten berechnete man anteilig. Trotz unserer finanziellen Krise, war das machbar, und diese Chance wollten wir uns auf gar keinen Fall entgehen lassen. Genauso spielte sich das Ganze ab. Fünf Tage lang sollten nur wir drei ganz in Familie unterwegs sein. Für mich war nur wichtig: wir können zusammen verreisen, um neben dieser Ausstellung auch etwas mehr Zeit für uns als Familie zu bekommen. Was war das doch für ein längst vermisster Luxus, den wir nur noch genießen wollten.

Die anstrengende, fast acht Stunden dauernde Fahrt durch das Hochtal von Mexiko-Stadt, entlang der kurvenreichen Strecke, zwischen schroffen Felsen bis zur tief hinabfallenden Bucht von Acapulco empfanden wir dennoch nicht ermüdend. So viel Neues gab es zu sehen. Die Bäume wuchsen scheinbar höher, Pflanzen sahen grüner aus, die Blumenpracht gedieh üppiger als in der Hauptstadt. Vorbei gerauscht sind wir an einer unglaublichen Vielfalt der vorhandenen Flora mit dichten Pinienwäldern und baumhohen Kakteen.

Zu sehr auf die Schönheit der Landschaft konzentriert, bekam ich erst viel zu spät mit, dass die Straßen- und Verkehrsverhältnisse in einem besorgniserregenden Zustand waren. Dabei wurde es unwichtig, woher die Gefahr lauerte. Teilweise gab es zu viele und zu voll besetzte Busse auf dieser Strecke, die wie auf einer Ölspur herumschlingerten. Hinzu gesellten sich die schwerst beladenen Laster, deren sichtlich übermüdete Fahrer rücksichtslos die Straßen in Beschlag nahmen. Dazwischen schlängelten sich auch noch jene ganz normalen Autos, die wie wir schnellstmöglich am Pazifik ankommen wollten. Alles quälte sich bei extremer Hitze diese eine Strecke hinab in die Bucht von Acapulco. Die eigene Aufmerksamkeit konnte über die stundenlange Fahrerei mit wenigen kurzen Pausen gewaltig abgebaut werden. Automatisch stieg damit das Risiko, in einen Unfall verwickelt zu werden oder ihn sogar auszulösen. Wahrscheinlich führte diese ständige Anspannung bei meinem Mann auch zu einer von diesen brenzligen Situationen, die wir auf dieser Strecke etliche Male miterlebten.

Dann passierte es fast bei einem abenteuerlichen Überholmanöver. Mindestens drei Schutzengel fuhren Gott sei Dank mit uns, die uns noch lange mit erhobenem Zeigefinger verfolgten. Um Haaresbreite, ausgedrückt in Zentimeter und Geschwindigkeit, entkamen wir dem wahrscheinlichen Frontalzusammenstoß. Der Schock darüber saß so tief, dass ich am liebsten umgekehrt wäre.

Hier kommt doch nie das Meer, wollte ich mit weinerlicher Stimme meinem Gefühl Ausdruck verleihen, als sich hinter der letzten Kurve das felsige Massiv öffnete und der Blick weit nach unten abgelenkt wurde, hinein in diese halbrunde Bucht. Acapulco lag uns zu Füßen. Bei diesem Anblick stockte uns der Atem. Selbst Tochter Anne, die während der Fahrt fast durchgeschlafen hatte und von der prekären Begebenheit auf der Strecke zum Glück nichts mitbekam, rollte mit den Augen und ihre Fingerchen zeigten unaufhörlich in Meeresrichtung. Wir waren fasziniert und sprachlos in Anbetracht dieser traumhaften Kulisse, die uns für das eben Durchlebte entschädigte.

Die Sonne stand noch hoch am Firmament, als wir unser Hotel an diesem späten Nachmittag erreichten. Alle bis dahin ertragenen Strapazen verloren sich im feinsten Strandsand, den es fortan überall und reichlich gab. Für uns hatte dieses Hotel einen idealen Standort, strandnah, mittendrin im Geschehen, komfortabel und außerdem fand der Kongress in diesem Hotel statt. Schnell wurde das Gepäck abgestellt, die Badesachen angezogen, Sandeimer und Schaufel geschnappt, und mit ihrem herrlichen Gequietsche folgten wir unserer davon eilenden Tochter in Richtung Wasser. Warm war der Pazifik, mindestens fünfundzwanzig Grad, und so angenehm soll es wohl ganzjährig in Acapulco sein. Wir waren wie verzaubert.

Allerdings hielt die Schwärmerei für das tropische Klima nicht lange an. Unsere Kleine schaufelte sich mit wachsender Begeisterung immer näher an das Wasser heran. Plötzlich erwischte eine kleine Welle ihr neues Sandspielzeug und nahm es mit fort in die Fluten des Ozeans. Kein Geschrei hätte verzweifelter ausfallen können nach ihren schon verloren geglaubten Spielsachen. Einiges, wie Eimer und Förmchen, konnten wir gerade noch selbst retten, aber die kleine Schaufel machte sich auf und davon. Jetzt war ihr Papa gefragt. Mein Modellathlet, während seines Studiums war er wohl ein recht guter Wassersportler, ließ nicht lange auf sich warten und stieg der davonschwimmenden Schaufel furchtlos hinterher. Ungeahnt lauerte an dieser Stelle die Gemeinheit auf ihn. Ohne Vorwarnung zeigte ihm der Pazifik an, wohin er bei dieser

Strömung mit ihm wollte, auf gar keinen Fall der kleinen Schippe hinter. Es ging so schnell. Wie von Geisterhand gesteuert zog ihn ein starker Sog zu einem scharfkantigen Riff. Mit Anne an meiner Hand mussten wir beide zusehen, wie er dagegen ankämpfte. Es sah komisch aus. Und warum schwamm er eigentlich nur mit einer Hand? Seine neuwertige Uhr wollte er bei dieser Anstrengung nicht auch noch einbüßen müssen und hielt sie wie in Siegerpose aus dem Wasser. Einarmig diese kleine Schaufel retten zu wollen, geschah unter dem Einsatz all seiner Kräfte. Das gelang ihm zwar ein gewisses Stück, dennoch musste er diese Uhr alsbald dem Pazifik überlassen. Während dieser Schaufelrettungsaktion verspürte er wohl, dass es ihn immer weiter nach draußen zog und alle Kraftanstrengungen nichts nützen würden. Für ihn hieß es nur noch dagegen zu steuern, um sich nicht wegen einer kleinen Schaufel aus Plastik größerer Gefahr auszusetzen. Ich stand immer noch mit der weinenden Anne auf dem Arm fassungslos am Ufer und konnte nicht begreifen, was sich da in nächster Nähe abspielte. Hilfe suchend schaute ich um mich und sah erst jetzt das Entsetzen in den Augen einiger Badegäste, die wie gelähmt das Drama mit mir beobachteten. Mit einem letzten Schwung schaffte er es, dieses blöde Schaufelding zu bergen. Aber was war das? Bei diesem Kampf gegen die Kraft des Meeres hatte er sich einen Fußknöchel am Riff verletzt. An dieser Stelle blutend schleppte er sich aus dem Wasser und wurde sofort umringt von den etlichen Badegästen, die das Schauspiel mehr oder weniger gestikulierend verfolgt hatten. Sogleich kamen ein paar Mexikaner hinterher gerannt, die ihm mit einer halbierten Limette diese Verletzung desinfizieren wollten und uns dabei erklärten, dass die Strömung an dieser Stelle zu dieser Zeit extrem gefährlich sei. Schwarze Bänder wiesen daraufhin, die Teilstücke des Strandes begrenzten und erst da merkten wir: kein Mensch hielt sich im Wasser auf.

Glücklicherweise gab es in unserem Hotel genügend Mediziner, die eine Erstversorgung an dem verletzten Knöchel vornehmen konnten. Der konsultierte Arzt behandelte diese Wunde mit einer für uns unüblichen Methode. Zuvor wollte er von meinem Mann wissen, ob er Schmerz aushalten könnte, dann griff er zu einer Wurzelbürste, nahm Kernseife mit ins Spiel und scheuerte ihm die Wunde sauber. Vom Sande befreit sind Fuß und Knöchel, wäre die passende Antwort darauf. An Pflaster und Verband wurde bei der Versorgung des Fußes ganz und gar nicht gespart, sodass mein Held seine Schuhe zum Geschäftsanzug vergeblich mitgenommen hatte.

Völlig ungerührt, als ob nichts passiert sei, spielte unser Kind derweil wieder mit ihrem kompletten Sandspielzeug. Die besagte Schaufel war dabei voll im Einsatz. Nur den Abstand zum Ufer hatte sie beim Spielen im Sand gehörig vergrößert.

Acapulco und die Klippenspringer werden wohl immer und überall in einem Atemzug genannt und ein: Müsst ihr unbedingt gesehen haben, hatte sich als spezielle Empfehlung von den Kollegen in unsere Köpfe gehämmert.

Der nächste Tag versprach uns optimale Bedingungen für einen Ausflug zu ihnen und dem weltberühmten Felsen La Quebrada, von dem junge Männer nahezu selbstmörderisch in das Meer sprangen. Dieser Felsen sah schon aus unmittelbarer Nähe Furcht einflößend aus, allerdings war es von der Absprungstelle überhaupt nicht mehr vorstellbar, dass jemals von dort irgendwer freiwillig in das brodelnde Meer springen wollte. Es war und ist ihr Job, wahrscheinlich sogar der einzige Broterwerb für die Familienangehörigen. Diese Klippenspringer waren allesamt unserer Generation zuzuordnen. Zwischen zwanzig bis maximal fünfunddreißig Jahre alt schätzten wir die jungen Männer ein. Niemand von ihnen wagte sich kopfüber in diese Schlucht, wenn er die vierzig überschritten hatte, erzählte man uns. Vermutlich haben sie die zehn besten Jahre ihres Lebens mit einem täglichen Nervenkitzel zugebracht, nur um ihre Familie ernähren zu können.

Sich kopfüber in die tosende See zu stürzen, ist die eine Seite. Die Kehrseite ist allerdings, dass sie nach diesem sogenannten Todessprung die vier Meter breite Schlucht durchschwimmen müssen, um die fast senkrecht verlaufende Felswand ganz ohne Hilfsmittel wieder emporzuklettern. Wie hoch oder auch tief diese fünfunddreißig Meter sein können, empfand ich als unglaublich und nicht machbar! Unten im Wasser angekommen, lauerte der dunkle Abgrund, wo sich die Gischt der auftürmenden Wellen unkontrolliert zu den Springern fraß. Und die tückischen Vorsprünge am Felsen verschlechterten ihre missliche Situation um einiges. Die Verletzungsgefahr blieb vom ersten Moment des Absprunges bis zur letzten Sekunde bestehen und alles konnte dabei passieren. Um sich an den hervorstehenden Felsblöcken nicht zu verletzen, mussten die Klippen-Springer beim Abstoß alle Kräfte bündeln, um etliche Meter vom Felsen weg und nach vorn springen zu können. Nur viereinhalb Meter tief ist das Meer in dieser Schlucht. Da muss alles auf die Sekunde genau passen, ganz besonders, wenn wahnsinnige Salti oder Kopfsprünge gezeigt werden. Fast täglich soll es passieren, dass sie mit Prellungen, Brüchen oder sogar Gehörschäden aus dem Wasser steigen. Wen wunderte es? Letztendlich prallen diese Klippen-Springer mit enormer Geschwindigkeit, uns sagte man, dass es bis zu neunzig Kilometer pro Stunde sein sollen, auf die Wasseroberfläche.

Wir standen inmitten einer Gruppe amerikanischer Touristen, hatten trotzdem noch einen guten Blick in die Schlucht und auf die Springer. Alle, deren waghalsige Sprünge wir mit verfolgen konnten, tauchten wohlbehalten wieder auf, ohne sichtbare Verletzungen davon getragen zu haben. Umgehend baten sie die Zuschauer um ein Trinkgeld, eine kleine Unterstützung oder Gage, kaum dass sie dem Meer entstiegen waren. Jeder gab diesen noch tropfnassen jungen Athleten das, was man für angemessen erachtete, und allen Schaulustigen müsste spätestens jetzt klar geworden sein, dass die Differenz der geringen Einnahmen zur abgelieferten Leistung nicht unterschiedlicher ausfallen konnte. Uns als stillen Beobachtern schauderte es unmerklich, doch die Klippenspringer strahlten uns glücklich an, sicherlich auch vor Stolz, wieder einmal das Meer besiegt zu haben. Klar verharrte das Bild im Kopf, auch Jahrzehnte später hatte sich daran nichts geändert. Geblieben war zumindest bei uns ein mulmiges Gefühl der Verlegenheit.

Zurückgekehrt in unser Hotel musste mein ´Alleinkämpfer´ augenblicklich dafür sorgen, dass aus einem Tisch und einem Stuhl noch ein ansehnlicher Messestand gezaubert werden konnte, eigens um der Attraktivität des auszustellenden Mikroskops den entsprechenden Rahmen zu verleihen. Es sollte eine Art der Produktwerbung darstellen, was heutzutage unter Marketing verstanden werden will. Nichts aber auch gar nichts wies daraufhin, wer und was an diesem kleinsten Messestand von allen anderen Ausstellern gerade offeriert wurde. Es war eine unmögliche Situation für ihn am Ort des Geschehens. Einem nackten Mann in die Tasche greifen zu wollen ist die eine Seite, die Kunst aus dem Nichts zu improvisieren, erzeugt wiederum viel Kreativität.

Kurzerhand besorgte er sich ein blaues Tuch. Blau als Basisfarbe unseres Unternehmens aus Jena war eine Grundvoraussetzung, doch dann bastelte er aus Schaumstoff dieses Firmenlogo auch noch selbst hinzu. Wenigstens der Name der Firma musste erscheinen, vorher gab sich mein Mann nicht zufrieden. Das passte irgendwie in den Hintergrund zum besseren Verständnis über sein Vorhaben und zu diesem Kongress. Eine überschaubare Zahl fächerartig ausgelegter

Prospekte machte das Kraut auch nicht fett und gab dem ganzen Ambiente eher einen zarten Hinweis auf das zu verkaufende Mikroskop. Ich habe ihn nur noch bewundern können, da er so mutterseelenallein zwischen all den großen Namen der anderen Anbieter eine fast groteske Sonderstellung bekam und von deren Größe drohte erdrückt zu werden. Im flotten Anzug, aber barfüßig in Badelatschen, die gut getarnt unter dem blauen Tuch nicht zu sehen waren, verhalf ihm entweder sein optimistisches Gesicht oder der kuriose Messestand dann doch noch zu einem guten Auftrag.

Viel wichtiger für uns wurden die gemeinsam verbrachten Stunden. Wie sehr ich seine Nähe vermisst hatte, wurde mir erst zu diesem Zeitpunkt so richtig klar. Berührungen, Liebkosungen, Worte oder einfach nur die Stille genießend, mit dem Blick über die endlose Weite des Pazifik, brachte uns zurück zu der Zweisamkeit, die irgendwo auf der Strecke des sich langsam voneinander Entfernens liegen geblieben war. Die regelmäßig heranrollenden Brandungswellen taten ihr Übriges dazu. Ruhe und Zufriedenheit spüren, gerade in diesem Moment glücklich zu sein, genoss ich sehr.

Jetzt nur nicht aufstehen müssen, waren gerade noch meine Gedanken. Aber in dem Moment holte uns Tochter Anne mit unüberhörbarem Gekreische in die Realität zurück.

Jeder Welle ausweichen zu wollen, geht nicht immer gut. Angeblich baut sich in dieser Küstenregion jede siebente Welle derartig wild auf, dass sie blitzschnell den Strand überfluten konnte. Eine von dieser Sorte Brandungswelle musste sie erfasst und herumgewirbelt haben. Beinchen und Ärmchen fuchtelten in der Luft, die Augen Hilfe suchend weit geöffnet, tauchte ihr Kopf in der weiß schäumenden Gischt mal auf und mal unter. Extrem schnell passierte das.

Nur einen Wimpernschlag später konnten wir sie aus dem bedrohlichen Meerwasser ziehen. Sie prustete und schnappte nach Luft, Tränen liefen über ihr entsetztes Gesicht von einem heftigen Schluchzen begleitet. Fest umklammerte sie den Hals ihres Papas, mit einem von Angst erfüllten Blick in Richtung

Wasser. Einmal mehr waren wir umringt von Mexikanern, die uns zur Hilfe eilen wollten und uns unmissverständlich klar machten, wie gefährlich der Pazifik sein kann. Neben der bösen Erfahrung, die sie mit den Wellen gemacht hatte, übergab sie jedoch kein zweites Mal ihr Sandspielzeug dem Meer. Wie angeschweißt hielten ihre Fingerchen Schaufel und Eimer umklammert. Erst als sie das bemerkte, kehrte ein kleines Strahlen in ihr Gesicht zurück.

Wieder am Strand spielend, allerdings in einer respektvollen Entfernung von den herantosenden Wellen, brachte sie für die restliche Zeit unseres Aufenthaltes am Meer keinen Schritt näher zum Wasser, ohne lautes Gebrüll von sich zu geben. Leider sollte es in ihrem Leben nicht die letzte gefährliche Bekanntschaft mit dem feuchten Element bleiben.

Wenig Aufwand eines aus heutiger Sicht improvisierten Messestandes, ergab noch weniger Mühe beim Zusammenpacken desselben. Es war eben so und nicht anders. Auch verschwendete mein Mann keinen Gedanken mehr daran, wie andere Aussteller seine Sachlage und die unseres Unternehmens verstanden hatten. Er freute sich über den gelungenen Auftrag, bestätigte damit seine Präsenz, die Türöffner für weitere Reisen zu Messen oder Ausstellungen werden sollte.

Vollgetankt und braun gebrannt durch die Sonnenwärme Acapulcos begrüßte uns Mexiko-Stadt im Regen mit einer unangenehmen Kälte. Wahrscheinlich hatten wir das schlechte Wetter vehement vor uns hergeschoben. Sonnenverwöhnte Haut war bei dieser Wetterlage die beste Voraussetzung eine Erkältung zu bekommen und wie auf Bestellung erwischte sie uns natürlich. So kurz vor unserer nächsten großen Heimreise hatten wir uns damit keinen Gefallen getan. Auch war völlig egal, wie wir diese Erkältung in den Griff bekamen, immerhin behaupteten alte Weisheiten: Mit einem Arzt dauert eine Erkältung garantiert eine Woche und ohne Arzt mindestens sieben Tage. Knapp zwei Wochen blieben uns nur noch dazu, um wieder fit zu werden. Und nicht nur das, bis zur Heimreise mussten noch einige andere Probleme geklärt werden.

Stasi aktiv

Unser ganz privates Dilemma wurde indes noch größer, als uns unsere Muchacha Petra erklärte, dass sie während unserer Abwesenheit ein Recht auf Weiterzahlung ihres Verdienstes hätte und sie das Geld noch vor unserer Abreise haben möchte. Es war korrekt, wir wussten es nur nicht. Jeder Peso war bis zu unserer Abreise hart kalkuliert, sollte für die geplanten Mitbringsel eingesetzt werden, und dann das.

In dieser scheinbar ausweglosen Situation vertrauten wir uns einer uns nahestehenden Familie an, mit der wir uns seit unserer Ankunft in Mexiko sehr verbunden fühlten. Gleiche Interessen für Kunst und Literatur brachten uns außerdem noch näher zusammen. Wir lernten uns intensiver kennen, entdeckten dabei unsere Verbundenheit, außerdem ließ sich mit dem entsprechenden Humor vieles leichter ertragen. Fern ab von eventuellen Mithörern amüsierten wir uns ausgiebig über das tägliche Kleinklein, konnten über viele Kuriositäten herzhaft lachen. Mit wem man seine freie Zeit verbrachte, musste jeder für sich herausfinden und bei ihnen wurde uns schnell klar, wir ticken gleich. Wir mochten uns vom ersten Augenblick, und so ist es bis heute geblieben.

Dabei war es keine Selbstverständlichkeit in einer großen Botschaft, wie die in Mexiko, mit jemand Freud und Leid teilen zu können, wo ein natürliches Misstrauen auf der Tagesordnung stand. Geschürt wurde es durch das Wissen, dass jedermann im Ausland unter besonderer Beobachtung stand und dies durch Menschen, mit denen man täglich zu tun hatte. Einigen von ihnen stand es regelrecht auf der Stirn geschrieben, bei welchem ´Verein´ sie noch tätig waren, der Staatssicherheit. Bei den anderen blieb es bei Vermutungen, dass sie eventuell dabei sein könnten. Vielleicht hatte uns unsere Ahnungslosigkeit davor bewahrt in die Schusslinie derjenigen zu geraten, die den Auftrag angenommen hatten, als Inoffizielle Mitarbeiter der Staatssicherheit im Ausland zu arbeiten. Im Klartext bedeutete es, dass sie neben ihrer Tätigkeit im Handelsbüro oder der Botschaft auch noch die eigenen Kollegen und deren Familien bespitzeln mussten. So unvorstellbar diese Befürchtungen zu jener Zeit für uns waren, so nah steckten wir mitten drin, ohne es zu ahnen.

In unserer finanziellen Notlage wandten wir uns vertraulich an die Freunde in Mexiko, mit denen man sogar über dieselben Dinge nicht nur sprechen, sondern auch schweigen konnte. Sich einfach mal mitteilen können, war schon hilfreich genug. Nur ihnen gegenüber hatten wir das Vertrauen, wollten uns diese finanzielle Sorge von der Seele reden und trafen dabei auf offene Ohren. Es stellte sich heraus, dass es ihnen ähnlich erging. Gegen Monatsende mussten sie genauso wie wir oft überlegen, wohin die letzten vorhandenen Pesos fließen sollten. Was wurde dann am dringendsten gebraucht, war es Brot, Butter oder Milch? Das Verständnis füreinander verwandelte sich ab diesem Zeitpunkt in eine gegenseitige Fürsorge, auch wenn sie leider oft nur verbal ausgelegt sein konnte. Auf dieser Ebene und in diesem Zusammenhang öffneten sie sich eines Tages auch uns gegenüber mit dem Verdacht der Bespitzelung durch einen Mitarbeiter aus dem eigenen Unternehmen. Unserem Freund erdrückte diese Tatsache regelrecht, wenn er sich vorstellte, mit diesem Kollegen bisweilen acht Stunden am Tag im gleichen Büro zusammenarbeiten zu müssen, sich nichts anmerken zu lassen, stündlich auf der Hut zu sein, nichts aber auch gar nichts gegen diese Vermutung unternehmen zu können und damit keinen Ausweg zu sehen. Unser Freund, der als akribischer Pedant schwer zu überbieten ist, fand immer mehr Beweise für die Bespitzelung an seiner Person, seiner Familie und seiner Arbeit. Erschreckende Belege darüber sollte ich gut drei Jahrzehnte später schwarz auf weiß, fein säuberlich dokumentiert durch ihn in meine Hände bekommen. Es ging damals niemanden mehr von uns um die Erkenntnis, dass es so war, es ging nur noch um das Aushalten und möglichst unbeschadet jene geplanten Jahre, die wir in Mexiko arbeiteten, durchzustehen.

Darüber vertrauensvoll miteinander sprechen zu können, stärkte uns nur noch. Unter dem Mantel der Verschwiegenheit saßen wir plötzlich im gleichen Boot, brachten es aber nie ins Schlingern, geschweige denn zum Kentern. Immer wieder hatten wir uns gefragt, wieso es auch noch da draußen Leute gibt, die uns überprüften. Gläsern genug waren wir doch schon geworden, durch unsere Offenlegung aller persönlicher Verbindungen und der Kontrollen durch die Staatssicherheit. Ansonsten wären wir niemals in Mexiko angekommen. Es machte mir Angst, in die Schusslinie eines solchen Inoffiziellen Mitarbeiters der Stasi zu geraten, der aus Rücksichtslosigkeit, Egoismus und dem Bedürfnis, über andere eine Macht ausüben zu können, seine umfassenden, auch an den Haaren herbeigezogenen Berichte an das Ministerium für Staatssicherheit weiterleitete, und das tat er mit Gewissheit ehrgeizig genug, sogar ohne moralische Bedenken zu haben.

Geteiltes Leid ist halbes Leid, diese Redewendung half uns und unseren Freunden immer um ein ganzes Stückchen weiter, besonders dann, wenn es wichtig wurde, über diese Dinge sprechen zu können, über die man normalerweise nicht einmal denken durfte. Unbedingtes Vertrauen zueinander musste man nicht extra erwähnen, es ist vorhanden, und zwar bis heute.

Der zweite Geburtstag unserer Tochter rückte näher und mit ihm auch die Erkenntnis, dass es allmählich an der Zeit war, sie so oft es ging mit den anderen Kindern spielen zu lassen. Immer wieder zeigte sie Reaktionen, die wie umgewandelt oder überdreht auf uns wirkten, wenn Kinder in ihrer Nähe waren. Freudiges Gequietsche, Purzelbaum schlagen gehörten dabei mit in das Programm und es schien ihr egal zu sein, in welcher Sprache man sich begegnete. Im Kindergarten war sie noch immer der absolute Mittelpunkt, als Jüngste und Kleinste. Doch fehlten ihr immer noch wenige Monate, bis sie in die jüngste Kindergartengruppe aufgenommen werden durfte. Somit blieb sie vorerst ein niedlicher Exot, lediglich zu Feierlichkeiten und Kindergeburtstagen wurde sie eingeladen. Petra gab sich mit ihr zwar die allergrößte Mühe, doch der Kontakt mit gleichaltrigen Kindern wurde uns ebenso wichtig. Es führte kein Weg daran vorbei, diese Entscheidung zugunsten ihrer Entwicklung voranzutreiben. Traurig sahen wir oft zu, wie sie sich nach echten Spielkameraden zu verzehren schien.

Trotz alledem, ihr neues Lebensjahr sollte auch mit allen Kindern besonders gefeiert werden. Traditionell zum Geburtstag musste hier eine Pinata herangeschafft werden, die einem sehr alten mexikanischen Brauchtum entspringt. Diese Pinata ist eine aus fester Pappe geformte und dazu bunt angemalte, lustige Fantasiefigur, die es in vielen Supermärkten zu kaufen gab. Ungefähr einen Meter groß ist sie in jedem Fall und ihr Innenleben ist hohl, das dann zur Feierlichkeit mit Süßigkeiten, kleinen Überraschungen oder Früchten gefüllt wird. Möglichst im Park oder in einem Garten wird sie an einem Seil freischwebend so aufgehängt, dass ab sofort der große Spaß beginnen konnte. In dem Moment darf als erstes das Geburtstagskind loslegen, das mit verbundenen Augen und drei Stockschlägen diese Figur aufzuschlagen versucht. Gelingt es nicht, geht der Stock weiter in die Runde der Geburtstagsgäste, bis es jemand von ihnen geschafft hat und es für alle die eben noch verstauten süßen Überraschungen regnet. Mitunter kann es schon eine Weile dauern, bis erste Anzeichen des Inhaltes zu erkennen sind. Wildes Geschrei zur Unterstützung der ganzen Aktion ist das Mindeste was man dabei in Kauf nehmen muss. Erst wenn nichts mehr aus der Pinata zu holen ist und sich der Inhalt über den Boden verteilt hat, setzt dieses wahnsinnige Gewusel der gierigen Kinderhände ein, die so schnell und so viel als möglich von den Leckereien für sich behalten möchten.

Anne stand mit weit aufgerissenen Augen im großen Abstand von dem Tumult entfernt. Unsere Tochter, so zart wie sie gebaut war, hatte nicht die geringste Chance, dieser Figur auch nur ein Stückchen näher zu kommen, erst recht nicht diese per Stockschlag zu enthaupten. Alle anderen Kinder versuchten sich ebenfalls aussichtslos daran, selbst den Größeren unter ihnen war inzwischen schon die Puste ausgegangen. Anne weigerte sich vehement, weiter mit dem Stock auf diese immer noch verschlossene Pinata einzuschlagen, bis mein Mann dieser

Figur den endgültigen Gnadenstoß verlieh. Endlich ergoss sich der Inhalt auf den Boden und wie erwartet, setzte das wilde Grapschen nach den besten Stücken ein. Vielleicht hätten wir damit noch ein oder zwei Jahre warten sollen, bis ihr Verständnis für ein solches Getümmel auf reiferen Beinen stehen würde, doch bewies uns ihr großes Strahlen über den Besitz einiger Süßigkeiten, die sie sich selbst aus der Pinata fischen konnte, genau das Gegenteil. Wir konnten nur froh darüber sein, dass niemand durch einen Stockschlag verletzt wurde und die Geburtstagsfeier ein versöhnliches Ende nahm.

Ein Kurier auf dem Heimweg

Mittlerweile waren fast alle Familien der Botschaftsmitarbeiter und Handelsvertreter aus ihrem Heimaturlaub wieder an ihre Wirkungsstätte in Mexiko-Stadt zurückgekehrt, nur wir hatten die Heimreise noch vor uns. Keine guten Nachrichten erreichten uns von denen, die über Kuba fliegen mussten. Von kleineren Schwierigkeiten bei den allgemeingültigen Serviceleistungen angefangen, bis zu problematischen Unregelmäßigkeiten bei dieser Fluggesellschaft hatte jeder etwas mitzuteilen. Da wir nur noch wenige Tage zählen mussten, bis uns ein Flieger über Havanna nach Berlin bringen sollte, schlugen uns diese Nachrichten einmal mehr auf den Magen. Eigentlich war alles schön, wir hatten die Geschenke beisammen, die Koffer fast fertig gepackt, Blumenpflege während unserer Abwesenheit organisiert, die Muchacha zufriedengestellt und unser zweites ´auf die Düsen trinken´ arrangiert. Aber warum zogen uns diese Diskussionen so nach unten? Irgendwann trifft es wohl jeden einmal im Leben, indem man sich hinterfragt, was ist los, warum bin ich nicht glücklich? Hätten wir uns doch lieber für ein anderes Leben entscheiden sollen? Die letzten Tage und Wochen hatten einige Spuren hinterlassen, dass derartige Körpersignale an die Oberfläche kamen. Mit der Hoffnung auf eine in jeder Hinsicht angenehme Heimreise und viel Erholung im Heimaturlaub verdrängten wir diese innere Anspannung.

Eine große Gelassenheit über viele Ungereimtheiten des Alltags hinwegzusehen wurde jedem DDR-Bürger bereits mit der Muttermilch verabreicht, sodass wir den Heimflug über Havanna relativ normal empfanden. Da fielen die zirka zwei Stunden Wartezeit der Kofferabfertigung zum Transit nach Havanna nur mehr oder weniger ins Gewicht. Die geradezu stoische Ruhe der Kubaner in allen Belangen des täglichen Lebens kann auch etwas Ansteckendes haben.

Entsprechend ausgeruht nahmen wir am nächsten Tag das längere Stück unseres Heimfluges in Angriff. Es ging, irgendwie, vielleicht gerade wegen des eben infizierten Virus der Selbstbeherrschung durch die Kubaner. Wer sonst sollte uns zu der unzweifelhaften Lethargie verholfen haben? Auch dass die Maschine hoffnungslos überbucht war, konnte uns nicht mehr beeindrucken. Ob wir es wahrhaben wollten oder auch nicht, den gebuchten Sitzplatz für unsere Tochter hatte ein anderer Passagier zugesprochen bekommen. Unsere Anne wurde kurzerhand immer dorthin ´geräumt´, wo sich entsprechend ihrer Körpergröße gerade ein Plätzchen ergab. Mal war es im Gang, ein anderes Mal zwischen den Sitzreihen oder ausgestreckt auf unseren Oberschenkeln liegend, und von all dem hatte sie kaum etwas mitbekommen. Sie schlief tief und fest seit der Zwischenlandung in Gander bis nach Berlin.

Wir beide dagegen waren bis in die Knochen total übernächtigt und sahen der Landung in Berlin-Schönefeld skeptisch entgegen. Meinen Mann hatte man noch kurz vor unserem Abflug als Post-Kurier auserkoren, und wie er dieser Funktion gerecht werden konnte, war ihm nach der glücklichen Ankunft am Flughafen in Berlin immer noch schleierhaft.

Mit dem besagten Postsack bewaffnet, der nebenbei durch sein Design der Kategorie Kartoffelsack mit DDR-Emblem auffiel und auch noch entsprechend schwer war, begab er sich innerhalb des Flughafengeländes auf die Suche nach der Dienststelle, die ihm laut Aussage unserer Botschaft eine unkomplizierte Übergabe desselben versicherte. Uns beide, Anne und seine ´mitreisende Ehefrau´, mitsamt unserem Gepäck hatte mein Mann unterdessen in eine dieser windigen Ecken geparkt, die es dort rings um uns herum gab. Aus dieser Position heraus hatte ich einen guten Überblick und fand sein hoffnungsloses Umherirren schon wieder belustigend. Anne dagegen vermutete wohl dabei eine Art neues Versteckspiel und eilte mit lautem Quieken ihrem Papa hinterher. Dass dieses Geschehen nicht lange unbemerkt blieb, damit mussten wir rechnen, zumal ich unterdessen auch noch zwischen unserem Reisegepäck und der davon flitzenden Tochter herumrannte. Grenzschutz oder Zollbeamte wurden somit auf uns aufmerksam, sahen sich vermutlich wegen uns alarmiert. Das verriet mir zumindest deren Körpersprache.

Gedankenblitze in Tagebüchern festzuhalten ist schier unmöglich, aber diese Situation steht mir noch heute abrufbar bereit vor Augen: *Was haben Uniformierte, was ich nicht habe? Und zwar diesen undurchdringlichen nichtssagenden Blick, der eine gewisse Anschuldigung nicht aussparte.*

Dieses ganze Theater, wie es sich eben gerade abspielte, hatte etwas Urkomisches und das wiederum, mit einhundert prozentiger Sicherheit, nur auf meiner Seite. Die Grenzschützer dagegen fanden an uns nichts mehr lustig. Mein umherirrender Mann signalisierte mir mit einem Schulterzucken, dass er seinen Postsack an keiner ihm genannten Stelle los wurde, hielt ihn dennoch stolz an sich gepresst, wie ein Weihnachtsmann den Sack voller Geschenke. Der Kreis der Uniformierten zog sich derweil immer enger um uns zusammen, was wie ein Angriff auf uns wirkte. Anne verschanzte sich derweil hinter unserem Kofferberg. Sie witterte wahrscheinlich ebenfalls eine Gefahr von den näher kommenden Beamten, die selbst beim Anblick eines kleinen Mädchens ihre feindselige Maskerade nicht aufgaben. Mein Herz rutschte in die Hosentasche. Sah man mir etwa an, dass ich etwas zu verbergen hatte?

Unsere Freunde beglückwünschten uns kurz vor dem Abflug zu dem Status als Botschaftskurier eingesetzt zu werden, mit dem interessanten Hinweis, dass man dadurch von weiteren Kontrollen bei der Einreise durch die Zollbehörde verschont bliebe. Diese Chance, Bücher und Zeitschriften angeblich ungesehen einschleusen zu können wollten wir uns natürlich nicht entgehen lassen. Da stand ich nun mit Herzrasen und Schweißperlen auf der Stirn, die wie eine Glucke ihre Eier behütet. Jedenfalls war ich bereit, unsere verbotenen Schätze bis auf das Messer zu verteidigen. Trotzdem begleitet mich die einschüchternde Wirkung einer Uniform seit diesem Vorfall mein ganzes Leben lang.

Jetzt kamen sie immer näher auf mich zu, bis auf einen knappen Meter Distanz zwischen uns bauten sich die drei Sicherheitsbeamten des Flughafens vor mir auf.

Ich war auf alles gefasst, nur nicht auf deren Frage: „Wat stehen Se hier rum?"

Mein Mann kam im rechten Augenblick hinzu und konnte mir die Antwort abnehmen: „Ich suche die Abgabestelle für die Kurierpost."

Damit schob er vorerst die Kugel den Beamten wieder zu. Ein ungläubige Blicke wechseln folgte. mit der unumstößlichen Aussage eines Uniformierten: „Hat zu!"

Warum, wieso und weshalb, blieb ungeklärt.

Sprachlos schauten wir uns an. Klar, es war Freitag nach eins, da macht jeder seins, schlussfolgerte ich und meinte unter vorgehaltener Hand: „Du, wir sind wieder zu Hause, das ist doch so ein typisches DDR-Behördending, wenn da schon zu ist!"

„Und jetzt?"

Als ob die bisher sprachlos gebliebenen Sicherheitsbeamten unser Getuschel mitgehört hatten, meinte einer von denen: „Den Sack da könn´se heute nur noch im Außenministerium abgeben."

Noch einen kurzen Blick in unsere Pässe wollten sie werfen, und schon waren wir ohne Inspektion der Koffer eingereist. Einen großen Luftsprung vor Freude musste ich machen, aber erst als ich mich aus der Sichtweite der Beamten wähnte.

Wir waren eingereist, in unsere DDR und kämpften mit dem nächsten Problem. Die Kurierpost war avisiert und musste heute noch ihr Ziel erreichen. So war die Vorschrift. Nur wie sollte das gehen? Hier half uns niemand mehr weiter, auch wollten wir so schnell es ging diesen Bereich des Flughafengeländes verlassen, wo man sich immerzu beobachtet fühlen musste. Nach langen Überlegungen kamen wir zu dem Entschluss, dass es sinnvoller wäre, wenn wir getrennt nach Hause fahren würden. Alle denkbaren uns zur Verfügung stehenden Verkehrsmittel wurden dazu in Betracht gezogen. Übrig blieb davon lediglich die S-Bahn, für ein kleines Stück Weg in die richtige Richtung, außerdem die Deutsche Bahn oder das Taxi. Wie ein Fluch verfolgte uns das Malheur, dass wir nun schon zum zweiten Mal nicht wie geplant nach Hause kommen sollten. Ausgerechnet jetzt hätten wir einen Abholer gut gebrauchen können. Alle Angebote von den Lieben daheim hatten wir in den Wind geschlagen. Die Erfahrung aus der letzten Heimreise war lehrreich genug, brachte uns aber zu dem Zeitpunkt kein Stück voran.

Das lukrativste Geschäft seines Lebens sollte ein Taxifahrer machen, der uns beide mit dem gesamten Gepäck bis nach Jena fahren durfte. Mein Mann musste den Umweg über das Außenministerium nehmen, ob er es wollte oder auch nicht, und von dort den Rest des Weges mit der Bahn bewältigen. Zwei Fragen standen für mich noch im Raum: Wer wird als Erster zu Hause eintreffen? Und wer bezahlt die ganze Chose?

„Natürlich bist du viel eher da. Bis ich Berlin abgeklappert habe und den Postsack hoffentlich losgeworden bin. Das kann dauern. Und um die Unkosten mach dir keine Gedanken. Das Geld hole ich mir schon wieder, irgendwie“, redete er beruhigend auf mich und wahrscheinlich auch auf sich selbst ein.

Was stört es den Mond, wenn ein Hund ihn anbellt, so stand er da mit seiner endlosen Toleranzbreite, dabei wollte er ebenso auf dem kürzesten Weg nur noch nach Hause eilen.

Bis dahin hatte unsere Tochter für alle und alles ein gewisses Grundverständnis aufgebracht. Aber als sich ihr Papa von ihr verabschiedete, gab es kein Halten mehr und ihr ganzer großer Weltschmerz ergoss sich über ihn.

Wie wollten wir ihr diese Situation nun schon wieder erklären?

Abermals erregte dieses unüberhörbare Gewimmer unserer Tochter die Aufmerksamkeit von Uniformierten, und nur durch ein beruhigendes Handzeichen meines Mannes konnten wir verhindern, dass wir abermals von denen beehrt wurden. Es half alles nichts, mit Sack und Pack und kreischender Tochter verließen wir endlich das Areal des Flughafens nach gefühlten sechs Stunden.

Ein Taxi zu bekommen war wider Erwarten zu jener Zeit mit keinen großen Schwierigkeiten verbunden. Diese Taxiunternehmen hatten sogar eine gewisse Vormachtstellung. Von ihrer Gnade hing die Beförderung von A nach B ab. Die Chancen, mitgenommen zu werden, stiegen mit der Höhe des in Aussicht gestellten Trinkgeldes und natürlich mit der Länge der Fahrstrecke. Ich war mir ziemlich sicher, dass wir, auch wenn nur optisch, diese beiden Kriterien erfüllten und der Beförderung somit nichts mehr im Wege stand.

Völlig erschöpft durch Geschrei und Übermüdung durch die Zeitverschiebung schlief das Kind brav, lang ausstreckt auf dem Rücksitz des Taxis, kaum dass sich seine vier Räder mit uns und dem gesamten Gepäck in Bewegung setzten. Permanentes Geschaukel über eine Autobahn, die ihren Namen nicht verdiente, zeigte bei mir dieselbe einschläfernde Wirkung, wie bei Anne. Monotone Schläge, die das Fahrwerk von den in die Jahre gekommenen Autobahnplatten übertrug, machten diese Tour nicht unbedingt vergnüglicher. Wie in Trance zogen die Landschaften an mir vorbei, dabei blieb die Verkehrsdichte sehr übersichtlich. Vor uns fuhr kein Auto, hinter uns war auch nicht viel mehr zu sehen und auf der Gegenspur sah ich auch nur ein paar vereinzelte Fahrzeuge. Überholt wurden wir kein einziges Mal. Dazu immer wieder kehrende Landstriche, die vollkommen ohne Leitplanken oder Lärmschutzwände naturbelassen ausharrten.

Mehr als einhundert Kilometer pro Stunde durfte und konnte man damals gar nicht fahren. Autobahn und Anschlussstellen waren teilweise in einem mehr als abenteuerlichen Zustand. Kein Wunder, wenn man bedenkt, dass seit den dreißiger Jahren keine Sanierung an den Betonplatten stattgefunden hatte. Schlaftrunken hing ich diesen Gedanken hinterher als plötzlich vom Fahrzeug eindeutige und untypische Nebengeräusche kamen, die laut und bedrohlich stärker wurden. Bis dahin hatte sich unser Fahrer in ein beharrliches Schweigen gehüllt, seit wir in sein Taxi eingestiegen waren. Er sinnierte wahrscheinlich über seine Insassen, die er mit dem ausländisch markierten Gepäck und ohne männliche Begleitung schwer zuordnen konnte. Ich ließ ihn in dem Glauben, wollte auch nur meine Ruhe haben und schnellstmöglich noch vor meinem Mann zu Hause ankommen.

Weit gefehlt! Der Motor streikte, der Fahrer fluchte, Anne heulte, ich war restlos mit den Nerven fertig. Und das passierte uns ungefähr auf der Hälfte unserer Strecke. Mitten in der Pampa, irgendwo bei Bitterfeld gab dieses Taxi seinen Geist auf, an einer Stelle ohne Standstreifen, und die gelben Engel gab es damals noch nicht. Ich hätte fast alle Mitbringsel darauf verwettet, dass wir von diesem Standort nicht mehr weiterkommen würden, eventuell mal wieder die Nacht im Freien verbringen müssten. Man ist ja ein gebranntes Kind, wenn man in der DDR groß geworden ist, außerdem konnten wir schon genug von derartigen erlebnisreichen Reisen berichten.

Abenteuerliche Situationen, wie diese, gehörten wahrscheinlich zu uns dazu. Zum Glück war jedes offizielle Taxi mit einer Vermittlungszentrale verbunden, die an diesem Tag und zu jener Stunde wie von Zauberhand funktionierte. Oder bedeutete der wilde Meinungsaustausch unseres Fahrers mit der Vermittlung, dass ihm sein Auto wohl doch wichtiger war, als seine wertvolle Fracht? Warum gestikulierte er derart leidenschaftlich? Müde und zerschlagen nahm ich das alles nur noch am Rande wahr, sogar als mir der Fahrer nach seiner heftigen Debatte eine baldige Weiterfahrt in Aussicht stellte. Innerhalb der nächsten Stunde stand ein Kollege aus Leipzig mit seinem Gefährt parat und ich ihm sprachlos zur Seite. Damit hatte ich nie und nimmer gerechnet. Kleine mexikanische Souvenirs griffbereit in der Reisetasche für ungeplante Bestechungen verhalfen den beiden zu einem breiten Grinsen und wir konnten die Fahrt ohne weitere Zwischenfälle zu Ende bringen.

Stunden später. Endlich waren auch wir beide angekommen und tatsächlich, wie schon vermutet, wesentlich später als mein mit der Bahn reisender Ehemann, der sich inzwischen große Sorgen um uns machte. Zu jener Zeit bewegten wir uns zwar in der Welt ohne Telekommunikationsmittel, allerdings auch in einer mit bedenkenloser Zuversicht, dass am Ende immer alles gut wird. Sich diese Maxime zueigen machen, damit lebte und überlebte es sich ganz gut in der DDR.

Gewöhnungsbedürftiger DDR-Alltag

Alles war neu und fremd für unsere Tochter. Überfallartig stürmte jeder auf sie ein, genau diejenigen, die sie längst wieder aus ihrem Gedächtnis gestrichen hatte. Oma, Opa, Tante, Onkel, Cousinen, nebst Dackelhündin Sissy, die als neues Familienmitglied mit einem recht ausgeprägten Selbstbewusstsein keine Rücksicht auf das eben gerade eingetroffene Kleinkind nahm. Für Anne waren dies ausnahmslos unbekannte Gesichter, die ihr den Anlass gaben, sich möglichst fernzuhalten oder bei einer festen Umklammerung meiner Beine die Sachlage aus dieser Position zu beobachten und das immer im Wechsel. Es brauchte lange, etliche Stunden, bis sie allmählich auftaute.

Fünf Wochen lang erlebten wir Familienzusammenkünfte, heimisch und vertraut mit langen Gesprächen, oftmals bis tief in die Nacht hinein. Dabei waren wir uns keinesfalls immer sicher, ob das, was wir zu erzählen hatten auch glaubhaft rüber kam. Zu fremd war diese Welt, in der wir uns aufhielten und zu schwer, diese leicht zu erklären.

Um von A nach B zu kommen, stellte uns mein Vater auch in diesem Jahr seinen Trabant zur Verfügung, und wieder einmal gab es nach wenigen Fahrkilometern ein ungläubiges Kopfschütteln von meinem Mann, der mit dem Auto nicht klar kam.

„Irgendetwas stimmt da nicht, hörst du das Klappern, als ob der Motor streiken will oder der Auspuff schleift“, ließ er verlauten.

Ich dachte dabei, oh, nicht schon wieder!

Schnurstracks wurde gewendet, er fuhr zurück zu seinem Schwiegervater, der noch an der gleichen Stelle stand und mit erhobenen Händen uns eine glückliche Reise wünschte, dabei große Augen machte, als wir blitzartig wieder vor ihm anhielten.

„Das Auto ist kaputt“, raunte er meinem Vater zu.

Und dieser versicherte ihm völlig verblüfft extra wegen uns nochmals eine große Durchsicht gemacht zu haben.

Es blieb ein schwieriges Unterfangen, zu tief steckte die gute Erfahrung mit der Wertarbeit der mexikanischen Autoindustrie im Kopf meines Ehemannes. Von seinem Dienstfahrzeug war nie ein vergleichbares Klappern zu hören. Dementsprechend musste man bei einer derartigen Geräuschkulisse, die Vaters Auto von sich gab, schon mal ins Zweifeln geraten. Immerhin konnte ich ihm dieses Dilemma nachempfinden. Wo kein Klappern ist, muss auch kein Misstrauen vorhanden sein.

Meinen Kommentar: „Wenn man wieder nach Hause kommt und gleich Trabbi fährt, gelangt man automatisch in eine andere Welt“, ignorierte er. „Es ist doch nicht so schlimm, wenn wir, um von null auf hundert Stundenkilometer zu kommen, etwa fünfzehn Minuten brauchen“, war auch nicht das, was er dazu hören wollte.

Mein letzter Versuch ihn fröhlicher zu stimmen, gelang mir dann doch noch mit der Frage: „Weißt du eigentlich, warum alle Trabbifahrer in den Himmel kommen?“ Kopf schüttelnd, wie ich es von ihm nicht anders erwartet hatte, gab ich meine Antwort darauf: „Weil sie mit ihrem Trabbi bereits die Hölle auf Erden hatten.“

Diese Art Witze über die DDR-typischen Probleme rissen nie ab, konnten tagtäglich neu aufgefüllt werden. Daraus entwickelte sich ein ganz eigener Humor, mit der Lust zu lachen, auch wenn einem zum Heulen war.

Zu den Familienbesuchen kamen die ausgiebigen, feucht-fröhlichen Treffen mit unseren Freunden hinzu. Diese Begegnungen waren gut und wichtig und wir hatten Zeit. Viel Zeit. Genauso für unsere Zweisamkeit, die uns plötzlich wieder zur Verfügung stand. Auch einmal darüber nachzudenken, was mit uns passiert, geschehen war und nicht ausbleiben wird. War noch alles in Ordnung zwischen uns? Ja, wir fühlten es, sprachen viel darüber und nahmen uns fest vor, nie wieder in eine an uns zweifelnde Situation zu geraten. Und wir liebten uns wie niemals je zuvor. Alles war gut.

Um für unsere Ernährung die nötige Abwechslung auf den Tisch zu bringen, stellten wir uns überall an jede Schlange an, wir hatten ja Zeit. Außerdem gab es daheim keine finanziellen Sorgen wie die in Mexiko. Die Gehaltsvereinbarungen mit dem jeweiligen Betrieb liefen unterjährig auf das Konto und mit Freude sah man es wachsen. Die Krux an der Geschichte lag offen auf der Hand. Jetzt hatten wir Geld, aber wofür wollten wir es ausgeben? Am Zustand des Frage- und Antwortspieles, das bei unseren Einkäufen des täglichen Bedarfes aufkam, hatte sich innerhalb des einen Jahres auch nichts geändert. Warum auch? Eigentlich musste man der jeweiligen Verkäuferin gar nicht erst die Frage stellen: Haben Sie …

Der Blickkontakt hätte genügt und das anschließende Kopfschütteln erübrigte die Antwort.

Was teilen Sie mir heute zu?, wäre die bessere Herangehensweise an die zu erstehende Mangelware gewesen.

Tröstend war auf jeden Fall die Aussicht, mit wenig Geld in Mexiko diese Fragen nicht stellen zu müssen.

Unser Urlaub verlief genauso, wie wir ihn nicht anders erwartet hatten, ohne Glanzpunkte, aber auch ohne Tiefschläge, welch ein Glück. Nach Ablauf der sechsten Urlaubswoche wurden wir trotzdem langsam nervös. Ein neuer Nervenkrieg schien sich anzubahnen. Fliegen wir noch mal rüber oder was ist los?

Wieder einmal baute sich diese innere Anspannung auf, die täglich neu geschürt wurde. Immer dann, wenn mein Mann, dessen Urlaub inzwischen beendet war, er somit täglich zur Arbeit in die Firma ging und mit den nicht zufriedenstellenden Nachrichten heimkehrte. Ja, wir wollten unbedingt wieder in unser wunderbares Gastland reisen. Weitere Eindrücke sammeln, Menschen kennenlernen, das Land genießen, die Natur erleben und, und, und. Die vielen weißen Flecken auf der Landkarte von Mexiko, die wir noch erobern wollten, machten Lust darauf von uns entdeckt zu werden. Wir waren bereit für ein neues Abenteuer in Mexiko, sehnten uns den positiven Ausgang herbei, um ein Jahr weiter dort zu leben und zu arbeiten. Wie oft ich diesen Wunsch vor mich hergebrabbelt hatte: „Das muss klappen“, keine Ahnung. Aber mit diesem Wunschdenken wurden neue Maßstäbe gesetzt. Man musste nur mit aller Intensität an derartige Wunschträume glauben.

In der achten Woche hieß es plötzlich Koffer packen, wir fliegen. Was dagegen noch lange nicht erklärte, wann wir fliegen, wie wir fliegen und womit wir fliegen werden. Koffer packen, das hätte uns außerdem niemand extra sagen müssen, diese standen mindestens seit zwei Wochen zu 95 Prozent fertig gepackt und damit immer griffbereit in einer Ecke unserer Wohnung.

Bis dahin hatten wir in der Heimat gefühlte drei Jahreszeiten durchlaufen. Zu Beginn bekamen wir einen wunderbaren Spätsommer serviert, danach erlebten wir einen wahrhaftig goldenen Herbst und nun näherten wir uns dem elften Zwölftel eines Stumpfsinns, dem Monat November. Insbesondere deswegen wollten wir bereitwillig der Heimat den Rücken kehren, Sonne suchend, um schleunigst dieser Tristesse zu entfliehen.

Wie aus heiterem Himmel setzte sich das Uhrwerk um unsere Ausreise wieder in Gang. Stunden vergingen wie Minuten, als flössen sie durch eine Sanduhr. Zwölf Uhr mittags am 31. Oktober 1979 informierte die zuständige Abteilung meinen Mann darüber, dass um 18 Uhr 15 der Zug von Jena nach Berlin zu nehmen ist, dort im Flughafenhotel ein Zimmer für uns reserviert wurde und am nächsten Morgen würde die Weiterreise nach Mexiko über Amsterdam starten. Ein Überlegen auf Raten gab es dabei nicht mehr. Innerhalb der nächsten drei Stunden liefen wir zur Hochform auf, mit einer schwer zu überbietenden Eigendynamik, die trotz der Hektik darauf abzielte, wenigstens einen unserer fünf Sinne richtig zu benutzen.

Die wichtigen Papiere, Ticket, Gepäck, alles hatten wir im Griff. Doch dann folgte abermals das leidige Abschiednehmen. Schon Tage zuvor trennten wir uns von den Freunden, wie gewohnt feuchtfröhlich, trotzdem war jedes Mal ein lachendes und ein weinendes Auge mit dabei. Bei den Eltern und Geschwistern dagegen fiel es von Jahr zu Jahr schwerer. Wann und wie werden wir uns wiedersehen, sprach es aus zig Augenpaaren. Die großen Fragezeichen standen dabei genau in der Pupillenmitte. Wie ein Damoklesschwert schwebte dieser Zustand über uns, wurde auch nicht leichter, als unsere Anne diese Situation erkannte und sie mit ihrem heftigen Schluchzen die Lage nur noch verschlimmerte. Schließlich war sie bei allen der absolute Mittelpunkt, genoss besonders bei ihren Großeltern viele kleine ungeahnte Freiheiten. Nahezu unbemerkt entwickelte sie sich wahrscheinlich dadurch mit einem Riesensprung weiter. Ihr Wortschatz war enorm gewachsen, mit einer klaren sauberen Aussprache. Diese wertvolle Tendenz verdankte sie wohl im Wesentlichen der Kompetenz ihrer Großeltern, die höchstwahrscheinlich nur versuchten, ihr ganz spezielles Anne-Defizit auf diese Weise auszugleichen. Allerdings gab es auch ein paar anfängliche Verständigungsschwierigkeiten, die von beiden Seiten falsch ausgelegt wurden. In meinem Tagebuch fand sich dazu ein amüsantes Beispiel.

Meine Mutter stand eines Tages Mohrrüben schälend in der Küche, die für das Mittagessen zubereitet werden sollten und Enkelin Anne bettelnd ihr zur Seite. Im Minutentakt bat sie ihre Oma inständig darum: „Oma, por favor, zanahorias haben.“ Anfangs beharrlich, dann zögerlich und zum Schluss schon ganz weinerlich stellte sie ihr immer die gleiche Bitte. „Was willst du denn haben, meine Kleine?“, wollte die Oma wiederum beständig von Anne wissen, dabei war sie pausenlos bemüht, die Möhren zu schälen. Immer und immer wieder bettelte unsere Anne um eine zanahoria, deren deutsche Übersetzung die Mohrrübe ist.

Dieser Dialog zwischen den beiden setzte sich so lange fort, bis meine Mutter völlig verzweifelt mit der weinenden Anne an ihrer Seite zu mir kam und die Quelle aller Missverständnisse geklärt werden konnte. Ein deutsch-spanisches Durcheinander, von dem es weitere spaßige Verwechslungen gab, entwirrte sich allmählich in ein unterhaltsames Lernen voneinander. Plötzlich war alles ganz einfach. Die Großeltern erhielten Grundkenntnisse in der spanischen Sprache durch ihre Enkelin und Annes deutscher Wortschatz vervielfachte sich in spielerischer Art und Weise. Für alle Beteiligten wurde es eine vergnügliche Episode mit dem gegenseitigen Versprechen: Nächstes Jahr machen wir an dieser Stelle weiter. Dennoch blieb uns der Abschied nicht erspart.

Tränen trocknen, so schnell es ging, ab mit uns in den Zug und schnell wegfahren, etwas anderes machte auch gar keinen Sinn mehr. Zu dieser Stimmung passte der trübe und sehr kühle Regentag wie die Faust aufs Auge. Berlin tauchte sich selbst in ein Grauingrau, die feuchte Kälte kroch dazu unangenehm bis unter die Haut.

Etliche Wogen glätteten sich wieder, als wir in Amsterdam eintrafen. Und wie zum Trotz gegen die trübe Abschiedsstimmung, die noch vor wenigen Stunden in Berlin anzutreffen war, glänzte das flache Land auch noch im herrlichsten Sonnenschein. Selbst Annes Augen leuchteten wieder. Wohlig rekelte sie sich in den wärmenden Strahlen, all ihr Kummer schien vergessen. Blitzschnell waren wir sozusagen wieder raus gelassen in eine Welt, die uns aufnahm und der wir von Neuem begegneten, als wäre es etwas völlig normales.

Anfangs bewegten wir uns nicht so sicher und selbstbewusst durch die ewig strömenden Menschenmassen, die sich wie ein zäher Teig durch das Flughafengebäude zogen. Ich schaute eher suchend nach unten, in der Hoffnung, man möge es uns nicht ansehen, woher wir kamen. Dieses anfängliche eher verklemmte Gefühl legte ich schnell wieder, denn es gab keinen Grund sich unsicher zu fühlen. In der Menge verlor sich unsere kleine Familie, mischte sich unter Menschen aller Klassen und Rassen, ob dick, dünn, groß oder klein, dunkelhaarig oder rotblond und wir bewegten uns zwischen ihnen, mittendrin. Unverzüglich fühlten wir uns daher aufgenommen in jenen Kreis der Reisenden, gehörten quasi bedingungslos dazu.

War es das, was uns DDR-Bürger vom Rest der Welt unterschied?

Ich wurde nachdenklich. Aus unserer räumlichen und mentalen Eingeschränktheit entkommen zu können, wurde für uns zum Privileg. Da das DDR-Regime den Alltag seiner Bevölkerung bestimmte und die Mauer für die territoriale Grenzlinie gedacht war, versuchten daheim zahllose Menschen, sich den politischen und sozialen Ansprüchen des Staates zu entziehen. Das gelang am besten durch einen Rückzug ins Private. Nur dort konnte man seinen Standpunkt, auch seine wahre Identität ausleben. Möglichst weg zu kommen von dieser Diktatur, aus diesem Land und aus dieser hoffnungslosen Situation, so weit wie möglich, wurde zum größten Wunsch einer breiten Masse von Menschen aus unserer Heimat.

Aber warum meinte das Schicksal es ausgerechnet mit uns so gut? Raus gelassen zu werden?

Ich versuchte schon seit geraumer Zeit, mir diesen Umstand zu erklären. Allerdings kam ich immer wieder nur bis zu der einen Erkenntnis, dass es in unserem Fall eine besondere Fügung, Zufall, Verkettung glücklicher Zusammenhänge und das besagte Quäntchen Glück gegeben haben musste. Daran festzuhalten war wohl die große Kunst!

Tief in meinen Gedanken versunken, lenkten mich die strahlenden Augen meiner Lieben von diesen Überlegungen ab, eine plausiblere Erklärung darauf zu finden. Einmal mehr widmete ich mich lieber meiner Bestimmung als mitreisende Ehefrau, diesem Titel möglichst gerecht zu werden. Außerdem war Amsterdam ein guter Ort, alles um sich herum zu vergessen, nur noch zu genießen, was uns umgab, und das mit allen verfügbaren Sinnen. Sechs Stunden Aufenthalt in dem

Amsterdamer Flughafen vergingen wie ein Wimpernschlag. Dennoch kamen mir immer wieder die Gedanken hoch, was denn so schlimm daran sein sollte, wenn alle DDR-Bürger diese andere Welt kennenlernen könnten. Meiner Naivität sei es geschuldet, diese Thematik offensichtlich arglos zu beurteilen. Allerdings sollte das durch die angekündigte Regierungsdelegation, die schon bald nach unserer Ankunft in Mexiko erwartet wurde, bei mir in eine eigensinnige Bockigkeit umschlagen.

Wir sind zurück. Doch wo ist unsere Muchacha?

Unsere Herzen schlugen höher, als das unüberschaubare Lichtermeer der Stadt wie ein flimmernder Teppich immer näher kam. Mexiko-Stadt, ausgesprochen bei ihrem Anblick, kam es in diesem Moment einer Liebeserklärung gleich. Wie in einer Verschwörung begegneten sich unsere Blicke, blieben glücklich bei unserer noch friedlich schlafenden Tochter hängen. Es folgte die perfekte Landung. Und dann war er wieder da, dieser Duft. Ja, ich mag ihn, den Geruch dieser Stadt. Er wird wahrscheinlich bis an mein Lebensende unter Tausenden von anderen Gerüchen für mich immer identifizierbar bleiben.

Das übliche Chaos nach einer langen Reise sollte uns tagelang fest im Griff halten, zwar um einiges entschärfter als nach dem letzten Urlaub, und wahrscheinlich deswegen, weil die Erfahrung unserer Reise aus dem vergangenen Jahr hilfreich im Hintergrund agierte. Zumindest wussten wir, dass eine gewisse Zeit der Akklimatisierung gebraucht wird, bis sich der allgemeine Trott stabilisiert hatte. Viel zu schön wäre es gewesen, wenn wir mit der Ankunft und dem Beginn eines weiteren Jahres gut hätten durchstarten können. Doch gab es fatalerweise eine einschneidende Hiobsbotschaft, die unseren Wunsch nach einem perfekten Start schwierig werden ließ.

Natürlich freuten wir uns ebenso darauf, einmal mehr durch die Muchacha verwöhnt zu werden, in erster Linie durch ihre

Arbeit der Kinderbetreuung unserer Anne. Schon allein dadurch genoss unser größtes Vertrauen. Die Wohnung und Wäsche in Ordnung zu haben, erleichterte uns enorm den mehr und mehr zeitaufwändigen Alltag zu meistern und selbstverständlich sehnten wir uns nach ihren Kochkünsten. Aber Petra, unsere Muchacha, war bei unserem Eintreffen, wie vom Erdboden verschlungen.

Normalerweise würde sie uns in der von ihr frisch und blank geputzten Wohnung empfangen. Bei unserer Ankunft lagen keinerlei Nachrichten oder Hinweise vor, was oder ob ihr etwas passiert sein könnte. So richtig stutzig wurden wir am darauf folgenden Tag, der ohne ein Lebenszeichen von ihr verging. Bisher hatte sie bei uns ihre Aufgaben stets zuverlässig erfüllt, auf die Minute genau und nie ohne Verspätung. Durch ihre langjährige Arbeit bei unseren Leuten hatte sie sich die deutsche Mentalität zueigen gemacht und das typische mañana, mañana der Mexis, wie wir sie liebevoller nannten, abgelegt. Wir sprachen umgehend mit der Familie, von der wir Petra übernommen hatten. Auch sie standen uns hilflos gegenüber, beteuerten einmal mehr Petras Gewissenhaftigkeit, kannten ebenso keinerlei Kontaktdaten, weder von ihrer Familie noch von Freunden. Wie und wo sollten wir sie ausfindig machen können? Somit gab es für uns auch keinen Plan B, wie es ohne sie weitergehen könnte. Es beunruhigte uns sehr.

Ein weiterer Tag verging ohne das geringste Lebenszeichen von ihr. Damit wuchs unsere Sorge automatisch, dass ihr etwas zugestoßen sein könnte. Meine neue Arbeit sollte ich eigentlich schon am nächsten Tag beginnen. Erst einmal allein als Sekretärin in einem wesentlich größeren Unternehmen, als ich es bis dahin kannte. Ich durfte die ersten Strippen ziehen, bis der mir noch unbekannte Chef anreisen sollte. Petra kannte diesen Termin, auch wie wichtig mir ein guter Start in die neue Arbeit war und dass wir sie brauchten, solange unsere Tochter noch nicht in den Kindergarten wechseln durfte.

Anne selbst schien sich unterdessen damit abgefunden zu haben, indem sie ihren Tag auch ohne Muchacha überstand. Schulterzuckend, das Signal der Gleichgültigkeit, überprüfte sie einstweilen in ihrem Zimmer, ob alle Spielsachen an Ort und Stelle waren. Zum Glück verlief ihre Akklimatisierung nach den Wochen, in denen die Großeltern ihr jeden Wunsch von den Augen abgelesen hatten, wider Erwarten reibungslos. Ihr Hab und Gut wanderte in die Zimmermitte, alles wohlwollend betrachtend, als wären es neue Spielsachen. Jedes einzelne Stück davon präsentierte sie uns mit Freudengeschrei und war stundenlang damit beschäftigt. Ihr Enthusiasmus hielt uns sogar für kurze Momente von unseren Sorgen ab, die wir uns um unser Kindermädchen machten.

Petra hatte geplant, während unserer Abwesenheit zu ihrer Familie zu reisen, die in der Nähe von Acapulco wohnte. Mehr wussten wir nicht.

Ich hing indes an einem seidenen Faden, stellte vieles infrage. Kommt der neue Chef mit einer derartigen ungeklärten Situation klar? Und wenn nicht, was gibt es für Alternativen? Wie sollte es am nächsten Tag weitergehen? Und am übernächsten? Schließlich hing ein schier endloser Schwanz ungeklärter Entscheidungen daran, die unweigerlich vom Tisch gefegt werden mussten. So zeigte es sich einmal mehr: Wenn in einer gesamten Konstruktion auch nur ein kleines Teilchen fehlt, kann das gesamte Kartenhaus zusammenstürzen.

Hunderte Sachen gingen mir durch den Kopf, für die es weder eine Lösung noch eine Alternative gab und die auch niemand bereit gewesen wäre, für mich zu klären. Mein Mann hatte mit seinem Einstieg nach dem Urlaub derartig viel zu tun, dass er mir bei dieser Problembewältigung überhaupt nicht beistehen konnte. Die Hoffnung stirbt zuletzt, war und ist seine Devise, gestern wie heute.

Und siehe da, Petra tauchte endlich nach drei Tagen der Abwesenheit wieder bei uns auf. Mit den Tränen kämpfend stand sie in unserer Tür, aber sie war gesund. Uns stand wahrscheinlich auf die Stirn geschrieben, wie erleichtert wir darüber waren. Sie in die Arme zu nehmen, sie erst einmal zu beruhigen, war unsere beste Entscheidung. Aber was war ihr zugestoßen?

Eigentlich war gar nicht so viel passiert, was wir ihren Schilderungen entnehmen konnten, jedoch in der Summe aller Ereignisse klang es dramatisch. Sie löste sich nur allmählich aus ihrer Verspannung und erzählte uns daraufhin ihre Geschichte, an der wir keinen Moment mehr zweifelten und nur noch froh waren, sie wieder bei uns zu wissen. Von Acapulco bis Mexiko-Stadt sind es etwa 380 Kilometer. Bei den heutigen Voraussetzungen braucht man ungefähr vier Stunden Fahrtzeit für diese Strecke, allerdings gab es vor mehr als dreißig Jahren diese Bedingungen nicht. Um Kosten zu sparen, bewältigte sie diese Entfernung per Anhalter mit Bus, LKW oder jedem fahrbaren Untersatz, der sich ihr in den Weg stellte. Das erklärte einmal mehr ihre lange Reise. Petra unterstützte von ihren wenigen Ersparnissen ihre Eltern und Geschwister, und das war auch der Grund ihrer Reise nach Acapulco, als sie uns um den Vorschuss gebeten hatte. Während der Rückfahrt von der Pazifikküste ins Landesinnere, die sie zu der gleichen Zeit wie wir von daheim nach Mexiko-Stadt antrat, ergaben sich einfach keine Mitnahmemöglichkeiten, versicherte sie uns nochmals unter Tränen jene bedrückende Situation. Wetterkapriolen und nicht bei jedem mitfahren zu wollen, verzögerte das Ganze. Dabei musste sie einmal grauenhafte Erfahrungen gemacht haben, die zwar schon eine längere Zeit zurücklagen, allerdings immer wieder in ihr hoch kamen. Sie erzählte mir einige Tage später bruchstückhaft von einem Überfall mit sexueller Nötigung. Ihr Körper bäumte sich auf, sie zitterte bei jedem Wort ihrer Schilderung. Ein entsetzliches Erlebnis, dem ich uneingeschränkt Glauben schenkte, denn ihre Augen konnten nicht lügen. Die Iris fast so tiefschwarz, dass kaum die Pupille erkennbar war und immer konnte man ein gütiges Strahlen in ihnen sehen. Schon bei unserem ersten Kennenlernen gaben ihre leuchtenden Augen den entscheidenden Hinweis von Herzlichkeit und wir wurden nie enttäuscht.

Alle wieder vereint, waren wir nur noch froh über diesen glücklichen Ausgang ihrer Odyssee. Stehenden Fußes nahm Petra ihre Beschäftigung wieder bei uns auf. Selbst Anne schien erleichtert zu sein, rannte auf sie zu, um sie mit ihren Ärmchen in Kniehöhe zu umschlingen. Dem folgte eine Konversation eines für mich unverständlichen Gefasels, woraus sich einige Worte aus dem spanischen Vokabular ableiten ließen. Herrlich, wie unkompliziert unsere Tochter drauflos plapperte, zur Freude aller, und der Bann war gebrochen.

Trotz dieser glaubhaften Schilderung über das ungewöhnliche Reiseabenteuer unserer Muchacha, ließ es uns nicht richtig los. Diese schwer vorstellbare Situation beider Reisen, unserer und ihrer, beschäftigte uns nachhaltig. Wenn wir die Distanz von Jena bis Mexiko-Stadt mit knapp 10.000 Kilometer an einem Tag bewältigen konnten, so war Petra für ihre 380 Kilometer von Acapulco bis Mexiko-Stadt komplette drei Tage unterwegs gewesen. Mit diesen unbegreiflichen Zahlen und Fakten hatten wir uns noch eine ganze Weile herumgeplagt. Unter dem Strich betrachtet, waren wir erleichtert und froh, dass sie wohlbehalten in unserer Mitte zurückgekehrt war und auch darüber, dass der bevorstehende Alltag ohne weitere Schwierigkeiten, so hofften wir zumindest, gemeistert werden konnte.

Waren jetzt alle Steine aus dem Weg geräumt?

Unser Anne Kind versetzte uns zumindest in den Glauben, dass ihre kleine Welt in Ordnung war.

Die Zeit großer Veränderungen beginnt

Neuer Chef, mehr Aufgaben, andere Umgebung, höhere Verantwortung und alles schien machbar. In den ersten Tagen seit unserer Rückkehr war der mitgebrachte Optimismus noch spürbar im Plus. Wie immer nach einer langen Reise musste jeder für sich seinen Rhythmus in den alltäglichen Trott finden. Es gelang mir irgendwie, wenn auch nur kurzfristig.

Langsam schleichende Verstimmungen, die sich im ganzen Land breitmachten, gewannen sukzessiv die Oberhand. In den wenigen Wochen unserer Abwesenheit hatten sich die Mexikaner mit widrigen Unannehmlichkeiten auseinanderzusetzen. Enorme Preisanstiege in allen Bereichen des täglichen

Lebens ließen die Menschen auf die Straßen gehen. Hamsterkäufe setzten ein. Bei dem Verbrauch an Milch und Zucker stand Mexiko ganz weit oben an der Weltspitze. Plötzlich bedeutete es für jeden einzelnen von ihnen eine tägliche Hast danach. Lange Menschenschlangen vor den Supermärkten erinnerten mich an den DDR-typischen Dauerzustand, wenn Warenlieferungen kamen. Überall folgten weitere Engpässe. Die Stimmung unter der Bevölkerung kochte allmählich hoch. Streiks waren die Folge. Dieser Prozess einer Veränderung, in der sich dieses Land gerade befand, blieb selbst daheim nicht unerwähnt, wie wir später in unseren nachgesandten Zeitungen lesen konnten.

Nicht nur für unsere kleine Familie hatte dies einschneidende Konsequenzen zur Folge und bedeutete, den Gürtel noch enger zu schnallen. Es gab keine Rücklagen, auf die wir zurückgreifen konnten, um eine derartige inflationäre Entwicklung abzufedern, nicht das Mindeste für eine wie diese, auch für andere nicht. Jedes Superangebot wurde mehrfach hin- und hergedreht, deren Notwendigkeit überprüft und in den meisten Fällen abermals vertagt auf ein eventuell noch besseres Angebot. Beabsichtigte Anschaffungen für unser Zuhause wurden so auf eine ungewisse Zeit verschoben.

Als wir uns einen allgemeinen Überblick über das momentane Preisniveau verschafften, kehrten wir mit einem beängstigenden Resultat heim. Es ging uns finanziell schlecht, sehr sogar. Hinzu kam auch noch die Hiobsbotschaft, dass ab Januar 1980 die Mehrwertsteuer von vier Prozent auf zehn Prozent angehoben werden sollte. Wie wollten wir das stemmen, ohne Aussichten auf eine baldige Warenkorberhöhung?

„Selbst wenn uns die Differenz der entstandenen Progression von ganz oben genehmigt wird, kann sie das klaffende Defizit nie ausgleichen“, hörte ich unter vorgehaltener Hand unsere Leute darüber tuscheln.

Gemeinsam saßen wir alle schon in dem finanziellen Loch, das um uns herum immer größer wurde.

Bereits während unserer Urlaubstage gab es die Anweisung für alle Mitarbeiter der Botschaft sowie der Handelsvertretung, eine Preisanalyse der Waren des täglichen Bedarfes für die Überprüfung des gegenwärtigen Warenkorbes vorzunehmen. Nahezu jeder war tagein tagaus beschäftigt, diese Kostenveränderung zu ermitteln. Wochenlang wurden Produkte verglichen, bewertet, nachgeprüft, bis unsere zusammengefassten Preise akribisch genau in die vorgegebenen Listen übertragen wurden, um sie als Gesamtwerk an das Außenministerium einzureichen. Dort sollte der vorhandene Warenkorb mit unseren aktuellen Preisen verglichen werden. Doch rechneten wir erst einige Monate später mit einer entscheidenden Reaktion darauf.

„Mit Sicherheit wird das klaffende Haushaltsloch nicht mehr durch eine Warenkorberhöhung auszugleichen sein", jammerten alle in einstimmiger Gefühlserregung. Viel zu schnell beeinflusste diese inflationäre Entwicklung den Negativtrend unserer finanziellen Mittel.

Ich war fest davon überzeugt, dass jeder von uns daran interessiert war, möglichst bald eine Anhebung der Bezüge zu erfahren. Eine aufkeimende Missstimmung über die wirtschaftliche Misere wäre eine schlechte Basis für das Arbeitsklima und damit ebenso keine förderliche für das Geschäftsleben in diesem Land. Und so musste man sich in Geduld üben, oder zumindest so tun, als hätte man sie.

Anfang Dezember hielt der Winter Einzug. Was bis dahin nie vorstellbar war, weil man unter der viel besungenen mexikanischen Sonne lebte, wurde plötzlich real. Jene Jahreszeit konnte auch in einem Land wie Mexiko ihre bitterkalte Seite zeigen. Mit den ungewöhnlich lausigen Temperaturen kam kaum jemand klar, weder Mensch noch Tier. Durch die Höhenlage der Stadt wurden unsere Körper doppelt belastet. Der einzige kleine Gasofen im ewig langen Flur unserer Wohnung wärmte uns nur in seiner unmittelbaren Nähe in einem Radius von etwa zwei Metern. Wir konnten ihn obendrein kaum nutzen, er verbrauchte zu viel an wertvollem Sauerstoff, der in der Höhe und bei dieser Wetterlage immer notwendiger wurde. Nachts rutschte das Thermometer bisweilen unter null Grad. Bei derartig niedrigen Temperaturen musste eine andere Einschlafmethode her, um wenigstens so etwas Erholung zu finden. Jeder von uns Dreien lag wie eine Raupe in ihrem Kokon, nahezu unbeweglich in seinem Bett. Wir wickelten uns zusätzlich in mollige Wolldecken ein, dicke Strümpfe hielten die Füße warm. Mumienhaft, nur Mund und Nase kamen zum Vorschein, versuchten wir Schlaf zu finden. An körperliche Nähe war dabei nicht mehr zu denken. Etwaige sexuelle Gelüste erstarben beim Anblick unserer Maskerade.

Dieses Wetter hatte uns wochenlang im Griff. Pressemeldungen zufolge gab es täglich viele Kälteopfer einzig und allein in Mexiko-Stadt. Obwohl es in der Mittagszeit angenehm warm werden konnte, zehrte dieses wochenlange Frostwetter zusätzlich an unserer Substanz. Krankheiten machten die Runde, blieben auch nicht vor unserer Tür stehen. Man kämpfte sich mehr recht als schlecht über den Tag, der sich bei uns als zehn bis zwölf Stunden Arbeitstag manifestierte. Die Geschäftserfolge meines Mannes waren sehr übersichtlich geworden und hatten zur Folge, dass er immer öfter mit noch längeren Touren als bisher im Land umherreiste. Der Druck zur Planerfüllung von unserer Firma wurde dementsprechend größer. Dafür sank seine Zufriedenheit langsam aber sicher auf den Nullpunkt. Es gab Momente, da hätte er am liebsten alles hingeschmissen. Ich konnte es ihm nachfühlen, wobei ich selbst mit meiner neuen Arbeit und dem dazugehörenden Mehraufwand einigermaßen klarkam.

Viel mehr beschäftigte mich die Funktion der Kulturarbeit, die ich seit unserer Rückkehr aus dem Urlaub sofort innehatte. Es bedeutete, mich um große, kleine, wichtige und unwichtige Dinge interner Veranstaltungen der Botschaft und Handelsvertretung zu kümmern. Kein leichter Job, allen gerecht zu werden. Aber als typischer Steinbock wagte ich mich an manche Aufgaben heran, deren Bewältigung anderen vielleicht aussichtslos erschien. In der Regel schafft das der im Sternzeichen des Steinbocks Geborene durch zähes Durchhaltevermögen, eiserne Disziplin und Perfektionismus, bis ihm sein bloßer Ehrgeiz auch auf die Füße fallen konnte. Schlag auf Schlag musste ich mein Räderwerk an Organisationsideen in Bewegung setzen, die mich nachts weiter beschäftigten, nicht zur Ruhe kommen ließen. Über einen Zeitraum von etwa sechs Wochen, bis kurz vor dem Weihnachtsfest, waren fünf größere Veranstaltungen durchzuführen, mit einem zusätzlichen Mehraufwand, den ich in der ersten Zeit nicht überblickte, vielleicht sogar unterschätzte. Und dann kam es ziemlich dick.

Staatsdelegation die Erste

Ständig zwischen sechs bis zehn Dienstreisende um sich zu haben, wo jedem eine andere Frage auf der Seele brannte, brauchte ebenso vollste Konzentration, wie die ganz normalen Arbeitsabläufe, in der eine Daueraufmerksamkeit vorausgesetzt wurde. Zur großen Belastungsprobe für uns drei, musste mein Mann Botschaftsdienste durchführen, die uns das Beisammensein an den Wochenenden erschwerten. Unsere familiäre Mitte zu finden blieb dabei einmal mehr auf der Strecke. Und zu guterletzt traf auch noch der damalige Kulturminister der DDR, Hans-Joachim Hoffmann, mit seinem Gefolge ein. Diesem, samt der dazugehörenden Delegation, sollte ich umfangreiche Zuarbeiten für ihren Aufenthalt in dieser Metropole abliefern, von deren Inhalte mir nichts mehr in Erinnerung geblieben war. Wahrscheinlich nutzte ich lediglich die Touristikinformationen über Mexiko-Stadt aus den vorhandenen Prospekten dazu, diese abzuändern oder anders zu formulieren, damit es nicht zu sehr auffiel, woher der eigentliche Text stammte. Über diese Staatsdelegation schilderten unzählige Berichterstattungen im DDR-Fernsehen und in der Presse.

Im „Neues Deuschland“ vom 07.12.1979 hieß es dazu:

Kulturminister Hoffmann bei Jose Lopez Portillo /Grüße Erich Honeckers herzlich erwidert /Kulturtage der DDR

Mexiko-Stadt (ADN-Korr.):

Eine Botschaft des Vorsitzenden des Staatsrates der DDR, Erich Honecker, anlässlich der am Freitag beginnenden Tage der Kultur der Deutschen Demokratischen Republik in Mexiko hat Kulturminister Hans-Joachim Hoffmann am Mittwochabend in Mexiko-Stadt dem Präsidenten der Vereinigten Mexikanischen Staaten, Jose Lopez Portillo, überbracht.

So polemisch, wie sich diese Nachricht anfühlte, genauso empfand ich sie auch, diese nichtssagende Meldung. Wie an den Haaren herbeigezogene Wortfindungsstörungen machten mich eher traurig. Musste das so sein? Was wollte man mit einer solchen Bekanntmachung ausdrücken und für wen war das überhaupt bedeutungsvoll?

Aus meiner Sicht zielte damit ein viel zu großer Aufwand auf wenig Interesse. Außerdem wurden aus Anlass der Kulturtage der DDR in Mexiko alle DDR Bürger, einschließlich der in Mexiko-Stadt befindlichen Dienstreisenden, zu einem Politinformationsabend in die Botschaft eingeladen. Eine sogenannte Muss-Veranstaltung, die kein Fehlen entschuldigte.

Der Kulturminister selbst hielt diese Ansprache, deren Länge den Mangel an Tiefe egalisierte. Ein kurzer Blick in die Runde der dort Anwesenden sprach Bände. Sie sackten immer mehr in sich zusammen, ihre Körperhaltung ließ unschwer erkennen, wie sehr sie sich das Ende des Abends herbeisehnten. Bei ihrer knapp bemessenen Freizeit gab es in Mexiko-Stadt noch genügend andere Ziele und Wünsche etwas zu erleben, als diesem Redner zu folgen.

Ein anstrengender Abend, der sich mühevoll in die Länge zog, wurde schnell wieder abgehakt.

Weihnachten mit Stollenbäckerei

Und plötzlich steuerten wir schon auf Weihnachten zu. Nahezu unbemerkt vorerst, doch dann mit einem Mal glänzte und flimmerte es auf, in allen Straßen und in allen Ecken dieser Stadt. Ganz besonders intensiv erstrahlten die Plätze und Gebäude, wo Menschenansammlungen garantiert waren. Touristen staunten genauso wie wir über diesen grellbunten Lichterglanz, den man um jeden Weihnachtskunstbaum drapiert hatte. Was nie vorstellbar war, hier ging es. Diese Kunstbäume leuchteten in allen möglichen aber auch unmöglichen Farben von silbrige über goldfarbene bis zum schillernden Blau, es waren alle Farben mit im Spiel. Außerdem schafften es die Mexikaner, ihnen auch noch einen anheimelnden Tannenduft einzuhauchen, den es aus der Spraydose in den verschiedensten Duftnoten zu kaufen gab. Wie abartig war das denn?

Zu allem Überfluss setzte die ineinander tönende, unüberhörbare amerikanische und deutsche Weihnachtsmusik ein, die aus fern und nah heranschallte, sich zu überkreuzen schien, so dass dem Gehör die Entscheidung überlassen werden musste, welche der Musikrichtungen es bereit war anzunehmen. Selbstverständlich gaben die Mariachis ebenfalls ihr Bestes dazu, wetteiferten um die Gunst ihrer Zuhörer. In dieser ewig vollen Stadt wurde es augenblicklich noch chaotischer, einmal mehr durch diese totale Reizüberflutung aller Sinnesorgane und mir schoss es dabei wiederholt durch den Kopf: Das glaubt dir daheim niemand. Und wie willst du dieses vorweihnachtliche Chaos erklären, wenn man es nicht selbst erlebt hat?

Ich sehnte mich in diesen Tagen nach Ruhe und Gelassenheit zurück, wie sie in unserer traditionellen Adventszeit stattfand, auch um das bevorstehende Weihnachtsfest entsprechend genießen zu können.

Mit einer befreundeten Familie versuchten wir zumindest, einen alten Brauch ohne große Kompromisse in die Tat umzusetzen. Weihnachten ohne Stollen zu essen, das geht schon mal gar nicht, stand für uns fest. In ganz Mexiko konnte man zur Weihnachtszeit alles kaufen, nur diesen Weihnachtsstollen nicht. Dabei musste er nicht zwingend aus Dresden sein, fand ich. Jegliche Versuche scheiterten und so beschlossen wir kurzerhand, mindestens einen Stollen selbst zu backen. Das muss doch zu schaffen sein, meinten wir und so stellten wir an einem feuchtfröhlichen Abend die Zutatenliste zusammen, um am darauffolgenden Wochenende für alle Beteiligten, vier Erwachsene plus unsere Anne, wenigstens diesen einen Stollen selbst backen zu können. Möglichst nah am Original sollte er gelingen, wurde zur einstimmigen Bedingung.

Bis dahin lief unser Vorhaben richtig rund, doch hatten wir die schlechte Versorgungslage bei Zucker und Milch nicht mit ins Kalkül gezogen. Mitunter sah man manchmal ewig lange Schlangen vor den Supermärkten, und man wusste gleich, dass dort eine Zucker- oder Milchlieferung erwartet wurde. Seit diesen Engpässen in der Versorgung tranken unsere Kinder im Kindergarten ihren Tee schon lange Zeit mit Honig. Was nun?, wurde die Frage aller Fragen zu unserer Stollenbäckerei. Der Stand der Dinge erinnerte uns sehr stark an die Situation in der DDR. Wir mussten reagieren, ohne Zucker wird aus unserem Plan nichts. Aber wie? An eine Schlange anstellen oder Beziehungen walten lassen, für das was gerade dringend benötigt wurde, konnte niemand von uns praktizieren. Da wir noch immer, bis kurz vor Weihnachten. eine große Anzahl Dienstreisende aus der Heimat erwarteten, die per Telefax auf unseren Mangel an Zucker hingewiesen wurden, hatten wir die Hoffnung darauf nicht aufgegeben. Wir empfahlen ihnen, besser das heiß geliebte Brot zu Hause zu lassen, was als obligatorisches Mitbringsel für ´die da draußen´ galt. Doch dafür sollten sie dieses Mal den Zucker nicht vergessen. Nur deshalb klappte es dann doch noch mit dem wichtigsten Bestandteil für unseren Stollen.

Der dafür vorgesehene Nachmittag versprach lustig zu werden. Selbst unsere Anne wurde nicht müde mitzuhelfen, zeigte ihre wahre Freude an den Zutaten und war quasi umzingelt von Rosinen, Mehl, Mandeln und natürlich ganz viel Zucker. Unsere Männer dagegen nahmen jede neue Aufgabe für die Herstellung unseres ersten Stollens als Herausforderung zum Anlass, diese einmal mehr zu diskutieren. Warum, wieso kommen die Rosinen vor dem Zucker in das Mehl und nicht umgedreht? Philosophierend mussten sie diese Debatte auf Schritt und Tritt mit einem kräftigen Schluck aus einer Flasche klaren Inhaltes begießen. Irgendwie hatten wir es im Laufe des späten Nachmittags sogar geschafft, die entsprechenden Formen für drei ansehnliche Stollen zusammenzukneten. Dazu wurden alle noch vorhandenen Kräfte gebündelt und im Schweiße ihres Angesichts modellierten unsere Ehemänner diesen Teig. Es war Schwerstarbeit, meinten sie.

Wie in einer Oper teilte sich dieser Tag in fünf Akte. Inzwischen waren wir schon beim dritten Akt, der Ruhephase für uns und den Stollen angekommen. Diese Untätigkeit hatten wir allesamt auch bitter nötig. Vierter Akt. Der Ofen war aufnahmebereit und nur Momente später entwickelte sich der charakteristische Wohlgeruch, der durch alle Räume zog und uns regelrecht verzauberte. Genauso wollten wir es haben. Den weihnachtlichen Duft mit der typischen Atmosphäre ins Haus geholt zu haben, hat uns stolz gemacht, auch wenn sich etwas Schwermut darunter schummelte. Es war schon lange dunkel, als wir die drei noch dampfenden Stollen vor uns liegend bewunderten. Daran gab es nichts auszusetzen. Rein optisch gesehen waren unsere Stollen ein Volltreffer. Zugegeben, ein kleines leicht verbranntes Probestück holte uns wieder auf den Boden der Tatsachen zurück, womit wir exakt beim fünften Akt angelangt waren. Etwas ernüchtert mussten wir feststellen, dass er uns nicht so schmeckte, wie wir es von zu Hause gewohnt waren. Woran lag es wohl? Keine der üblichen Zutaten fehlte, auch unser ganzes Herzblut hatten wir mit hineingesteckt. Analysiert wurde diese Stollenbäckerei rauf und runter, bis wir zu einer ausschlaggebenden Erkenntnis gelangt waren. Es muss an der inzwischen leer getrunkenen Flasche klaren Schnapses gelegen haben. Entweder nehmen wir beim nächsten Mal eine andere Sorte, oder lassen es lieber ganz sein, zogen wir daraus unser Fazit. Erst spät am Abend kehrten wir zwar etwas geschafft, aber auch irgendwie stolz und glücklich in unsere Wohnung zurück.

Das Fest raste heran, doch bekamen wir keine Chance, trotz der besonderen Einmaligkeit unserer Weihnachtsbäckerei in diese typische Stimmung zu geraten. Ein jeder hechelte irgendwie seiner Jahresplanerfüllung hinterher. Zusätzliche Kräfte wurden dafür mobilisiert, die in Scharen von immer mehr Dienstreisenden eintrafen. Alle wollten natürlich betreut und nach Feierabend bespaßt werden, was uns zum wiederholten Mal heftig auf das Gemüt schlug. Meinen Mann bekam ich in dieser Zeit kaum noch zu Gesicht. Er, der allemal viel unterwegs war, kehrte keinen Abend pünktlich heim. Mitunter wurde es Nacht. Oft folgte ich aufhorchend, wenn seine bewusst leisen Schritte unserem Bett näher kamen und er sich wie gelähmt niederlegte, ohne den erholsamen Schlaf zu finden.

Mein ehrenamtlicher Nebenjob in der Kulturkommission kostete mich in dieser Zeit viele Nerven. Die Vorbereitungen für die Weihnachtsfeier, den Jahresabschluss und Silvesterabend schlugen derartig hohe Wellen, dass mein Körper mir seine Grenzen zeigte und er bei der kleinsten Gemütsschwankung reagierte. Keiner von uns beiden wollte diese ernsten Zeichen wahrhaben, schon gar nicht darauf reagieren. Wiederholt habe ich mich in unserer Wohnung wie in ein Schneckenhaus verkrochen und mich gefragt: Wollten wir das wirklich so haben, dieses Leben ohne Zeit füreinander, mit finanziellen Nöten und den daraus resultierenden gesundheitlichen Problemen?

Erst als auch unser Kind mit ständigen Erkrankungen zu kämpfen hatte, sich zudem immer mehr zurückzog, wurde uns klar, dass wir etwas ändern mussten. Bloß wie und was, wenn in dieser vorgegebenen Maschinerie kein Ausweichen möglich war? So oder so fühlte sich unser Zustand wie festgefahren an, in einem Loch zu sitzen, aus dem es kein Entrinnen gab. Zu keiner Zeit fanden wir ein Rezept für unsere Misere.

Mit allerhand Improvisationen rund um den Weihnachtsabend, feierten wir ihn so gut es ging im kleinsten Kreis unserer Familie. Anne bekam ihren Wunsch nach einem Auto vom geleasten Weihnachtsmann erfüllt, dem sie mit einem gehörigen Abstand begegnete. Unser Nachbar aus der gegenüberliegenden Wohnung, seines Zeichens Konsul, hatte sich dazu bereit erklärt und ließ keinen Verdacht aufkommen, wer sich wahrhaftig unter der Robe des Weihnachtsmannes versteckt hielt. Unser Fest verlief ohne größere Geschenke, die finanzielle Notlage ließ es nicht anders zu. Dennoch, schon vor geraumer Zeit kauften wir uns in der Deutschen Bücherei ein internationales Kochbuch, welches auf diesen Weihnachtstag warten musste, um mit gespielter Überraschung und großer Freude aus der Verpackung geholt zu werden. Fleckige Seiten, umgeknickte Ecken, markierte Stellen zeugen bis heute vom regen Gebrauch des Buches, das noch immer als ein ganz besonderer Schatz aus dieser Zeit in unserem Bücherregal steht.

Die Mexikaner feiern ihren Heiligen Abend mit einer riesigen Knallerei auf der Straße, vergleichbar wie die Silvesternacht daheim, dafür gibt es die Geschenke erst am sechsten Januar zum Dreikönigstag.

Unser Jahreswechsel verlief so unspektakulär, wie es kaum vorstellbar gewesen wäre. Alle Mitarbeiter der Botschaft und Handelsvertretung trafen sich am Abend im Botschaftsgebäude. Jeder folgte dieser Aufforderung mit stimmungsvoller Mine im festlichen Gewand. Abwesenheit wurde dabei nicht akzeptiert, es sei denn, es gab gesundheitliche Gründe. Der Ansprache unseres Botschafters über das vollbrachte Jahr folgte die obligatorische Schlacht am kalten Büfett. Viel essen, noch mehr trinken, etwas tanzen, dabei die angepasste Etikette nicht ganz aus den Augen verlieren, so schrieben wir in Nullkommanichts das Jahr 1980. Mit dem Sektkelch in der Hand versprachen wir uns, unbedingt mehr Zeit füreinander zu finden, was unter den Aussichten der kommenden Zeit sehr schwierig werden sollte.

Wintereinbruch und Finanzkrise

Alle Vorhaben, ein entspanntes neues Jahr zu beginnen, scheiterten bereits in den ersten Tagen und zogen sich wie ein roter Faden entgegen aller Absicht durch die weitere Zeit. Mexiko manövrierte sich allmählich in eine Schuldenkrise, die in ihrer Konsequenz zum teilweisen Staatsbankrott führte. Spürbare Preisveränderungen waren die Folge, für uns dadurch die schlechteste Voraussetzung, mit einem entkrampften Blick in die Zukunft zu schauen. Seit unseren ersten Schritten auf diesem Kontinent hatten sich die Preise in allen Bereichen nahezu verdoppelt und ein Ende war nicht abzusehen. Eine Gehaltsangleichung zu diesem Preisanstieg war bereits mehr als überfällig. Von der schon lange vorher eingereichten Warenkorbüberprüfung war immer noch nichts zu hören und so litten wir unter diesen Bedingungen wie kaum ein anderer aus der gesamten Botschaft. Den Gürtel konnten wir nicht noch enger schnallen, es gab kein weiteres Loch dafür.

Zudem kämpften wir mit einem heftigen Wintereinbruch, der selbst für die Einheimischen nichts Alltägliches darstellte. Regen über Regen hielt uns in Bann, tagelang schüttete es wie aus Eimern und dazu gesellte sich eine sprichwörtliche Saukälte. Es war fast nicht mehr zum Aushalten. Einige mittelschwere Erdbeben machten diese Situation auch nicht einfacher.

Plötzlich, fast zwei Wochen lang verbrachten wir in dieser Witterung, klarte der Himmel auf und Mexiko-Stadt erstrahlte im schönsten Sonnenschein. Die Luft, so frisch und sauber wie nie zuvor, wurde von jedem Bewohner dieser Stadt tief eingeatmet, in der sonst immerwährenden versmokten Metropole. Nie konnten wir die beiden Vulkane von unserem Wohnzimmer deutlicher sehen, als in jenen Tagen. Wie auf einer kitschigen Postkarte lag malerisch schön der trichterförmige Popocatepetl, neben ihm der lang gestreckte Iztaccihuatl in einem sprachlos machenden Panorama, zeigten beide ihre ungewöhnlich tief liegende Schneegrenze. Selbst die sie umschließende 3000 Meter hohe Bergkette der Sierra Nevada war schneebedeckt. Dieses einmalige Schauspiel nahmen Massen von Mexikaner zum Anlass, an dem darauf folgenden Wochenende den Bergen so nah wie möglich zu kommen, und wir wollten natürlich mit dabei sein.

Normalerweise fuhr man vom Stadtzentrum bis zum Fuß des Popocatepetl eine bis eineinhalb Stunden, doch nicht an diesem Tag. Stoßstange an Stoßstange quälten sich die Autos in einem unübersehbaren Stau in die Richtung der Sierra Nevada. Wir kamen mit unserem Auto nicht voran, auch die uns vorausfahrenden nicht und von den hinter uns fahrenden Autos hörte man schon ein genervtes Hupen. Irgendwann gaben wir auf, kehrten um und reihten uns in die bereits zurückfahrende Schlange von Autos ein, die bis auf sehr wenige Autos einen Schneemann auf der Motorhaube platziert hatten. Damit lieferten sie den Beweis: Ich war tatsächlich dabei, als es Schnee in Massen gibt!

Alle fanden das belustigend, keinen störte es, schon gar nicht die Polizei, die das Treiben aus einer gewissen Distanz verfolgte. Mitunter hatten die als Motorhaubenfigur aufgetürmten, mit allerlei Beiwerk ausgeschmückten Schneemänner eine gigantische Größe erreicht, sodass dessen Fahrer sich drehen und wenden musste, um überhaupt die Straßenführung zu erkennen. Uns erzählte man die wildesten Geschichten von dieser Einmaligkeit des Schneechaos und dessen Umgang damit. Fernsehbilder und Presseberichte lieferten weitere Beweisaufnahmen dazu. Da gebärdeten sich Mexikaner wie kleine Kinder, kugelten sich im Schnee herum, bauten Gebilde daraus oder bewarfen sich damit. Die Reportagen über das vergangene Wochenende sprachen Bände.

Von dieser sehr speziellen Spritztour endlich zurückgekehrt, standen wir so lange es möglich war fasziniert in unserem Wohnzimmer, beobachteten die Vulkane, bis sie nicht mehr von der Abendsonne bestrahlt wurden und die Schneekuppen in diesem goldenen Licht allmählich verglühten. Wie ein großes Geschenk nahmen wir dieses Naturschauspiel in uns auf.

Vermeintlich gut ließ sich das erste Vierteljahr angehen, aber auch nur vermeintlich. Ein kultureller Höhepunkt wurde der hauseigene Fasching unter dem Motto Wilder Westen, wofür ich wegen der Thematik durch den Botschaftsrat im Vorfeld gerügt wurde. Wunderte es mich etwa? In einem nichtsozialistischen Ausland, auch noch als Parteilose einen derartigen Einfall mit dem Bezug zum Wilden Westen in die Tat umzusetzen! Dass es dazu eine mehrheitliche Abstimmung innerhalb der Kulturkommission gegeben hatte, interessierte dabei niemanden mehr. Vielleicht und gerade deswegen wurde der Fasching der größte Erfolg bis dato. Man konnte dieses Fest als eine runde Sache von Anfang bis Ende verbuchen. Alles, was wir uns vornahmen, klappte bestens, alle machten mit und alle hatten richtig viel Spaß dabei. Nur einige Wochen später wurde ich für die Organisation jener Veranstaltung lustigerweise auch noch ausgezeichnet.

Radsportler verunglückt

Der Frühling kam und mit ihm weitere Sportdelegationen, die zum Höhentraining anreisten. Schon zum zweiten Mal waren auch die Radsportler mit von der Partie. Allerdings wurde ihr Trainingszentrum in eine noch höher gelegene Region verlegt, als bei ihrer ersten Anreise hierher. Sie wohnten und trainierten in Toluca. Diese Stadt mit über einer Million Einwohner findet man in etwa 65 Kilometer südwestlich von Mexiko-Stadt gelegen. Sie kommt auf eine respektable Meereshöhe von 2.640 Meter und ist zudem die Hauptstadt des Bundesstaates Mexiko.

Durch diese Entfernung und seinem Arbeitsstress, der ihn nach wie vor mit viel Reisezeit durch das Land blockierte, konnte mein Mann sich leider nicht so oft mit ihnen treffen, wie es vor einem knappen Jahr noch der Fall gewesen war.

Aber es sollte anders kommen. Es hatte einen Trainingsunfall gegeben, der nie richtig aufgeklärt werden konnte. Lutz Haueisen, der Radsportler aus der ehemaligen Trainingsgruppe meines Mannes, war von einem mit Eisenrohren beladenen

LKW angefahren worden und dabei böse gestürzt. Kein Mensch hatte den Zusammenstoß beobachtet, auch von seinen Trainingspartnern konnte niemand dazu eine Aussage machen. Stark verletzt fand man ihn am Straßenrand. Lutz war zu diesem Zeitpunkt nicht ansprechbar, konnte sich auch hinterher an keinen Moment des Unfallhergangs erinnern. In der Gedächtnislücke fehlten ihm später ganze zwei Tage. Mein Mann bekam diese Nachricht von dem Unglücksfall über unsere Botschaft vermittelt, mit einer Bitte verbunden, sich um Lutz und die Aufklärung des Unfalls zu kümmern. Trainer- und Betreuerstab, sogar der Verbandsarzt, alle zusammen schienen damit hilflos überfordert gewesen zu sein. In erster Linie lag das an der Barriere der Verständigung. Niemand von ihnen konnte spanisch reden, mit Englisch kamen sie dort auch nicht weiter und in der Verbandssprache des Radsports Französisch wurden sie von den Mexikanern nicht verstanden. In unserer Botschaft kannte man die Affinität meines Mannes zum Radsport und sein Spanisch war gut genug, Klärung und Hilfe für Lutz zu übernehmen.

Postwendend fuhr er in das Krankenhaus nach Toluca. Lutz war übel zugerichtet worden.

„Vielleicht ist er von einem LKW touchiert und dabei umgerissen worden“, vermutete man bei der Erstdiagnose.

Seine linke Körperhälfte, die am stärksten betroffen war, deutete zumindest auf einen solchen mutmaßlichen Unfallhergang hin. Von einer Schädelverletzung angefangen, die sich später als Gehirnerschütterung herausstellen sollte, über eine schwere Innenohrverletzung, allerhand Prellungen, bis zu einer Wunde des Schultereckgelenkes wurden diese jeweiligen Verletzungen allesamt linksseitig diagnostiziert. Sein linkes Ohr litt durch den Sturz am meisten. Die behandelnden Ärzte rieten dringend dazu, binnen sechs Stunden nach dem Unfallhergang sofort zu operieren, um eventuelle Spätschäden zu vermeiden. Davon waren aber bereits vier Stunden vergangen. Laut dem Ärzteteam im Krankenhaus wäre diese Operation kein Problem. Aber wer zahlt das Ganze? Kein Arzt in Mexiko fasst einen Patienten an, wenn die finanzielle Situation nicht geklärt ist, so auch im Fall von Lutz. Es musste schnell gehen.

Nach zähen vier Stunden seit dem Unfall und vielen Telefongesprächen konnte mein Mann erreichen, dass das Geld für diese Operation vom nationalen Sportbund Mexikos INDE vorgeschossen wurde. Allerdings waren damit einzig und allein die Kosten für den Eingriff am Ohr abgesichert. Das Ärzteteam konnte loslegen. Mein Mann durfte während der Operation dabei sein, welche bedauerlicherweise nicht optimal verlief. Seine linke Gesichtshälfte war danach für ein paar Wochen gelähmt, essen und trinken ging nur per Strohhalm. Aber die Ärzte machten Hoffnung auf eine vollständige Wiederherstellung seines Gesundheitszustandes. Und es ging auch aufwärts mit ihm, wenngleich von einem weiteren Eingriff an der Schulter aus finanziellen Gründen seitens der DDR Abstand genommen wurde. Das war nicht lebensnotwendig, lautete die Nachricht, die von den Obrigkeiten des Sportes in der DDR unterzeichnet war und meinem Mann zur Kenntnisnahme vorlag. Mit dieser Entscheidung wurden Devisen an der falschen Stelle eingespart, war unsere einhellige Meinung dazu. Seine verletzte linke Schulter wurde mit einem Spezialverband angeblich ruhig und auch etwas schmerzfrei gestellt. So sah die alternative Heilbehandlung bis zu seiner Heimreise für ihn aus.

Unserem Töchterchen Anne war das blanke Entsetzen in ihr kleines Gesicht gemeißelt, als uns Lutz kurz vor seinem Heimflug besuchen kam. Bandagiert, bepflastert, noch immer mit leicht entgleisten Gesichtszügen, so stand er vor uns. Seine Haarpracht war durch die Ohroperation auf der linken Seite kahl geschoren und rechts inzwischen weiter lang gewachsen. In dieser entstellten Pose konnte ich ihn nicht zu seiner Frau nach Hause fliegen lassen, der ich in der Zwischenzeit in einem Brief mit schonenden Worten den Gesundheitszustand ihres Ehemannes beschrieb. Durch mein Elternhaus, Mama und Papa besaßen ein florierendes Friseurgeschäft, wurde mir das Haare schneiden vermutlich mit in die Wiege gelegt. Also wetzte ich schnell die Schere und heraus kam ein menschliches Antlitz mit dem wir ihn getrost durch die Passkontrolle und bis nach Hause bekamen. Dort angekommen, operierte man ihn umgehend an der verletzten Schulter und nur ein Jahr später konnte er an der Weltmeisterschaft teilnehmen und wurde Weltmeister im Punktefahren.

Neue Arbeit mit unglaublicher Story

Mit dem Eintreffen meines neuen Chefs wurde die Doppelbelastung, Sekretärin und Kulturbeauftragte, zu einer weit größeren Problematik, als ich das jemals vermutet hätte. Von dem Tag an gab es kaum noch einen Moment der Ruhe. Das lag nicht etwa an meinem Vorgesetzten, der nicht nur ehrlich, fair und sympathisch daherkam, denn er legte stets Wert auf ein gutes Arbeitsklima. Vielmehr ergab es sich aus der Aufgabenstellung, die dieses taufrische TKB (Technisch Kommerzielles Büro) zu erfüllen hatte. Erst Jahrzehnte später wurde mir die Tragweite dieser Arbeit bewusst, als zu diesem Zeitpunkt der wichtigste Staatsauftrag zwischen der DDR und Mexiko ausgehandelt wurde. Und ich war dabei, von Anfang an bis mittendrin? Wenn ich nicht alles akribisch in meinen Tagebüchern festgehalten hätte, würde ich das Erlebte nicht glauben können. Aber ich war dabei und nur die Realität wurde zum Traum, manchmal leider auch zu einem Trauma.

Zunächst einmal feierten wir die Einweihung des TKB Elektrotechnik Export Import in der Handelsvertretung recht ordentlich. Kein Auge blieb dabei trocken, nicht an jenem Tag, auch an keinem anderen. Dafür und für alle anderen freudigen Momente, auch den trostlosen, gehörte der Hochprozentige stets griffbereit in einen unserer Büroschränke. Nur mein Chef und ich als seine rechte Hand, verfügten über die Freigabe von sogenannten Alkoholika für Repräsentationszwecke. Diplomaten, Botschaften und Konsulate konnten über den dänischen Händler Peter Justesen derartige Waren in Duty-Free-Qualität bestellen. Bis zu meiner ungeplanten Abreise beschlich mich ein fragliches Gefühl, ob es eine direkte Verbindung von unserem Büro nach Dänemark zu Peter Justesen gegeben haben könnte. Jedenfalls hatten wir oft genug einen guten Grund etwas herunter spülen zu müssen.

Wesentlich schlimmer dagegen empfand ich es, von Kettenraucher umgeben zu sein. Der blaue Dunst war allgegenwärtig und schien niemanden weiter zu stören. Unser Büro war ausschließlich von Kunstlicht durchflutet, ohne Fenster und es gab keinen Zugang nach draußen. Diesen ′Komfort′ hatten wir dem Um- und Ausbau einer ehemaligen Garage zu verdanken, die sich direkt den sonstigen Büroräumen anschloss und für das TKB Elektrotechnik quasi aus dem Boden gestampft wurde. Für mich war das Klima in den Räumen eine täglich wiederkehrende Belastungsprobe. Es gab keine lokale Alternative und somit musste ich mit dieser Situation klarkommen, bis sich im Laufe des Jahres etwas Grundlegendes verändern sollte.

Von meinem Mann und dem Zeiss Büro war ich allerhand gewöhnt, was die Betreuung von Dienstreisenden, speziell über die Wochenenden betraf. Dass das noch steigerungsfähig sein konnte, lernte ich mit dem Beginn meiner Arbeit bei Elektrotechnik kennen. In diesem neuen Büro gaben sie sich permanent die Klinke in die Hand und das in einem schier endlosen Strom, der während eines Jahres nie abriss. In diesem Unternehmen, Elektrotechnik Export Import, begann in jeder Hinsicht eine spürbar andere Dimension, nicht nur den Arbeitsaufwand betreffend.

Warum eigentlich?

Ich hatte das nie hinterfragt, immer nur meinen Job erledigt, so gut es ging und was ich mit meinen Möglichkeiten vereinbaren konnte. Technische Details interessierten mich nie. Doch genau darum ging es bei der Sachbearbeitung in diesem Wirkungsbereich. Ich erledigte meine Arbeit, ohne deren Einzelheiten zu erfassen, womit ich mich als Sekretärin beschäftigte. Dabei war gerade diese Tätigkeit äußerst brisant. Klar wurde mir das erst, als ich drei Jahrzehnte später von unseren Freunden, mit denen wir durch die gemeinsame Zeit in Mexiko noch immer eng verbunden sind, einen Zeitungsartikel zugeschickt bekam. Darin wurde ein Kuriosum geschildert, an dem ich damals tagtäglich mitwirkte und das ich erst dreißig Jahre später nur durch diesen Artikel verstehen konnte. Wie absurd manche Dinge in jenen Tagen ihren Lauf nahmen.

In der Leipziger Volkszeitung vom 22. November 2011 wird Folgendes berichtet:

Besser als Motorola, vor gut 30 Jahren: DDR-Funkingenieure bauen ein Mobiltelefon für den Export nach Mexiko.

Diese Geschichte begann bereits im Jahr 1979.

Mexiko will entlegene Bergdörfer an das Telefonnetz anschließen. Das lässt sich aufgrund der topografischen Anforderungen allerdings nur drahtlos arrangieren. Gottfried Schuppang, damals Chefentwickler im VEB (Volkseigener Betrieb) Funkwerk Köpenick, das für Mexiko bereits ein Seefunknetz baute, fliegt mit einem Vize-DDR-Minister nach Mexiko, um eine Beteiligung an diesem Projekt zu klären. Schuppang analysiert, sieht sich die Gegend an und fliegt wieder nach Hause. Ein Genosse berichtet im Parteiblabla, Mexiko solle 'unterstützt' werden. Nichts Genaues also, der aktuelle Staatsplan ist schließlich beschlossen. Und ohne Staatsplan dreht sich kaum ein Rad. Vier Wochen später fragen die Mexikaner an, wo denn das Angebot vom Funkwerk bleibt. Große westliche Technologiekonzerne wie Motorola aus den USA, die italienische Telettra oder CSF-Thomson aus Frankreich haben den Mexikanern bereits 1979 die Installation solcher Kleinfunknetze zugesichert. Schuppang bekommt die Anweisung erneut nach Mexiko zu reisen. Es ist ein Parteiauftrag, sozusagen. Das ist nicht unbedingt eine Strafe, wenn man aus einem Land kommt, das seine Menschen eingemauert hatte. An ihm liegt es somit, dieses Versprechen der Anfrage einzulösen und der DDR eine Blamage zu ersparen. „Lassen Sie sich irgendetwas einfallen", drängelt der DDR-Handelsminister. Dem wiederum sitzt Partei- und Staatschef Erich Honecker im Nacken, dessen nächster Besuch in Mexiko 1981 stattfinden soll, wo er irgendetwas übergeben will und das muss nun aufs Papier. Honecker ist auf der Suche nach neuen Absatzmärkten, um an die stets knappen Devisen zu kommen.

Schuppang entwirft, rechnet und kalkuliert neu. Praktisch aus dem Nichts projektiert er in nur wenigen Wochen ein kleines Funknetz und errechnet einen Lieferpreis. Irgendeiner entlockt den Mexikanern den Preis, den Motorola fordert. Der Entwickler lässt allen Schnickschnack weg, vereinfacht die Bedienung und verlangt eine ähnliche Summe. Schuppangs Projekt erhält daraufhin den Zuschlag, aber er selbst nennt es „reinste Hochstapelei". Das Netz soll in achtzehn Monaten geliefert und installiert sein. Dieser Termin fällt mit Honeckers bereits geplantem Staatsbesuch zusammen. Damit hat das Funknetz in der DDR allerhöchste politische Priorität. Es können deshalb Forderungen durchgesetzt werden, die unter normalen Umständen nie genehmigt worden wären. Alle Bauteile, die in der DDR nicht zu beschaffen sind, dürfen für das Projekt importiert werden, egal woher und auf welchem Weg sie kommen. Und Gottfried Schuppang kann für die Installation in Mexiko das Personal einsetzen, das er für richtig hält. Er sucht sich die besten Fachleute zusammen, ohne auf eventuelle Westverwandtschaft achten zu müssen. Die am Bau des Funknetzes Beteiligten arbeiten wie besessen, denn es gibt kein besseres Ziel, dass viel mehr motiviert, als die Aussicht auf Überstundenbezahlung oder Prämien. Der mexikanische Bundesstaat Guerrero, wo dieses Funknetz entstehen soll, besteht nämlich nicht nur aus bergigem Hinterland. In ihm liegt auch ein Urlaubsparadies direkt am Pazifik, deren Name in den Ohren von DDR-Bürgern überaus wohlklingend ist: Acapulco. Jeder, der bereits Involvierten, hofft natürlich darauf, bei der Installation des Netzes in Mexiko mit dabei zu sein und vor allem Acapulco kennenzulernen. Das habe ungeahnte Kräfte freigesetzt.

Als die Funkgeräte halbwegs fertiggestellt sind, nehmen acht Kollegen, acht schwarze Kästen nach Feierabend mit nach Hause, um durch praktische Telefonübungen eventuelle Fehlerquellen zu ermitteln. Diese acht Männer telefonieren mobil und sind nun aus aller Welt erreichbar. „Wir hießen

Blaumeise eins bis acht und mussten uns im Funkjargon melden", erinnert sich Schuppang. Einmal ruft er in Dresden bei Freunden an, was eigentlich strengstens untersagt ist. Er meldet sich dort mit: „Hier ist Blaumeise eins." Die Dresdner fühlten sich veralbert und legten auf. Schuppang wählt noch einmal, legt aber die Ornithologentarnung ab und der Beweis ist erbracht. Blaumeise kann überall hin telefonieren, in jedes Festnetz. Und genau das ist der Stasi suspekt. Diese Handys störten die Stasi-Funknetze.

Schuppang und weitere Kollegen fahren abwechselnd nach Mexiko und installieren alles. Die abgelegenen Bergdörfer bekommen ein Mobilfunkgerät, das vorwiegend beim Bürgermeister steht und vor allem für Notfälle eingesetzt werden soll. Die Basisstation wird auf einem Berg installiert und schließt die Dörfer im Umkreis von vierzig Kilometern an das Telefonnetz an. Damit ist die Errichtung des Netzes im Bundesstaat Guerrero ein voller Erfolg und doch hielt sich die Begeisterung der Landbevölkerung in Grenzen: „Die Menschen lebten ja fast wie in der Steinzeit und wurden nun mit High-Tech-Anlagen, Telefon und Solarstromversorgung konfrontiert. Alle haben nur so mit dem Kopf geschüttelt", erinnerte er sich. „Sie wollten lieber Wasser und Straßen haben", wusste Schuppang zu berichten. Das Netz und die Geräte wurden dessen ungeachtet erfolgreich in Betrieb genommen. Somit lief für den hohen Staatsbesuch von Honecker alles nach Plan. Als am Rande des Aufenthaltes von Schuppang und seinen Ingenieuren ein mexikanischer Gouverneur fragt, ob man auch ein mobiles Telefongerät für sein Auto entwickeln könnte, produziert das Funkwerk auch das. Damit ist so ganz nebenbei das erste und einzige „Handy" der DDR geboren.

Schuppangs bahnbrechende Entwicklung sollte jedoch in der DDR, dem Land mit einer chronischen Unterversorgung an Telefonanschlüssen, vorerst nicht eingesetzt werden. Zu groß schätzte man den Aufwand ein, den die Stasi für die Überwachung des Netzes hätte betreiben müssen.

Wie spektakulär das damals lief und wieso konnte ich von alledem nichts mitbekommen haben, dass ich an diesem Projekt tatsächlich gearbeitet habe? Fast konnte ich es selbst nicht glauben, aber durch jenen Zeitungsbericht, der mich noch tagelang beschäftigte, immer wieder darüber nachzudenken, wie so etwas Einmaliges möglich war. Meinem technischen Unverständnis an diesen Dingen sei es geschuldet, diese brisanten Zusammenhänge verkannt zu haben. So zu improvisieren, dass aus etwas Unbeabsichtigtem ein Kunststück gelang, darin war die DDR unschlagbarer Weltmeister. Damals werkelten diese großartigen Entwickler daran, etwas Unmögliches zu realisieren, ihnen gelang dieser geniale Schachzug, der jenseits aller Regeln lag.

Staatsdelegation die Zweite

Bevor Honecker diese Anlage an den damaligen Präsidenten von Mexiko, Jose Lopez Portillo, termingerecht übergeben konnte, reisten im Vorfeld verschiedene DDR-Staatsdelegationen an. Jede musste für sich extrem wichtig genommen werden und immer ein Wörtchen mitreden in der internationalen Beziehung beider Länder. Neben der mehr oder weniger vorhandenen Vielzahl von Dienstreisenden, die vor Ort weilten, kamen kurz nacheinander die Staatsdelegationen um Verteidigungsminister Heinz Hoffmann, nach ihm reiste der Chef des Nationalen Olympischen Komitees (NOK) Manfred Ewald an und als krönender Abschluss erschien Günter Mittag, seines Zeichens Mitglied des Staatsrates und des Politbüros der DDR.

Alles, was zu dieser Zeit hoch dekoriert mit Rang und Namen der Staatsmacht diente, gesellte sich zu uns. In deren Gefolge stets eine ansehnliche Schar von Sicherheitsleuten, Journalisten, Dolmetscher und auch Ehepartner. Crewmitglieder der Regierungsmaschine und alles, was sonst noch mit herumwuselte wollten und sollten betreut werden. Auf Anweisung blieb ab sofort jedermanns eigentliche Arbeit liegen. Nicht nur die Botschaftsmitarbeiter, auch die Handelsleute erhielten andere ihnen zugewiesene Aufgaben, um einen reibungslosen Aufenthalt dieser Delegationen abzusichern. Sogar Urlaubssperre wurde während dieser Zeit verhängt, die uns leider auch betraf. Derartige Verschiebungen zogen automatisch unangenehme Kreise mit sich, aber für die Entscheider spielte das überhaupt keine Rolle.

Erst einmal bekam jeder von uns ein anderes Aufgabengebiet zugeteilt, das ausschließlich unter der bedeutsamen Prämisse Staatsdelegation zu finden war. Durch meine Kulturarbeit wurde ich unter anderem dazu aufgefordert, gute Ideen und Vorschläge für die mitreisenden Ehefrauen von den Regierungsoberhäuptern schriftlich und auch illustriert so zu formulieren, dass der Anreiz dafür gegeben wurde, die schönsten Flecken dieses wunderbaren Landes möglichst auf kurzen Wegen kennenzulernen. Geld spielte scheinbar dabei nicht die erste Rolle, vielmehr saß ihnen der Zeitfaktor im Nacken. Möglichst viel von diesem Land und seinen attraktivsten Orten zu erleben, mit einer durchführbaren Aufenthaltsdauer und alles sollte schnell erreichbar sein, so lautete die Direktive. Aus diesen Vorgaben entstanden Reiseideen, die sie vor allem nach Yucatan führen sollten.

Leider habe ich diese Halbinsel nie bereisen können.

Stattdessen kehrten die ´mitreisenden Ehefrauen´ ganz und gar begeistert von ihrem Abstecher nach Yucatan zurück. Dass ich diese Reisebeschreibungen lediglich aus Prospekten einschlägiger Touristikinformationen der Deutschen Bücherei verfasst hatte, verstand ich wie eine Farce in diesem Zusammenhang. Niemanden von ihnen wurde das bewusst und mir war es nur recht. Diese Damen lebten in ihrer Welt, zu der ich nicht gehören wollte.

Kuriositäten, die während der Staatsdelegationen am Rande passierten, konnte man nur Glauben schenken, wenn der Erzähler einer solchen Geschichte direkt dabei war und außerdem mein Ehemann ist. Was war passiert?

Ihm wurde die Aufgabe zugesprochen, sich um die komplette Flugbesatzung der Regierungsmaschine von Dr. Mittag zu kümmern. Darin enthalten war, dass er für das Flugzeug und die Crew ein sogenanntes Rundumsorglos-Paket abzusichern hatte, indem zwischen der Landung und dem Abflug nichts dem Zufall überlassen werden durfte. Zumindest lautete so seine Richtlinie. Nichts anderes hatte mein Mann vor, und mit diesen guten Absichten behaftet, fuhr er rechtzeitig zum internationalen Flughafen von Mexiko-Stadt, auch mit dem Hintergedanken, aus dem Alltagstrott herausgeholt zu werden, dadurch etwas anderes, vielleicht eine spannendere Herausforderung zu erleben. Diese Gedanken und Vorstellungen äußerte er über seinen neuen vorübergehenden Job, kurz bevor er sich auf den Weg zum Flughafen machte. Und dort angekommen nahmen die Ereignisse ihren Lauf: Die Regierungsmaschine der DDR, IL-62, war bereits gelandet und die Delegation schon in Richtung Hotel unterwegs. Eigentlich mussten nur noch das Gepäck und die vielen Geschenke für die festlichen Anlässe zu den Regierungstreffen entladen werden. Anschließend sollte mein Mann die Crew im Hotel unterbringen und mit diesem Vorsatz hätte der Abend für meinen Mann schnell beendet sein können. Er versprach mir noch, sich zu beeilen. Wenn allerdings DDR-typische Abläufe auf mexikanische Mentalität treffen, geht mit Sicherheit etwas daneben, so auch in diesem Fall. Bei Sondermaschinen, wie die IL-62 eine war, oblag vieles einer gewissen Eigenregie. Sogar bei den aufkommenden Fragen, wie und womit dieses Flugzeug entladen werden konnte, musste er eine Antwort finden und sich vor allem darum kümmern. Dieses Unterfangen versprach von Beginn, an ein schwieriges zu werden.

Als Erstes hieß es, einen Transporter für die Gepäckladeluke zu organisieren. Obwohl es nach dem mexikanischen Gemüt grundsätzlich heißt: mañana, mañana, ist es ihm trotz vorgerückter Stunde gelungen, einen LKW samt Fahrer zu besorgen, um diese Fracht löschen zu können. Nicht mit eingerechnet war allerdings, dass diese Ladeluke von der IL-62 viel zu hoch für den mexikanischen Gepäcktransporter war. Somit führte kein Weg daran vorbei, ein Förderband heranzuschaffen, um diese Distanz zu überlisten. Irgendwie gelang ihm auch das. Aber bei der darauf folgenden Rangiererei wurde die rechte Tragfläche vom Flugzeug durch den viel zu hohen LKW-Aufbau leicht beschädigt. Das mexikanische Bodenpersonal, die ganze Crew und mein Mann kamen nach einer Begutachtung der Lädierung dennoch zu der Übereinstimmung, dass ein derartiger Schaden reparabel sei und nicht automatisch zur Flugunfähigkeit führen musste.

Gleich darauf gab es noch weitaus wichtigere Dinge zu tun. Kaum war der LKW beladen, Förderband und Gepäcktransporter wieder an Ort und Stelle verfrachtet, meldete sich der Tower mit einer gewissen Dringlichkeit. Die Lotsen verlangten die Räumung des Flugsteiges, auf der die IL-62 noch immer herumstand und den weiteren normalen Flugbetrieb behinderte. Wohin mit ihr, dem unförmigen Vogel?, wurde zum größten Problem des Abends. Kaum darüber nachgedacht folgte sogleich die Anweisung aus dem Kontrollturm, dass für Sondermaschinen spezielle Abstellplätze vorgesehen waren. Allerdings lagen diese auf der gegenüberliegenden Seite des Flugfeldes. Außerdem sollte man sich damit beeilen, Zeit ist Geld, meinten die Lotsen. Noch einmal musste dort nachgefragt werden, wie man mit der IL-62 schnellstens von A nach B kommen könnte. Nichts einfacher als das, man nehme einen von diesen Flugzeugschleppern, und zwar einen mit der größten Schleppstange, der diesen Typ Flugzeug schieben, abschleppen oder auch auf Rollwege positionieren kann, war aus dem Tower leicht entnervt zu hören. Für den ersten Moment klang das wohl alles ganz plausibel, nur wie musste man sich das konkret vorstellen? Die Kollegen aus dem Tower meinten sicher mit einem Profi zu sprechen, der zu der Crew gehörte, als sie anwiesen: „Fahren sie die Maschine bis zum Ende der Rollbahn, dann über die Start- und Landebahnen bis auf die gegenüberliegende Seite. Und bei den Sondermaschinen einfach abstellen und bitte ohne Zeitverzug, wir brauchen den Platz."

Einfach klang das nur aus dem Mund des Lotsen vom Tower. Gesagt, getan, es musste etwas passieren und zwar schnellstmöglich. Pilot und Copilot der IL-62 saßen schon seit geraumer Zeit im Cockpit und warteten auf weitere Anweisungen. Das Würgen im Hals und der überhöhte Adrenalinausstoß ließen bei meinem Mann wohl erst nach, als er sich dem heraneilenden mexikanischen Schlepperfahrer gegenüber sah. Routiniert wurde durch ihn die Stange an das Bugfahrwerk angebracht, postwendend schob er die IL-62 rücklings aus dem Flugsteig, hinein in den bereits tief dunklen Nachthimmel von Mexiko-Stadt. Seinem Beifahrer, meinem Mann, musste er absolut vertrauen können, denn die schwierigste Phase hatten die beiden noch vor sich. Bei dieser ersten Aktion kamen sie ohne weitere Schwierigkeiten mit dem Flieger im Schlepptau glücklich am Ende der Start- und Landebahnen an. Jetzt hieß es, auf schnellstem Wege die Bahnen bei laufendem Flugbetrieb auf einem der weltweit größten Verkehrsflughäfen zu überqueren, um zu besagtem Stellplatz zu gelangen. Niemanden weiter, außer meinem Mann, schien diese zweite, weitaus schwierigere Aktion zu interessieren. Selbst von den Lotsen war weit und breit nichts mehr zu hören oder zu sehen. Jene hätten zumindest vermelden können, ob sich absehbar ein weiteres Flugzeug in der Startphase befand oder ein anderes im Landeanflug zu erwarten war, doch aus dem Tower kam nur Funkstille.

Augen auf und durch, andere Alternativen wären hierbei fehl am Platz gewesen. Zeit zum Nachdenken hatten sie ebenso nicht. Wann können wir mit der Überquerung der Bahnen beginnen? Wohin genau muss die IL-62 gezogen werden? Wie viel Zeit haben wir für dieses Abenteuer zur Verfügung? Was passiert, wenn etwas passiert?“ Alle diese Fragen mussten von sofort auf gleich geklärt werden.

Zur vorgerückten Stunde wurde es dunkel, sie sahen so gut wie nichts mehr in dieser Stockfinsternis, die sie seit geraumer Zeit umgab. Abseits vom Flughafengebäude standen sie inzwischen, beobachteten den Sternenhimmel, was sich von dort eventuell in ihre Richtung heran bewegte. Von diesem Standort leuchteten sie zudem jede Menge Positionslichter an, die aus der Entfernung wie durcheinandergewürfelt aussahen, aber auch keinen richtigen Sinn ergaben, woran man sich vielleicht noch orientieren konnte. Weit entfernt lag das gut erleuchtete

Flughafengebäude, ihr einziger Orientierungspunkt auf weiter Flur und in dieser Dunkelheit. Woher nahmen sie die Gewissheit, wann der beste Augenblick gekommen war, ohne ein Risiko eingehen zu müssen?

Der Luftraum über Mexiko-Stadt war damals wie heute mit einem Kommen und Gehen in Verbindung zu bringen. Es wäre durchaus vorstellbar gewesen, dass dieses Wagnis mit einem unangenehmen Zwischenfall enden konnte.

Irgendwann muss wohl irgendwer das Startsignal für die Überquerung der Bahnen gegeben haben. Mein Ehemann wusste es nicht mehr, zu viel Aufregung war mit Sicherheit dabei im Spiel. Das ergab sich zwangsläufig intuitiv aus irgendeinem Bauchgefühl heraus.

Wenn sich so ein Koloss, wie es letztendlich auch die IL-62 darstellte, erst einmal in Bewegung setzte, konnte man sie in einer Gefahrensituation kaum stoppen. Darüber waren sich alle Beteiligten schon im Klaren. Aber es war wie ein Wunder, aus keiner Richtung kamen irgendwelche Lichtquellen näher und los ging es. Bei dieser Aktion, die Bahnen zu überqueren, sind zwar ein paar Positionslampen von der Landebahnbeleuchtung umgefahren worden, ansonsten hielt sich die Schadenskurve relativ flach. Das Flugzeug wurde punktgenau an die Stelle platziert, wo es zu stehen hatte. Das Wunder war vollbracht. Etwas Applaus oder Daumen hoch wären jetzt angebracht gewesen, zu klein war jedoch der Personenkreis, der über diese gelungene Tat Jubelschreie ausgerufen hätte. Dafür, dass niemand in der Nähe weilte, um sich über die eben stattgefundene Aktion zu erfreuen, lagen sich zumindest zwei Menschen erleichtert in den Armen. Pilot und Copilot traten wenig später schweißgebadet aus ihrem Cockpit und erklärten sich wohl bereit, den Zusammenhang von deutscher Gründlichkeit und mexikanischer Mentalität neu zu überdenken.

Gegen drei Uhr morgens bekam ich diesen abenteuerlichen Bericht von meinem Mann zu hören. Bis zu seinem Eintreffen konnte ich schon nicht schlafen, und ab dem Moment musste ich immer wieder nachhaken, weil das eben Geschilderte so unfassbar schwer vorstellbar war.

„Wie, du hast den Flieger über die Startbahn ziehen lassen? Wie soll das denn gehen?“

Diese Geschichte erfasste man nicht auf Anhieb, die musste man mindestens einen Tag langsam sacken lassen. Nachdem ich diese Anekdote einigermaßen verdaut hatte, schwebte sie dennoch wie ein Damoklesschwert über uns und ließ uns noch ein paar Tage nicht richtig zur Ruhe kommen.

Jene Story stellte erst den Anfang von weiteren Ereignissen dar, die im 1980er Jahr Schlag auf Schlag passierten.

Dass unsere Anne bereits wesentlich früher in den Kindergarten aufgenommen werden durfte, als es ihr und uns normalerweise gestattet wurde, war eines von diesen besonderen Ereignissen. Aus diesem Grund brauchten wir unsere sich um alles kümmernde Petra nun nicht mehr. Auf der einen Seite hatten wir uns sehr aneinander gewöhnt. Die Vorteile, sie bei uns zu haben, überwogen deutlich gegenüber den finanziellen Nachteilen, die sich daraus ergaben.

Petra selbst hatte nicht so schnell mit dem Abschied aus unserer Familie gerechnet. Aber dass er näher rückte, konnte sie sich auch an ihren fünf Fingern abzählen. Anne, die bereits mehrere Stippvisiten im Kindergarten mit Erfolg hinter sich brachte, bemerkte die Schwermut glücklicherweise nicht, die über uns in der Luft schwebte. Im Gegenteil, sie strahlte und freute sich täglich darauf, in den Kindergarten zu kommen. Auch für Petra ergab es sich relativ kurzfristig, dass sie eine neue Familie finden konnte, in der ihre Dienste gebraucht wurden. Sie sprach dabei von einer jüdisch-orthodoxen Großfamilie mit fünf Kindern. Bevor sie jedoch unsere vier Wände verließ, belohnten wir sie mit einer kleinen Feier, die nur für sie arrangiert wurde. Ich konnte ihr endlich beweisen, was sie mir in unserer gemeinsamen Zeit beigebracht hatte. Darauf schien sie nicht vorbereitet gewesen zu sein. Tränen flossen vor Rührung, und nicht nur auf ihrer Seite.

Mit dem Weggang von Petra veränderten sich automatisch unsere Tagesabläufe, die sich mit einem Mehraufwand an Hausarbeit nachteilig auf die Zeit, die wir so dringend füreinander brauchten, auswirkten. Aber es ging, von Tag zu Tag wurde diese Art einer Abnabelung von unserer Kinderfrau und Haushaltshilfe stets ein bisschen besser.

Keine zwei Wochen waren ohne Petra vergangen, als es eines Abends bei uns klingelte und sie weinend wieder in unserer Tür stand. Zwischen ihrem Tränenfluss und dem Schluchzen erfuhren wir von den katastrophalen Verhältnissen, die sie bei ihrer neuen Familie erleben musste. Dort soll es sehr orthodox in einem chaotischen Drunter und Drüber zugegangen sein. Ungezogene Kinder, schlechte Versorgung, schmutziger Haushalt und ein liebloser Umgang miteinander, all diese Kriterien wollte und konnte sie nicht länger ertragen. Sie sah keinen anderen Ausweg mehr, als zu uns zurückzukehren und bat uns flehentlich darum, auch ohne Bezahlung bei uns bleiben zu dürfen, bis sie eine für sie passendere Familie gefunden hätte. Nicht einen Moment haben wir darüber nachdenken müssen, sie wieder fortschicken zu wollen. Bis zu unserem schon mehrfach verschobenen Heimflug zog sie mit ihrem dürftigen Besitz zu uns in ein kleines Arbeitszimmer, trat ihre gewohnte Arbeit wieder an, als wäre nie etwas anderes passiert, und dafür bekam sie von uns ihren regulären Lohn. Alles war wieder gut, auf ihrer wie auch auf unserer Seite. Und das Glück blieb ihr erhalten. Sie konnte gleich nach unserem Urlaub innerhalb unserer Botschaft weiterarbeiten, wurde gebraucht von einer frisch angereisten Familie. Vermisst haben wir sie dennoch sehr lange. Spontane Begegnungen endeten stets in einer besonderen Herzlichkeit und aus ihren Augen strahlten Glück und Zufriedenheit zurück.

Die Querflöte vom Gewandhaus-Orchester

Kurz bevor wir gen Heimat starteten, bekamen wir einen außergewöhnlichen Besuch von einem unserer Nachbarn, mit dessen Familie wir in der ´Platte´ in Jena wohnten. Er in der dritten, wir in der fünften Etage, und das seit sieben Jahren. Eine sehr musikalische Familie, die für die allabendlichen Konzerte der Jenaer Philharmonie tagsüber in ihrer Wohnung probte. Mag sein, dass für ein paar wenige der Hausbewohner dieses tägliche Üben mitunter qualvoll wurde, wenn sie aus der Nachtschicht kommend deswegen nicht schlafen konnten. Überhaupt bestand unsere Nachbarschaft aus einem illustren Kreis völlig unterschiedlicher Couleur. Vom Doktor der Ökonomie, über Musiker und Zeissjaner bis zum Busfahrer war in unserem Hauseingang so ziemlich alles vertreten. Und wir wuchsen über die Jahre zusammen. Mindestens zwei Hausfeste setzten alljährlich neue Maßstäbe. Eines fand im Frühjahr statt, das andere im Herbst und war nicht nur mit Arbeit verbunden. Diese Treffen standen unter dem Motto: Schöner unsere Städte und Gemeinden, und wurden zum Paradebeispiel für eine gute Zusammengehörigkeit innerhalb unserer Nachbarschaft. Subotnik hieß dieser Tag und bedeutete, ein jeder packt bei dieser großen Hausreinigung mit an, ob groß oder klein, die jedes Mal in einen feuchtfröhlichen Ausklang mündete. Ja, wir fühlten uns wohl in dieser Wohngemeinschaft.

Eines Tages eröffnete uns dieser Nachbar, dass er ins Leipziger Gewandhausorchester berufen wurde, einem Klangkörper, der zu den berühmtesten der Welt gehört und zu dieser Zeit unter der Leitung von Kurt Masur stand. Ganz nebenbei sprach er davon, dass dieses Orchester eine Nordamerikatournee plante, somit er als Querflöte des Gewandhausorchesters durchaus auch in Mexiko auftauchen könnte. Wann? Das stand allerdings noch in den Sternen.

Am 11. Mai 1980 klingelte es in Mexiko an unserer Wohnungstür und siehe da, die Querflöte vom Gewandhausorchester stand vor uns. Dieser besagte Nachbar war es, der uns ausfindig machen konnte, ohne irgendeinen Anhaltspunkt zu kennen, weder die Adresse noch eine Telefonnummer wusste er von uns, auch nicht von der Botschaft oder unserer Handelsvertretung. Unfassbar. Noch völlig verdutzt darüber, dass er uns überhaupt aufspüren konnte, gestand er uns freimütig seine Nachforschungen über uns. Er suchte zuallererst im Telefonbuch nach der Rufnummer von Zeiss, ohne auch nur einmal darüber nachzudenken, dass man zu dieser Zeit unterscheiden musste, zwischen Zeiss West und Zeiss Ost.

Nach dem Zweiten Weltkrieg teilte sich das bis dahin nur in Jena befindliche Unternehmen Carl Zeiss. Der eine Teil ging nach Oberkochen und firmierte unter dem gleichen Namen. Langjährige Prozesse entschieden darüber, auf welchen Märkten die eine oder andere Seite den Namen Carl Zeiss ausschließlich oder bedingt zu führen hatte und welche der beiden Carl Zeiss Betriebe das ursprüngliche und namhafte Warenzeichen wo auf Welt verwenden durfte. Mexiko gehörte dabei zu den Ländern mit Basis einer friedlichen Koexistenz. Auf diesen Handelsplätzen durften beide Unternehmen, Zeiss West und Zeiss Ost, mit ihren Firmennamen und Warenzeichen auftreten, allerdings in den meisten Fällen mit unterschiedlicher Ergänzungen oder gar besonderen Merkmalen. Kam diese Trennungsgeschichte der Firma Carl Zeiss Jena irgendwo auf dieser Welt zur Diskussion, war sehr oft ein ungläubiges Kopfschütteln die Folge. Wie sollte es der einfache Mexikaner auch verstehen, dass in ´einem´ deutschen Land zweimal die Firma Carl Zeiss existierte? Und bei einigen von ihnen blieb es dabei: Zeiss war Zeiss, egal ob West oder Ost.

Selbst unserem Nachbar also war bei seiner Suche im Telefonbuch nach dem Namen Carl Zeiss nie bewusst gewesen, dass wir lediglich unter der Adresse der Handelsvertretung der DDR zu finden waren. Aber er hatte Erfolg. Eine Verbindung bekam er mit dem Büro von Carl Zeiss West. Die Mitarbeiter dort kannten sich wohl oder übel im gleichnamigen Unternehmen aus dem Osten wahrscheinlich besser aus, als es im umgedrehten Fall lieb und recht gewesen wäre. Name, Adresse, Telefonnummer, all diese wichtigen Daten wurden ihm postwendend übermittelt. Und so stand er mit stolzgeschwellter Brust vor uns.

Aus dieser Überraschung wurde ein unglaublich lustiger Abend, mit weiteren Anekdoten zu dieser Ost/West-Thematik, die ihm auf seinen Reisen mit dem Gewandhausorchester passierten.

Dass sich mit diesem Orchester viele Devisen in die DDR holen ließen, dafür brauchte es keiner langen Erklärung seinerseits. Überall auf dieser Welt fanden ihre Konzerte statt, die heiß begehrt, ebenso fortwährend ausgebucht waren. Wen wunderte es daher, dass zu ihren Gastspielreisen immer nur die Creme de la Creme der Orchestermitglieder delegiert wurde und es keine zweite Besetzung für eine Auslandstournee gab, wie es bei anderen berühmten Orchestern durchaus der Fall war. Das Gewandhausorchester musizierte nie in der zweiten Garnitur im Ausland, und genau damit erklärte sich ihr Weltruhm. Sie waren einfach die Besten, überall und zu jeder Zeit. Sämtliche Orchestermitglieder waren hoch motiviert, dabei zu sein, somit etwas von der großen weiten Welt sehen zu können, raus zu kommen aus der ewig eintönigen DDR. Mit ein paar Devisen als Tagesgage konnten sie zudem für die Lieben daheim kleine Wünsche erfüllen. Wer eine solche Chance bekam, ob im Sport, bei der Kultur oder wie wir im Handelsunternehmen, der hielt sie fest, verfolgte sein Ziel mit aller Macht und seinen Möglichkeiten. Die Devise lautete in jedem Fall, erst einmal rauskommen und schauen, wie die Welt da draußen wirklich ist.

Wenn sich nunmehr ein reisender Klangkörper, wie dieser vom Gewandhaus einer war, der sich aus achtzig bis einhundert Musikern zusammensetzte, konnte man sich durchaus vorstellen, dass ein kleiner Zwischenfall im Alltag oder auf Reisen mitunter eine Riesenwelle von Kuriositäten auslöste, wovon uns der Nachbar an jenem Abend ein paar krasse Beispiele zum Besten gab.

In Italien, wo sie bereits mehrfach Konzerte spielten, okkupierten sie fast immer das gleiche Hotel. Alle reisten sie gemeinsam an und wollten gerade in ihrem Hotel einchecken, als der Portier darum bat, dass die Herren doch bitte nicht wieder zur gleichen Zeit die elektrischen Rasierer benutzen mögen, weil sonst die Stromversorgung zusammenbrechen würde.

Wie jetzt?, wollte ich ihn gerade fragen. Seitdem wir unseren Nachbarn kannten, trug er einen Vollbart. Jedoch, seine lustige Erklärung zu diesem vermeintlichen Eklat leuchtete uns ein. Um ihre schmale Tagesvergütung nicht für teures Essen ausgeben zu müssen, hatten viele der Musiker ihren kleinen Kocher oder Tauchsieder mitsamt Tütensuppe, Büchsenwurst, Tee oder anderen Speisen im Gepäck dabei, konnten sich somit selbst etwas Essbares zaubern, ohne Geld ausgeben zu müssen. Nach einer Reise oder dem Konzert kam unweigerlich der Hunger auf und man griff geschlossen zum elektrischen Kochgerät. Mit einer solchen Situation war das Stromnetz in dem besagten Hotel wohl bereits öfter überfordert gewesen, was ihnen überall auf dieser Welt ebenso passieren konnte, nur in Italien versuchte man, der Ordnung halber gegenzusteuern. Freundlicherweise umschrieb der Hotelportier sein Problem in der Diskussion mit den Herren des Orchesters sehr schmeichelhaft. Unser Nachbar der Bartträger, wie einer von vielen seiner Kollegen, der sich nicht täglich rasieren musste, reagierte spontan. Mit einem Augenzwinkern auf beiden Seiten zeigte man dem Empfangschef, dass dieser zarte Hinweis verstanden wurde und man es tunlichst vermeiden werde, sich gleichzeitig zu rasieren.

Und dann erzählte er uns von einer weitaus aberwitzigeren Begebenheit. Während einer Reise durch die USA passierte ihnen ein viel größeres Missgeschick, dass durchaus in einem Hollywoodstreifen verfilmt werden könnte. Wenn wir diese Story nicht leibhaftig aus dem Mund unseres Nachbarn vernommen hätten, würden wir an deren Glaubhaftigkeit zweifeln. Folgendes geschah: Die Orchestermusiker wollten nach Konzertende in einem nahe gelegenen Supermarkt einkaufen, der sogar rund um die Uhr und an allen Tagen seine Pforten geöffnet hielt. Demzufolge wollten die Musiker ganz entspannt zur vorgerückten Stunde ihre Einkäufe erledigen. Drei Dinge passten allerdings nicht zusammen. Erstens, die Herren vom Gewandhaus steckten noch immer im schwarzen Frack ihrer

Berufsbekleidung. Zweitens, gab es kaum vorhandene Fußwege auf der Strecke vom Konzertsaal bis zum Supermarkt. Drittens fehlte ihnen das Geld für ein Taxi, zumindest wollten sie es aus Kostengründen nicht dafür ausgeben. Diese ungünstigen Voraussetzungen ignorierend, bewegte sich dieser Tross von pinguinartigen Schwarzröcken den Highway entlang in Richtung Supermarkt. Alle weiteren machbaren Optionen waren bereits heftig diskutiert worden. Nur ein Plan B fiel ihnen nicht ein. Somit blieb nur dieser Fußmarsch übrig. Nicht nur für amerikanische Verhältnisse musste dieser Anblick von zig hintereinander laufenden Schwarzröcken mehr als mysteriös ausgesehen haben.

In dem Land der unbegrenzten Möglichkeiten brauchte es wohl nur wenige Minuten, bis dieser Auftritt bei der zuständigen Behörde gemeldet wurde. Schneller als die Polizei erlaubt, diese Redewendung traf den Nagel auf den Kopf, sind diese Ordnungshüter gleich mit mehreren Limousinen und den aus Film und Fernsehen bekannten Sondersignalen angerast gekommen. Sie umkreisten die Verdächtigen, stiegen nervös aus und riefen ihnen auffordernd den Befehl zu: „Hands up, don´t move!"

Bei völliger Ahnungslosigkeit, warum dieser Überfall ausgerechnet ihnen gelten sollte, ergaben sie sich aufgrund einer gewissen Ernsthaftigkeit, die in dieser Situation lag. Dass es sich lediglich um ein Missverständnis auf beiden Seiten handelte, konnte erst nach wild gestikulierenden Auseinandersetzungen geklärt werden. Die Polizei ging von einem überfallartigen Angriff auf den Supermarkt aus und die schwarz befrackten Herren des Gewandhausorchesters wollten dort lediglich ein paar Kleinigkeiten für sich und ihre Lieben daheim einkaufen. Immerhin wurde dieser Vorfall in den Spätnachrichten des regionalen amerikanischen Fernsehens klargestellt. Zu diesem Vorfall musste es aus der Bevölkerung zahlreiche Anfragen gegeben haben, die eine Richtigstellung des vermeintlichen Überfalls über das Fernsehen notwendig machte. Wahrscheinlich ließen sich nur über diesen Weg die Wogen unter den Einwohnern wieder glätten.

In diesem Zusammenhang wurde mir klar, was zu dieser Zeit unternommen werden musste, damit man sich seine noch so kleinen Wünsche und Träume erfüllen konnte, wenn man schon einmal die westliche Hemisphäre betreten durfte. Vielleicht erklärte es sich durch eine grenzenlose Kompromissbereitschaft, die unseren Alltag steuerte. Diese Geschichte unseres Nachbarn über seine Reisen in die weite Welt, zog das Erzählte zwar in das Lächerliche, trotz alledem kroch eine Traurigkeit über die tragischen Zustände, die man als DDR-Bürger im Ausland bewältigte sofort hinterher.

Der nächste Heimaturlaub steht an

All die zurückliegenden brisanten Ereignisse führten unglücklicherweise dazu, dass unser Heimaturlaub um Wochen verschoben werden musste, doch irgendwann stand er endlich auf unserer Agenda. Der Heimflug über Havanna mit zwei Tagen Aufenthalt in der Hauptstadt Kubas war für Mitte Juni gebucht. Schönes Wetter gleich mit zu reservieren, ließ sich leider nicht mehr machen und so begann für uns seit dem Abflug von Mexiko-Stadt ein total verregneter Urlaub. In den vorgesehenen sechs Wochen öffnete der Himmel seine Pforten immer dort, wo wir uns gerade aufhielten. Von Anfang an bis zum bitteren Ende.

Womit haben wir das denn verdient?, wurde so zur Frage aller Fragen. Und das wollten wir immer wieder täglich wissen, mit einem Blick in die dunklen Wolken, die wie einzementiert über uns am Himmel standen. Es war daheim sowieso schon alles grau in grau. Sympathisierte Petrus etwa mit dem typischen Alltag, der uns hier umgibt?

Die Wochen wurden schwer und schwerer. Wir bewegten uns in einem Zustand zwischen Aushalten und Wieder-gen-Mexiko-aufbrechen-Wollen, aber eine Wahl hatten wir sowieso nicht. Abwarten und Tee trinken, hieß in diesem Urlaub unser Thema. Während wir, mein Mann und ich, wetterbedingt Trübsal bliesen, entpuppte sich unsere Tochter als der Sonnenschein. Ob es wohl daran lag, dass wir endlich viel Zeit für sie hatten, uns zu beschäftigen wussten und immer in ihrer Nähe sein konnten?

Bei mir sah es dagegen ganz anders aus. Der Stress der vergangenen Wochen und Monate, finanzielle Sorgen und immer wiederkehrende gesundheitliche Probleme hatten mich auf 55 Kilo Lebendgewicht zusammenschrumpfen lassen und das bei einer Körpergröße von 1,72 Meter. Woran lag das wohl? In meinem Inneren rebellierte es ständig. Aber wogegen? Ich konnte es mir nicht erklären. Noch nicht.

Sechs verregnete Wochen Urlaub fühlten sich bleischwer an, verstrichen dann doch schneller als gedacht. Der größte Teil davon wurde damit ausgefüllt, einfach nur umherzureisen, mal zu den Eltern, mal zu den Schwiegereltern, Geschwister besuchen oder bei den Freunden eintreffen. Nichts ging ohne einen fahrbaren Untersatz. Dafür stellte uns mein Vater zum wiederholten Male seinen Trabi zur Verfügung. Ohne dieses unverwüstliche Gefährt wäre unsere Ferienzeit wesentlich problematischer über die Bühne gegangen. Nebenbei hielt dieses Auto auch dem schlimmsten sintflutartigen Regen stand, selbst der kleinste Tropfen sickerte nicht durch seine Pappkarosse und es regnete pausenlos, jeden Tag aufs Neue.

Zwischen unseren Besuchen gab es kaum ein Durchatmen. Wie auch in den letzten Jahren wurden wir quasi fremdgesteuert, ob wir wollten oder auch nicht. Urlaub haben hieß nicht automatisch die ganze Zeit auf der faulen Haut liegen können. Mindestens ein Drittel dieser Urlaubszeit musste für die dienstlichen Obliegenheiten einkalkuliert werden. Vom Anmelden in den Urlaub bis zum wieder Abmelden aus dem Urlaub durchlief man pflichtbewusst nahezu alle Bereiche im jeweiligen Betrieb, ohne Wenn und Aber.

Über jedem anderen ordnungsgemäßen Termin stand der einer alljährlichen Tropenuntersuchung. Ohne eine bestandene Tropentauglichkeit gab es keine Ausreise, was zu einem belastenden Druck in unserer kleinen Familie führte. Tochter Anne spürte diesen Weg sofort, den wir nehmen mussten, als wir stadteinwärts Richtung Kinderklinik fuhren. Ihr herzzerreißendes Wimmern setzte ein, da waren wir noch nicht einmal über die Schwelle der Anmeldung gekommen. Sie weinte immerzu, schrie aber nie und ihrem angsterfüllten Blick durften wir nicht ausweichen. Diese vielen Untersuchungen und dass jedes Jahr aufs Neue ihr gesamter Körper geröntgt werden musste, verstand ich sowieso nicht mehr, empfand es als sinnlose Tortur. Warum quälte man sie und uns damit? Diesen Untersuchungstag konnten wir immer gleich aus dem Kalender streichen, er wurde unter den tränenreichsten überhaupt abgebucht. Wer auch nur ein einziges Mal in diese traurigen, vom vielen Weinen gerötete Kinderaugen geschaut hatte, weiß sehr wohl, wie schwer es einer Mutter fällt, eine Prozedur dieser Art nicht verhindern zu können.

In der restlichen Urlaubszeit gab es auch noch ein paar freie Tage, aber so richtig frei fühlte es sich trotzdem nie an.

Woher kam bloß diese ständige Unruhe? Wir wurden durchaus von allen Seiten immer wieder darum beneidet, dass wir eine andere Welt sehen durften. Warum also gab es sie, diese Unzufriedenheit?

Wir waren doch aber niemals frei, in keinem Moment, mit keiner Entscheidung. Wer in diesen Zeiten bloß auf sich hörte und sei es nur der Vernunft zu gehorchen, der hatte eine andere Vorstellung von Freiheit und wählte einen mitunter verhängnisvollen Weg, um sie zu bekommen. Mit dieser Erkenntnis wurde mir unsere Hilflosigkeit bewusst, auch dass wir keine andere Chance bekämen, als die immer nur zu funktionieren, möglichst stillschweigend und ergeben. Und ich fühlte sie, diese Schwäche, vor der wir uns nicht schützen konnten. Das also zerrte unterschwellig an den Nerven. Mein Körper rebellierte schon lange dagegen an, zeigte mir seine Grenzen, einmal mehr durch die starke Gewichtsabnahme.

Aber was konnte ich dagegen tun? Niemand würde meine Gewissensbisse verstehen.

Bisher hatte ich meinen Kummer absolut verdrängt, immerzu der mangelnden Zeit untergeordnet. Zweifel kamen auf, ob wir als Familie in Mexiko und überhaupt bei diesem permanenten Arbeitsstress bestehen könnten. Mich erdrückten diese Gedanken nahezu, denn ich fand selbst keine Lösung und aufkeimende Gespräche zwischen uns beiden versickerten im Sande. Ich hatte keinerlei Argumente in der Hand, weder dafür noch dagegen. Also zeigte ich weiter die gute Miene zum bösen Spiel.

In dieser Verfassung warteten wir bereits die zweite Woche auf eine Nachricht, wann mit dem Rückflug nach Mexiko zu rechnen war. Insgesamt dehnte sich unser Aufenthalt bereits in die achte Woche aus, was erneut weitere Fragen aufwarf. Brauchte man uns da draußen etwa nicht mehr? Aber im Betrieb schien es niemanden zu interessieren, wann, wie und womit wir unsere Reise antreten sollten. Ganz nach dem Sinnbild der drei Affen: Nichts sehen, nichts hören und nichts sagen. Dieses Auf und Ab ging immer weiter. Man konnte nie wissen, woran man war und was als Nächstes passierte. Dass ich damals mit einer inneren Zerrissenheit zu kämpfen hatte, war mir von vorn bis hinten so nicht bewusst.

Trotz dieser Unsicherheit standen unsere Koffer schon seit etlichen Tagen fertig gepackt in einer Ecke unserer Wohnung. Anne fand das anfangs noch recht lustig, konnte sie doch den vom Reisegepäck versperrten Platz sehr gut für ein Versteckspiel nutzen. Aber auch unsere Kleine war inzwischen groß genug, dass sie auf die bevorstehende Tatsache, bald wieder gen Mexiko zu fliegen mit einem energischen Kopfschütteln reagierte. Damit zeigte sie uns ihre Stimmungslage. Wo fühlte sie sich überhaupt zu Hause? Ständig hin- und hergerissen zu werden, ging nicht spurlos an ihr vorbei. Ihre Meinung war dazu überhaupt nicht gefragt, sie musste mit, ob sie wollte oder auch nicht. Und das spürte sie schon sehr.

Havanna und seine Menschen

Und dann musste alles wieder einmal ganz schnell gehen. Keine zehn Stunden blieben uns von der Nachricht, dass wir schon am nächsten Tag fliegen sollten, bis zur Abfahrt nach Berlin. Eine geruhsame Nacht sah anders aus. Früh um sechs Uhr holperte der gute alte Wartburg meines Schwiegervaters mit uns in nur drei Stunden bis nach Berlin. Unter den damaligen Bedingungen war das ein absoluter Rekord. Und das Auto blieb sogar unversehrt, trotz der mit Schlaglöchern gepflasterten Autobahn. Der ´einzigartige´ Flughafen Berlin-Schönefeld kam gerade in Sichtweite, da verstummten automatisch die Gespräche, die während der Fahrt noch lauthals geführt wurden. Der Abschiedsschmerz kroch klammheimlich hoch und ließ uns die Reise schweigsam beenden. In dieser gedrückten Stimmung bekamen wir anfänglich gar nicht mit, dass vor dem Check-in-Schalter eine Traube wild gestikulierender Menschen auch keinen glücklicheren Eindruck hinterließen. Die Anzeigetafel verriet uns zwar nicht den Grund der Aufregung, doch musste etwas Schlimmes passiert sein, denn unser Flug nach Kuba wurde annulliert.

Kein Mensch, keine Macht auf dieser Welt kann eine Naturkatastrophe verhindern und schon gar nicht beherrschen. Nur in einem Bruchteil unseres Lebens entscheidet sich das Schicksal über den Ablauf und die Auswirkung einer dramatischen Naturgewalt und erinnert daran, dass man sich einem solchen Zwischenfall nicht entziehen konnte, man musste sich dem unterordnen. Diese Naturkatastrophe hieß Allen und fegte gerade als Hurrikan über die Karibik hinweg. Er, der sich als einer der stärksten Wirbelstürme seit Beginn der Wetteraufzeichnungen entpuppte, ließ nicht zu, dass sich ihm irgendein Flugzeug näherte. Also blieben wir am Boden.

Einerseits war ich froh, dass die Sicherheit der Passagiere über all die anderen auch wichtigen Dinge gestellt wurde und unser Flugzeug aus diesem Grund keine Starterlaubnis bekam. Andererseits konnte ich nicht so tun, als wollte ich unbedingt wieder zurück nach Jena. Und in Mexiko gab es noch einige weiße Flecken, die wir ausmalen, markieren, einfach kennenlernen wollten und es sich für uns lohnen sollte, ein weiteres Jahr Aufenthalt in Mexiko zu bekommen.

Frustrierte Reisende, die nach Kuba reisen wollten, bedrängten schon eine ganze Weile das Bodenpersonal mit der immer gleichen Frage: Wann würde es frühestens weitergehen können? Zur Antwort bekamen wir Wartenden die Erklärung, dass der Flieger am nächsten Tag zur gleichen Zeit mit uns in die Lüfte gehen sollte, garantieren würden sie uns das allerdings nicht. Aus dem nahezu regungslosen Gesicht des Sprechers der Interflug, der Fluggesellschaft der DDR, konnte man keinen weiteren Anhaltspunkt ablesen, und so ließ er sich auch mit weiteren Befragungen nicht mehr aus der Reserve locken. Jeder Passagier dieses Fluges war sich ab dem Moment vierundzwanzig Stunden lang selbst überlassen. Die höhere Gewalt schrieb eben ihre eigenen Gesetze. Nur die in und um Berlin wohnenden Passagiere konnten sich mit dem Hinweis von Interflug arrangieren, vierundzwanzig Stunden später wieder an Ort und Stelle zu sein, und zogen mit ihrem Gepäck auf dem schnellsten Weg davon. Wir hingegen saßen fest. Zumindest wollten wir nicht mit Sack und Pack nach Jena zurückfahren. Es war Anfang August, an einem richtig schönen Sommertag, ohne Regen, nur weiße Wolken und Sonnenschein. Wenigstens dadurch hatte dieser Tag immerhin etwas Versöhnliches.

Spontan und aus dem Bauch heraus trafen wir die für uns praktikabelste Entscheidung. Sie führte uns nach Zeuthen, einer in unmittelbarer Nähe zum Flughafen gelegenen Ortschaft, wo eine uns befreundete Familie in einem kleinen Gartenhaus am Waldrand die Ferien verbrachte. Wir waren uns ziemlich sicher, sie dort anzutreffen und hofften darauf, bei ihnen Unterschlupf für die eine Nacht zu finden.

Voller Zuversicht klopften wir an der Tür ihres Bungalow. Zuvor hatten wir gar keinen Gedanken daran verschwendet, wie unser Überfall aufgenommen werden könnte, aber eine bessere Alternative fiel uns nicht ein. Geradewegs schauten wir in die ziemlich verblüfften Augenpaare unserer Freunde. Bloß einen Moment später lagen wir uns freudestrahlend in den Armen. Hilfsbereit nahmen sie sich unserer Misere an, wurden schlagartig zu den besten Gastgebern in der für uns problematischen Situation. Essen und Trinken wurde herangeschafft als müssten sie alle Passagiere versorgen, die mit uns nach Kuba fliegen wollten. Raum ist in der kleinsten Hütte. Das traf auch hier bei den Freunden zu. Jeder von uns fand seinen Platz darin und die Aufregung des Tages war schnell vergessen. Was anfangs unvorstellbar erschien, wie wir unsere verzwickte Situation überbrücken könnten, endete in einen besonders schönen, heiteren Sommerabend.

Am nächsten Morgen, beim Abschied nehmen, gaben sie uns zu verstehen, dass ihr Haus jederzeit für uns offen steht und wenn ihnen das gleiche passiert wäre, hätten wir in einer solchen Lage nie anders reagiert.

„Stimmt."

„Also, Kopf hoch, wir rächen uns irgendwann", mit diesen Worten trennten wir uns.

Dieses Mal Lebewohl zu sagen, fiel kurz und knackig aus, was unser Auseinandergehen nicht ganz so schwermütig werden ließ.

Einen ganzen Kalendertag raubte uns dieser Hurrikan, damit verschob sich jede Weiterreise automatisch nach rechts. Fünf lange Tage dauerte unsere Reise von Jena bis nach Mexiko-Stadt, die durch das Drama des tropischen Wirbelsturmes hervorgerufen wurde. Drei davon hielten wir uns in Havanna auf, wo wir von der dort ansässigen Familie, die für Carl Zeiss Jena auf Kuba weilte, wieder einmal liebevoll umsorgt wurden. Mit offenen Armen nahmen sie uns am Flughafen in Empfang und klärten uns gleich darüber auf, was sie in den letzten vierundzwanzig Stunden am eigenen Leib erfahren mussten. Nach ihren Schilderungen befanden sie sich in einer beängstigenden Weltuntergangsstimmung, als der Wirbelsturm über Havanna hinwegzog.

Gleich beim Verlassen des internationalen Flughafens von Havanna bekamen wir das Ausmaß an Schäden, die der Hurrikan verursacht hatte, wie auf einem Tablett serviert. Gewisse Vorwarnungen über diesen gewaltigen Wirbelsturm waren sehr ernst genommen worden. Da auf dieser Insel jedes Jahr zur gleichen Zeit immer wieder mit schlimmsten Unwettern gekämpft werden musste, hatten sich die Bewohner aus der Erfahrung und so gut es ging darauf eingestellt. Dazu gehörte, dass alle Gebäude nahe der Uferpromenade vorsorglich und großflächig abgesichert wurden. Es galt dabei insbesondere die Fensterscheiben an den Häusern entlang der Uferstraße zu sichern. Mit Brettern vernagelt, schützten sie die zwar vor dem Zerbersten, doch konnten die maroden Wände den aufgepeitschten Wassermassen sehr oft nicht mehr standhalten. Niemandem von uns blieb in diesen Stunden verborgen, wie sehr ihnen die Armut ihres Landes zu schaffen machte. Mittel und Wege, um ihre wenigen Habseligkeiten besser schützen zu können, gab es nicht. Kreuz und quer lag der Unrat auf dem noch immer unterspülten Malecon, der bekanntesten Uferstraße Havannas. Das Meer, immer noch aufgewühlt, schüttete in hohen Bögen eine graubraune Brühe über die Promenade und erfasste noch weiteren Müll, der mit scheinbar nachlassender Kraft der Wellen trotzdem fortgerissen wurde. Noch konnten wir diese Naturgewalt von einer sicheren Stelle aus beobachten, aber sie machte uns richtig Angst. Dort wurde uns erst bewusst, mit welcher Stärke dieses sintflutartige Unwetter alles Hab und Gut mit sich reißen konnte und wie hilflos die Menschen dieser Katastrophe ausgeliefert waren.

Um die größten Schäden in den Griff zu bekommen, arbeitete die Bevölkerung Havannas fieberhaft daran. Jeder packte mit an, ob Klein oder Groß, Jung oder Alt. Und doch kämpfte das ganze Land sichtbar ums Überleben. Allerdings nicht nur seit diesem Hurrikan. Jedes Jahr aufs Neue mussten sie in der Zeit zwischen Juni und November mit schweren Unwettern rechnen, mal mehr, mal weniger stark, aber sie lebten damit. Irgendwie schafften sie es zu jeder Zeit und Stunde, sich ihre Lebensfreude zu bewahren.

„Wir denken nicht so gern an die Zukunft“, war häufig ihre Antwort auf die Entbehrungen im Land.

Auch ein Das hat Zeit, gaben sie nicht selten mit einem Augenzwinkern zu verstehen. Selbst in den schwersten Phasen verzichteten sie nicht auf ihre allabendliche Partystimmung, die sich von der Küstenstraße bis in Havannas Altstadt erstreckte. Diese sprühende Lebensfreude und ihr ungebrochener Optimismus konnten den Lebensmut buchstäblich beflügeln. So feiern sie sich und den Moment des Lebens, darin sind sie die unbestrittenen Meister. Man weiß es inzwischen überall auf dieser Welt, der wahre Schatz Kubas sind seine Menschen.

Nach diesem verregneten Urlaub und dieser Odyssee nach Kuba zu kommen, wäre das letzte Stückchen Weg fast ein Kinderspiel geworden. Aber unterm Strich waren wir alles andere als erholt zurückgekehrt. Sogar bei unserer Abholung vom Flughafen in Mexiko-Stadt bescheinigte man es uns auch noch, dass wir offenbar arg mitgenommen ausgesehen hätten. Verwunderlich war es nicht, doch Mexiko hatte uns wieder.

Noch saßen die Ereignisse der Reise tief in unseren Knochen, als gleich die nächste Hiobsbotschaft folgte. Während der Wochen unserer Abwesenheit hatten sich die Lebenshaltungskosten exorbitant nach oben bewegt. In Finanzkreisen rechnete man für das Jahr 1980 mit einer Inflationsrate von siebenundzwanzig Prozent. Dabei wurde die erhöhte Mehrwertsteuer ab dem vergangenen Jahr noch nicht einmal mit berücksichtigt. Unsere große Hoffnung, dass wir nach unserem Urlaub etwas mehr Geld zur Verfügung haben werden, schmolz bei diesen Nachrichten sofort dahin. Immerhin spekulierten wir mit einer Erhöhung unserer finanziellen Mittel. Außerdem stand uns jetzt das Gehalt für Petra zur Verfügung und das wollten wir in andere Vorhaben investieren. Dieser ersehnte Überschuss sollte für Erlebnisreisen im Land ausgegeben werden. Die Hoffnung, dass es uns nach dem Urlaub finanziell besser gehen könnte, starb im Moment unserer Ankunft. Unsere Planung ging somit nicht auf.

Diese inflationäre Entwicklung saugte alle erhofften Guthaben auf, somit ging es uns noch schlechter als vor der Heimreise. Zum Monatsende wurden einmal mehr alle restlichen Pesos zusammengekratzt und nur noch dafür ausgegeben, was dringend benötigt wurde. Selbst bei einheimischen Früchten und Gemüsesorten kauften wir nach dem Preisvorteil ein. Das wenige Geld auszugeben, ohne das geringste Vergnügen daran zu haben, war ganz und gar nicht unser erklärtes Ziel. Aber so ungefähr gestaltete sich unsere Misere. Mitunter passierte es, dass wir mit einem Peso in der Tasche zum anderen Monat wechselten. Wir mussten lernen damit umzugehen, auch wie man es schaffte, einen Geldschein zu halbieren, ohne das

Papier zu verletzen. Immerhin wurde das zu einer guten Schule für unser weiteres Leben.

Unsere eigentliche Arbeit, wegen der wir überhaupt in diesem Land weilten, ließ sich schnell da wieder aktivieren, wo wir sie einige Wochen zuvor wie per Knopfdruck ausgeschaltet hatten. Zu diesem Alltagsgeschehen wollten wir uns selbst ein paar wenige Höhepunkte organisieren, um ein paar kleinere Wochenendtouren durch das Land zu unternehmen. Aber unsere Chefs bekamen auch andere Vorgaben, die sich nicht mit unseren Ideen vereinbaren ließen. Die kommenden Wochen versprachen spannend zu werden, wenn das eintrat, was die Spatzen bereits von den Dächern pfiffen. Noch einmal sollten Staatsdelegationen auf uns zurollen. Schon bei dem Gedanken daran, kräuselten sich meine Nackenhaare nach oben. Es war nicht auszuschließen, dass dann der normale Alltag zum wiederholten Mal gehörig durcheinander gewirbelt wurde.

Staatsdelegation die Dritte und Vierte

Zwei Staatsdelegationen reisten kurz hintereinander in Mexiko an. Erstere, geführt von Manfred Ewald, Präsident des NOK (Nationales Olympisches Komitee) der DDR, diente wahrscheinlich dazu, die bestehenden Verträge für weitere Höhentraining-Camps unserer DDR Athleten in Mexiko-Stadt zu verlängern. Diese Vermutung lag nahe, da zu diesem Zeitpunkt noch nicht der Boykott der Olympischen Spiele 1984 in Los Angeles bekannt war und man auf ganz hohem Niveau weiter trainieren lassen wollte.

Wir bekamen Manfred Ewald in einer der Pflichtveranstaltungen zu hören und zu sehen, die für alle in Mexiko anwesenden DDR-Bürger bindend war und die sich Politinformation nannte. Dort wurde uns hautnah von den gerade zu Ende gegangenen Olympischen Sommerspielen in Moskau berichtet. Wir waren sehr gespannt auf diese Diskussion, die allerdings in einer einseitigen Lobhudelei endete. Leider kam es zu keinerlei Meinungsaustausch. Damit blieben Fragen aus, auf die es keine Antworten brauchte. Leider sah so der von uns mit Neugier erwartete Abend unter dem Strich aus. Obwohl wir zum Greifen nahe der Person gegenüber saßen, die den DDR-Sport weltweit vertrat, waren wir von seiner dürftigen Berichterstattung mehr als enttäuscht. Außerdem herrschte eine merkwürdige, unerklärliche Stimmung im Festsaal der Botschaft. Wahrscheinlich fühlte sich deswegen niemand bemüßigt, irgendein Thema des Sports anzusprechen. Zu gern hätten wir einiges mehr, speziell um unsere Jenaer Athleten erfahren. Aber wir trauten uns es auch nicht zu, diesen Bann des nur Zuhörens zu durchbrechen. Einmal mehr war es insofern bedauerlich, da wir durch unsere Abreise nach Mexiko die soeben aus Moskau heimgekehrten Athleten nur um zwei Tage verpasst hatten. In Jena wäre das Wiedersehen in einer fröhlichen Atmosphäre gefeiert worden, viele kleine Details in und um Olympia hätten wir diskutieren können. Und hier? Auf eine derartige Lethargie waren wir gar nicht vorbereitet. Oder war das etwa Absicht? Als ob eine durchsichtige Wand zwischen dem Podiumsredner und seinen Zuhörern im Saal gezogen war. Man ging auf Distanz, es war spürbar. Aber warum? So schnell, wie diese Veranstaltung einberufen wurde, so schnell löste sich das Ganze wieder auf. Nur die vielen W-Fragen blieben im Raum hängen, von uns und einigen anderen Sportinteressierten. Zumindest musste niemand irgendwelche Extradienste für diese Delegation realisieren, wenigstens diesen positiven Nebeneffekt nahmen wir gern in Kauf.

Wenige Zeit später folgte die nächste, die zweite Staatsdelegation. Heinz Hoffmann, seines Amtes Armeegeneral und Verteidigungsminister der DDR in einer Person, gab sich mit seiner großen Eskorte die Ehre, um in Vorbereitung auf den Honeckerbesuch, der im darauffolgenden Jahr in Mexiko stattfinden sollte, die Bedingungen dafür zu schaffen, dass diese Reise zu einem großer Erfolg führe.

Und wie musste man sich das Ganze wieder einmal vorstellen?

Auf alle Fälle nahezu identisch wie bei dem Regierungsbesuch von Dr. Mittag vor unserem Urlaub. Einen angenehmen Unterschied gab es trotzdem. Keine, der bisher mitreisenden

Ehefrauen, die bespasst werden mussten, reiste in deren Begleitung mit. Das roch nach mehr Freizeit für uns zwei, Tochter Anne und mich. Nicht aber für meinen Mann, der schon einmal unter Beweis stellen konnte, wie großartig er die fürsorgliche Betreuung von Flugzeug samt seiner Besatzung im Griff hatte. Kein Wunder war es daher, dass dieser Job erneut an ihn vergeben wurde. Abermals musste er seine eigentliche Arbeit dafür niederlegen und erneut die Nacht zum Tage machen.

Im Vorfeld habe ich mich gefragt, wie das Programm aussehen müsste, damit man die mehrköpfige Crew eine ganze Woche lang beschäftigte. Eigentlich war es gar nicht so viel, wenn man sich an die mexikanischen Gepflogenheiten hält und deren Mentalität gleich mit einbezieht. Kleine Extrawünsche der Besatzung, die sich für Land und Kultur interessierte, ließen sich nebenbei auch noch berücksichtigen. Mein Mann war speziell dafür vorgesehen, die Crew der Regierungsmaschine zu betreuen. Aber so einfach wie es klang, wurde es allerdings nicht.

Sehr verwunderlich musste es wieder einmal für mexikanische Verhältnisse sein, als sie von den typischen DDR-internen Vorschriften hörten, die für eine Regierungsmaschine ab einer Woche Aufenthalt in einem anderen Land außerhalb der DDR einzuhalten waren. In einer solchen Zeitspanne musste dieses Flugzeug aus angeblichen Sicherheitsgründen ein bis zweimal in der Woche geflogen werden. Ja, da fliegt man, einfach mal so los, hin und her, und her und hin. Wer so etwas überhaupt verstehen sollte, war uns im Nachhinein auch schleierhaft. Aber man hinterfragte ja damals nichts, was nicht im eigenen Befugnisbereich lag. Und selbst da konnte es schwer werden, eine gescheite Antwort zu bekommen. Auf jeden Fall erhielt mein Mann die Aufgabe vom Flugkapitän, diese Flüge zwei bis drei Tage vorher dem Kontrollturm zu melden, um Start- und Landezeiten auszumachen.

Ein weiteres Mal traf bei dieser Anfrage deutsche Gründlichkeit auf mexikanische Gelassenheit. Die Flugverkehrskontrollstelle reagierte dementsprechend darauf.

„Wer will was anmelden? Die sollen sagen, wann sie losfliegen wollen und dann geht´s in die Lüfte“, bekam mein Mann zur Antwort.

Ganz einfach, also. Gott sei Dank sind bei diesen Starts und Landungen keine weiteren dramatischen Vorfälle geschehen.

An den flugfreien Tagen musste mein Mann die komplette Besatzung der Regierungsmaschine zu einigen touristischen Sehenswürdigkeiten dieser geschichtsträchtigen Metropole fahren. Wahrscheinlich bekamen sie nicht sehr oft eine solche Gelegenheit geboten, denn die gewünschten touristischen Attraktionen konnte man nicht in einer Woche erfüllen. Einmal fuhren sie zu den Vulkanen; an einem anderen Tag wollten sie die prähistorische Ruinenstadt von Teotihuacán sehen; auch die schwimmenden Gärten von Xochimilco waren dabei, nur der Schwarzmarkt blieb in der langen Wunschliste außen vor. Er wurde auch nicht angesprochen, von keiner Seite. Top secret, sozusagen. Wer weiß, welchen Strick man daraus drehen konnte, wenn dieser Abstecher in die falschen Ohren käme. Um aber der Crew die interessantesten Sehenswürdigkeiten zu zeigen, musste man in dieser einen Woche Mut zur Lücke haben, einfach mal eine Attraktion weglassen, um sich auf das Wesentliche konzentrieren zu können. Und das gefiel der gesamten Besatzung scheinbar.

Bei diesen kurzen Ausflügen, die ihnen mein Mann in einem eigens dafür gecharterten Kleinbus organisieren konnte, fuhr außer der Crew auch noch wichtiges Begleitpersonal nebst dazugehörendem Koch mit, der wiederum eigens zum Wohlergehen für diese Delegation mitreisen durfte. Froh waren sie wohl alle darüber, die vielen Eindrücke geboten zu bekommen, die sie aus dem Reich der Azteken, den Bewohnern Mexikos, mit der Farbenpracht, den Gerüchen, Speisen und der eigenwilligen Musik sammeln konnten. Für diesen nett umschriebenen Aufwand, den mein Mann angeblich mit ihnen hatte, zeigten sie sich ihm gegenüber sehr großzügig, indem sie ihm zum Abschied etliche Raritäten aus der Bordküche dieser Regierungsmaschine überließen. Allerhand Leckereien, die wahrscheinlich auf dem Rückflug nicht mehr verzehrt wurden, durfte er mit nach Hause bringen.

Fast zwei Wochen lang konnten wir davon profitieren und es bescherte uns eine enorme Einsparung in unserer immer schmaler werdenden Haushaltskasse. Trotzdem fühlten wir uns nicht wohl in unserer Haut. Total unverständlich war uns, warum in aller Welt in dieser Bordküche so gut wie gar keine Produkte aus der DDR vorkamen. Hätten wir das nachgefragt, wäre es wahrscheinlich für beide Seiten peinlich geworden. Wie musste man sich andererseits unter diesen Gesichtspunkten die Nahrungskette unserer Regierungsoberhäupter vorstellen? Wie realitätsfern lebten sie eigentlich? Das hätte ich zu gern gewusst. Auf jeden Fall landeten in unserem Kühlschrank allerlei Leckerbissen, wie das Griebenschmalz aus Belgien, die Schokolade aus der Schweiz, der Schinken aus Österreich, selbst das Wasser kam aus Frankreich, und auch verschiedene Käsesorten waren aus Holland angereist. Wie ging das denn?

Bei einem derartigen Speisenangebot konnte man logischerweise die Mangelwirtschaft im eigenen Land nicht mehr erkennen. Alles schmeckte uns vorzüglich, gar keine Frage, doch ein bitterer Beigeschmack blieb bei uns hängen. Und dann war da noch der Koch mit seinen guten Ratschlägen.

„An jede gute Fleischbrühe musst du einen kräftigen Schluck deines besten französischen Cognac geben“, kam als ultimativer Tipp von ihm.

Und woher den nehmen?

Danach hatte er uns allerdings nicht gefragt. Sie lebten schon in einer anderen Welt, die mit dem Konsumalltag eines oft in der Schlange stehenden DDR Bürgers nichts mehr zu tun hatte.

In dieser Woche bekam ich meinen Mann und unsere Tochter ihren Papa kaum zu Gesicht. Zwischen null und drei Uhr morgens kehrte er mitunter heim, fiel sofort müde und kaputt in sein Bett und war ab dem Moment zu keinen größeren Gesprächen aufgelegt. Niemand konnte sich mit einer solchen Familienkonstellation zufriedengeben. Überraschenderweise nahm sogar unsere Tochter diese Situation zum Anlass, ihr Missfallen darüber kundzutun.

„Papa ist kein guter Papa, die Mama ist ein guter Papa“, erklärte sie sich und uns eines Morgens, als wir inzwischen wieder glaubten, im ganz normalen Fahrwasser des Alltags zu gleiten.

Dieses in Worte gefasste Gefühl unserer Tochter ließ uns aufhorchen. Wir brauchten uns, sehr sogar und begriffen erst dadurch die Ernsthaftigkeit ihrer Worte.

Normalität in all unseren Lebensbereichen, wo kann ich dich finden? Warum sollte es uns inzwischen besser gehen, wenn wir selbst nichts dafür tun?

Und es wurde gar nichts besser, ganz im Gegenteil. Wieder einmal bekam ich gesundheitliche Probleme, die ich nicht zuordnen konnte. Bisher wollte ich diese mit mir selbst ausmachen, dahinter kommen, ob es nur Ermüdungserscheinungen waren oder ob es an der Höhe liegen könnte. Was sollte es sonst sein, wenn man morgens nicht aus dem Bett kommt, sich übel und schlapp fühlt? Nicht einmal meinem Mann war aufgefallen, wie sehr ich abgenommen hatte. Ich wollte daran etwas ändern. Aber wie, wenn ich die Ursache nicht kannte? Vielleicht wäre ein kurzzeitiger Ortswechsel erholsam genug? Ja, einfach mal wieder etwas anderes sehen und kennenlernen, verreisen. War das die Lösung?

Das verschwundene Dorf

Aber ja, aus meiner Sicht wurde es höchste Zeit, familiäre Sehnsüchte in den Vordergrund zu schieben. Schon lange vor unserem Urlaubsantritt liebäugelten wir mit einer Exkursion, die uns in eine der sehenswerten Regionen Mexikos führen sollte. Die Lust darauf wuchs schneller in die Höhe als die uns dafür zur Verfügung stehenden finanziellen Mittel. Wir konnten einen Zeitpunkt finden, der es uns ermöglichte, vier ganze Tage am Stück verreisen zu können. Das erleichterte unsere Entscheidung enorm, diese Tour zu unternehmen. Eine Chance, die wir nicht ungenutzt lassen wollten.

Fahrten außerhalb Mexiko-Stadt durften aus Sicherheitsgründen nicht allein unternommen werden. Eine Familie mit zwei Jungs, der jüngere von beiden im gleichen Alter wie unsere Tochter, arbeitete erst seit ein paar Monaten in der Handelsvertretung. Sie erfuhren von unserer Idee und gesellten sich als selbst ernannte Sicherheitsapostel an unsere Seite. Schnell und einvernehmlich klärten wir die Reisemodalität, nur wenige Tage später starteten wir mit unserem Masterplan.

Unser Ziel war Patzcuaro, ein faszinierender Ort, der etwa 350 Kilometer westlich von Mexiko-Stadt im Bundesstaat Michoacán auf fast gleicher Höhe wie Mexiko-Stadt liegt. Immer wieder sind wir mit dieser Region bewusst oder auch unbewusst konfrontiert worden, aus der sich diese gewaltige Neugierde entwickelte. Wir mussten dorthin, um uns ein Bild vor Ort machen zu können und ob es wirklich dem entsprach, was man sich über diese geheimnisvolle Region erzählte. Wir wurden nicht enttäuscht, zu keiner Zeit, an keinem Platz.

Erst einmal galt es, die kurvenreiche Strecke möglichst problemlos zu bewältigen. Nach einer fast fünfstündigen Fahrt, inklusive ein paar ungeplanter Brechpausen, die unsere Kinder benötigten, weil Serpentinen zu fahren nicht unbedingt förderlich ist, das Frühstück im Magen zu behalten, erreichten wir auch ziemlich erschöpft unser Ziel. Selbst ich quälte mich auf dieser Strecke mit Übelkeit herum. Wurde sie etwa auch ausgelöst durch die vielen Haarnadelkurven in dieser gebirgigen Gegend? In einem viel zu kleinen Boot zu sitzen und auf hoher See zwischen den Wellen zu schlingern, so fühlte es sich an. Nie zuvor hatte ich mit derartigen Reisebeschwerden, besonders dieser Übelkeit zu kämpfen. Ich verschwendete keine weiteren Gedanken daran, ließ lieber zu, dass mich die neuen Eindrücke während dieser Tour von diesen Reisebeschwerden ablenkten.

In der größten Mittagshitze kamen wir endlich an und ich verliebte mich sofort in unser kleines Hotel, welches einzigartig die Epoche der Kolonialzeit vertrat. Es stand unverbaut mitten im historischen Stadtkern von Patzcuaro. Alle Anstrengungen der arg beschwerlichen Reise waren bei diesem Anblick wie weggefegt, bei jedem von uns. Ich fühlte mich hineinversetzt in eine Zeit, die seit Jahrhunderten stehen geblieben schien. Kopfsteingepflasterte, buckelige Straßen verbanden malerische Plätze mit prächtigen Kolonialhäusern aus dieser Ära. Warum deren Fassaden vorrangig in den Farben weinrot und weiß erstrahlten, blieb uns ein Rätsel. Vielleicht wollte ich meine eigene Geschichte dazu finden?

Auspacken, umziehen, frischmachen und gleich ging es weiter, um die Stadt mitsamt ihrem gleichnamigen See intensiver als nur im Vorbeifahren bewundern zu können. Er, der Patzcuaro-See, soll das schönste Binnengewässer ganz Mexikos sein. Beim Anblick, ganz in seiner Nähe, stockte uns dann doch noch einmal der Atem. Auf einer Höhe von etwa 2000 Metern über dem Meeresspiegel gelegen, umgeben von dicht bewaldeten Bergen und erloschenen Vulkanen, stellt er schon etwas ganz Besonderes dar. Fünf bewohnte Inseln werden von seinem Wasser umschlossen. Mit einem Boot ließen wir uns kurzerhand zu der bekanntesten von ihnen bringen.

Janitzio, besagte Insel, ragt wie ein Kegel aus dem Wasser und hält für jeden ankommenden Touristen mehrere Attraktionen bereit. Typisches mexikanisches Kunsthandwerk wird an etlichen Verkaufsständen massenhaft angeboten. Ich musste mich förmlich vorbei schleichen, zu gern hätte ich einen Tonkrug, kleine Kupfervasen oder einen von den schrill bunten Tischdecken erstanden. Obendrein präsentierten sich die Bewohner jener Insel in einer leuchtend bunten Tracht, die permanent alle Blicke auf sich lenkte. Unser Hunger war allerdings stärker als alle verführerischen Andenken, die zu jeder Zeit an jedem Ort immer zum Kauf angeboten wurden.

In winzig kleinen Gasthäusern, die von den Einheimischen bewirtschaftet werden, bestellt man sich in der Regel den im See lebenden Fisch. Derart frisch gefangen und sofort verarbeitet ist er eine wahre Delikatesse. Natürlich mussten wir ihn probieren und durch seine naturbelassene Zubereitung hat er selbst den Kindern köstlich geschmeckt. Traditionell fängt man ihn in übergroßen Fischernetzen, die freischwebend über dem Wasser wie Flügel von Schmetterlingen rechts und links am Boot angebracht werden. Sie sind damit zu einem Wahrzeichen Mexikos geworden. Beeindruckend wurde das Schauspiel dieser Schmetterlingsboote erst richtig, als wir zusehen konnten, wie sie zur vorgerückten Stunde auf dem See ihre Bahnen zogen. Es dämmerte bereits, der Mond versilberte jede Bewegung, die sich dadurch im Wasser abzeichnete. Den Libellen gleich schwebten jene Boote gemächlich über der Wasseroberfläche.

Still lag der See vor uns, ruhig seine Umgebung, man hörte nur noch das eigene Herz schlagen und der Blick heftete sich an das malerische Kunstwerk der Natur. So sehr hatte ich mir gewünscht, in dieser Art und Weise Neues zu sehen und zu erleben. Fast war ich den Tränen nahe, so sehr rührte mich dieser Moment. Alles wird wieder gut, waren meine Gedanken dazu.

Durch einen erholsamen Schlaf bestens ausgeruht, ging es gleich nach dem Frühstück frisch und munter daran, ein in etwa fünfundzwanzig Kilometer Entfernung gelegenes Kupferdorf mit dem lustigen Namen Tzintzuntzan, zu besuchen. Auch dieses Dorf gehört zu den magischen Orten Mexikos und ist durch sein Kupfervorkommen und dem Abbau dieses chemischen Elementes über die Landesgrenzen hinaus berühmt geworden. Dieses Dörfchen und seine Umgebung leben ausschließlich vom Kupferbergbau und was man daraus fertigen kann. Dort angekommen reihten sich viele kleine Werkstätten entlang einer einzigen Straße, wie Perlen auf eine Schnur gezogen. Kupferfarbene Staubwolken zogen hinter jedem Auto her, das über die unbefestigten Sandstraßen holperte. Wie eine schmierige Paste blieb dieser Staub überall kleben, verkroch sich sogar bis in den letzten Nasenwinkel. Das konnte uns dennoch nicht davon abhalten, einige dieser kleinen Geschäfte zu betreten. Mein Herz schlug höher beim Anblick wahrer Kunstschätze, allesamt von Hand gefertigt. Kupfer über Kupfer, soweit das Auge reichte. Ob als Gebrauchsgegenstände verarbeitet oder für dekorative Zwecke angefertigt, jedes einzelne bedeutete, ein Unikat in der Hand zu halten.

Nachdem wir zusehen durften, wie mühselig das Kupfer geschmiedet werden musste, kamen wir uns richtig erbärmlich vor, überhaupt noch handeln zu wollen. Ein paar Erinnerungsstücke mussten dennoch sein, wechselten so seinen Besitzer. Denn ohne Mitbringsel wollten wir diesen außergewöhnlichen Ort nur ungern wieder verlassen. Ich hatte den Kauf mit der Hoffnung verbunden, dem Hersteller wenigstens zu einem Imbiss verholfen zu haben.

Um unser eigentliches Ziel dieser Reise, ein aufsehenerregendes Schauspiel der Natur zu erleben, mussten wir am darauffolgenden Tag etwas früher in die Puschen kommen. Eine ganztägige Tour zu der im Lavastrom versunkenen Stadt stand auf unserem Programm, die sich in ungefähr siebzig Kilometer Entfernung befinden sollte. Fast drei Stunden brauchten wir erst einmal mit dem Auto, um in die Nähe dieses Ortes zu gelangen. Mit den letzten zehn Kilometern bis zum Ausgangspunkt unserer geplanten Expedition veränderte sich die Landschaft gravierend. Normale Straßenverhältnisse wechselten in trockene Schotterpisten, das Grün der Bäume wurde spärlicher, bis es völlig verschwand. Die Landstraße verjüngte sich augenblicklich in einen Weg, der nur noch aus feinporiger Asche des einstigen Lavastromes bestand. Viel weiter konnten wir auch mit dem Auto nicht mehr fahren, knöcheltief schraubten sich seine Räder in ihm fest.

Plötzlich standen wir vor dem Eingang jenes Ortes, nach dem der Vulkan benannt wurde. Paricutin. Schwarze Holzhütten, als ob sie während des Vulkanausbruchs fast verbrannt wären, säumten den einzigen Fahrweg, der in einem Nichts endete. Bei unserer Ankunft traten dunkel gekleidete, doch immerhin freundlich anmutende Einwohner aus diesen Häusern heraus. Statisten gleich, wirkten sie dennoch fast unheimlich auf uns. Frauen, Kinder und ein paar alte Männer folgten uns auf dem Fuß, bis auf eine gewisse Distanz. Waren sie etwa erfreut uns zu sehen? Wer weiß, wie lange es her sein mochte, dass sich Touristen in diese verlassene Gegend verirrt hatten?

Alles, die Menschen, ihre Behausung und das ganze Umfeld wirkte irgendwie beklemmend auf uns. Kein Wunder war es somit, dass unsere Kinder nicht einen Ton von sich gaben, auch keinen Schritt mehr von unserer Seite wichen. Diese unheimlich wirkenden Holzhäuser, deren Bewohner, die in ebensolch düsterer Bekleidung auftauchten, wo Straßen und Wege nur mit dunkelgrauer Asche überzogen waren, keinen Baum, keinen Strauch konnten wir weit und breit finden, der von dieser Tristes ablenken ließ. Jeder von uns vier Erwachsenen beschäftigte sich mit den gleichen Gedanken, als befänden wir uns auf einem anderen Planeten. Doch alles war echt und authentisch. Einmal mehr wurden wir dadurch an jene furchtbaren Jahre des hier stattgefundenen Vulkanausbruchs erinnert.

Zur besten Tageszeit trafen wir hier ein, der Himmel zeigte sich blau, die Sonne schien und wärmte uns regelrecht auf, von dem restlichen finsteren Umfeld, das uns eher frösteln ließ. Sogar zahllos frei herumlaufende Hühner, Hunde, Ziegen und Schweine bewegten sich grotesk zwischen Asche und Lavagestein, wodurch uns die Naturkatastrophe vom Paricutín ganz und gar seltsam vorkam. Direkt hinter dem Ortseingang wurden wir von einer Horde Reiter in Empfang genommen, die uns wiederum zu einem zentralen Platz führten, von dem es dann nur noch mittels Pferdestärken weitergehen durfte. Dort angekommen musste zunächst der Preis für ein solches Huftier ausgehandelt werden, erst danach durfte sich jeder auf eines dieser Pferde schwingen. Nie zuvor bin ich einem Pferd näher als bis auf einen Meter Distanz gekommen, und nun musste ich mich als Reiter bewähren. Zu meinem Leidwesen gab es keine andere Chance über Lavagestein und Asche zu kommen, als hoch zu Ross. Alle Pferde waren ohne Sattel ausstaffiert, nur eine Decke diente als Überwurf, mehr gab es nicht. Kaum hatten wir unter größter Anstrengung den Pferderücken erklommen, setzte sich unser kleiner Tross gemächlich in Bewegung. Die Zügel fest in ihren Händen haltend, schien Anne mächtig stolz darauf zu sein, bei ihrem Papa vorn auf dem Schoß mitzureiten. Sie strahlte mich überglücklich an. Respekt vor dem Pferd? Weit gefehlt, ihre Augen verrieten nichts. Also musste ich mich zusammenreißen, um wenigstens vor der eigenen Familie bestehen zu können.

Unser mexikanischer Führer, ein kleiner Kerl mittleren Alters, der mit seinem Pferd irgendwie zu einem Ganzen verschmolzen schien, wich dagegen nicht mehr von meiner Seite. Er gab mir so auch die Gelegenheit, eine ganz authentische Darstellung von dieser Region und den Geschehnissen um diesen Vulkan Paricutín zu erhalten. Fast eine Stunde trabten wir hoch zu Ross über schwierig begehbares Lavageröll, um auf kürzestem Weg dorthin zu gelangen. So erfuhr ich seine Version von der Entstehung des Vulkans, die ich etwas später eins zu eins am Ort des Geschehens nachempfinden konnte. Die Geschichte um die Entstehung des Vulkans ist zwar tragisch und zugleich einzigartig: Am 20. Februar 1943 entdeckte ein Bauer ein größeres Loch in seinem Maisfeld, was ihn zwar überrascht haben soll, aber nicht sonderlich beunruhigte. Doch kurze Zeit darauf staunte er nicht schlecht, als aus dem Loch ein Riss entstand und nach einigen leichten Explosionen urplötzlich schwefeliger Dampf, Funken und heiße Asche aus einigen Erdspalten austraten. Der Landwirt versuchte noch, die Ritzen abzudecken, begriff aber schnell, wie sinnlos dieses Unterfangen war, und rannte davon. Das war sein Glück, denn schon eine Woche später hatte sich ein über 100 Meter hoher Vulkankegel aus seinem Ackerfeld geschoben, und auch nur ein Jahr später wuchs der Feuerberg auf eine stattliche Höhe von 400 Metern heran. Im Großen und Ganzen wurde dieser Bauer immerhin Zeuge einer Vulkangeburt. Die Eruptionen dauerten beinahe drei Jahre an, sodass insgesamt über 5.000 Menschen gezwungen waren, ihre Häuser zu verlassen. Seine heiß glühende Lava hatte auch die umliegenden Dörfer unter sich begraben. Glücklicherweise floss das Magma sehr langsam und die Bewohner bekamen genügend Zeit, sich mit Hab und Gut in Sicherheit zu bringen. Die einzigen Verletzten gab es angeblich wegen einer heftigen Auseinandersetzung unter den ortsansässigen Nachbarn, die deswegen eskalierte, da sie in der völlig veränderten Landschaft, die der Vulkanausbruch geschaffen hatte, ihre alten Grundstücksgrenzen nicht mehr auffinden konnten und wohl ein jeder von ihnen sich daran versuchte, die Karten einfach neu zu mischen, um schnell mal eigene Bebauungsgrenzen zu entwerfen. Genützt hatte das wohl niemanden.

Bis 1952 wuchs der Paricutín stetig weiter, erst danach stellte er seine Aktivität ein. Rechnet man das Hochplateau dazu, auf dem er entstand, erreicht er damit eine aktuelle Höhe von 2.800 Meter. Gerade wegen dieser einmaligen Entstehungsgeschichte bekam er den Titel Weltwunder der Natur, dessen Ursprung detailliert genau beobachtet werden konnte. Heute ragt nur noch einsam und verlassen der obere Teil der Kirche aus dem ehemaligen Dorf heraus. Das heiße Magma hatte den Kirchturm in eine Schräglage gebracht, als ob es sich vor ihm verneigen wollte. Bis zu dieser Stelle konnte sich der Lavastrom empor fressen, dort angekommen, war sein Hunger wahrscheinlich gestillt. Die Turmspitze und der Altar dieser ehemaligen Steinkirche von San Juan sind die einzigen Wahrzeichen, die von den verschütteten Dörfern heute noch zu sehen sind.

Nach einem stundenlangen beschwerlichen Ritt mit Rückenschmerzen und vermeintlichen Blasen am Allerwertesten, kamen wir diesem Naturwunder näher. Schon aus der Ferne konnte man die konisch geformte Vulkanspitze erkennen, die uns herausfordernd entgegenschielte, als wäre sie stolz auf ihre Tat. Beim Anblick der fast in der Lava versunkenen Steinkirche fühlten wir uns sprichwörtlich eins mit der Geschichte um den Vulkanausbruch. Dort angekommen wollten wir nun auch noch den Gipfel erklimmen. Um sich aber an den scharfkantigen Gesteinsbrocken nicht zu verletzen, musste jeder für sich seine beste Fortbewegungsart herausfinden.

Mehr kriechend als kletternd, von Lavabrocken zu Lavabrocken, aber stetig bergauf, wurden wir durch einen atemberaubenden Blick auf den erstarrten Lavastrom belohnt. Das Ausmaß der damaligen Naturkatastrophe wurde uns gerade von dieser Stelle aus einmal mehr ins Bewusstsein gerückt. Konnte man etwa den Dampf, die Hitze, die unangenehmen Gerüche noch spüren, die einst aus dem Boden gestiegen kamen? Wenn uns unser kleiner Mexikaner, der seit unserem Aufbruch stets zur Stelle war, nicht signalisiert hätte, dass wir noch vor Einbruch der Dunkelheit aufbrechen müssten, wahrscheinlich würden wir heute noch fasziniert dort sitzen.

Nahezu schweigend, jeder in seinen Gedanken vertieft, trotteten wir auf unseren Pferden den gleichen Weg zurück, den wir am Vormittag schon einmal genommen hatten. Ein paar Schürfwunden mussten verarztet werden und die geschundenen vier Buchstaben brauchten am Abend besonders viel Pflege.

Ein gemeinsames Essen, auch um das Erlebte zu verarbeiten, noch einmal entspannt darüber reden zu können, wurde zum Abschluss einer wunderbaren Reise. Mehr brauchte es nicht. Tief beeindruckt von unserem Abenteuer über die Besteigung des Vulkan Paricutín, traten wir am nächsten Morgen die Heimfahrt an, die nicht minder strapaziös verlief, trotzdem kam sie uns viel kürzer vor, als die Hinfahrt. Wahrscheinlich lag es daran, dass wir während unserer Rückfahrt viel miteinander redeten. In erster Linie über diese Reise, das bisher Erlebte, auch über uns und unsere Zukunft und wie sie wohl werden wird.

Und ich kam etwas zur Ruhe auf diesem langen Rückweg, zu meinen eigenen Gedanken, die mich seit geraumer Zeit beschäftigten, die mich einfach nicht mehr losließen. Einer gewissen Vorahnung folgend, die sich in meinem Kopf manifestierte, die mir immer sicherer werdend erschien, je länger ich darüber nachdachte, ihr musste und wollte ich auf den Grund gehen. Was passiert mit uns, wenn es stimmt, was ich erahne? Nur diese eine Frage kreiselte permanent in meinem Kopf herum. Meine Stimmungsschwankungen, diese Übelkeit, permanente Müdigkeit, all das waren Anzeichen. Aber wofür? War es denn so abwegig daran zu glauben, dass ich womöglich schwanger sein könnte? Nein, war es nicht, denn alle Symptome, die dafür sprachen, bekam ich schon die ganze Zeit nicht mehr aus dem Sinn. Erst einmal brauchte ich eine ärztliche Bestätigung über meine Vermutung, dann sehen wir weiter.

Bei diesen Überlegungen blieb ich erstaunlich ruhig, so wie nie zuvor. Innerlich musste ich sogar darüber schmunzeln. Wäre das nicht toll? Wenn das zutrifft, wird sich alles verändern, aber auch alles. Und vielleicht war das der beste Weg um einen Neuanfang zu wagen? Manchmal zwingt einen das Schicksal in die richtige Spur. Und ich war bereit dafür.

Familiäre Veränderung

Ursprünglich wollte ich die Höhenlage der Stadt für mein permanentes Unwohlsein der zurückliegenden Wochen verantwortlich machen und setzte die Antibabypille kurzerhand ab. Immerhin in der Hoffnung, dass damit meine gesundheitlichen Probleme wieder in das richtige Lot gebracht werden könnten. Nicht zuletzt war es eine gemeinsame Entscheidung, die sozusagen auf fruchtbaren Boden gefallen sein müsste.

Wie, wann und wo soll das passiert sein? War das überhaupt noch wichtig? Es konnte doch durchaus der Fall sein, dass sich in mir ein kleiner Zufallstreffer entfalten mochte. Aber wie geht es weiter, wenn sich mein Verdacht bewahrheitete? Mein Fragenkatalog wurde immer länger. Habe ich etwa Angst vor der Wahrheit?

„Nein, nein und nochmals nein“, schrie es buchstäblich aus mir heraus.

Und wie wird diese noch ungewisse Tatsache von meinem Mann und unserer Tochter aufgefasst werden?

Der geeignete Augenblick war eines Abends gekommen, um endlich die Karten auf den Tisch zu legen. Ziemlich aufgewühlt äußerte ich mich dazu, ließ dabei meinen Mann nicht eine Sekunde aus den Augen, um seine spontane Reaktion meiner Vermutung zu erleben. Zuallererst gab es ein Stirnrunzeln, dann schaute er mich sichtlich erschrocken an, um mich im nächsten Augenblick stürmisch zu umarmen, zu herzen und zu küssen. Anne wollte es ihm gleichtun, obwohl sie diese Szenerie noch nicht wirklich zuordnen konnte. Auf eine Frage von ihm hatte ich schon lange gewartet.

„Wann soll das denn passiert sein?“

Wir diskutierten meine Mutmaßung bis in die Nacht hinein. Aber solange keine offizielle Bestätigung vorlag, blieb es bei dieser Spekulation. Und die bekam ich in ihrer natürlichsten Art und Weise präsentiert. Meine Regel war schon lange überfällig, beide Brüste spannten sich, wurden fester, und genau daran hatte ich die beiden anderen Schwangerschaften ebenso verspürt. Eigentlich wusste ich es bereits seit diesem Bauchgefühl während unserer Reise. Es durchfuhr mich plötzlich, als ich nochmals über diese Tour nach Patzquaro nachdachte. Oh Gott, ich habe doch erst gerade einen Tag lang auf einem Pferderücken zugebracht, fiel es mir wieder ein. Hoffentlich hatte dieses Geschaukel und Gerüttel keinerlei Auswirkungen auf das, was ich ersehnte und eigentlich schon spürte. Und wenn dieser Ritt durch die Prärie ohne irgendeine weitere Komplikation blieb, wird sich daraus ein ganz starkes Wesen erwachsen, beruhigte ich mich selbst.

Brauchte ich tatsächlich noch die gynäkologische Bestätigung durch einen Facharzt? Ohne diesen schriftlichen Nachweis werden mir mit Sicherheit irgendwelche Konsequenzen daraus erwachsen. Und wer braucht die schon?

Nur drei Tage später bescheinigte mir ein Frauenarzt diese vermutete Schwangerschaft mit neunundneunzigprozentiger Gewissheit. Obwohl ich mir schon beizeiten darüber im Klaren war, klang diese Tatsache aus berufenem Munde nochmals wie eine Sensation. Nie gab es eine schönere Nachricht, die schwarz auf weiß dokumentiert in unseren Händen lag. Wie bei einer Verschwörung schauten wir uns beide überglücklich an.

In jenen Tagen durchlebten wir trotzdem etliche schlaflose Nächte, immer mit den Gedanken beschäftigt, was alsbald auf uns zukäme. Eigentlich wollten wir sehr gern ein zweites Kind haben – Anne sollte nie als Einzelkind aufwachsen, zwei waren unser ersehntes Ziel – nur möglichst nicht während des Auslandsaufenthaltes. Emotional und auch physisch musste dieser heranwachsende Winzling in mir schon einiges überstanden haben. Umso mehr war ich davon überzeugt, dass sich gerade deswegen ein sehr robustes Geschöpf entwickeln würde. Das Schicksal hatte es so gewollt und ich nahm es an. Mit einem Mal kam die Freude über das ungeborene Wesen, das sich noch unbemerkbar klein in meinem Bauch breitmachen wollte, erst jetzt so richtig auf. Ja, wir wollten noch ein Kind haben, sehr gern sogar.

Ständig ziemlich aufgewühlt zu sein, versuchten wir uns vorzustellen, mit welchen Reaktionen wir zu rechnen hatten, sobald diese Nachricht in unserem momentanen Umfeld die

Runde machte. Aber warum eigentlich? Viel schlimmer empfand ich unsere Unkenntnis darüber, mit welchen Rahmenbedingungen wir ab sofort in Mexiko zu rechnen hatten. Diese wurden durch die DDR-Regierung für eine im Ausland schwangere Frau festgelegt. Und das wollte ich nicht, prinzipiell nicht. Grundsätzlich planten wir deswegen den Familienzuwachs eigentlich für die Zeit nach unserem Auslandseinsatz. Nun war es anders gekommen, als gedacht.

Unter diesen sogenannten anderen Umständen auch noch fremdgesteuert zu werden, wurde zum eigentlichen Dilemma in meiner Situation. Die wichtigste Erkenntnis daraus war, dass wir uns diesen Schwierigkeiten stellen wollten und auch mussten. Die eigentlichen Probleme lagen in dem Konsularvertrag, der zwischen Mexiko und der DDR bestand. In ihm gab es keine festgeschriebene Regelung für eine Entbindung im Land. Ein in Mexiko geborenes Kind würde daraus folgend automatisch eine Doppelstaatsbürgerschaft erhalten, also die der DDR und die von Mexiko. Damit bekäme dieses Kind mit Erreichen der Volljährigkeit den Anspruch auf einen entsprechenden Reisepass und außerdem damit die Erlaubnis, in sein Geburtsland zu reisen oder auch auf Dauer dort zu bleiben. Dass diese laut Vorschrift rechtmäßige Doppelstaatsbürgerschaft nicht im Sinne der DDR-Regierung war, verstand sich von selbst, und so wussten wir auch, dass man das unter allen Umständen verhindern würde. Aber welche Alternative bestand denn überhaupt für uns? Keine einzige. Im Klartext bedeutete es, dass ich spätestens im siebenten Monat der Schwangerschaft nach Hause fliegen musste, um unser Kind in der DDR zur Welt zu bringen. Auch sahen wir uns gezwungen, uns damit auseinanderzusetzen, für lange Wochen, vielleicht sogar etliche Monate getrennt voneinander zu leben.

Wahrscheinlich darf mein Mann nur zur Entbindung heimfliegen. Und wo wird Anne in dieser ganzen langen Zeit bleiben? Mir schwirrte allmählich der Kopf.

Eine weitere Regelung besagte, dass unsere Tochter mit mir zurückreisen müsste, ob sie wollte oder nicht. Unvorstellbar wurde mir, wie unsere Tochter ohne ihren geliebten Papa auskommen sollte. Aber so lauteten die unwiderlegbaren Tatsachen für uns. Oder gab es doch noch ein Schlupfloch, durch das ich mich hindurchzwängen könnte? Bisher entdeckten wir nirgendwo einen seidenen Faden, an den ich mich sprichwörtlich hängen könnte. Und so kam es, wie es kommen musste. Was andererseits auch zuließ, dass die gewaltige Freude auf unser Baby vorerst alle Sorgen und Probleme in den Schatten stellte.

Schneller als gedacht blieb meine permanente Übelkeit nicht unentdeckt. Zunächst erfuhren es unsere Freunde, mit denen wir über das bevorstehende Weihnachtsfest nochmals an den Pazifik verreisen wollten. Etwa vier Wochen Zeit blieben uns bis dahin, darüber zu entscheiden, ob diese Strecke nach Playa Azul bis an die Pazifikküste mit etwa acht Stunden Fahrt nicht zu anstrengend für mich werden könnte. Als wir ihnen das Neueste, den zu erwartenden Familienzuwachs verkündeten, war uns diese Überraschung wahrhaftig gelungen. Man sah es ihnen regelrecht an. Auf große Augen folgte ein breites Grinsen, bis zum verständnisvollen Nicken, und zur Krönung fielen wir uns alle in die Arme. Das musste gefeiert werden, gebührend bei mir, maßlos bei den anderen. Derartige Anteilnahme war sehr berührend für mich. Doch kaum hatte sich die erste Euphorie gelegt, schwebten die großen Fragezeichen einmal mehr durch den Raum. Dieses Mal kamen sie von unseren Freunden.

„Wie wollt ihr das machen? … Das geht doch nicht, dass du allein nach Hause fliegst, in dem Zustand! … Darf dein Mann wenigstens zur Geburt dabei sein und dir nach Hause folgen? ... … Wie lange musst du nach der Entbindung noch dort bleiben? ... Muss Anne überhaupt mit in die DDR fliegen? … Warum gibt es überhaupt derartige nervenaufreibende Regelungen? ... Wer entscheidet denn so einen Schwachsinn?“

Der Abend wurde lang und länger, die Fragen nahmen dabei nicht ab. Leider auch unter der Prämisse, dass wir alle zusammen, trotz unserer heftigen Diskussionen, keinen dritten Weg finden konnten, um etwas positiver auf die demnächst anstehenden Schwierigkeiten zuzugehen.

Bevor die Gerüchteküche brodeln würde, unternahmen wir den ersten Schritt, gaben unser Geheimnis preis und vertrauten uns den Menschen an, die es fairerweise auch von uns erfahren sollten. Allen voran meinem Chef, den ich zuvor noch nie sprachlos erlebt hatte. Er reagierte nicht sofort darauf, war zunächst fassungslos, rannte in unserem viel zu kleinen Büro hin und her, rauchte, schaute mich immer mal wieder fragend an, rauchte hektisch weiter, bis er mich freudestrahlend in die Arme nahm und unverblümt wissen ließ: „Na, ihr traut euch ja was."

Es folgten wieder Fragen über Fragen, auf die ich zu dem Zeitpunkt liebend gern selbst eine Antwort parat gehabt hätte.

Kaum einen Wimpernschlag später, zumindest erschien es mir so, verbreitete sich unsere Aussicht auf den Familienzuwachs wie ein Lauffeuer in der Botschaft und der Handelsvertretung. Von allen Seiten kamen aufrichtige Glückwünsche, gut gemeinte Ratschläge und nochmals Fragen über Fragen. Das kann ja heiter werden, wenn alle anderen auch nicht wissen, welcher Weg in meiner Situation der beste wäre. Jetzt blieb uns nichts anderes übrig, als die Flucht nach vorn anzutreten. Es folgten Gespräche mit dem Handelsrat, dem Konsul und auch dem Kulturattaché. Keiner von ihnen machte mir Hoffnung darauf, dass es eine Chance gäbe, die Geburt unseres Kindes in Mexiko haben zu können. Einzig und allein unternahm mein Chef alles in seiner Macht stehende. Er stellte Kontakte her, um wenigstens erreichen zu können, dass ich nicht schon im siebenten Monat nach Hause fliegen müsste. Mindestens einen kleinen Zeitgewinn wollte er in diesem Zusammenhang herausholen. Zuviel stand für ihn selbst dabei auf dem Spiel. Außerdem waren wir inzwischen ein eingespieltes Team geworden, wo jeder dem anderen blind vertrauen konnte. Ersatz für mich zu finden, in einer Zeit, in der alles für den bevorstehenden Honeckerbesuch im nächsten Jahr mobilisiert werden musste, schien aussichtslos zu werden. Bis ganz nach oben in die Staatsleitung der DDR stellte er seine Dringlichkeit durch. Aber selbst von dort kam nach etlichen Tagen des Schweigens auch nur eine Ablehnung.

Bereits über den neuralgischen Punkt hinaus angekommen, mussten wir uns eingestehen, dass wir auf kein Wunder mehr hoffen durften. Und so nahmen die Dinge ihren Lauf. Aus der Sicht des behandelnden Arztes gab es Gott sei Dank nur gute Nachrichten, die bedeuteten, dass sich unser Baby bestens entwickelte, alle Messergebnisse und Daten in Ordnung seien, doch verwunderte ihn sehr, wieso ich dieses Kind nicht in seiner Klinik entbinden dürfte. Was wollten wir ihm auf seine Frage antworten? Also wichen wir dieser Antwort aus, er würde es sowieso nicht verstehen. Wichtig für mich wurde nur noch der eine Wunsch, dass ich mir auf gar keinen Fall irgendwelche Sorgen um das ungeborene Leben machen müsste und es gesund zur Welt kommen kann. Wo das letztendlich geschehen sollte, war mir allmählich egal. Aufreibend genug wurde es, alle organisatorischen Richtlinien einzuhalten, die bis zum Abflug und für die bevorstehende Geburt in Jena bewältigt werden mussten. Auch darüber durften wir nicht verzweifeln. Weit im Vordergrund stand einzig und allein das Wohlbefinden um uns, der werdenden Mama, dem zu erwartenden Baby und unserer Tochter Anne.

Ihre kleine Welt war einstweilen noch in Ordnung. Sie ging täglich in den Kindergarten, mal mehr auch mal weniger begeistert. Und sie wird bald eine große Schwester sein, sagte sie zu jedem. Alle in unserem Umfeld, ob man wollte oder auch nicht, mussten es wiederholt aus ihrem Munde hören. Doch, sie war recht stolz darauf sich mitzuteilen und demjenigen, der von unserem Glück noch nichts erfahren hatte, erklärte sie mit gestikulierender Ausdruckskraft und großen strahlenden Augen, dass sie bald eine große Schwester sein wird. Man hörte ihr gern zu, amüsierte sich, fand sie in ihrer Art drollig und sie wurde unermüdlich, sich und die Dinge zu verdeutlichen. Aber sie war sich auch noch nicht darüber im Klaren, was sie sich mehr wünschen würde. Wollte sie lieber ein Brüderchen oder ein Schwesterchen an ihrer Seite wissen? Immer wieder wechselte sie ihre Auffassung, ohne sich jemals festzulegen. Aber dass sie bald eine große Schwester wird, stand für sie felsenfest. Noch hatten wir sie nicht damit konfrontiert, dass sie in absehbarer Zeit ohne ihren Papa auskommen müsste. Ob sie das wohl verstehen würde? Vielleicht wäre sie lieber bei ihm geblieben, aber auch dafür gab es keine Alternative. Zu viele Fragezeichen blieben immer noch im Raum hängen. Hartnäckig setzten sie sich fest wie ein alter Kaugummi, der genau dort kleben blieb, wo man ihn hingeworfen hatte und das auf ewig.

Inzwischen war unsere Post zu Hause angekommen. Die Nachricht über unseren Familienzuwachs schlug natürlich ein wie eine Bombe. Von allen Seiten bekamen wir Glückwünsche, aber auch die Hilfe und Unterstützung zugesagt, die ich mit Sicherheit in Jena brauchen würde. Dass ich mich auf diese Worte in den vielen Briefen verlassen konnte, half mir ungemein dabei, meine Zweifel und Bedenken, wie ich die weiteren Herausforderungen schaffen sollte, besser zu bewältigen. Die Ungewissheit richtete sich ausschließlich auf die Sorge als eine vorübergehend alleinerziehende Mutter, die ich wahrscheinlich über ein paar Monate lang sein würde, alle organisatorischen und besonders die bürokratischen Wege für die zu erwartende Geburt in den Griff zu bekommen. Zu wissen, dass ich damit in Jena nicht allein gelassen werde, gab mir die Zuversicht zurück, die zwischenzeitlich irgendwo auf halber Strecke abhandengekommen war.

Die Schwangerschaft verlief bisher komplikationslos, wenn auch mit den typischen Befindlichkeitsstörungen, die dank einer engmaschigen Untersuchungsfolge auch als solche diagnostiziert wurden. Ich fühlte mich gut, sehr gut sogar und außerdem schwanger genug, um mit dem bevorstehenden Weihnachtsstress klarzukommen, glaubte ich zumindest. Der dritte Schwangerschaftsmonat war schon geschafft. Mein behandelnder Arzt in Mexiko-Stadt hatte großen Anteil daran, dass ich mich physisch aber auch psychisch entspannt fühlen konnte. Seine Kompetenz ließ irgendwelche Bedenken gar nicht erst aufkommen. Schon zum Ende des dritten Monates vermochten wir zu unserer größten Überraschung die Herztöne unseres Kindes hören. Was zu dieser Zeit daheim noch mit einem Holzstethoskop wie zu Zeiten von Professor Semmelweis praktiziert wurde, erfuhr ich in Mexiko bereits durch modernste Technik.

Unser Gastland Mexiko wurde uns daheim in fast jeder Beziehung stets als ein Entwicklungsland beschrieben. Meine Erfahrung mit dem mexikanischen Gesundheitswesen dagegen war, dass sich dieses Land hoch entwickelt zeigte, nicht nur in der Medizin, auch auf vielen anderen Gebieten.

Wir staunten immer mehr, als uns dieser Doktor dann auch noch den wahrscheinlichen Entbindungstermin sagen konnte. Bemerkenswert war es für uns sowieso, was zu dieser Zeit in diesem Land messbar gemacht werden konnte.

Der 27. Juni 1981 wurde als Geburtstermin für den neuen Erdenbürger errechnet. Mit diesem Datum konnten wir schließlich etwas anfangen, damit arbeiten, abklären, vorbereiten, organisieren, planen und so weiter. Nur mit der Geschlechterbestimmung hielt sich der Doktor etwas sehr zurück. Es wäre wohl noch zu früh für eine definitive Aussage, meinte er dazu. Wollten wir es überhaupt wissen? Nein, wollten wir nicht und lebten gut damit, es nicht vorzeitig erfahren zu haben.

So sehr mit uns selbst beschäftigt, raste die Vorweihnachtszeit gnadenlos an uns vorbei. Hinzu kam, dass Heerscharen von Dienstreisenden bis zu ihrem Heimflug betreut werden wollten. Wenige Tage vor Heiligabend hielten sich noch immer um die sechzig Mann in Mexiko auf, die entweder im Land umherreisten oder im Handelsbüro ein- und ausgingen. Von einer Zeit der Stille und Besinnung konnten wir schon aus diesem Grunde nicht sprechen. Niemand von den vielen Dienstreisenden fuhr ohne ein Mitbringsel heim, schon gar nicht zu Weihnachten. So wurden an den letzten noch zur Verfügung stehenden Wochenenden zahlreiche Märkte besucht, damit ein jeder die Wunschliste seiner Angehörigen abarbeiten konnte.

Gerade in dieser Zeit trieben sich nicht nur Kaufwillige auf den Märkten und in den Einkaufszentren der Stadt herum. Wir hatten unsere Dienstreisenden auf diese Situation hingewiesen. Dennoch passierte genau das, wovor wir sie nur wenige

Augenblicke zuvor gewarnt hatten. Glücklicherweise waren nur zwei Männer davon betroffen, die ohne Geschenke ihre Heimreise antreten mussten, dafür mit einer Menge an Problemen im Gepäck. Auf der Suche nach der Geldbörse, hielten sie nur noch ihr Hosentaschenfutter in der Hand. Diesen Diebstahl, der Klassiker in einem solchen Gedränge, bemerkten sie erst in dem Moment als sie etwas bezahlen wollten und der Griff ins Leere ging. Zu dieser Zeit und an diesen Orten pulsierte das Leben wie ein einziges Gewimmel, das der Umtriebigkeit eines Ameisenhaufens glich. In dieser tumultartigen Menge, wo es dazu noch laut und eng zuging, war das Klauen einer Geldbörse ein Kinderspiel.

Diebstahl, eines der häufigsten Delikte in diesem Land. Und wer macht so etwas?

Meist war es jemand, der zu vernünftig war, um zu verhungern, dagegen zu sorglos, um zu arbeiten, zu verschämt, um zu betteln, aber gerade unverschämt genug, um zu stehlen. Konnte es dabei tröstlich sein, als die beiden Dienstreisenden von unserer Geschichte erfuhren, die ebenfalls auf einem dieser Märkte passierte? Wohl kaum. Seit unserem Missgeschick sind wir jedoch umsichtiger geworden. Meist sind es mehrere Kinder, die organisiert auftreten. Einer bettelt, der Nächste lenkt den Partner ab und der Dritte langt zu. Ein Vierter bekommt das Diebesgut in irgendeiner Form zugeworfen, dann rennen alle auf ein Zeichen los, ihre Flucht ergreifend, natürlich flitzen sie in verschiedene Richtungen auf und davon, ohne die geringste Chance, ihnen hinterher zu kommen. Zumindest hatten wir es so erlebt und wussten seitdem, dass immer dort, wo sich mehrere Jugendliche oder Kinder zusammenfanden, man einmal mehr auf der Hut sein musste.

Schnell kam er daher, der Weihnachtsabend, viel zu schnell. Irgendwie schaffte man es trotz der eigentlichen Umstände, die Vorbereitungen für das Familienfest auf den Punkt zu bringen. Die Stollen war längst gebacken, drei an der Zahl, und wirkten auf dem ersten Blick wohlproportionierter als die flachgelegten des letzten Jahres. Dagegen wurde der Kauf eines Weihnachtsbaumes zum verbalen Desaster. Als ob wir kurz vor der Scheidung stehen würden, stritten wir uns herum. Im Grunde sträubte sich unser Innerstes nach außen, sich gegen einen natürlich gewachsenen Baum zu entscheiden. Trotzdem hatten wir uns dazu durchgerungen, einen künstlichen Weihnachtsbaum zu kaufen, der sich uns für weitere Jahre, wo auch immer wir mit ihm sein werden, zur Verfügung zu stellen hatte.

Vom Typ einer kanadischen Edeltanne, täuschend echt nachgestaltet, leuchtete der Baum im weihnachtlichen Glanz. Bei voller Konzentration auf dieses Prachtstück meinten wir sogar einen echten Tannenduft wahrzunehmen. Oder war es doch nur Einbildung? Mit dem Blick auf diesen Weihnachtsbaum gerichtet und den wenigen hübsch verpackten Geschenken, die um ihn herum verteilt lagen, gab uns unsere Tochter durch ihr verständnisvolles Kopfnicken auch noch recht, dass der Tannenkauf für sie in Ordnung ging. Das Strahlen in ihren Augen wechselte in ein fröhliches Quietschen beim Auspacken ihrer Geschenke. Schon wieder einmal gab es ein Auto, diesmal ferngesteuert. Meine anfänglichen Bedenken, da die Zahl ihrer Puppen oder Teddys deutlich geringer ausfiel als die stetig wachsende Sammlung verschiedener Autos in unterschiedlichen Größen, schienen bei dem Freudengeschrei völlig unbegründet zu sein. Sollte ich mir eventuell mehr Gedanken darüber machen, warum ihr Papa bei jeder Gelegenheit ein Spielauto aus seinem Gepäck zauberte? So schnell, wie der Weihnachtsabend heraneilte, wollten wir ihn wegen unserer Reise am nächsten Morgen frühzeitig ausklingen lassen, möglichst so, dass Tochter Anne wenig davon mitbekam. Es gelang uns relativ problemlos, aber sie stellte die Bedingung, dass sie alle Geschenke mit in ihr Bett nehmen durfte. Dazu gehörte selbstverständlich der bereits angehäufte Fuhrpark ihrer Spielautos nebst einer umfangreichen Plüschtiersammlung und, nicht zu vergessen, etliche Bücher gehörten auch noch mit hinein. Chaotischere Zustände in einem Kinderbett hatte ich bis dato noch nicht gesehen, doch nur so konnten wir sie überlisten, sie relativ früh am Weihnachtsabend in ihr Bett zu bekommen. Da wir mit unseren Freunden um vier Uhr morgens aufbrechen wollten, um in das knapp 650 Kilometer ferne am Pazifik gelegene Playa Azul zu verreisen, brauchten wir diesen Trick, um wenigstens selbst eine kleine Mütze voll Schlaf zu bekommen.

Weihnachten am Pazifik

Weihnachtsstimmung, die typische, hätten wir zwei gern zugelassen, sie kam in diesem Jahr nie richtig auf. Uns fehlte der Schnee, doch der nicht nur allein, auch emotional blieb einiges auf der Strecke. War es ein Wunder? Die letzten Tage und Wochen verliefen extrem anstrengend für uns, die Akkus mussten unbedingt wieder aufgeladen werden.

Ruhe, Sonne, Wärme und Wellenrauschen, in dieser Reihenfolge bestanden unsere Wünsche, die wir uns mit der Reise an den Pazifik erfüllen wollten. Wie auf einer Flucht stahlen wir uns am ersten Weihnachtsfeiertag zur vereinbarten Zeit um vier Uhr in der Frühe fort. Doch was war das? Mexiko-Stadt befand sich noch im Tiefschlaf. Kaum ein Auto war zu dieser Stunde auf den Straßen zu sehen. Der sonstige Lärmpegel war auf stumm geschaltet. Morgennebel umhüllte die Stadt, wie mit einem Schleier vermummt, der damit jeden aufsteigenden Laut im Keim erstickte. Drückte diese mystisch wirkende Stimmung auf mein Gemüt oder trat genau das Gegenteil ein? Ich wusste es nicht.

In diesem Dämmerzustand verließen wir allmählich die Stadt, fuhren weiter über den Talkessel, hinein in die vulkanische Bergwelt in Richtung Meer. Anne schlief derweil ausgestreckt auf der Rückbank des Autos weiter, kaum dass wir sie aus ihrem Bettchen geholt hatten. Wir waren uns nicht einmal sicher, ob sie diesen Schlafplatzwechsel überhaupt mitbekam. Das war ein absoluter Glücksumstand, zumindest für die ersten paar Stunden während unserer Fahrt, die extrem strapaziös ausfielen. Was um alles in der Welt wollen wir eigentlich am Pazifik, hatte ich mich nach zwölf Stunden Fahrzeit gefragt. Aufmunterung brachten lediglich eine Handvoll Pausen und das gute Reisewetter. Kurvenreicher konnte die Strecke auch nicht mehr werden, die stetig über Gebirgszüge und Hochtäler führte, bis ich lauthals anzweifelte, dass wir hier niemals das Meer sehen werden. Ich wollte am liebsten schon wieder umkehren, als es uns blau entgegen leuchtete. Das Meer, soweit das Auge reichte, bis zum Horizont und wieder zurück, ein unglaublich schöner Moment, der sich für alle Zeit ins Gedächtnis vergrub.

Wir ließen alles zu, was uns der Aufenthalt am Pazifik anbot, fühlten uns somit entschädigt für eine viel zu anstrengende Reise in diese Region. Drei volle Tage am Strand mit langen Wanderungen, den Blick dabei fest nach unten in den weißen Sand gerichtet, damit uns keine noch so originelle Muschel verloren gehen konnte. Wahre Schätze entdeckten wir darunter, die eine Sammlerleidenschaft in uns wachrüttelte. Es war fast zu schön, um wahr zu sein. Scheinbar hatten wir den täglichen Sonnenschein schon vorab mitgebucht. Sonnenuntergänge hier zu erleben, wurde zu einem sprachlos machenden Naturschauspiel. Die erfrischende Meeresluft gab es natürlich gratis dazu. Wenn Wünsche wahr werden konnten: Hier passierte es uns, jeden einzelnen Tag zu jeder Stunde. Doch auch eine erholsame Zeit wie diese geht einmal zu Ende. Schon längst hatten die Wellen unsere im Sand hinterlassenen Fußabdrücke fortgespült, als wir uns schweren Herzens wieder auf den Heimweg nach Mexiko-Stadt machten, der nochmals zwölf anstrengende Stunden reine Fahrtzeit kostete. Unsere Männer, die die gesamte Strecke durchfuhren, bis auf wenige Pausen, traf es dabei am härtesten.

Völlig platt, doch sichtlich erholt und braun gebrannt, kehrten wir heim, wo man bereits mit Volldampf die Silvesterfeier in der Botschaft vorbereitete. Zack, schon waren wir wieder drin im Strudel der Ereignisse. Ich hätte gern noch ein paar Momente für mich gehabt, um das gerade Erlebte tiefer in mich aufnehmen zu können. In dem Moment fiel mir eine Redewendung zu meinem Wunschdenken ein. Was kümmert es den Mond, wenn ihn ein Hund anbellt?

Bis zum Jahreswechsel blieben uns nur noch wenige Stunden. Exakt um siebzehn Uhr trafen wir uns mit unseren Freunden, um mit einem Gläschen Sekt auf das neue Jahr nach DDR-Zeit anzustoßen. Was wird es uns bringen?, stand in unsere Gesichter geschrieben. Viele gute Wünsche für die wichtigen Dinge im Leben folgten, nicht nur aus unserem kleinen Kreis. Sie wurden zum Tenor des Abends. Besonders intensiv und von allen Seiten wünschte man uns die Geburt eines Sohnes. Warum eigentlich? Woher kam diese Idee und wieso konnte es keine weitere Tochter werden?

Gegen einen Sohn gab es überhaupt keine Einwände, zumal mein Mann mit ihm seine große Chance erhalten würde, einen rechtmäßigen Erben für seine Sporträder zu bekommen. Oder lag es etwa am Ungleichgewicht, dass unsere Anne eindeutig mehr Autos zum Spielen aufzuweisen hatte, als Puppen oder Plüschtiere zusammen? Trotzdem, ich konnte einfach nicht abschalten, obwohl jeder einzelne gute Ratschlag herzlich und ehrlich gemeint war. Zu sehr wühlte mich dieses Thema am Silvesterabend auf, mich unentwegt damit auseinandersetzen zu müssen, was in naher Zukunft auf uns einstürmen würde. Dass es für uns drei nicht einfach wird, wussten wir schon seit dem ersten Moment, und zu allem Überfluss verhieß mir mein Bauchgefühl nicht viel Gutes, wenn ich an die kommende Zeit dachte. Dennoch, das alte Jahr ging, ein Neues wurde gefeiert. Nicht gerade spektakulär, doch immerhin dem Anlass entsprechend. Jubel, Trubel, Heiterkeit sah trotzdem irgendwie anders aus, zumindest bei mir.

Wir waren gerade im neuen Jahr angekommen, als plötzlich bekannt wurde, dass wir beide, unsere Anne und ich, bereits schon Mitte März nach Hause fliegen sollten. Für den ersten Moment war ich entsetzt, doch der eigentliche Grund, der für diese Entscheidung sprach, überzeugte uns ein wenig später. Einige von unseren Kollegen, die für andere Unternehmen ebenfalls in der Handelsvertretung arbeiteten, reisten alljährlich zur Leipziger Frühjahrsmesse und für den Fall der Fälle sicherten sie uns ihre Hilfe und Unterstützung während unserer beschwerlichen Heimreise zu. Vorsorglich hatte man uns deswegen diese Entscheidung abgenommen, um nicht mutterseelenallein fliegen zu müssen. Einerseits war ich dankbar dafür, aber andererseits bedeutete es auch, mindestens sechs Wochen früher voneinander getrennt zu sein, als wir uns das vorgestellt hatten. Der Schock saß zunächst sehr tief, dennoch hatten wir keinerlei Argumente im Hemdsärmel, die einen längeren Verbleib in Mexiko versprachen. Bloß nicht jetzt schon daran denken müssen, ging es mir bei dieser Nachricht immer wieder durch den Kopf. Dass diese unfreiwillige Trennung sehr schwer für uns drei werden würde, war uns schon lange klar, aber dass sie so bald auf uns zukommen sollte, schmerzte zutiefst. Mit dieser Nachricht wollte ich mich auf gar keinen Fall in eine emotionale Schieflage begeben, konnte sie allerdings auch nicht abwenden. Hoffentlich blieb unser Nachwuchs von meinen Gemütsschwankungen weitestgehend verschont, grübelte ich tagelang in einem Zustand der Ratlosigkeit.

Eine wahre Anekdote über die Planerfüllung

Mein Mann musste sich etwa zur gleichen Zeit mit einer durchaus kuriosen Verstrickung falscher Tatsachen auseinandersetzen. Als er mich in diese Addition von Ereignissen einweihte, die besser nie stattgefunden hätten, wollte ich ihm anfangs nicht glauben. Zu schräg erschien mir diese skandalträchtige Geschichte, die ihn lange Zeit nicht zur Ruhe kommen ließ, bis er den Fall etliche Monate später aufklären konnte. Doch, was war ihm eigentlich passiert?

Wie schon so oft zweifelte er wiederholt daran, welchen Sinn es eigentlich machte, jedem noch so kleinen Auftrag hinterher zu hecheln, um die Daseinsberechtigung in diesem Land unter Beweis zu stellen. Seine bisherige Arbeit grenzte fast an eine Quälerei. Doch zum Ende des alten Jahres erhielt er endlich einen attraktiven Auftrag über technische Feinmessgeräte, den sein mexikanischer Kunde bei ihm ausgelöst hatte. Zudem wurde diese bestellte Ware dringend in Mexiko gebraucht. Im weiteren Verlauf der Abwicklung dieser Bestellung war somit Eile geboten, die keinerlei Aufschub duldete. Diese für den Kunden wichtigen Kriterien wurden von meinem Mann mit der nötigen Brisanz behandelt, auch umgehend darauf mit der entsprechenden Priorität im Fertigungsbetrieb geordert. Ein ganz normaler Bestellvorgang kam so ins Rollen, bis auf den kleinen Extrawunsch, dass die Lieferung möglichst rasch über die Bühne gehen sollte. Von unserem Hersteller kamen diesbezüglich keine weiteren Rückfragen, so konnte man pünktlich wie vereinbart mit der Auslieferung rechnen.

Im Januar 1981, ungefähr sechs Wochen nach dieser Auftragserteilung kamen die angeblichen Feinmessgeräte, von unserem Lieferbetrieb in zwei Kisten verpackt und durch eine Spedition befördert, bei dem mexikanischen Händler an. Augenblicklich wurde eine von den beiden Kisten durch einen Mitarbeiter des Kunden geöffnet, der sie genauso zügig auspacken wollte. Doch damit nahm das Unheil seinen Lauf. Kurz darauf erhielt mein Mann einen Anruf von seinem Händler, der ihn mächtig verärgert im Telefonat aufforderte, umgehend wegen der ausgelieferten Ware zu ihm zu kommen und erklärte ihm in diesem Zusammenhang, dass ihn eine unangenehme Überraschung erwarte. Als mein Mann so schnell er konnte dort eintraf, präsentierte man ihm den Inhalt der ersten Kiste. Zuerst konnte er nicht glauben, was er an gleicher Stelle sah. Verrostete Eisenteile, Betonstücke auch anderweitiger Schrott. All diesen Müll, der normalerweise auf einem Schuttabladeplatz entsorgt wird, brachte der Inhalt dieser Kiste ans Tageslicht. Das Groteske daran war, diese verschiedenen Bruchstücke lagen fein säuberlich eingewickelt darin, als wären es wahrhaftig wichtige und überempfindliche Feinmessgeräte. Zu zweit mussten sie die einzelnen Teile aus der Kiste hieven, viel zu schwer für eine Person, doch dafür waren sie liebevoll eingewickelt und korrekt verstaut worden. Zumindest hatte dabei niemand am Verpackungsmaterial gespart.

Ein eisiges Schweigen beherrschte den Raum, die Körpersprache aller gerade dort Anwesenden verriet die Fassungslosigkeit beim Anblick von diesem Zeug, das sich normalerweise Feinmessgeräte nennen sollte. Verstörte Blicke flogen hin und her, keiner von ihnen wusste so recht, was hier gespielt wurde. Gegenangriff ist die beste Art der Verteidigung, dachte sich mein Mann, denn er vermutete eine skurrile Verwechslung, die nur bei der Verschiffung durch die Speditionsfirma passiert sein konnte. Wie sollte man sich diesen Irrtum anderenfalls noch erklären? Dagegen sprach allerdings, dass das Frachtgut ordentlich frankiert war. Lieferanten- und Adressdaten stimmten ebenso überein. Selbst das Inhaltsverzeichnis auf der Lieferliste bezog sich klar und unmissverständlich auf die sensiblen Feinmessgeräte. Und genau da lag der Hase im Pfeffer.

Seit geraumer Zeit standen diese Kisten stumm und beharrlich inmitten der Lagerhalle, als wollten sie alle Schuld von sich weisen. Wer um Himmels willen brauchte diesen Schutt oder Schrott, der explizite Rückschlüsse auf gartenbauliche Reststücke schließen ließ, die bei Arbeiten in irgendeinem Freigelände, beim Bau eines Wochenendhauses oder in der Kleingartenanlage keine Verwendung mehr fanden? So etwas konnte man wiederum auch nicht vermuten, denn in der DDR wurden alle alten Teile, irgendwelches Gerümpel, auch Schrott immer und überall benötigt, sozusagen weiterverarbeitet. Selbst die kleinsten Schuttstückchen nahm man immerhin noch zum Abdichten von Schlaglöchern, denn die gab es immerzu und überall.

Mit dem mexikanischen Händler konnte die Diskussion so allerdings auch nicht fortgeführt werden, nie und nimmer würde er unsere Situation verstehen. Damit bestand die Gefahr, aus falschen Argumenten die richtigen Schlüsse zu ziehen. Klarheit brachte demnach nur der andere Kisteninhalt. Was jedoch war in dieser zweiten Kiste? Gemeinsam waren sie sich darüber im Klaren: Wenn sich hier jemand einen Spaß erlauben wollte, dann war das ein ganz schlechter Scherz!

Logischerweise verlangte der Händler nunmehr von meinem Mann, dass er die zweite Lieferkiste persönlich öffnen und auspacken sollte, um für den Fall der Fälle nicht selber als Depp dazustehen. Immerhin läge sonst die Vermutung nahe, dass er diesen Unfug eigenhändig inszeniert haben könnte.

Wiederholt versicherten sie sich gegenseitige Loyalität. Man kam trotzdem nicht umhin, das Geheimnis um den zweiten Kisteninhalt zu lüften. Die Hoffnung stirbt bekanntlich zuletzt. Doch das Desaster nahm auch ein zweites Mal seinen Lauf. In der nächsten Kiste waren ähnliche Bauschutt- und Betonteile zu finden, auch diese bestens verpackt, damit ja nichts kaputt gehen könnte, an diesem Müll. Wer macht denn so etwas, und warum? Mehr als mysteriös erschien ihnen dabei diese irrsinnige Verpackung. Ihre Gesichter wurden lang und länger, Todesstille lastete über ihnen. Eines wurde zumindest durch den zweiten Kisteninhalt klar, die Gefahr einer zufälligen Verwechslung war damit ausgeschlossen. Das sah nicht mehr nach einem schlechten Scherz aus, es geschah in voller Absicht. Doch, was sollte dieser Unfug darstellen und wozu das Ganze? Nur zu verständlich war in dem Moment auch, dass der Händler seinem inzwischen angestauten Frust freien Lauf ließ. Es hagelte Anschuldigungen, Beschwerden und Vorwürfe, das ganze Programm einer Unterstellung wurde über meinen Mann und seine Firma ausgekippt und das wahrscheinlich mit Recht. Trotzdem, er verstand die Welt nicht mehr. Aber was half es ihm, wenn er das Rätsel noch nicht lösen konnte?

Man trennte sich nach diesem Fiasko, mein Mann blieb fassungslos und am Boden zerstört, der mexikanische Partner dagegen zeigte sich mehr als frustriert. Die beiderseitigen guten Geschäftsbeziehungen, die sie vor dem Eklat hatten, erfuhren jetzt einen gewaltigen Bruch. Sicherlich wird er sich auch gefragt haben, wie es sein kann, dass man ihn derartig verarscht hatte, versuchte mir mein Mann diese Situation zu erklären und sah dabei selbst sehr unglücklich aus. Abschließend bestand der mexikanische Partner verständlicherweise auf eine lückenlose Aufklärung mit der unverzüglichen Nachlieferung seiner bestellten Feinmessgeräte.

Für meinen Mann stand felsenfest, dieser Sache unbedingt auf den Grund gehen zu wollen. Vielleicht konnte er wenigstens seine Ehre retten. Doch alle Versuche, Licht ins Dunkel zu bringen, versickerten einmal mehr im Sand. Seine Recherchen in den verantwortlichen Bereichen seiner Firma über die unerklärliche Lieferung blieben erfolglos und deprimierend zugleich. Niemand wusste etwas zu diesem Vorfall, oder wollte davon nichts wissen. Dabei erinnerten ihn seine Bemühungen um Aufklärung in diesem Fall an die Geschichte mit den drei Affen. Der eine hört nichts, der andere sieht nichts und der dritte sagt nichts. War es denn so abwegig, von den eigenen Leuten wissen zu wollen, was es mit einer derartigen Lieferung auf sich hatte? Diesen absichtlichen Schwindel konnte man doch nicht einfach im Raum stehen lassen. Was war denn so schlimm daran, eine sehr wahrscheinliche Manipulation aufgeklärt wissen zu wollen, wenn sich schon niemand zu diesem Betrug bekannte? Dabei verlangte er durchaus legitim eine Aufklärung darüber, damit man sich wenigstens im beiderseitigen Geschäftsinteresse wieder in die Augen schauen konnte. Aber weit gefehlt, nichts passierte. Vollkommen entspannt schwiegen der oder die unbekannten Verursacher dieser Geschichte. Doch das wollte mein Mann nicht auf sich sitzen lassen.

„Der Moment kommt", versprach er mir.

Fünf Wochen nach diesem Vorfall erhielt der mexikanische Händler kommentarlos seine ordnungsgemäße Lieferung, die er wahrscheinlich zähneknirschend in Empfang genommen hatte. Gut vorstellbar war ebenso, dass er mit Sicherheit nur im Beisein eines oder mehrerer Mitarbeiter den frisch gelieferten Kisteninhalt zutage förderte. Wider Erwarten ging diesmal alles glatt. Perfekte Lieferung, ordentliche Verpackung, alles lief bestens, keine Mängel. Reklamationen folgten auch Wochen später nicht.

Was aber war mit der ersten Lieferung passiert? War es doch nur ein Versehen? Selbst wenn es so gewesen wäre, etwas passte trotz alledem nicht zusammen. Warum wurde beharrlich ein Mäntelchen des Schweigens darüber gehüllt?

Zunächst beruhigte sich das Verhältnis zwischen dem Händler und meinem Mann wieder. Zwar leicht distanzierter, als vor dem Desaster und auch ihre geschäftlichen Beziehungen begrenzten sich auf einen sachlichen Normalzustand. Etliche Wochen, die seitdem vergangen waren, reichten dem mexikanischen Kunden wahrscheinlich aus, dass er sich mit dem einmaligen Missgeschick tatsächlich abgefunden hatte. Vielleicht wollte er darüber auch besser gar nichts mehr wissen, niemals wieder sprach er diese verzwickte Situation an. Doch meinem Mann ließ die dubiose Geschichte keine Ruhe, bis er während des Jahresurlaubs das Rätsel in Jena lösen konnte.

Wiederholt schob er dieses Thema in den Betriebsabteilungen an, die in diesen damaligen Auftrag involviert waren. Hartnäckig, unaufhörlich, fast trotzig blieb er an der Aufklärung dran, bis er das Puzzle zusammenfügen konnte. Folgendes passierte zu jener Zeit: Der Herstellerbetrieb jener Feinmessgeräte war zu diesem Zeitpunkt nicht in der Lage, diesen Auftrag termingerecht auszuliefern. Eine unheilvolle Verkettung von Schwierigkeiten beherrschte die Planwirtschaft der DDR pausenlos, auch jener Betrieb steckte da mittendrin. Angefangen von unsinnigen Verwaltungsvorschriften, über Produktions- und Materialprobleme, bis zu den überbordenden Lieferrückständen, die sich permanent daraus ergaben. Dagegen stand dessen ungeachtet nichts anderes als die Planerfüllung im Brennpunkt für alles und alle, auch wenn man immer öfter korrigierend eingreifen musste. Und immer erfinderischer wurde man dabei, wie der Vorfall der Schrottkistenlieferung an den mexikanischen Kunden zeigte. Ein Exportauftrag, wie jener es war, galt erst dann als abgeschlossener Beitrag zur Planerfüllung, wenn der zweite Frachtführer, der letztendlich die Ware zum Kunden transportiert, die Dokumente für die Warenübernahme unterschrieben hatte und damit die Bankeinreichung der vollständigen Dokumente bei der Außenhandelsbank der DDR erfolgte. Um diese Abwicklung trotz der Lieferschwierigkeiten nicht zu gefährden, wurden zwei verplombte Kisten mit wertlosem Schrott nach Hamburg geschickt. Damit wurde die Transaktion erst einmal gerettet, die Planerfüllung lief perfekt mit schwarzen Zahlen. Diese Kisten sollten bis zum Austausch gegen die richtige Ware in Hamburg bei der Spedition verbleiben. Offensichtlich hatte diese Hamburger Spedition jedoch gepennt und die Schrottkisten versehentlich nach Mexiko an den Kunden ausgeliefert. Damit war das Rätsel gelöst.

Als man meinem Mann endlich über derartige Machenschaften aufgeklärt hatte, als wäre es das Normalste auf der Welt, fiel er aus allen Wolken. Womöglich gab es noch mehr Beispiele dieser Art, wie man so trotzdem schwarze Zahlen schreiben konnte. Unvorstellbar und doch wahr, dass die DDR mit diesem Schrott ihre ganz spezielle Planerfüllung betrieben hatte. Allein diese Story war selbsterklärend dafür, warum es in der DDR von einer Planwirtschaft zur Mangelwirtschaft kommen musste.

Mittlerweile war ich nicht nur ein bisschen schwanger, sondern sogar schon erkennbar richtig in den anderen Umständen. Es formte sich ein kleiner Kugelbauch, der erfreulich für alle sichtbar wurde. Bei jeder Begegnung schaute man mir nicht mehr gleich in die Augen, der Blick wanderte zuerst in die Richtung, wo sich mein Bäuchlein wölbte. Jeder Tag wurde ein anderer Tag, mit neuen Gefühlen und Empfindlichkeiten, positiven Gedanken, und sogar etwas Schwermut schummelte sich hinzu. Das fand ich normal, gewundert hatte es mich nicht. Auch unser Baby meldete sich immer stärker, dabei wuchs es einfach nur heran. Von innen heraus angestupst zu werden, ließ meine Emotionen wachsen. Anfangs spürte ich es fast zärtlich und sanft, später wurden die Bewegungen in meinem Bauch deutlich energischer. Seit dem Beginn meiner Schwangerschaft wurde ich das Gefühl nie los, dass sich ein anderer Erdenbürger ankündigte, als ich es von unserer bald großen Tochter in Erinnerung hatte. Jemand, der sich durchsetzen wird, empfand ich dabei. Vielleicht war es auch nur eine Einbildung von mir.

Für mein etwas schwaches Gemüt kam immer mehr Aufregung hinzu, da etliche Probleme immer noch nicht geklärt waren. Wir schwebten im Dunkeln und das war sehr schwer auszuhalten. Wann werden wir fliegen? Mit welcher Fluggesellschaft? Sollten wir über Kuba oder gar Moskau fliegen müssen, brauchten wir aus meiner Sicht unbedingt eine Flugroutenabweichung, da diese beiden Flugstrecken durch stundenlange, mitunter auch tagelange Aufenthalte zu beschwerlich für uns würden. Jeder Flug, der in Verbindung mit einem nichtsozialistischen Land stand, benötigte eine Sondergenehmigung für diese Flugroutenabweichung. Woher bekämen wir die Erlaubnis für die kürzeste und angenehmste Linie mit der KLM? Werden wir in Berlin abgeholt, oder müssen wir uns selbst darum kümmern? Das waren die großen Ungewissheiten. Kleinere kreiselten wie ein Karussell nebenbei auch noch mit herum, aber diese waren überschaubar. Am meisten beschäftigte mich eine gewisse Befürchtung, mir vorzustellen, dass es durchaus sein konnte, dass wir nach der Geburt unseres Kindes nicht mehr nach Mexiko zurückkehren dürfen, warum auch immer. Ich konnte diese Vermutung weder begründen, noch ihr widersprechen. Es gab auch keinen Anlass, darüber so zu denken. Vielleicht war es nur die weibliche Intuition, aus nicht vorhandenen Fakten die falschen Schlüsse zu ziehen. Um die vertraglich bedingten vier Jahre Auslandseinsatz mit einer Daseinsberechtigung gleichzusetzen, würde uns ein ganzes Jahr Aufenthalt in Mexiko versagt bleiben, falls sich meine Zweifel bestätigten. Dabei gab es noch so viel zu erleben in diesem wunderbaren Land. Was haben wir bisher gesehen? Einen winzigen Bruchteil nur, gemessen an der Größe Mexikos.

Pessimistisch gestimmt machte ich meinem Mann Andeutungen über meine Vorbehalte, in eine ungewisse Zukunft zu schauen.

„Was passiert, wenn wir nach der Geburt unseres Kindes nicht wieder nach Mexiko reisen dürfen“, fragte ich ihn?

„Dann versuchen wir unser Glück wieder in Jena zu finden, wo unsere Familie und Freunde sind.“

Ganz einfach und klar war seine Antwort, so klar, dass sein Optimismus wie eine heilende Droge auf mein Gemüt wirkte. Plötzlich konnte ich mir richtig gut vorstellen, wie unser Alltag daheim wieder in die geregelten Bahnen kommen würde, ohne am Tropf einer Botschaft oder einer anderen höheren Gewalt hängen zu müssen. Mit seiner Äußerung fühlte sich unsere Zukunft halbwegs unproblematisch und wieder besser an.

Der Stierkampf

Wenige Tage nach dieser Diskussion um die Sorge, welche Alternative wir hätten, wenn wir nicht mehr nach Mexiko zurückkommen könnten, bekamen wir eine Einladung in die weltweit größte Stierkampfarena.

Einen sehr großen Teil der mexikanischen Kultur stellt dieser traditionelle Stierkampf dar, den man allein aus diesem Grund und in jedem Fall anschauen sollte, wenn man Gast dieses Landes ist. Sicher gab es unsererseits ebenso die Überlegung, dass ein Stierkampf das sehenswerte Erlebnis im Lande Mexiko bedeutete und wir ihn wenigstens einmal erlebt haben sollten, um zumindest darüber mitreden zu können. Als hätte jemand unsere Gedanken gelesen, bekamen wir Eintrittskarten für diese Attraktion. Wenn man in Mexiko eine gewisse Zeit verbrachte, sollte es eine Ehre sein, bei einem Stierkampf dabei gewesen zu sein, hieß es von allen Seiten. Meine Meinung darüber war überhaupt nicht gefragt. Musste es denn in meinem Zustand ausgerechnet dieser Stierkampf sein? Für mich war er auf meiner langen Liste von bedeutenden Attraktionen, die wir uns in diesem Land nicht entgehen lassen wollten, das Ereignis, welches an letzter Stelle stand.

Eigentlich wollte ich mir gar nicht ansehen müssen, wenn ein Stier in meinen Augen völlig sinnlos abgeschlachtet wurde. Aber als ich mich mit dieser historischen Tradition etwas näher beschäftigte, fand ich es wichtig zu erfahren, was dabei genau passierte und warum die Mexikaner ohne ihren Stierkampf angeblich nicht existieren könnten. Ob ich diese Euphorie um diesen Kampf verstehen werde und was mit mir selbst dabei geschieht, reizte mich auf eine Art und Weise, der ich mich nicht mehr entziehen konnte. Also ging ich mit in die größte Stierkampfarena, die auf unserem Planeten zu finden war. Schon sehr oft sind wir ganz in Familie an diesem Areal der Arena vorbeigefahren, ohne sie jemals wahrhaftig registriert zu haben. Die Außenfassade hatte bereits etwas Bedrohliches und erweckte beileibe nicht den Wunsch in mir, dass ich dieses Gebäude unbedingt von innen kennenlernen müsste. Jederzeit hätten wir dorthin spazieren können, nur ein paar wenige Kilometer entfernt, wäre sie von unserer Wohngegend schnell erreichbar gewesen. Unser Interesse hielt sich in Grenzen, bis zu jenem Tag.

Es war soweit. Überpünktlich stand unsere kleine Gruppe am Einlass, um trotz der vorhandenen Sitzplatzkarten die sich langsam füllende Arena in ihrer Dimension besser zu erfassen. Letztendlich war es sogar eine gute Entscheidung, um von Beginn an zu verfolgen, wie sich diese Wettkampfstätte prallvoll füllte, von ganz leer bis auf den letzten Platz besetzt. Und genauso stieg die Stimmung leidenschaftlich an, bevor man überhaupt etwas von einem Stier oder Torero zu sehen bekam. Gigantismus umgab mich, den ich mir im Inneren der Arena so nicht hätte vorstellen können. Man sprach von etwas über 41000 Zuschauern, die darin Platz hätten. Von jedem Sitz, jeder Reihe war durch seinen Rundbau eine perfekte Sicht auf den Schauplatz gegeben. Ja, diese Art Wettkampfstätte war absolut beeindruckend. Nicht so begeistert waren wir von den Eintrittspreisen, die sich eindeutig nach Schatten- und Sonnenplätze klassifizierten. So mussten wir etwas tiefer in unsere Tasche greifen, um nicht gänzlich unter der mexikanischen Sonne verbrannt zu werden. Beste Plätze gibt es grundsätzlich für das Präsidium, welches in einer Loge absolut schattig sitzen kann, von allen Seiten abgeschirmt, und das selbstverständlich zu jeder Zeit. Außerdem ist es autorisiert, über den Ablauf jeden Kampfes, dessen Wertung und das Leben der kämpfenden Stiere zu entscheiden. Hochrangige Persönlichkeiten aus Politik und Wirtschaft nehmen darin Platz. Zumindest sollte der Bürgermeister anwesend sein, wurde uns zugeflüstert. Auf jeden Fall musste immer ein Stierkampfexperte im leitenden Gremium integriert sein. Man wusste ja nie, ob Unvorhergesehenes passierte.

Mexiko und der Stierkampf, beide Begriffe wurden oft in einem Atemzug genannt. Dabei zählt dieser nicht als ein sportlicher Wettkampf, wohin ich ihn eingeordnet hatte. Historisch bedingt stellt er ein Ritual dar, das eine Überlegenheit des Menschen über die Natur zelebrieren sollte. Wie in einem

Schauspiel muss sich der Torero möglichst in dieses Tier hineinversetzen, mit ihm sozusagen kommunizieren, um ihm im richtigen Zeitpunkt den vollkommenen Hieb und damit einen außergewöhnlichen Tod zu widmen. So hatten wir im Groben das vor uns liegende Geschehen von anderen gehört, in Reisebeschreibungen gelesen, auch schon einige Male, mehr durch einen Zufall, im Fernsehen als Liveübertragung gesehen. Immer wieder hielt sich meine Begeisterung in Grenzen. Trotzdem blieb jedes Mal ein gewisser Reiz hängen, diesen Stierkampf eines Tages leibhaftig erlebt zu haben.

Nun saßen wir also mittendrin in dieser Arena. Ob das eine gute Idee war, in meinem Zustand wahrscheinlich auch noch Blut sehen zu müssen? Zweifel stiegen hoch. Panik ergriff mich. Konnte ich noch von hier flüchten, ohne Aufsehen zu erregen? Oder wollte ich doch lieber zusehen? Im Normalfall wusste ich immer, wann der richtige Zeitpunkt gekommen war, etwas an einer Situation oder Sache zu ändern. Komischerweise blieb ich wie erstarrt auf meinem Sitz hocken. Erst die voll besetzte Stierkampfarena ließ mich etwas ruhiger werden. Im Schutz der Massen fiel ich nicht so auf, konnte meine Gemütsverfassung wieder auf ein normales Niveau herunterschrauben. Ich blieb auf meinem Platz, rührte mich kein bisschen und tat so, als wäre ich schon einige Dutzend Mal bei einem Stierkampf dabei gewesen. Wenigstens funktionierte meine Taktik, indem ich innerlich ruhiger wurde. Uns gegenüber zeigte eine riesige Uhr den Minutentakt an, ungefähr im gleichen Tempo wurden nach und nach alle Sitzplätze im Rundbau belegt. Immer mehr Menschen drängelten sich herein, womit automatisch der Geräuschpegel anstieg. Einem Bienenstock gleich raunte es von allen Seiten. Alle Abläufe und wichtigen Details um diesen Kampf erzählten uns Mexikaner, die rechts und links von uns Platz genommen hatten. Auf unsere Bitte, ihr Wissen um diesen Stierkampf uns mitzuteilen, nahmen sie voller Stolz eine aufrechte Haltung an, als wenn wir mit dem Torero höchstpersönlich sprechen würden. In ihren Augen blitzte dabei ein lebhaftes Feuer. Spätestens in dem Moment waren wir davon überzeugt, wie viel ihnen ein Stierkampf bedeutete und dass er untrennbar mit ihrer Geschichte in Verbindung stand. Unsere Mexis, wie wir sie liebevoll nannten, verstanden sich außerordentlich darin, Mimik und Gestik so inspirierend auszudrücken, dass ihre Begeisterung unvermittelt auf uns übersprang. Bereitwillig erklärten sie uns die entscheidenden Momente, die einen Stierkampf so vielversprechend und spannend werden ließen. Dabei vergaßen sie nicht, mit Händen und Füßen wild gestikulierend, uns sämtliche Abläufe darzustellen. Soviel gelacht, wie mit ihnen, hatte ich die letzten Wochen nicht mehr und es gab mir gleichermaßen etwas Befreiendes.

Dass die Stiere mit großem Aufwand mehrere Jahre gezüchtet wurden, nur um sie später in dieser Stierkampfarena zu töten, wusste ich bis dahin auch noch nicht. Ebenso wenig war mir bekannt, dass, wenn sich ein Stier im Kampf offensiv zeigte, mutig wurde, attackierte, sich außergewöhnlich verteidigte, sein Publikum somit gut unterhielt, er dadurch die Chance einer Begnadigung durch den Präsidenten erhalten konnte, um als Zuchtbulle in die Freiheit entlassen zu werden.

Bei bis zu 700 Kilo Lebendgewicht eines Stieres wäre das eine ideale Voraussetzung für weiteren Nachwuchs zu sorgen, war meine Meinung dazu. Doch teilte sie niemand von den um uns herum sitzenden Mexikanern mit mir. Jedes von diesen Tieren hätte es aus meiner Sicht verdient, am Leben zu bleiben.

Genau das Gegenteil war der Fall, heftigstes Kopfschütteln war die Reaktion unserer Sitznachbarn und ich erhielt daraufhin gleich eine weitere Lektion in Sachen Stierkampf. Warum ist das Tuch eigentlich rot, mit dem der Torero den Stier angeblich reizte, wollten die Mexis ausgerechnet von mir wissen. Ihre Testfrage war logischerweise gleich mit einem Augenzwinkern verbunden, denn ich hatte keine Ahnung und das vermuteten sie. Das Rot interessiere die Stiere gar nicht, da ihre Augen, wie bei allen artverwandten Rindviechern keine Zapfen für das rote Licht hatten und sie demzufolge farbenblind waren. Die schnellen Bewegungen des Tuches vor ihren Augen machten sie jählings aggressiv. Der Farbstoff rot für das Tuch wurde aus der Überlieferung deswegen gewählt, weil es das

Blut der Stiere am besten charakterisierte. Bei diesen Äußerungen wurde mir gleich wieder mulmig. Nur die Mexis hatten ihren Spaß daran, uns über jeden weiteren Schritt präzise aufzuklären, und das taten sie demonstrativ mit ihrem ganzen Körper.

Endlich begann das Spektakel, bevor ich die Entscheidung für mich treffen konnte, zu bleiben oder zu gehen. Pünktlichkeit ist bei den Mexikanern ein Fremdwort, nicht aber zur Stunde des Stierkampfes. Der Präsident eröffnete diese immer samstags stattfindende Veranstaltung zur rechten Zeit, indem er von seiner Loge aus, mit einem weißen Tuch in der Hand, der genau gegenüberliegenden noch verschlossenen Pforte zuwinkte. Auf mich wirkte dieser Akt einer Verkündung irgendwie grotesk. Doch ein kurzer Blick zu meinen mexikanischen Nachbarn zeigte mir in ihren Gesichtern die Spannung und auch den Respekt, den sie dabei verspürten. Fast ehrfürchtig schauten sie gebannt in diese Richtung. Und dann ging es Schlag auf Schlag. Zuerst öffnete sich dieser Durchgang und herein kamen alle am Stierkampf Beteiligten, die sich in Richtung Präsidentenloge begaben, um ihn und danach das Publikum zu begrüßen. Ein frenetischer Applaus setzte daraufhin ein, ließ unweigerlich ein Gänsehautgefühl aufkommen. Beim Einmarsch der Stierkämpfer konnte ich nicht den Blick von ihrer Kostümierung lassen. Durch die ungewöhnliche Verkleidung bekam der Torero normalerweise kaum eine Chance, auch nur einen Kampf für sich zu gewinnen. So beurteilte ich zumindest seine Situation. Praktische Notwendigkeiten einer guten Beweglichkeit, wie man sie bei jeder anderen Sportart überall finden konnte, wurden über die Jahrhunderte hierbei einfach ignoriert. Der traditionelle Anzug für einen Stierkämpfer zog sich von Beginn an bis heute durch die lange Zeit. Jeder Torero musste sich in ein eng anliegendes Jäckchen hüllen, was zwar reichlich bestickt war, dazu mit Borden aus Gold oder Silber verziert wurde; andererseits ließ ihm diese wie eine zweite Haut fest verschnürte Kostümierung nicht eine ruckartige Bewegung zu. Dazu trug er eine dramatisch hautenge Hose, die knapp unter den Knien in ein hängendes Bündel aus Kordeln endete. Beides, Jacke und Hose wurden durch eine verzierte Leibbinde zusammengehalten, und zur Krönung hängte man ihm eine Art Poncho über seine Schultern, der mit Bordüren reichlich verziert oder bestickt war. Diese echte Handwerkskunst ließ sich auch aus der großen Entfernung erkennen. Meine Augen hefteten sich buchstäblich daran.

Um uns herum starrte man selbstverständlich nicht auf die Kleidungsstücke der Stierkämpfer. Das war keine Neuigkeit für die Einheimischen, sie kamen hierher, um einen Kampf zu sehen. Dennoch, eingeschnürt zu sein wie in einem Kokon, würde mir die Luft zum Atmen nehmen. Diese Kostümierung wirkte nicht nur total ungelenk, sie bot zudem keinerlei Schutz für diese Toreros. Wahrscheinlich verarbeitete man dazu ganz edle Stoffe, die jede ihrer Bewegung zusätzlich beeinträchtigte, so steif und straff sie an deren Körpern zu kleben schienen. Allein schon dieser Anblick brachte mich ins Schwitzen.

Das kann für einen solchen Kampf nicht gut gehen, dachte ich mir. Außerdem wollte ich mir nicht noch mehr vorstellen müssen, was diese Stierkämpfer im Detail zu beachten hatten. Wer weiß, welche Haken, Schleifen und Binden sie an ihrem Leib festzurren mussten, um genau so auszusehen. Und wofür soll der ganze Rummel gut sein? Jeder Torero möchte von seinem Publikum geliebt werden, immer nach dem Ruhm lechzend, der sicherlich gut honoriert wurde. Ehre, wem Ehre gebührt. Dafür setzten sie zu jedem Kampf ihr Leben aufs Spiel. Ob es das wert war? Niemand von der Seite der Befürworter wird dieses traditionelle Ritual je infrage stellen, glaubte ich zu wissen. Richtig verstehen konnte ich es dennoch nicht.

Mit den Stierkämpfern marschierten ebenfalls die Lanzenreiter ein, auch picadores genannt. Sie sitzen auf ihrem jeweiligen Pferderücken, um dem Stier mit ihren scharfen Speerspitzen in den Nackenbereich zu piksen, ihm diese mitunter bis zu zwanzig Zentimeter lange Spitze tief in den Stiernacken zu rammen. Ihre Aufgabe ist es, den Stier in seiner Todesangst dadurch so richtig in Rage zu bringen. Diese Tortur zwingt ihn daraufhin in eine missliche Lage, da er durch die verwundete Nackenmuskulatur seinen Kopf nicht mehr hundertprozentig heben kann. Dem Matador hingegen kommt ein solcher Moment sehr entgegen, um diesem Stier zielgenau den letzten Todesstoß mit seinem Degen zu verpassen.

Vielleicht wäre es besser gewesen, nicht alles haarklein durch unsere Mexis erklärt zu bekommen, die sich von einem Augenblick zum nächsten noch steigern konnten. Wir erlebten bei ihnen eine uns völlig ungewohnte Mentalität. Nicht eine Minute mehr ließen sie uns aus den Augen, griffen jede sich verändernde Situation des Stierkampfes auf, um uns diese so intensiv wie möglich begreifbar werden zu lassen. Allmählich hatte ich das Gefühl, dass sie uns am Ende abfragen würden, ob wir alles verstanden hätten. Etliche weitere Eckdaten lieferten sie hinterher, die sie uns lang und breit erklärten. So erfuhren wir, dass mindestens fünf, manchmal auch sechs Stiere pro Veranstaltung ihr Leben lassen müssten. Ein Kampf dauert etwa zwanzig Minuten, besteht aus drei Teilen, jeder wird durch ein Hornsignal eingeleitet und läuft aus einer überlieferten Choreografie immer gleich ab. Der Stier wird gereizt, mit den roten Tüchern irritiert, augenblicklich danach mit Lanzen verletzt und erhält schließlich den tödlichen Dolchstoß zwischen seine Schulterblätter. Mit diesen neuesten Informationen konfrontiert, saß ich wohl wie ein Häufchen Unglück auf meinem Platz, wusste nicht mehr, auf wessen Seite ich mich begeben sollte. Die der Befürworter, die einen Stierkampf als Tradition bezeichneten, oder die Seite seiner Gegner, die es Tierquälerei nannten.

Das dort anwesende Publikum bestand aus meiner Sicht zu neunzig Prozent aus Mexikanern, die restlichen zehn Prozent setzten sich aus Touristen und solchen Exoten wie uns zusammen. Alle Zuschauer mit dem höheren Prozentsatz kannten den Ablauf des Rituals minutiös und kommentierten jede gelungene Szene mit einem kollektiven synchronen Olé, was als weitere Anfeuerung oder Begeisterung zu verstehen war. Enthusiastisch klang es durchaus, wenn über 40.000 Menschen nur dieses eine Wort Olé wie aus einer Kehle trompeteten.

Dieser rituelle Ruf ging mir durch Mark und Bein. Ich versuchte mir dabei vorzustellen, wie diese Jubelschreie in Deutsch geklungen hätten, wenn jene Massen von Menschen super, klasse oder bravo geschlossen wie aus einem Mund von sich geben würden. Olé klang in diesem Zusammenhang sehr rund, absolut passend.

Schon jetzt konnte ich mehr Einstimmung auf meinen ersten und wahrscheinlich auch letzten Stierkampf kaum noch ertragen. Aber alle Signale standen auf Grün. Unter unserer Tribüne war ein unüberhörbares Fauchen, verbunden mit schrecklichen Geräuschen zu vernehmen, als wenn ein Auto wiederholt gegen eine Holzwand krachte. Einer von diesen Stieren erlebte gerade seine letzte Station, bevor er in die Arena gelassen wurde, um zu sterben. In dem Moment, als der Präsident mit seinem Tuch wedelte, öffnete sich das Tor und ein wie vom Wahnsinn getriebener Bulle stürmte aus seiner dunklen Box heraus. Wie grausam doch sein Anblick war. Genauso sein blutüberströmter Nacken, in dem Spieße mit bunten Fähnchen steckten, mit denen man ihn kurz vorher malträtiert hatte. Erst rannte er verwirrt durch die Kampfbahn, blieb dann plötzlich völlig orientierungslos in der Mitte der Arena stehen, schnaubte markerschütternd und stampfte abrupt mit seinen Füßen.

„Olé", dröhnte es dabei aus allen Richtungen.

Ich beobachtete dieses Schreckensbild unter der vorgehaltenen Hand. Nur einen kleinen Spaltbreit öffnete ich meine Finger für diesen Anblick. Doch dann passierte Folgendes: Wie in Zeitlupe drehte der Stier seinen Kopf in meine Richtung. Für einen kurzen Moment schien es mir, als starrte er mich in seinem bemitleidenswerten Zustand an. Was wollen wir beide hier? Beabsichtigte er in diesem Augenblick, das von Angesicht zu Angesicht auszudrücken? Ich hatte endgültig genug gesehen. Weitere fünf Szenarien dieser Art konnte ich nicht ertragen und verließ Hals über Kopf die Arena.

Niemanden schien dieser Aufbruch zu stören, zu sehr starrten alle wie gebannt auf den Schauplatz, wo das eigentliche Spektakel noch nicht einmal richtig begonnen hatte. Je weiter ich mich von diesem Geschehen entfernte, umso schwächer vernahm ich die Olé Rufe, bis sie im gewohnten Straßenlärm völlig untergingen. Was würde ich verpassen, überlegte ich noch kurz. Nichts, aber auch gar nichts hätte mich dazu bewegen können, noch einmal umzukehren, um einem zu Tode gequälten Tier beim Abtransport zusehen zu müssen. Ich war kuriert, wollte von all dem nichts mehr hören, sehen. Und auch nicht wissen, was sonst noch an diesem Nachmittag geschehen war. Nur diesen Blick, diese Traurigkeit in den Augen eines Tieres wurde ich nicht mehr los.

Mein frühzeitiger Aufbruch aus der Arena war den Kollegen, mit denen ich den Stierkampf erleben wollte, sehr wohl aufgefallen. Aber alle brachten im Nachhinein Verständnis für meine Situation auf.

Vielleicht wäre das dramatische Schauspiel für mich etwas harmonischer ausgefallen, wenn ich meinen Ehemann an meiner Seite gehabt hätte. Er fristete sein Dasein einmal mehr in der Botschaft, um diesen unleidlichen Botschaftsdienst nachzuholen. Mit ihm hätte ich das gesamte Spektakel höchstwahrscheinlich durchgestanden, und nur mit ihm kam stets eine notwendige Leichtigkeit ins Spiel, egal wo wir waren und womit wir uns gerade beschäftigten. Augenblicklich wurde mir damit bewusst, dass die Zeit der monatelangen Trennung immer schneller auf mich, auf uns zustürzte.

Abflug und wie geht es weiter?

Eine nächste Routineuntersuchung bei dem behandelnden Frauenarzt stand auf der Tagesordnung. Meinerseits gab es keinerlei Beschwerden und seinerseits die dazu passende Diagnose.

„Ihre Schwangerschaft läuft ganz nach Maß“, war sein abschließendes Fazit.

„Warum“, stellte er uns daraufhin die Frage, „wollen sie sobald schon in ein Flugzeug steigen?“

Aus seiner Sicht wäre der achte Monat noch zeitig genug dafür, selbst wenn es unbedingt sein musste, dass uns verschiedene Gründe zu einer Entbindung im Heimatland zwangen. Wie sollte er allerdings diese Situation verstehen können, wenn wir selbst daran fast verzweifelten?

Unser Schweigen irritierte ihn offensichtlich. Kurzerhand gab er uns seine Empfehlung für eine spätere Abreise schriftlich mit. Aber wozu und für wen sollte sie gut sein? Trotzdem wollten wir in dieser Zwangslage nichts unversucht lassen. Schließlich begaben wir uns mit diesem Stück Papier abermals zu unserem Botschafter, um damit ein paar wenige Wochen mehr Zeit für uns drei zu gewinnen.

Diese kleine Welle, die wir bei ihm auslösen wollten, war allerdings als folgenschwerer Tsunami längst angekommen. Unerklärlich war uns in diesem Augenblick, wer die Gerüchteküche derartig zum Brodeln brachte. Wir liefen quasi in ein offenes Messer, weil durch eine üble Nachrede bereits bis zum ihm durchgesickert war, dass ich erst im achten Monat der Schwangerschaft und außerdem mit einer Sondergenehmigung über Amsterdam mit der KLM nach Hause fliegen wollte. Das verletzende daran war, wie diese Problematik um meine Heimreise dargestellt und durch wen sie in die Welt gesetzt wurde.

Es brauchte nicht lange, bis uns klar wurde, dass diese Art einer Verleumdung von der gleichen Person unterstellt wurde, die nachweislich für die Stasi arbeitete und als IM Rudolf schon unseren Freunden vor Ort gefährlich nachspionierte. Was nützte es demjenigen, uns das Leben noch schwerer zu machen? Außer Fassung zu geraten, das hatte er zumindest geschafft. Nur um etwas bei seiner Behörde, der Staatssicherheit, vermelden zu können? Offensichtlich war es das.

So diffamierend dieser Vorfall bei uns ankam, so kränkend war das Ganze für mich. Ich konnte einfach nicht verstehen, welchen Sinn diese Einmischung in unsere Privatsphäre machen sollte. Oder gab es etwa die Befürchtung, dass ich mich in diesem Zustand mit meiner Tochter in ein anderes Land absetzen würde? Je länger wir darüber nachdachten, umso schmutziger erschien uns diese Geschichte.

Kurze Zeit später bekamen wir die Nachricht von unserem Unternehmen, dass die Flugroutenabweichung über Amsterdam mit der KLM zu fliegen positiv für mich und Tochter Anne entschieden wurde. Außerdem kam diese Weisung mit einer Randbemerkung an, in der notiert war, dass unser Betrieb einen PKW zur Abholung von Berlin nach Jena bereitstellen wird. Wohlwollend nahmen wir diese Aufmerksamkeit als einen großen Triumph über den Stasispitzel entgegen.

Unser Heimflug wurde trotzdem schon für den Monat März angesetzt. Für alle Handelsleute war er der wichtigste Zeitpunkt, zu dem viele unserer Kollegen zur Leipziger Frühjahresmesse delegiert wurden, um die Geschäftspartner aus aller Welt dort zu treffen. Mit ihnen zu reisen war in jeder Frage von Vorteil für uns beide. An dieser Entscheidung durfte nicht noch einmal gerüttelt werden, und es war auch eine richtige Entscheidung.

In der Zwischenzeit hatten wir uns mit der Variante angefreundet, dass wir in Begleitung lieber Kollegen auf jeden Fall besser aufgehoben waren und unsere Bedenken somit weitestgehend ausgeräumt wurden. Außerdem konnte ich sogar froh darüber sein, nicht allein auf dieser langen Strecke mit Sack und Pack unterwegs sein zu müssen, damit wurde auch ein für alle Mal der Schlussstrich zum Thema unserer Abreise aus Mexiko gezogen. Nur in Gedanken setzte schon bald daraufhin das unabwendbare Abschiednehmen ein. Es gab zwar keinen triftigen Grund an einen Weggang für immer zu glauben, aber mein Bauchgefühl sprach anders mit mir darüber.

Die Liste der mir lieb gewonnen Menschen, Landstriche, Erfahrungen, Dinge und Momente wurde immer länger, von denen ich tschüss sagen wollte und auch musste. Wo sollte ich beginnen, wo aufhören? Unter dem Strich betrachtet war es grundsätzlich eine Sensation für uns, überhaupt bis nach Mexiko gekommen zu sein. Ich zog mein Resümee, diese einzigartige Kultur des Landes und ihre ganz besonderen Menschen, die vielfältige Landschaft, die Hauptstadt mit ihrem unverwechselbaren Geruch, jene Farbenfreudigkeit, wohin man schaute, auch das immer Fremde und fremd Gebliebene irgendwie zu genießen, genossen zu haben. All das lieb Gewonnene blieb hängen, haftete fest wie eine Klette, denn diese Eindrücke konnte uns niemand mehr wegnehmen. Einmal mehr wurde mir indessen bewusst, welchen unschätzbaren Wert meine Tagebuchaufzeichnungen haben könnten. Jede dieser Erinnerungen wieder wachzurütteln, wann immer ich es wollte, sie abrufbar aufleben zu lassen in all ihren durchlebten Facetten, erzeugte ein erhebendes Gefühl in mir, alles richtig gemacht zu haben. Welch ein Glück, immerhin schon drei davon zu besitzen. Wie viele wohl noch folgen werden?

Die Koffer waren gepackt, letzte Einkäufe erledigt. Eine Abschiedsparty löste die andere ab, feuchtfröhlich, aber auch mit tränenreichen Momenten. Selbst unsere Tochter bekam im Kindergarten ihre kleine Feier. Für sie bedeutete es in erster Linie, wir fliegen heim zu Oma und Opa. Dass sie bald eine große Schwester wird, spielte in der Zwischenzeit wohl eine unwichtigere Nebenrolle. Andererseits hatten wir ihr nicht die ganze Wahrheit über unsere Reise erzählt. Noch hielten wir sie in dem Glauben, dass wir drei zusammen nach Hause fliegen werden.

Und dann war er da, der Abreisetag und der des Abschieds voneinander, so auch von Mexiko. Vorerst, oder für immer, wer wusste das schon?

Keiner von uns beiden hatte die Nacht in guter Erinnerung. Jeder dem anderen zugewandt schauten wir uns unentwegt in die Augen, Tränen rollten mir über das Gesicht, befeuchteten das Kissen. Stunden verstrichen wie Minuten, in denen kein Wort mehr gesprochen wurde. Mein ansehnlich geformter Bauch verhinderte die innigste Nähe, denn am liebsten wäre ich in meinen geliebten Mann hineingekrochen, um eins zu sein mit ihm. Umso mehr krallten sich meine Finger zwangsläufig in seinen Körper. Nie mehr loslassen müssen, wünschte ich mir in dem Moment sehnlicher als je zuvor. Ich hatte mich in einen Zustand der Hilflosigkeit hineingesteigert, der sich schon Tage und Wochen zuvor andeutete. Nur die Verantwortung über unsere Tochter und die des ungeborenen kleinen Lebewesens in mir ließen mich einigermaßen vernünftig bleiben.

Trotzdem kostete es mich unendlich viel Kraft, die geschwollenen Augen, durch die vielen vergossenen Tränen vor unserer Tochter zu verbergen, meinem Mann den aufkeimenden Trennungsschmerz nicht zu sehr spüren zu lassen, eine gewisse Leichtigkeit über unsere Abreise den Freunden vorzuspielen und unserem ärgsten Widersacher, dem Stasispitzel, natürliche Gelassenheit zu zeigen. Immer dann, wenn es gerade die Situation erforderte, verschwand ich unter dem Deckmäntelchen einer Selbsttäuschung. Am liebsten hätte ich es hinausgeschrien, dass mir diese Wahrnehmung körperliche Schmerzen verursachte. Aber auch damit hätte es kein zurück mehr geben können. Aus dieser großen Verzweiflung heraus kehrte ganz plötzlich eine innere Ruhe ein, die ich nicht mehr zuordnen konnte. Vielleicht hatte sich in meinem Körper eine Art Schutzmechanismus gegen dieses Kopfzerbrechen aufgebaut.

Und dann war es unwiederbringlich so weit. Wir hatten keine Eile, sind rechtzeitig losgefahren. Entsprechend langsam verging die Zeit. Nur unsere Anne schnatterte glücklich drauflos. Für sie war augenblicklich noch alles in bester Ordnung, wir wollten schließlich nach Hause zu den Omas und Opas fliegen. In dieser halben Stunde Fahrtzeit bis zum Flughafen liefen die Jahre in Mexiko wie in einem Zeitraffer nochmals vorbei. Ganz still und ohne Worte sog ich mich voll mit den schönen Erinnerungen aus unserer ganz besonderen Lebenszeit. Diese Strecke in einer Endlosigkeit zu erleben, wäre mir viel lieber gewesen. Gedankenverloren standen wir plötzlich vor dem Flughafengebäude und mir wurde schlagartig bewusst, ich hatte keine Angst vor dem Fliegen, nur die Furcht vor dem Ankommen in unserem Land, ohne meinem Ehemann.

Nun ging alles so schnell, viel zu schnell. Die Kollegen, die zur Leipziger Messe erscheinen mussten, hatten bereits eingecheckt. Jetzt waren wir an der Reihe. Mein viel zu schweres Übergepäck wurde von der KLM trotzdem akzeptiert, unsere Sitzplätze und Bordkarten vergeben, einen guten Flug bis Amsterdam gewünscht, und dann hieß es endgültig, ein letztes Mal Abschied nehmen. Als mein Mann seine Tochter in der innigsten Umarmung wieder auf ihre Füße stellte, war sie sich wohl in dem Moment darüber im Klaren, dass ihr heiß geliebter Papa nicht mit in das Flugzeug einsteigen wird. Sie brüllte herzzerreißend und niemand von uns konnte sie beruhigen. Fremde Leute, auch das Bodenpersonal kümmerten sich um sie, es half alles nichts. Dieser Abschied wurde ein einziges Drama. Irgendjemand trennte uns behutsam aus unserer Umklammerung. Um mich herum verschwamm die Welt. Seit diesem Augenblick gibt es keine Erinnerungen daran, wie wir in das Flugzeug gekommen sind. Alles war nebelverhangen, nicht wahrhaftig. Eine schier endlose Traurigkeit breitete sich in mir aus, erfasste das gesamte Innere des Flugzeugs gleich mit. Ich musste die Augen davor verschließen. Mit leichter Verspätung erhob sich der große Vogel mit uns in die Lüfte.

Normalerweise verfolgte ich beim Abflug, wie sich alles von uns entfernte, immer kleiner wurde. Aber dieses Mal gelang es mir nicht. Erst in dem Augenblick, als wir uns über den Wolken befanden, konnte ich mich etwas zusammenreißen, auch langsam und beruhigend auf unsere Anne eingehen. Bis dahin schauten wir uns nur stumm an, meine Tochter und ich, mit großen verweinten Augen.

Während sie schlief, schüttelte sich ihr kleiner Körper noch einige Mal unter dem schwächer werdenden Schluchzen. Es tat mir so sehr leid, dass wir ihr diesen Kummer nicht ersparen konnten. Schuldgefühle plagten mich, auch mit der Ungewissheit zu leben, was uns am Ende dieser Reise alles erwartete.

In den fast zwölf Stunden der Flugzeit bekam ich trotz der Übermüdung nicht ein Auge zu. Wie in einem Karussell kreisten meine Gedanken um alles, was mich in den letzten Tagen und Nächten sehr bewegte. Was hätten wir ändern können? Nichts, gar nichts. Etwas beruhigend wirkte erst die Tatsache auf mich, dass ich jederzeit auf meine Tagebuchaufzeichnungen zurückgreifen konnte, um das Durchlebte besser aufzuarbeiten, falls es irgendwann einmal notwendig werden sollte. Immer mehr wurde das Faktum Tagebuch eine Bereicherung für mich, je länger ich darüber nachdachte. Unser weiteres gemeinsames Leben und das des noch ungeborenen

Kindes wollte ich täglich weiterführend festhalten. Dahinter steckte keinerlei Zwang, nur die Notwendigkeit nichts zu vergessen, was unser Leben vielleicht noch interessanter werden ließ. Ich verspürte plötzlich eine glückliche Entschlossenheit daran festzuhalten, was ich schon seit fast vier Jahren mit selbstverständlicher Akribie verfolgte. Manchmal bedarf es doch nur eines kleinen Bausteins, um ein gesamtes Gerüst nicht einstürzen zu lassen. Daran hielt ich mich fest und wurde automatisch zuversichtlicher, dass auch die nächsten anstehenden Probleme überwunden werden können. So schwebte ich nicht nur sinnbildlich über den Wolken in eine unbekannte Zukunft hinein, auf die ich mich freuen sollte und auch konnte. Lediglich meinen Titel ´mitreisende Ehefrau´ musste ich wohl oder übel vorübergehend an den berühmten Nagel hängen.

Ich schaute aus dem kleinen Fenster unseres Flugzeuges und sah mir die Wolkenformationen an. Mal kamen sie aufgeplustert wie ein Watteball vorbei, als nächstes veränderten sie sich in graue oder weiße, schnell vorüberziehende, riesige, auch manchmal kleinere wie Federn dahinschwebende Wolkengebilde, und ganz plötzlich war da der freie Himmel, ohne Wolken, zugleich hellblau, überall, ab und an von der Sonne beschienen, doch immer klar und heiter, auf irgendeine Weise ehrlich. Dieser Anblick gab mir die Kraft und den Mut zurück, daran zu glauben, dass alles im Leben einen Sinn macht. Ich lehnte mich zurück, schloss erneut die Augen, legte beide Hände beruhigend auf meinen Babybauch und fühlte eine wohltuende Erleichterung in mir aufsteigen.

„Alles wird gut", versprach ich mir in diesem Moment.

Wenn ich zu diesem Zeitpunkt jemals gewusst hätte, dass uns das Schicksal in den darauf folgenden Jahren zwei weitere südamerikanische Länder bereithielte, in denen die Abenteuer einer mitreisenden Ehefrau viele Tagebuchseiten füllte, vielleicht wäre dann nicht nur die Zuversichtlichkeit, auch die Gelassenheit meine neue große Freundin geworden.

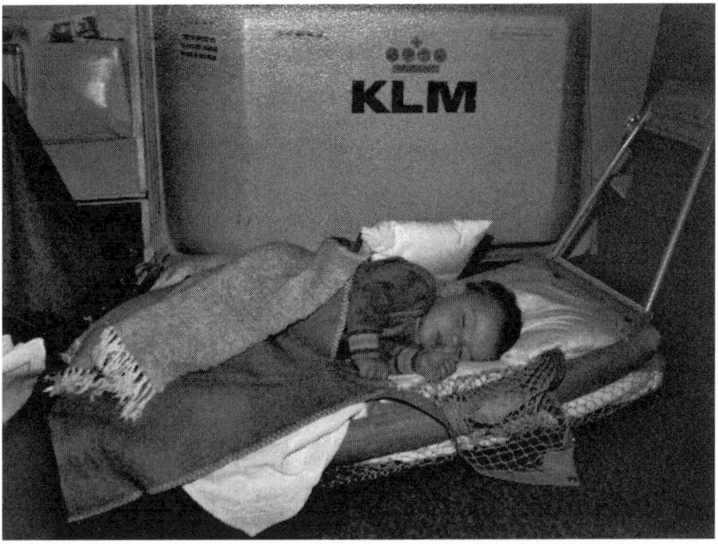
KLM

Über die Autorin

Marlis Stiebich,1950 geboren, kam 1971 zum Studium nach Jena. Dort lernte sie ihren Ehemann kennen, der für die Firma Carl Zeiss Jena im Ausland tätig sein sollte.

Sie reiste mit ihrer Familie von 1978 - 1981 zuerst nach Mexiko/Mexiko-Stadt, danach für ein Jahr nach Bolivien/La Paz und abschließend für weitere vier Jahre nach Brasilien/Sao Paulo. Bis 1990 blieb sie im Unternehmen Carl Zeiss Jena, um danach im Außendienst für eine Firma mit Sitz in Aschaffenburg zu arbeiten.

Seit 2014 beschäftigt sie sich mit dem autobiografischen Schreiben. Es ist ihr erstes Buch.